UNBROKEN

모든 기적은 삶에 있다

언브로큰 1
UNBROKEN

로라 힐렌브랜드 지음 • 신승미 옮김

21세기북스

이야기를 잘 다루는 작가의 손을 통해서만 빠르게 전개될 수 있는 이야기다. 상어를 맨손으로 죽이고…… 올림픽 선수들을 이기고…… 일본 전쟁 포로수용소에서 가장 악명 높은 악마보다 한 수 앞선 사람. 용기와 카리스마와 힘든 모험에 관한 한 '토런스의 공포 소년'을 따라갈 자가 없을 것이며, 그의 이야기를 인간미가 넘치고 솜씨 좋게 풀어낼 수 있는 사람은 『시비스킷 : 신대륙의 전설』의 작가 말고는 거의 없을 것이다. 로라 힐렌브랜드는 우리에게 새로운 국보를 선사해주었다.   크리스토퍼 맥두걸(『본 투 런』의 저자)

『시비스킷 : 신대륙의 전설』처럼 당당한…… 잊지 못할 인물들과 눈물을 자아내는 감동과 급격한 반전으로 가득한 이야기. 힐렌브랜드는 강하고 역동적인 이야기꾼이다.   〈뉴욕 타임스〉

경고 : 일단 DC 작가 로라 힐렌브랜드의 『언브로큰』을 열면 제2차 세계대전에 참전한 올림픽 육상 선수 루이스 잠페리니의 이야기가 구원으로 끝날지 실패로 끝날지 궁금해서 밤새 커피로 잠을 쫓아가며 읽느라 다음 날 파김치가 될 수 있음. 실화를 훌륭하게 풀어낸…… 그야말로 경이로운 책, 밤새워 읽을 만한 책이다.   〈워싱토니언〉

세계 최상급 선수들과 마찬가지로, 세계 최상급 작가들은 막대한 체력과 회복력과 힘을 가지고 있어야 한다. 힐렌브랜드는 그런 체력과 회복력과 힘을 모두 가졌으며, 그것들을 다 쏟아부어 올림픽 선수 루이스 잠페리니와, 그가 제2차 세계대전 중에 생존을 위해 겪었던 믿을 수 없는 고난의 이야기를 부활시켰다. 힐렌브랜드가 또다시 잊혔던 영웅의 실화를 세상에 내놓았으며, 역사 서술에서 최고의 작가인 그녀가 있어서 우리가 얼마나 행운인지를 되새겨주었다. 스포츠팬이나 전쟁 역사광이 아니라도 이 책을 정신없이 읽게 될 것이다. 뛰어난 이야기 솜씨에 빠져들 수밖에 없다.

레베카 스클루트('헨리에타 랙스의 불멸의 삶」의 저자)

긴장감이 넘치고…… 마음을 뒤흔들고 의기양양하게 하며…… 저항할 수 없는…… 힐렌브랜드가 [잠페리니의] 거의 내내 마음 졸이게 하는 긴장감을 유지하며 이야기를 들려준다.

〈로스앤젤레스 타임스〉

놀랍다……. 힐렌브랜드는 이야기가 책에서 툭 튀어나오게 하는 눈부신 능력을 보여준다.

〈엘르〉

힐렌브랜드가 이번에 발표한 이야기는 단순히 '좋은 읽을거리'가 아니라 하나의 예술 작품이다. 눈을 뗄 수 없는 힐렌브랜드의 책이 지닌 이야기 서술의 힘에는 한 가지 요소가 들어 있다. 바로 작가와 이야기가 완벽하게 결합되었다는 것이다. 또 다른 요소가 있다면, 그녀의 문체다. 즉 직설적이고 사실적인 문장으로 아주 명료하게 써서 독자들이 빠져들 수밖에 없다.

〈오리거니언〉

눈을 뗄 수 없고…… 감성적이며 그림처럼 잘 묘사된…… 전쟁의 갖은 시련 속에서 구부러졌지만 꺾이지 않은 남자의 인생을 영화를 보여주듯 따라간 전형적인 위대한 세대의 이야기.　〈오스틴 아메리칸-스테이츠맨〉

대단하다……. 시비스킷이라는 말에 대한 이야기인 〈뉴욕 타임스〉 선정 베스트셀러 『시비스킷 : 신대륙의 전설』로 독자들의 마음을 사로잡았으며 영감을 준 뒤로 [힐렌브랜드가] 『언브로큰』으로 또다시 히트작을 내놓았다.　〈롤 콜〉

『시비스킷 : 신대륙의 전설』의 작가가 역동적이고 철저한 조사를 바탕으로 한, 역경을 이겨낸 사람들의 이야기를 들고 돌아왔다. …… 가슴 아프게 하는가 하면, 울분이 치솟게 하고 연이어 기운을 북돋아주는 이야기이며 손에서 뗄 수가 없다.　〈커커스 리뷰스〉

힐렌브랜드는 의심할 여지 없이 뛰어난 기자이자 이야기꾼이며, 각 페이지마다 살아 숨 쉬는 이야기를 상세하게 그려냈다. 그러나 그녀의 진정한 재능은 주제에 대한 천부적인 존경일 것이다. …… 『언브로큰』은 회복, 용서, 도저히 있음직하지 않은 최악의 상황에서도 아름다움을 찾아내는 인간의 능력을 마법처럼 아울러 전달한다.　〈북페이지〉

힐렌브랜드의 애간장을 태우는 신작은 1936년 올림픽부터 제2차 세계대전 중 일본의 가장 잔인한 전쟁 포로수용소에 이르기까지 수천 킬로미터를 가로질러 전개되며 베스트셀러인 전작 『시비스킷 : 신대륙의 전설』과 완전히 다른 세상을 그려낸다. 이 책은 숨 막히게 흥미진진하며, 주인공인 루이스 잠페리니는 이루 말할 수 없이 매력적이다. …… 힐렌브랜드는 우리 모두의 기억에 영웅적인 인물과 극악무도한 인물, 삶과 죽음, 기쁨과 고통, 무자비함과 구원의 이야기를 깊이 아로새겨주었다.　　〈퍼블리셔스 위클리〉

마음을 확 사로잡는 이야기……. 작가의 글 솜씨는 변함없이 뛰어나며, 이 책은 전작과 마찬가지로 누구나 훌륭한 스릴러물로 여길 경이로운 전개를 보여준다.　　〈북리스트〉

이 책은 남자들만을 위한 것이 아니다. ……『시비스킷 : 신대륙의 전설』의 작가가 이번에 진짜 다크호스를 골랐다. 올림픽 육상 선수이며 제2차 세계대전의 영웅이자 전쟁 포로이고 귀여운 도둑인 루이스 잠페리니는 의욕 넘치는 순종의 마음을 가졌다. 힐렌브랜드가 그의 위업과 고통을 아주 열정적으로 이야기하는지라 독자들은 숨조차 돌리지 못하고 빠져들게 될 것이다.　　〈모어〉

『언브로큰』이 놀랍도록 훌륭한 이야기인『시비스킷 : 신대륙의 전설』에 버금갈지 궁금한 독자가 있을 것이다. 걱정할 필요 없다. 첫 장을 다 읽을 때쯤 되면 저절로 사로잡히게 될 것이다.　　〈세인트루이스 포스트-디스패치〉

부상자와 사망자에게
이 책을 바친다.

가장 최근에, 가장 마음 깊이 남아 있는 것은 무엇인가요?
기이한 공포인가요, 아니면 격렬한 전투인가요,
그것도 아니면 엄청난 포위 작전인가요?

월트 휘트먼 Walt Whitman, 「부상자 The Wound-Dresser」

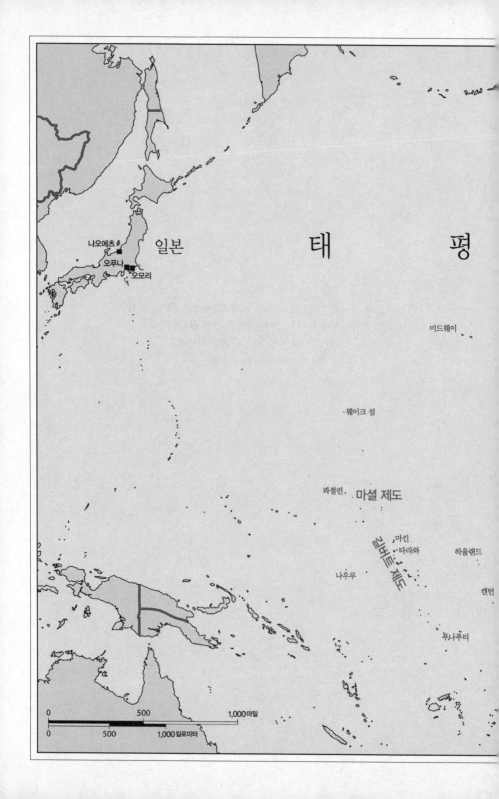

나오에츠

오푸나

오모리

일본

태   평

미드웨이

웨이크 섬

콰절런·

마셜 제도

마킨

타라와

하울랜드

길버트 제도

나우루

캔턴

푸나푸티

0   500   1,000마일

0   500   1,000킬로미터

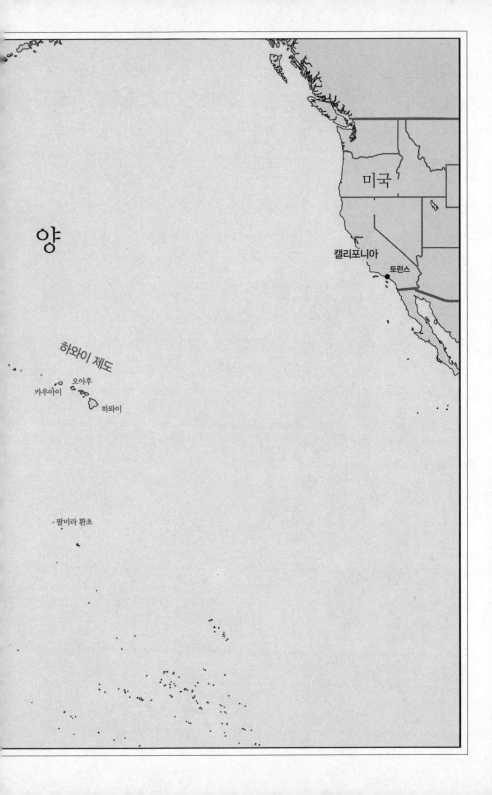

서문

그에게 보이는 것이라곤 사방에 펼쳐진 바다뿐이었다.

1943년 6월의 어느 날. 끝없는 태평양 어딘가에서 육군 항공단Army Air Forces 폭격수이자 올림픽 육상 선수인 루이스 잠페리니가 작은 구명정에 누워 서쪽으로 흘러가고 있었다. 옆에는 같은 비행기의 폭격수인 병장이 꼬부라진 채 쓰러져 있었다. 두 사람이 탄 구명정과 끝으로 묶여 있는 다른 구명정에는 이마가 갈지자형으로 찢어진 대원 한 명이 누워 있었다. 태양에 노출되어 화상을 입고 구명정에서 배어나오는 염료로 누레진 세 사람은 몹시 여위어서 뼈만 남아 있었다. 상어들이 그들 주위로 원을 그리며 서서히 움직이고 등을 구명정에 문지르면서 기회를 기다렸다.

그들은 27일째 표류 중이었다. 적도 해류에 휩쓸려 최소 1,600킬로미터를 흘러와 일본이 점령하고 있는 해상으로 깊숙이 들어와 있었다. 두 구명정이 부패해 젤리처럼 흐물흐물해지기 시작했고 시큼하고 타는 냄새가 났다. 그들의 몸에는 염분 때문에 생긴 염증으로 고름 물집이 생겼고 입술이 너무 부어올라 콧구멍과 턱에 닿을 지경이었다. 그들은 시선을 하늘에 고정시킨 채 「화이트 크리스마스」를 부르고 음식에 대해 중얼거리면서 하루하루를 보냈다. 그들을 찾으러 다니는 사람이 아무도 없었다. 1억 6,500만 제곱킬로미터의 망망대해에 그들만 떠다니고 있었다.

한 달 전만 해도 스물여섯 살의 루이스는 세계 최상급 육상 선수였다. 관심이 집중된 마의 장벽을 깨고 1,600미터를 4분 안에 완주하는 최초의 선수가 될 거라는 기대를 받았다. 올림픽에 출전했던 그의 몸은 이제 45킬로그램도 안 될 정도로 여위었고 그토록 탄탄했던 다리는 몸을 지탱하고 설 수조차 없었다. 가족을 제외하고 거의 모든 사람이 이미 그가 죽었다고 생각했다.

표류 27일째인 그날 아침, 그들은 멀리서 들려오는 묵직한 우르릉 소리를 들었다. 항공병이라면 다 아는 비행기 엔진 소리였다. 머리 위 높은 하늘에 반짝이는 점 하나가 보였다. 루이스는 신호탄을 두 번 쏘아 올렸고 염료를 바다에 뿌렸다. 선명한 주황색 물결이 구명정을 빙 에워쌌다. 비행기는 계속 날아가더니 서서히 시야에서 사라졌다. 그들은 털썩 주저앉았다. 그때 소리가 다시 들렸고 비행기가 시야에 들어왔다. 비행기에 탄 사람들이 그들을 본 것이었다.

조난자들은 뼈만 남은 누런 팔을 흔들며 갈증으로 가냘파진 목소리로 소리쳤다. 비행기가 낮게 하강해 구명정 옆으로 물 위를 스치듯 날았다. 루이스는 선명한 푸른 하늘을 배경으로 그늘진 비행기 안에 앉아 있는 사람들의 옆모습을 어렴풋이 보았다.

돌연 귀청이 터질 것 같은 소리가 들렸다. 바다와 구명정이 끓어오르는 듯했다. 기관총이 발포되었다. 그것은 미군의 구조기가 아니었다. 일본군 폭격기였다.

그들이 물속으로 뛰어들어 구명정 아래에 매달린 채 움츠리고 있는 동안 총알이 고무를 관통했다. 그들의 얼굴 주변으로 물거품이 쏟아져 내렸다.

폭격기는 맹렬하게 발포하다가 총알이 떨어지자 털털거리며 날아갔다. 그들은 몸을 질질 끌어 아직까지 상당 부분이 떠 있는 구명정 위로 올라갔다. 폭격기가 비스듬히 선회하더니 다시 그들을 향해 돌진했다. 비행기가 저공비행을 할 때 루이스는 자신들을 똑바로 겨냥하고 있는 기관총들의 총구를 보았다.

루이스는 대원들을 바라보았다. 너무 지친 나머지 두 사람은 다시 물속으로 들어갈 힘이 없어 보였다. 그들이 구명정에 누워 양손으로 머리를 감쌀 때 루이스는 혼자 물속으로 뛰어들었다.

루이스의 아래 물속 어딘가에 잠복하고 있던 상어들의 기다림도 이제 끝이 났다. 상어들이 몸을 구부려 방향을 돌리더니 구명정 아래에 있는 사람을 향해 헤엄쳤다.

PART

1

┃루이스 잠페리니의 허락을 받아 게재. 존 브로드킨(John Brodkin)이 촬영한 원판 사진

1

한 소년의 반란

1929년 8월 26일 동이 트기 전인 어둑어둑한 새벽, 캘리포니아 주 토런스에 자리 잡은 작은 집 안쪽 구석의 침실에서 열두 살짜리 소년이 귀를 쫑긋 세운 채 침대에 앉아 있었다. 밖에서 들리는 소리가 갈수록 커졌다. 육중하게 돌진하는 커다란 소리를 듣자 하니 거대한 물체가 대기를 가르는 듯했다. 바로 집 위에서 나는 소리였다. 소년은 침대 아래로 다리를 휙 내려 아래층으로 쏜살같이 뛰어가 뒷문을 확 열어젖히고는 잔디로 성큼성큼 달려갔다. 마당은 다른 세상이라도 된 양 부자연스러운 어둠에 감싸인 채 시끄러운 소리에 바르르 떨고 있었다. 소년은 잔디밭에 있는 형 옆에 붙어 서서 고개를 잔뜩 뒤로 젖힌 채 넋을 잃었다.

하늘이 사라지고 없었다. 어렴풋이 윤곽만 보이는 물체가 거대한 공간을 차지하며 지붕 위에 낮게 떠 있었다. 축구장 두 배 반이 넘을 정도로 길었고 도시의 건물만큼 높았다. 그 물체에 가려서 별 하나 보이지 않았다.

소년이 본 것은 독일의 비행선 그라프 체펠린^{Graf Zeppelin}이었다. 길이가 거의 243.8미터이고 높이가 33.5미터에 이르는 그라프 체펠린은 역사상 가장 큰 비행선이었다. 최상급 비행기보다 호화롭고 엄청난 거리를 수월하게 활주하며 구경꾼들의 숨이 막힐 정도로 거대한 이 비행선은 1929년 여름 세상을 놀라게 한 불가사의였다.

당시 그라프 체펠린은 세계 일주라는 놀라운 위업을 달성하기까지 3일을 남겨둔 상태였다. 세계 일주는 뉴저지 주 레이크허스트에서 사슬을 떼어내고 느긋하게 긴 한숨을 내뱉으며 맨해튼을 향해 날아오른 8월 7일에 시작되었다. 그해 여름 맨해튼 5번가에서는 전례 없는 규모의 고층 건물인 엠파이어스테이트 빌딩을 건설하기 위해 월도프 아스토리아 호텔의 철거 공사를 눈앞에 두고 있었다. 브롱크스에 있는 양키스타디움에서는 선수들이 등번호가 달린 유니폼을 처음으로 선보이던 참이었다. 루 게릭^{Lou Gehrig}의 등번호는 4번이었고, 500호 홈런을 눈앞에 둔 베이브 루스^{Babe Ruth}의 등번호는 3번이었다. 월가에서는 주가가 사상 최고치를 향해 급등하고 있었다.

그라프 체펠린은 자유의 여신상 주위를 천천히 활공한 뒤 북쪽으로 선회하다가 대서양을 건넜다. 이윽고 다시 나타난 육지인 프랑스, 스위스, 독일의 상공을 날았다. 그라프 체펠린이 뉘른베르크를 지났을 때는 1928년에 열린 독일 총선거에서 자신이 이끄는 나치당을 급부상시킨 당시 비주류 정치인 아돌프 히틀러^{Adolf Hitler}가 뉘른베르크에서 선택적 유아 살해를 선동하는 연설을 한 직후였다. 이어서 그라프 체펠린은 에디트 프랑크^{Edith Frank}라는 유대인 여성이 안네 프랑크라는 갓 난 딸아이를 돌보고 있던 프랑크푸르트 서부를 지났다. 북동쪽으로 방향을 튼 그라프 체펠린은 러시아를 횡단했다. 너무 고립된 지역에 사는지라 평생 기차 한 번 보지 못했던 시베리아 주민들은 날아가는 그라프 체펠린을 보고 놀라 철퍼덕 무릎을 꿇을 정도였다.

8월 19일, 일본인 400만여 명이 손수건을 흔들며 '만세!'를 외치는 가운데 그라프 체펠린은 도쿄 상공을 돌다 착륙장에 내려앉았다. 나흘 뒤, 독일과 일본의 애국가가 울려 퍼지는 가운데 기체를 흔드는 태풍을 뚫고 놀라운 속도로 태평양을 건너 미국으로 향했다. 창밖을 내다보는 승객들에게는 구름 속에서 '비행선과 나란히 헤엄치는 거대한 상어처럼' 따라오는 기체의 그림자만 보였다. 구름이 멀어질 때 승객들은 바다로 향하는 괴물처럼 생긴 커다란 생명체들을 언뜻 보았다.

8월 25일, 그라프 체펠린은 샌프란시스코에 도착했다. 환호성을 들으며 캘리포니아 해안을 지나 석양에 이은 어둠과 침묵을 뚫고 비행했다. 기류가 점차 잦아드는 가운데 그라프 체펠린은 졸음에 겨운 구경꾼만 드문드문 나와 있는 토런스 상공을 지났고, 그중 한 명이 바로 그래머시 애비뉴에 있는 집 뒤편에 잠옷 차림으로 나와 있던 소년이었다.

그라프 체펠린 밑 잔디밭에 맨발로 서 있던 소년은 꼼짝달싹도 못했다. 후에 소년이 한 말을 빌리자면 '겁이 날 정도로 아름다운 광경'이었다. 소년은 대기를 뒤흔드는 엔진의 우르릉거리는 소리를 느꼈으나 은색으로 빛나는 기체의 표면과 압도적인 옆면과 지느러미 모양의 꼬리 부분까지는 미처 다 파악하지 못했다. 소년의 눈에는 비행선이 자리 잡고 있는 공간 아래의 어둠만 보였다. 장엄한 존재감이 아닌 장엄한 부재감이 만들어내는 광경, 즉 하늘 자체를 삼켜버린 것 같은 어둠의 바다와 같은 공간이 펼쳐져 있었다.

소년의 이름은 루이스 실비에 잠페리니^{Louis Silvie Zamperini}였다. 루이스의 부모는 미국으로 이민 온 이탈리아인이었다. 철조망처럼 굵은 흑발의 5.2킬로그램짜리 갓난아기였던 루이스는 1917년 1월 26일 뉴욕의 올린에 입성했다. 루이스의 아버지인 안토니는 열네 살 때부터 혼자 힘으로 생계를 꾸렸는데, 처음에는 광부와 권투 선수 생활을 하다가 공사장 인부로 직업을 바꿨다. 루이스의 어머니인 루이즈는 몸집이 자그맣고 장난기 많은 아름다운 여성으로, 열여섯 살에 결혼해 열여덟 살에 루이스를 낳았다. 이들은 집에서 이탈리아어만 사용했으며 아들을 토츠라고 불렀다.

루이스는 걸음마를 시작한 때부터 울타리 안에 있는 것을 견디지 못했다. 후에 루이스의 형제자매는 그가 온갖 꽃과 동물과 가구를 넘어 뛰어다니기 일쑤였다고 회상했다. 어머니가 루이스를 의자에 털썩 내려놓고 가만히 있으라고 말하는 순간, 어느새 루이스는 어디론가 사라졌다. 어머니가 버르적거리는 루이스를 매번 양손으로 붙들고 있지 않는 한 금방 쪼르르 종적을 감춰 어디에 있는지 찾아낼 도리가 없었다.

1919년에 두 살이 된 루이스가 폐렴에 걸려 통 기력이 없을 때조차 자기 방 창밖으로 기어 나가 한 층을 내려가더니 경찰이 쫓아오고 길거리를 지나가던 사람들이 놀라서 쳐다보는 소란 속에서도 발가벗은 채 신나게 뜀박질을 하며 도망 다녔다. 이로부터 얼마 뒤 루이즈와 안토니는 소아과 의사의 조언에 따라 자식들을 데리고 기후가 온화한 캘리포니아 지역으로 이사하기로 결정했다. 이들 가족이 탄 기차가 뉴욕 그랜드 센트럴 스테이션을 출발하고 얼마 지나지 않아 재빨리 달아난 루이스는 기차 끝까지 뛰어가서는 승무원실에서 펄쩍 뛰어내렸다. 없어진 아이를 찾느라 기차가 후진하는 사이 정신없이 아들을 찾는 어머니 옆에 서 있던 형 피트가 지극히 침착하게 철길을 따라 걸어오는 루이스를 발견했다. 어머니가 양팔로 확 끌어안자 루이스는 웃으며 "엄마가 찾으러 올 줄 알았어요"라고 이탈리아어로 말했다.

안토니는 캘리포니아에서 철도 전기공으로 자리를 잡았으며, 인구 1,800명인 토런스의 변두리에 2,023제곱미터(612평-옮긴이)의 땅을 샀다. 안토니와 루이즈가 쿵쾅쿵쾅 손수 지은 집은 수돗물이 나오지 않았고 화장실이 집 뒤편에 있었으며 지붕에서 빗물이 새어 비가 오면 매번 침대 위에 양동이를 갖다놓아야 했다. 문을 잠그는 것이라고는 변변찮은 걸쇠밖에 없었던지라 늘 루이즈는 현관 옆 사과 상자에 밀방망이를 들고 앉아 혹시라도 자식들에게 위해를 끼칠지 모를 좀도둑을 때려잡을 태세를 갖추고 있었다.

루이즈는 이 집은 물론이거니와 1년 뒤에 정착하게 되는 그래머시 애비뉴의 집에서도 시도 때도 없이 아들인 루이스를 쫓아다녔지만 한시도 얌전하게 잡아둘 수가 없었다. 루이스가 혼잡한 고속도로를 뛰어 건너는 경주를 벌이다가 하마터면 고물 자동차의 옆면에 부딪힐 뻔한 적도 있었다. 루이스는 다섯 살 때부터 유치원에 오가는 길에 길바닥에 버려진 꽁초를 주워 담배를 피우기 시작했다. 술은 여덟 살이던 어느 날 밤부터 마시기 시작했다. 저녁식사 때 식탁 밑에 숨어 있다가 포도주 잔을 낚아채서는 한 방울도 남김없이 들이켜고 비틀비틀 밖으로 나가 장미 덤불로 풀썩 넘어져버렸다.

어느 날 루이스는 대나무 기둥에 다리 한쪽이 찔려 꼼짝 못하고 있는 루이스를 발견했다. 다른 날은 루이스의 심각한 발가락 상처를 꿰매 봉합해달라고 이웃사람에게 부탁해야 했다. 루이스가 석유 굴착 장치에 기어 올라갔다가 연신 석유를 품어내는 석유갱에 뛰어들어 거의 빠져 죽을 지경에 처했다가 석유에 흠뻑 젖어 집으로 돌아온 날은 4리터나 되는 테레빈유를 몽땅 들이부어 수없이 박박 문질러낸 뒤에야 안토니가 아들의 얼굴을 알아볼 만하게 되었다.

한계에 도전하는 것을 신나 하는 루이스는 길들일 수 없는 아이였다. 루이스는 자랄수록 아주 영리해졌으며 그럴수록 대담한 모험을 하는 것만으로 만족할 수 없었다. 이렇게 해서 토런스에서 한 소년의 반란이 시작되었다.

~~~

루이스는 먹을 수 있는 것이면 무엇이든 훔쳤다. 자물쇠를 따는 철사 뭉치를 호주머니에 넣고 골목을 살금살금 돌아다녔다. 토런스에 사는 주부들이 부엌을 잠시 비우면 저녁식사로 준비해놓은 음식이 어느새 사라져 있기 일쑤였다. 골목으로 난 창문을 내다본 주민들의 눈에는 커다란 케이크 한 판을 기울지 않게 요령껏 양손에 든 채 골목을 쏜살같이 달려가는 긴 다리 소년의 모습이 으레 보였다. 루이스는 디너파티에 자신을 초대하지 않는 집이 하나라도 있을라치면 기어이 그 집에 몰래 들어가 뼈다귀로 그레이트데인(어깨 높이가 80센티미터 정도로 몸집이 크고 꼬리와 다리가 긴 개-옮긴이)을 꼬여내놓고는 아이스박스 속 음식을 몽땅 털어갔다. 한 파티에서는 아예 맥주 한 통을 송두리째 짊어지고 도망가기도 했다. 마인저스 빵집에서 갓 구워낸 제품을 식히는 탁자가 뒷문 가까이에 있는 광경이 눈에 띄자 재빨리 자물쇠를 따고 파이를 훔쳐 배가 부를 때까지 실컷 먹은 뒤 나머지는 '매복을 위한 탄약'용으로 남겨놓았다. 경쟁자인 다른 도둑들이 여기저기에서 빵집 도둑질에 손을 대자 루이스는 범인들이 모두 잡히고 빵집 주인들이 경계를 늦출 때까지 도둑질을 잠시 중단했다. 그러고 나서 친구들에게 마인저스 빵집을 털라고 명령했다.

루이스의 어린 시절에 대한 이야기가 대체로 "……그런 다음에 미친 듯이 뛰었어요"라는 말로 끝나는 것은 그의 어린 시절을 여실히 보여주는 증거다. 물건을 도둑맞은 사람들에게 쫓겨 도망 다니는 게 흔한 일이었고, 그를 쏴 죽이겠다고 협박한 사람이 적어도 두 명은 넘었다. 경찰은 습관적으로 루이스의 집에 들이닥쳤는데, 루이스는 불리한 증거를 최소한 줄일 작정으로 훔친 물건을 숨겨두는 비밀 장소를 마을 곳곳에 만들어놓았다. 숲 근처에 세 사람이 들어갈 정도의 크기로 파놓은 동굴도 그중 하나였다. 한번은 형인 피트가 토런스 고등학교 야구장의 외야석 아래에서 포도주가 담긴 단지를 발견했는데, 그 역시 루이스가 훔쳐다 숨겨놓은 것이었다. 단지에는 술에 취한 개미들이 와글댔다.

루이스는 토런스 극장의 로비에 있는 공중전화 동전 투입구를 휴지로 막아놓았다. 그래놓고는 주기적으로 들러, 화장지 위에 쌓여 있는 동전 밑으로 철사를 밀어 넣어 양손 두둑하게 동전을 챙겼다. 고철상은 씩 웃으며 한 아름의 구리 조각을 팔러 자주 오는 이탈리아 아이가 전날 밤에 바로 그의 고철 야적장에서 구리 조각을 훔쳐왔으리라고는 상상도 못했다. 한번은 서커스장에서 만난 적수와 실랑이를 벌이던 중 어른들이 싸우는 아이들을 달랠 셈으로 25센트짜리 동전을 한 닢 두 닢씩 주자, 이거다 싶었던 루이스는 그 적수와 휴전을 선언하고는 둘이 한패가 되어 돌아다니다가 모르는 사람들이 있으면 그 앞에 가서 싸우는 척

연기를 했다. 루이스는 자신을 보고도 기차를 세우지 않고 지나간 승무원에게 복수하려고 기찻길에 기름칠을 해놓기도 했다. 선생님이 종이를 씹어 뭉쳐놓은 벌로 교실 구석에 서 있으라고 하자 선생님의 자동차 타이어를 이쑤시개로 마구 찔러 바람을 빼버렸다. 보이스카우트에서 열리는 마찰로 불 피우기 대회에서 이미 신기록을 세운 적이 있는 루이스는 불쏘시개를 휘발유에 담갔다가 성냥 머리 부분을 여러 개 섞어 불을 피우는 방법으로 자신의 이전 기록을 깼는데, 이때의 점화는 거의 폭발이라고 해도 좋을 수준이었다. 루이스는 이웃집의 커피 주전자에서 튜브를 뜯어내 훔친 뒤, 나무 위에 만들어놓은 저격수의 둥지에 몸을 숨긴 채 후추나무 열매를 입에 잔뜩 집어넣고는 튜브를 통해 뱉어, 뛰어다니는 동네 여자아이들을 맞혔다.

최고의 걸작이었던 장난은 전설이 되었다. 어느 늦은 밤, 루이스는 침례교회의 첨탑을 기어 올라가 피아노 줄로 종에다 장난질을 치고 그 줄을 나무에 매달아놓아 이른바 '저절로' 커다란 종소리가 나게 해놓는 바람에 경찰서와 소방서, 그리고 토런스의 모든 주민을 한밤중에 깨웠다. 일부 순진한 시골 사람들은 그 종소리가 하나님의 계시라고 말했다.

루이스를 겁먹게 한 것은 단 하나였다. 루이스가 조금 더 나이 들었을 때 한 조종사가 비행기를 토런스 근처에 착륙시켰다가 루이스를 태우고 하늘을 날았다. 워낙 두려움을 모르는 아이라 좋아 날뛰었으려니 싶겠지만, 사실 루이스는 속도와 고도에 잔뜩 겁을 집어먹었다. 그날부터 루이스는 비행기와 연관된 것에는 아예 고개를 절레절레 저었다.

예술적이라고 할 만큼 현란한 도망 기술을 선보였던 어린 시절에 루이스가 장난만 치고 다닌 것은 아니었다. 그는 커서 되고 싶은 모습을 구체적으로 그렸다. 어떤 곤경에 처해도 달아날 수 있을 만큼 영리하고 꾀가 많으며 대담하다고 자신만만했던 그는 좌절이라곤 거의 생각할 수도 없었다. 세월이 흘러 그가 참전할 때 회복력이 있는 이런 낙천주의가 분명한 특징으로 드러난다.

─◆─

루이스는 1년 8개월 먼저 태어난 형과 모든 면에서 딴판이었다. 형인 피트는 잘생겼고, 인기가 많았으며, 몸단장이 완벽했다. 어른에게 예의가 바르고, 어린아이들에게는 삼촌 같은 존재였으며, 소녀들에게는 친절하고 사근사근했다. 어릴 때부터 현명한 판단을 잘해서 부모가 어려운 결정을 해야 할 때면 피트에게 조언을 구할 정도였다. 피트는 겨우 일곱 살이 되던 해에 이미 저녁식사 때마다 어머니를 신사처럼 정중하게 자리로 에스코트했고, 한 침대에서 자는 동생 루이스를 깨우지 않으려고 자명종을 베개 밑에 넣고 잤다. 피트는 2시 반에 일어나 신문을 배달했고, 번 돈을 몽땅 은행에 입금했는데 몇 년 뒤 대공황이 일어났을 때 동전 한 푼 남기지 않고 날려버렸다. 피트는 노래하는 목소리가 아주 좋았으며, 댄스 상대의 드레스 끈이 떨어질 때를 대비해서 바지의 접단에 옷핀을 넣어 다니는 점잖은 습관이 있었다. 익사하기 직전인 여자아이를 구한 적도 있었다. 피트는 만나는 모든 사람에게 온화하면서도 권위 있어 보이는 인상을 풍겼으며 어른들조차 피트의 의견에 휘둘렀다. 누구의 말도 듣지 않겠다고 작정한 루이스마저 피트의 말에는 순순히 따랐다.

늘 남동생인 루이스와 여동생인 실비아와 버지니아를 아버지처럼 보호하며 돌보는 피트는 루이스의 우상이었다. 하지만 루이스는 형의 그늘에 가렸고 늘 형이 잘났다는 소리만 들으며 자랐다. 훗날 실비아의 말에 따르면 어머니는 루이스가 피트를 닮았으면 얼마나 좋겠냐고 말하며 자주 울었다. 루이스의 입장에서 더 짜증나는 것은 형에 대한 명성이 과장되었다는 것이다. 피트의 성적은 매번 점수가 떨어지는 루이스보다 조금 나은 정도였는데, 교장은 피트를 전 과목 A의 우등생으로 취급했다. 토런스 교회의 종이 기적을 일으킨 날 밤, 손전등의 방향을 잘 잡았다면 틀림없이 루이스의 다리 옆에서 간당거리는 피트의 다리를 발견했을 것이다. 이웃집의 음식을 훔쳐 들고 골목을 전력 질주한 아이가 루이스만은 아니었다. 그러나 피트가 그런 짓에 관여했을 거라고 의심하는 사람은 아무도 없었다. 실비아는 "피트 오빠는 절대 잡히지 않았죠. 그런데 루이스 오빠는 항상 잡혔어요"라고 훗날 말했다.

루이스는 다른 아이들과 완전히 달랐다. 몸뚱이가 워낙 작은데다 토런스에 정착한 뒤 몇 년이 지나도 여전히 폐렴에 면역이 없는 폐 때문에 소풍에서 경주를 할 때마다 마을의 모든 여자아이에게 졌다. 나중에는 멋지게 조화를 이루지만, 자랄 때만 해도 이목구비의 크기며 모양이 제각각이라 여러 사람이 제멋대로 주물러놓은 것 같았다. 귀는 허리춤에 달린 권총집에 든 권총마냥 머리 옆으로 확 젖혀져서 붙어 있었으며, 그 위에 자란 곱슬거리는 흑발은 창피한 골칫거리였다. 루이스는 마지 숙모의 뜨거운 고데기로 머리카락을 쫙쫙 펴서 매일 밤 실크 스타킹으로 묶고 잤으며 아침에 올리브유를 너무 듬뿍 발라서 학교에 가는 길 내내 파리들이 따라붙었다. 루이스의 갖은 노력은 효과가 없었다.

더구나 민족 분쟁의 문제도 있었다. 1920년대 초는 토런스에서 이탈리아인이 워낙 무시당했던 시절이라 루이스네 가족이 이사를 오자 이웃사람들이 그들을 쫓아내라고 시의회에 탄원을 할 정도였다. 초등학교에 들어가기 전까지만 해도 영어가 아주 어설펐던 루이스는 혈통을 숨길 수 없었다. 유치원에서는 입을 꼭 다물고 있으면서 어떻게든 버텼지만, 초등학교 1학년 때는 다른 아이에게 불쑥 이탈리아어로 "더러운 개자식!"이라고 내뱉었다가 선생님에게 들켰다. 이어서 한 학년을 유급당하는 바람에 루이스의 괴로움이 더욱 심해졌다.

루이스는 눈에 띄는 소년이었다. 그러지 않아도 자신들과 다른 루이스에게 주목하며 그가 이탈리아 욕을 내뱉는 꼴을 보고 싶었던 불량한 아이들은 루이스에게 돌을 던졌고 놀려댔으며 주먹으로 치고 발로 찼다. 루이스는 도시락을 고스란히 내주며 불량한 아이들의 괴롭힘에서 벗어나려 기를 썼지만, 아이들은 아랑곳하지 않고 계속 루이스를 때리며 피투성이로 만들어놓았다. 도망가거나 눈물을 흘리며 항복했다면 폭행에서 벗어날 수 있었을지 모르지만, 루이스는 그러지 않았다. 실비아는 "오빠는 죽을 정도로 맞아도 '아야'라는 소리 한 번 내지 않았고 눈물 한 방울 흘리지 않았어요"라고 회상했다. 루이스는 그저 양손으로 얼굴을 가린 채 몰매를 견뎠다.

10대에 접어들면서 루이스는 냉담하게 변했다. 매사에 가시를 곤두세웠고 쌀쌀맞아진 루이스는 수시로 토런스 변두리를 살금살금 돌아다녔다. 친구라고 해봐야 그를 대장으로 삼고 따라다니는 거친 남자아이들과 형식적으로 어울리는 게 다였다. 세균 공포증이 너무 심해져서 자신의 음식 가까이 다가오는 사람은 누구라도 용서하지 않았다. 때로는 사랑스러운 아이였지만, 시도 때도 없이 성질을 부리고 반항했다. 겉으로는 억센 척했지만 속으로는 괴로워했다. 아이들이 파티에 가다 보면 차마 들어갈 용기를 내지 못해 파티장 밖에서 서성거리는 루이스가 보였다.

자기 몸을 스스로 지키지 못하는 게 짜증났던 루이스는 본격적인 연구에 들어갔다. 아버지는 샌드백 치는 방법을 가르쳤으며 납을 가득 넣은 커피 캔 두 개에 파이프를 붙여 만든 역기를 들게 했다. 이후 불량스러운 남자아이가 루이스를 괴롭히려 다가오자 루이스는 왼편으로 몸을 휙 수그렸다가 오른쪽 주먹으로 상대의 입을 정확히 강타했다. 비명을 질러대던 남자아이는 이가 부러진 채로 달아났다. 이날 루이스가 집으로 걸어가면서 느꼈던 후련함은 평생 머릿속에서 지워지지 않았다.

시간이 지날수록 루이스의 성격이 거칠어졌고 참을성이 없어졌으며 말썽 기술이 다양해졌다. 루이스는 여자아이에게 주먹을 휘두르거나 선생님을 밀치며 다녔다. 경찰관에게 상한 토마토를 던지기도 했다. 루이스에게 맞서는 아이들은 결국 얻어맞아 입술이 붓기 일쑤였고, 이전에 루이스를 괴롭히던 아이들은 슬슬 피해 다녔다. 한번은 피트와 루이스가 집 앞마당에서 한 남자아이와 대치한 적이 있었다. 피트와 루이스는 주먹을 턱 앞에 든 채로 서로 옆 사람이 먼저 한 방 날리기를 기다리고 있었다. "루이스는 참지 못했어요." 피트가 회상했다. "제 옆에 서서는 '쳐, 형! 저 녀석을 쳐버려, 형!'이라고 말했죠. 내가 그대로 서 있자 갑자기 루이스가 몸을 휙 움직이더니 그 녀석의 배를 정통으로 후려치는 거예요. 그리고 나서 후다닥 도망가더군요!"

아버지인 안토니는 어찌할 바를 몰랐다. 경찰관은 루이스를 설득해보려고 현관이 닳도록 집을 드나들었다. 안토니가 찾아가 미안하다고 손이 발이 되도록 빌어야 할 이웃이 수도 없었고, 있지도 않은 돈을 마련해 배상해줘야 하는 사고도 많았다. 안토니는 아들을 무척이나 사랑했지만 아들의 행동에 분통이 터진 게 한두 번이 아니라서 힘껏 볼기를 때리기 일쑤였다. 한번은 한밤중에 꼼지락거리며 창문으로 빠져나가려는 루이스를 우연히 발견하고는 궁둥이를 어찌나 세게 찼던지 루이스가 획 날았다가 방바닥에 철퍼덕 떨어졌다. 매번 루이스는 눈물 한 방울 흘리지 않고 아무 말 없이 벌을 받아놓고는 얼마 뒤 똑같은 말썽을 부리며 능력을 과시했다.

어머니인 루이즈는 안토니와 다른 방법으로 아들을 다뤘다. 선명한 푸른 눈동자를 비롯해 루이스는 루이즈의 복사판이었다. 루이즈는 당한 대로 갚아주었다. 사온 고기의 질이 좋지 않으면, 당장 손에 프라이팬을 들고 씩씩거리며 정육점으로 뛰어갔다. 워낙 장난을 좋아해서 골판지 상자에 가루설탕을 뿌려놓고는 생일 케이크라며 이웃에게 선물한 적도 있었다. 이웃은 진짜 케이크인 줄 알고 자르려다가 칼이 골판지에 걸리고 나서야 속았음을 눈치챘다. 피트가 사탕 한 통을 주면 피마자유를 마시겠다고 하자 루이즈는 그러겠다고 약속해놓고 피트가 피마자유를 다 마실 때까지 지켜본 다음 빈 사탕 통을 주었다. "네가 달라는 건 사탕 통이었잖니, 아가." 루이즈는 빙긋 웃으며 말했다. "내가 가진 건 그것뿐이란다." 그리고 루이즈는 다루기 힘든 루이스의 마음을 이해했다. 어느 핼러윈 때는 사내아이처럼 옷을 입고 두 아들과 마을을 뛰어다니며 과자와 사탕을 받았다. 한 무리의 아이들이 루이즈가 동네 대장인 줄 알고 시비를 걸어 그녀의 바지를 뺏으려 했다. 네 아이의 어머니인 자그마한 체구의 루이즈가 그 아이들과 한창 아수라장을 벌였는데, 때마침 경찰이 발견하고 난투극을 뜯어말렸다.

루이즈는 루이스에게 벌을 줘봤자 반항심만 자극할 뿐임을 알기에

은밀하게 루이스 개조 작전을 펼쳤다. 루이즈는 루이스의 학교 친구 중에 싹싹한 휴에게 직접 구운 파이를 가져다주며 슬슬 구슬려 정보를 캐냈다. 단 음식에 사족을 못 쓰는 휴는 파이에 홀딱 넘어가 루이스의 일거수일투족을 고스란히 일러바쳤다. 갑자기 어머니가 둘째아들의 행동거지를 살살이 알게 되자, 아이들은 혹시 어머니에게 신기가 생긴 게 아닌가 싶었다. 루이스는 실비아가 고자질을 한다고 확신했다. 저녁식사를 할 때면 실비아 옆에 앉지 않겠다며 고집을 부렸고 혼자 널찍이 떨어져 오른 옆에서 독기를 품은 채 식사를 했다. 한번은 너무 화가 난 루이스가 실비아를 미행하기도 했다. 실비아는 지름길로 골목을 빠져나가 아버지의 일터로 들어갔는데, 이때가 그녀의 일생에서 유일하게 루이스보다 앞서서 달린 날이었다. 루이스는 좁은 집에서 90센티미터가 넘는 애완용 뱀을 키우며 실비아가 근처에도 못 오게 쫓아냈다. 이로부터 75여 년이 흐른 뒤 실비아는 "정말 사활이 걸린 상황이었어요"라고 당시를 회상했다.

루이즈의 갖은 노력에도 불구하고 루이스의 행동은 변함이 없었다. 루이스는 가출해서 샌디에이고 부근을 어슬렁거리다가 고가도로 밑에서 자는 생활을 여러 날 동안 하기도 했다. 초원에 있는 수소를 타려다가 걷어차이는 바람에 쓰러진 나무 둥걸로 나가떨어져, 찢어진 무릎을 손수건으로 동여맨 채 절뚝거리며 집에 돌아오기도 했다. 스물일곱 바늘이나 꿰매야 했지만, 이후에도 루이스의 말썽은 여전했다. 한 아이를 너무 세게 때려서 코를 부러뜨려놓기도 했다. 또 다른 아이를 거꾸로 뒤집어놓고 입에 키친타월을 우걱우걱 집어넣은 적도 있었다. 자식을 둔 부모들은 루이스 근처에도 가지 못하도록 엄격하게 단속했다. 계속해서 도둑질을 해대는 루이스에게 몹시 화가 난 농부는 엽총에 암염을 장전해 루이스의 뒤꽁무니에 쏴댔다. 어느 날 루이스는 무지막지하게 맞아 기절한 아이를 도랑에 놔둔 채 도망쳤는데, 그 아이가 제 손에 죽었을까봐 잔뜩 겁이 났다. 그날 루이즈는 아들의 주먹에 묻은 피를 보고 눈물을 펑펑 흘렸다.

※

토런스 고등학교로 진학하기 직전 루이스의 모습은 점차 개구쟁이 소년이 아니라 위험한 청년처럼 바뀌어갔다. 고등학교는 루이스에게 마지막 학교가 될 터였다. 어차피 대학에 갈 돈이 없었다. 안토니의 주급은 늘 1주일이 채 지나기도 전에 바닥났고, 루이즈는 가지나 우유나 묵은 빵, 야생 버섯, 루이스와 피트가 들에서 잡아온 토끼를 비롯해 뭐든지 그때그때 손에 들어온 재료로 음식을 만들어야 했다. 번번이 낙제하고 변변한 기술도 없는 루이스가 장학금을 받을 가능성은 아예 없었다. 취직될 가망도 없었다. 대공황이 일어나 실직률이 거의 25퍼센트에 달한 시기였다. 루이스는 거창한 야망이 없었다. 혹시라도 장래 희망이 뭐냐고 물으면, 아마 '카우보이'라고 대답했을 것이다.

1930년대에 미국 전역이 우생학에 심취해 있었고 유전자 풀에서 '부적합'한 자들을 골라내면 인류가 강력해진다는 우생학의 약속에 솔깃해했다. 여기서 말하는 부적합한 자에는 정신박약자, 정신병자, 범죄자는 물론이고 혼외정사(정신병으로 간주함)를 벌인 여성, 고아, 장애인, 빈곤자, 노숙자, 간질병자, 자위행위를 하는 자, 맹인, 귀머거리, 알코올중독자, 성기의 크기가 일정한 기준을 넘는 여자아이까지 포함되었다. 일부 우생학자들은 안락사를 지지했으며, 정신병원에서는 환자들의 등급에 따라 목숨에 '치명적인 방치'나 노골적인 살해를 통해 안락사가 은밀히 진행되고 있었다. 일리노이 주의 한 정신병원에서는 바람직하지 않은 자들은 죽어야 된다는 믿음 아래, 결핵에 감염된 젖소에서 짠 우유를 새로운 환자들에게 먹였다. 이들 환자 중 열 명에 네 명꼴 이상으로 죽었다. 우생학이 인기를 얻어갈수록 불임수술이 강제로 행해졌고, 불임수술 대상은 행실이 나쁘거나 운이 없어서 주 정부의 그물망에 잡힌 소위 구제불능 인간들이었다. 루이스가 10대로 접어든 1930년에 이르자 캘리포니아 주도 우생학에 휩쓸렸으며 결국 2,000명이 넘는 주민을 불임으로 만들었다.

루이스가 10대 초반이던 때에 토런스에서 일어난 한 사건으로 인해 우생학에 심취한 미국 내 분위기가 주민들에게 현실로 다가왔다. 루이스와 같은 동네에 살던 남자아이가 정식박약으로 간주되어 정신병원에 갇혔는데, 부모가 토런스의 이웃들이 모아준 돈으로 소송을 걸며 미친 듯이 노력했지만 결국 아이가 강제로 불임수술을 받게 되는 것을 막지 못했다. 루이스의 형제자매가 가정교사를 하며 가르쳤던 그 아이는 전 과목 A를 받은 우등생이었다. 루이스는 늘 소년원이나 감옥에 잡혀갈 위험을 간발의 차이로 피해왔으며, 빈번한 사고뭉치이자 형편없는 학생인 동시에 수상쩍은 이탈리아인이었던 그는 우성학자들이 도태시키려 하는 전형적인 악당이었다. 자신에게 닥친 위험을 갑자기 감지한 루이스는 큰 충격을 받았다.

루이스는 악당으로 변해버린 모습이 진정한 자신이 아님을 알았다. 루이스는 사람들에게 다가가려고 서툴게나마 노력했다. 어머니를 놀래주려고 부엌 바닥을 열심히 청소해놓아도, 어머니는 피트가 해놓았거니 했다. 아버지가 다른 마을에 나갈 때면, 루이스는 가족용 자동차인

마몬 루스벨트 스트레이트 8 세단의 엔진을 점검해놓았다. 비스킷을 구워 사람들에게 나눠주기도 했다. 어수선한 부엌에 진력이 난 어머니가 궁둥이를 차며 쫓아내자 루이스는 이웃집에 가서 새로 비스킷을 굽기 시작했다. 루이스는 훔친 물건을 거의 모두 사람들에게 나눠주었다. 피트는 루이스가 "통이 컸다"고 말했다. "루이스는 뭐든지 나눠주었어요. 그게 자기 물건이든 남의 것이든."

그렇지만 착하게 살아보려는 온갖 노력은 매번 엉뚱한 결과로 이어졌다. 루이스는 한적한 곳에 혼자 숨어 제인 그레이^{Zane Grey}의 소설을 읽으며, 세상과 인연을 끊고 소설 속 개척시대의 주인공과, 주인공의 말처럼 살게 되기를 바랐다. 수시로 극장에 가서 서부영화를 봤으며, 매번 화면 속 광활한 풍경을 뚫어질 듯 바라보면서 줄거리에 흠뻑 빠져들었다. 이불을 질질 끌고 뒷마당으로 가서 혼자 잔 밤도 꽤 많았다. 카우보이 톰 믹스^{Tom Mix}와 그의 명마 토니가 나오는 영화의 사진이 머리맡에 붙은 침대에 말똥말똥 눈을 뜨고 누운 채, 자유롭게 황야를 누비는 영화 속 주인공과 달리 자신의 신세는 헤어날 수 없는 덫에 걸린 것 같다는 느낌에 빠져 밤을 지새우기도 했다.

집 뒤쪽 구석에 있는 그의 방에 있으면 기차 소리가 들렸다. 루이스는 깊이 잠든 형 옆에 누워 멀리 퍼져나가는 낮은 소리에 귀를 기울이곤 했다. 그 소리는 작아졌다가 커졌다가 다시 작아지다가, 마지막으로 높은 호각 소리를 남긴 뒤 사라졌다. 그 소리를 듣고 있으면 소름이 끼쳤다. 한껏 동경에 취한 루이스는 한 번도 가본 적 없는 전국 곳곳을 누비는 기차에 올라탄 자신의 모습이 점점 멀어지면서 작아지다가 급기야 완전히 보이지 않게 되는 장면을 상상했다.

2

미친 듯이 뛰어라

    루이스 잠페리니의 갱생은 1931년에 열쇠를 계기로 시작되었다. 열네 살이 된 루이스는 철물점에 갔다가 어떤 열쇠든 생판 다른 자물쇠에 맞을 가능성이 쉰 번에 한 번꼴이라는 이야기를 들었다. 여기에 흥미를 느낀 루이스는 열쇠를 있는 대로 모아 아무 자물쇠에나 넣고 돌려보기 시작했다. 계속 운이 따르지 않다가, 집 열쇠로 토런스 고등학교 체육관의 뒷문을 여는 데 드디어 성공했다. 농구 시즌이 시작되자, 판매된 10센트짜리 입장권의 수와 관중석에 앉아 있는 아이들의 수가 맞지 않는 일이 생겼다. 1931년 후반, 뒷문으로 들어가던 한 아이가 들켰고 즉시 루이스의 몇 번째인지 모를 교장실행이 이어졌다. 캘리포니아 주에서는 생일이 겨울인 학생들이 1월에 새 학년으로 들어가기 때문에 루이스는 곧 중학교 3학년에 올라가려던 참이었다. 교장은 체육과 사교 활동에 참여할 자격을 박탈하는 벌을 내렸다. 루이스는 어차피 어떤 활동에도 참여하지 않았기에 상관없었다.

이 소식을 듣고 피트는 당장 교장실로 향했다. 어머니는 아직 영어를 잘하지 못했지만 피트의 항의에 무게를 실어주기 위해 아들의 뒤를 따랐다. 피트는 루이스가 관심을 받고 싶어 하는 마음이 절절하지만 한 번도 칭찬을 통한 관심을 받은 적이 없어서 벌로라도 관심을 받으려는 것이라고 교장에게 말했다. 피트는 루이스가 옳은 일로 인정을 받으면 그의 삶이 바뀔 거라고 항변했다. 그러면서 루이스가 체육부에 들어가게 해달라고 부탁했다. 교장이 주저하자 피트는 루이스가 실패한 삶을 산다면 과연 선생님은 마음 놓고 살 수 있겠냐고 물었다. 열여섯 살짜리 학생이 교장에게 하기에는 건방진 말이었다. 하지만 피트는 토런스에서 건방지다는 말을 들은 적이 없는데다 건방진 소리조차 설득력 있게 할 수 있는 유일한 아이였다. 이렇게 해서 1932년에 루이스는 체육 활동을 할 수 있는 자격을 얻었다.

피트는 루이스를 위해 거창한 계획을 세웠다. 1931년부터 1932년까지 3학년을 마치고 농구팀에서 세 장, 야구팀에서 세 장을 포함해 열 개의 표창장을 받아 졸업시키겠다는 것이었다. 그런데 정작 피트가 네 개의 표창장을 받은 종목은 육상이었다. 피트는 800미터(0.5마일 경주이므로 정확히 말하면 804미터-옮긴이)에서 학교 최고 기록과 똑같은 기록을 냈고, 특히 주 종목인 1,600미터(1마일 경주이므로 정확히 말하면 1,609미터-옮긴이)에서 5분 6초로 신기록을 세웠다. 피트는 매번 빠른 속도로 위기에서 벗어나는 모습을 지켜본 자신이 루이스가 달리기에 재능이 있음을 처음 발견했다고 생각했다.

그런데 알고 보면 루이스를 처음 육상 트랙에 서게 한 것은 피트가 아니라 순전히 루이스가 여자아이들에게 약했기 때문이었다. 2월에 3학년 여학생들이 학년 간 육상 모임을 주최하기 위해 지원자들을 모집했는데, 남학생이 네 명밖에 없는 루이스의 반에서 달리기를 할 수 있을 것처럼 보이는 아이는 루이스뿐이었다. 여학생들은 매력을 한껏 발휘하며 루이스를 설득했고, 정신을 차리고 보니 어느새 루이스는 600미터 경기를 앞두고 맨발로 육상 트랙에 나와 있었다. 경기가 시작되자 모든 선수가 우르르 뛰어나갔지만 루이스는 팔꿈치를 제멋대로 내저으며 훨씬 뒤처져서 달렸다. 힘겹게 결승선에 도착하자 낄낄거리는 웃음소리가 들렸다. 숨을 헐떡거리며 들어온 루이스는 창피함에 어쩔 줄 몰라 하며 곧바로 트랙에서 뛰어나가 관중석 아래에 숨었다. 코치가 저 아이는 다른 건 몰라도 달리기 선수로 나가긴 힘들겠다고 투덜거렸다. "쟤는 내 동생이에요." 피트가 단호하게 말대꾸를 했다.

그날부터 피트는 온통 루이스에게 관심을 쏟아부으며 열심히 연습하도록 몰아붙였다. 그런 다음에는 두 번째 경기가 열리는 트랙으로 질질 끌고 가 달리기를 하게 했다. 루이스는 관중석에 앉아 있는 아이들의 응원에 힘을 내 겨우 한 명을 제치고 3등으로 결승선에 들어왔다. 루이스는 달리기가 싫었지만, 관중의 박수 소리에 매료되었다. 박수를 더 많이 받을 수 있다는 기대감에 조금이나마 고분고분하게 형의 말에 따르게 되었다. 피트는 날마다 루이스를 데리고 나가 달리기 연습을 시켰다. 자전거를 타고 루이스의 뒤를 따라가다가 속도가 느려지면 회초리를 휘둘렀다. 루이스는 다리를 질질 끌면서 불평을 늘어놓았다. 조금 피곤하다 싶으면 바로 달리기를 멈추고 주저앉아버렸다. 피트는 루이스를 억지로 일으켜 계속 달리게 했다. 곧이어 루이스는 우승을 하기 시작했다. 그

Ι 루이스 잠페리니의 허락을 받아 게재

시즌이 끝날 무렵에는 토런스에서 최초로 주 대항 결승전에 진출하는 기록까지 세웠다. 그 경기에서 루이스의 최종 성적은 5등이었다.

루이스가 달리기에 재능이 있다는 피트의 처음 생각은 옳았다. 그러나 루이스는 연습이 또 하나의 굴레처럼 여겨졌다. 밤마다 지나가는 기차의 호각 소리에 귀를 기울였고, 1932년 어느 여름날 더 이상 참을 수 없는 지경에 이르렀다.

~~~~~

문제의 발단은 아버지가 시킨 집안일이었다. 루이스가 말을 듣지 않자 부자 간에 아옹다옹 말다툼이 벌어졌다. 급기야 루이스는 빨래를 바구니에 집어던지더니 쿵쾅거리며 현관으로 향했다. 어머니와 아버지는 그 자리에 꼼짝 말고 있으라고 명령했지만, 루이스는 고분고분 따를 상태가 아니었다. 루이스가 문밖으로 뛰쳐나가는 찰나에 어머니가 급하게 부엌으로 뛰어가 왁스를 입힌 종이에 샌드위치 하나를 싸왔다. 루이스는 샌드위치를 가방에 쑤셔 넣고 집을 나갔다. 집 앞 길을 내려가는 도중에 그의 이름을 부르는 소리가 들렸다. 고개를 돌려보니 아버지가 수심 가득한 얼굴로 밖에 나와 1달러짜리 지폐 두 장을 내민 채 서 있었다. 1주일 생계비도 안 되는 봉급을 받는 남자에게 2달러는 엄청난 돈이었다. 루이스는 그 돈을 받아 길을 떠났다.

루이스는 친구 한 명을 끌어들여 함께 남의 차를 얻어 타고 로스앤젤레스로 갔다. 그러고는 길가에 세워져 있는 자동차 문을 몰래 열고 들어가 좌석에서 몸을 구부리고 잤다. 이튿날 열차에 몰래 탄 두 사람은 북쪽으로 향했다.

여행은 아주 끔찍했다. 두 소년이 있던 화물칸의 문이 잠겨버렸는데,

푹푹 찌는 날씨 때문에 얼마 지나지 않아 당장 나가지 않으면 미칠 지경이 되었다. 버려진 금속 조각을 발견한 루이스는 친구의 어깨를 타고 올라가 통풍구를 겨우 비집어 열었다. 그러고는 몸부림을 치며 밖으로 나간 뒤 친구를 끄집어냈다. 그러다가 살을 크게 베여 상처가 났다. 그 뒤 두 사람은 철도 경비원에게 발각되었는데, 그가 총부리를 겨누며 위협하자 달리는 열차에서 뛰어내릴 수밖에 없었다. 두 소년은 며칠 동안이나 계속 걸으면서 음식을 훔치려던 과수원과 식료품점에서 쫓겨나기를 되풀이했다. 급기야 멍투성이에 아주 더럽고 햇볕에 새까맣게 타고 물에 홀딱 젖은 몰골로 어느 조차장 바닥에 주저앉아 훔친 콩 통조림을 나누어 먹는 신세가 되었다. 기차가 덜컹거리며 지나갔다. 루이스가 고개를 들었다. "있잖아…… 새하얗고 아름다운 식탁보가 깔려 있고 크리스털 잔과 음식이 잔뜩 놓여 있는 식탁에 앉아 웃고 즐기며 식사하는 사람들을 봤어." 루이스는 잠시 침묵을 지키다가 다시 입을 열었다. "그런데 난 여기에 벌벌 떨고 앉아서 궁상맞게 콩 통조림이나 먹고 있네." 루이스는 아버지가 내밀던 돈, 샌드위치를 건네는 어머니의 눈에 서려 있던 두려움이 생생하게 떠올랐다. 루이스는 벌떡 일어나 집으로 향했다.

루이스가 집에 들어가자 어머니는 덥석 아들을 얼싸안고 다친 데는 없는지 구석구석 살피더니 부엌으로 데리고 가 과자를 주었다. 일을 마치고 집에 온 안토니는 루이스를 보더니 의자에 털썩 주저앉았으며 인상이 부드럽게 펴졌다. 저녁식사가 끝나자 루이스는 2층으로 올라가 무너지듯 침대에 누워 작은 소리로 항복이라고 피트에게 말했다.

~~~~~

1932년 여름 내내 루이스는 거의 아무것도 하지 않고 달리기만 했다.

한번은 친구의 초대를 받아 캘리포니아 남부 고원지대 사막의 차우칠라 인디언보호구역Cahuilla Indian Reservation에 있는 오두막에 놀러 갔다. 루이스는 매일 아침 해가 뜨자마자 일어나 소총을 들고 산쑥이 울창한 지대까지 조깅을 했다. 온 사막을 뛰어다니며 언덕을 오르내리고 도랑을 건넜다. 여기저기에서 돌아다니는 말 떼를 쫓아다니다가 빙빙 도는 말들 사이로 쏜살같이 뛰어들어 말갈기를 잡아챈 뒤 등에 올라타려는 헛된 노력을 반복했다. 루이스는 바위에서 빨래하는 차우칠라 부족의 여인들이 지켜보는 가운데 유황천에서 수영을 했고 양지에 팔다리를 쭉 펴고 누워 몸을 말렸다. 매일 오후, 뛰어서 오두막으로 돌아가는 길에 총으로 저녁에 먹을 토끼를 잡았다. 집에 돌아오면 오두막 꼭대기로 기어올라가 제인 그레이의 소설을 읽으며 한가로운 시간을 보냈다. 글씨가 보이지 않을 만큼 해가 저물면 주변 풍경을 고즈넉이 바라보았다. 어둠이 땅과 하늘을 하나로 감싸기 직전, 회색빛에서 보랏빛으로 물들어가는 광경을 감상하며 아름다움에 감동했다. 아침이 되면 일어나자마자 다시 뛰어다녔다. 출발선도 결승선도 없었다. 누구를 위해서, 혹은 누구 때문에 뛰는 것도 아니었다. 그저 몸이 원해서 뛰어다닐 뿐이었다. 한시도 가만있지 못하는 성격, 남의 시선을 의식하는 버릇, 무조건 반항하고 싶은 욕구가 사라졌다. 평화로운 느낌만 가득했다.

루이스는 달리기 광이 되어 집에 돌아왔다. 한때 도둑질에 바쳤던 모든 노력을 경주로에 쏟았다. 루이스는 피트의 지시에 따라 〈토런스 헤럴드Torrance Herald〉 배달 구역, 학교에 오가는 길, 해변에 오가는 길을 모두 달렸다. 인도로 걷는 경우가 거의 없었다. 이웃집 잔디밭으로 방향을 틀어 수풀을 뛰어넘어 다녔다. 술과 담배도 끊었다. 폐활량을 늘리려고 레돈도 해변에 있는 공공 수영장까지 뛰어가 바다의 배수 플러그를 잡고 물속에서 호흡을 참았는데, 매번 시간을 조금씩 늘려갔다. 마침내 물속에서 3분 45초까지 버틸 수 있게 되었다. 그 와중에 루이스가 물에 빠진 줄 알고 수영장으로 뛰어드는 사람이 끊이질 않았다.

루이스는 롤모델도 찾았다. 1930년대에 육상 경기는 큰 인기를 끌었고 누구나 뛰어난 선수들의 이름을 알고 있었다. 그중 한 명이 캔자스 대학교의 1,600미터 선수인 글렌 커닝엄Glenn Cunningham이었다. 커닝엄이 아주 어릴 때 학교 사택에 폭발이 일어나 형이 목숨을 잃었으며 그는 두 다리와 몸통에 심각한 화상을 입었다. 커닝엄은 사고 후 한 달 반이 지나서야 겨우 몸을 일으켜 앉을 수 있었다. 두 발로 서기까지는 그 후로도 오랜 시간이 걸렸다. 다리를 곧게 펼 수 없었던 그는 의자에 기대어 다리를 버둥거리며 조금씩 움직이는 법을 익혔다. 집에서 키우는 노새의 꼬리를 잡고 걷는 연습을 하다가 이어서 페인트라는 친절한 말의 꼬리를 잡고 다니는 단계를 거쳐 혼자 힘으로 걷게 된 후 마침내 달리기를 시작했다. 처음에는 걸음을 옮길 때마다 극심한 고통이 따랐다. 몇 년 지나지 않아 커닝엄은 경기에 참가해 1,600미터에서 기록을 줄줄이 세웠다. 당시 다른 선수들은 커닝엄이 이미 결승선에 들어온 후에도 최종 직선 구간에 모습을 드러내지 않을 정도로 한참 뒤처져서 뛰었다.

1932년이 되자 두 다리와 등이 뒤틀린 그물 같은 화상 자국으로 뒤덮여 있으며 겸손하고 차분한 성격을 가진 커닝엄은 전국에서 선풍을 일으켰다. 얼마 지나지 않아 1,600미터에서 미국 역사상 가장 뛰어난 선수라는 찬사까지 받았다. 그리고 커닝엄은 루이스의 영웅이 되었다.

1932년 가을, 피트는 학비가 무료인 2년제 대학 컴프턴Compton에 진학

했는데 그 학교에서 인기 있는 달리기 선수가 되었다. 피트는 거의 매일 오후에 루이스를 가르치러 집에 왔다. 그는 루이스 옆에서 달리며 팔꿈치의 자세를 바로잡아주고 전략을 알려주었다. 루이스에게는 신체 역학적으로 드문 강점이 있었다. 그것은 바로 달릴 때 함께 돌아가는 둔부였다. 한 다리가 앞으로 나가면 그쪽 둔부가 앞쪽으로 움직여 한 번에 뛰는 폭이 2미터를 훌쩍 넘게 해주었다. 토런스 고등학교 울타리에 서서 루이스가 뛰는 모습을 지켜본 치어리더 '투츠'(아가씨라는 뜻의 애칭-옮긴이) 바우어삭스Bowersox는 감상을 단 한마디로 표현했다. "유-우-연한데." 피트는 그때까지 뛰었던 단거리 종목의 길이가 루이스에게 너무 짧다고 생각했다. 루이스는 글렌 커닝엄처럼 1,600미터 경주 선수가 되어야 할 터였다.

1933년 1월, 루이스는 고등학교 1학년이 되었다. 냉담하고 가시 같은 성격이 없어지자 멋진 친구들에게 어디에서나 환영을 받았다. 그들은 루이스를 켈로스 햄버거 스탠드Kellow's Hamburg Stand 앞에서 열리는 소시지 판매 행사에 초대했다. 그곳에서 루이스는 우쿨렐레 반주에 맞춘 합창, 묶은 수건을 가지고 하는 터치풋볼(태클 대신 터치를 하는 미식축구의 일종-옮긴이), 각종 대회에 참가했다. 루이스는 갑자기 높아진 인기를 기회 삼아 학급 반장에 출마해 당선되었다. 이 선거에서 루이스는 피트가 컴프턴 대학에서 과대표로 당선될 때 했던 연설문을 그대로 읊었다. 무엇보다도 여자아이들이 갑자기 루이스를 황홀한 눈빛으로 보기 시작했다. 루이스는 열여섯 번째 생일날에 혼자 걷고 있다가 시끌벅적하게 키득거리는 치어리더 무리에게 일순 포위당했다. 한 여자아이가 루이스 위에 올라탄 가운데 나머지 여자아이들은 루이스의 궁둥이를 열여섯 번 철썩 후려치더니 한 살 먹은 기념으로 한 대 더 찰싹 때렸다.

2월에 학교의 육상 경기 시즌이 시작되자 루이스는 그동안의 훈련 결과를 확인하려고 경기에 나갔다. 변화는 놀라웠다. 어머니가 치마 천을 잘라 바느질해서 만든 검정색 실크 반바지를 입고 뛴 루이스는 피트가 공동으로 세웠던 대회 기록을 깨고 600미터에서 우승했다. 1주일 뒤, 루이스는 다른 1,600미터 선수들을 모두 무찌르고 피트의 기록보다 3초 빠른 5분 3초로 결승선에 들어왔다. 다른 대회에서는 1,600미터에서 4분 58초를 기록했다. 3주 뒤, 4분 50.6초라는 주 기록을 세웠다. 초봄에는 4분 46초로 단축했고, 늦봄에는 4분 42초로 다시 기록을 깼다. '우와, 대단하다! 대단해!' 지역신문 기사 중 일부분이다. '그 아이가 날 수 있을까? 그렇다. 잠페리니네 아들이라면 가능하다.'

루이스는 거의 매주 1,600미터 경기에 출전했다. 시즌 내내 전례 없는 백전백승의 기록을 세웠다. 고등학생 중에서는 더 이상 상대할 적수가 없자 루이스는 컴프턴 대학에서 열린 3,200미터(2마일 경주이므로 정확히 말하면 3,218미터-옮긴이) 경기에 나가 피트와 다른 대학생 열세 명과 겨뤘다. 루이스는 열여섯 살에 불과했고 장거리 달리기 훈련을 받은 적이 없지만, 2위와 45미터 차이로 우승했다. 다음으로 UCLA에서 개최한 서던 캘리포니아 크로스컨트리Southern California Cross Country 대회의 3,200미터 종목에 도전했다. 루이스는 발이 땅에 닿는 느낌조차 들지 않을 정도로 수월하게 달렸으며, 경기 내내 선두 자리를 차지하고 앞으로 쭉쭉 나아갔다. 루이스는 반환점에서 200미터를 앞서 달렸고 관중들은 검은 반바지를 입은 소년이 언제 쓰러질지 내기하기 시작했다. 루이스는 쓰러지지 않았다. 마치 날아가듯 결승선을 통과해 3,200미터 신기록을 세운

루이스는 1933년 UCLA 크로스컨트리 대회 3,200미터 종목에서 400미터 이상을 앞서 승리했다. 피트가 동생을 축하하러 뒤에서 뛰어오고 있다. Ⅰ루이스 잠페리니의 허락을 받아 게재

루이스가 긴 직선 구간을 뒤돌아보았다. 달려오는 선수가 한 명도 보이지 않았다. 루이스가 다른 선수보다 400미터 이상 앞서서 승리한 것이었다.

　루이스는 기절할 것 같은 기분이었다. 너무 힘들어서가 아니라 자신의 실력을 깨닫고 너무 놀라서였다.

3

토런스 토네이도

매주 토요일마다 반복되었다. 루이스는 트랙으로 나가 준비운동으로 몸을 풀고 경기장 안 잔디밭에 엎드려 앞으로 다가온 경기를 머릿속에 그렸다. 그런 다음 출발선으로 걸어가 총소리를 기다리다가 바람처럼 뛰어나갔다. 피트는 출발과 동시에 초시계를 누른 뒤 큰 소리로 응원과 지시를 해대며 경기장 안쪽에서 루이스를 따라 쏜살같이 뛰어다녔다. 피트가 신호를 주면 루이스는 긴 다리를 쭉쭉 뻗었다. 기자의 말에 따르면 '안타깝게도 기가 죽고 실망해' 경쟁자들은 이내 산산이 흩어진 채 뒤로 처졌다. 루이스가 결승선을 미끄러지듯 들어오면 피트가 기다리고 있다가 달려들었다. 관중석에 앉은 아이들은 함성을 지르며 발을 굴렀다. 뒤이어 여자아이들이 사인을 받으려고 파도처럼 밀려들었고, 어머니에게 끊임없이 키스를 받은 다음 앞쪽 잔디밭에서 기념사진을 찍은 후 트로피를 받았다. 루이스는 받은 육상 경기의 전통적인 부상인 손목시계가 어찌나 많았던지 마을 사람들에게 하나씩 나눠줄 정도였다. 루이스를 이길 것으로 예상된다는 새로운 기대주가 주기적으로 등장했지만 늘 무릎을 꿇고 말았다. 한 기자는 우승하지 못한 어느 기대주에 대해 '무한한 가능성의 소유자라고 불리던 소년. 토요일에 한계를 알게 되었다'라고 썼다.

고등학교 시절 루이스에게 최고의 순간은 1934년 서던 캘리포니아 트랙 및 필드 선수권 대회Southern California Track and Field Championship에서 펼쳐졌다. 1,600미터 고등부 역사상 최고의 격전지로 유명했던 이 경기에서 루이스는 모든 선수를 앞질러 4분 21.3초로 들어왔으며, 제1차 세계대전 중에 세워진 전국 고등부 신기록을 2초 이상이나 앞당겼다.* 가장 유력한 경쟁자였던 선수는 루이스를 쫓아가느라 기진맥진하여 들것에 실려 경기장 밖으로 나가야 했다. 루이스는 피트의 품에 뛰어들면서 후회되었다. 여전히 몸에 생기가 너무 넘쳤던 것이다. 루이스는 두 바퀴째에 조금만 더 빨리 달렸다면 4분 18초를 기록할 수 있었다고 말했다. 한 기자는 루이스의 기록이 20년간 깨지지 않을 것이라고 예측했다. 사실 루이스의 기록은 19년간 깨지지 않았다.

한때 고향인 토런스 주민들 사이에서 최고의 악동이었던 루이스는 이제 슈퍼스타가 되었고 주민들은 그를 완전히 용서했다. 루이스가 훈

---

*루이스가 세운 기록은 '세계적인 고등부' 기록으로 불렸지만, 이는 부적절한 표현이었다. 당시에 공식적인 세계 고등부 기록은 없었다. 나중에 나온 자료에는 루이스의 기록이 4분 21.2초였지만, 1934년의 모든 자료에는 4분 21.3초로 기록되어 있다. 기록 확인에 사용된 기준이 단체들마다 달랐기 때문에, 루이스가 깬 기존 기록 보유자에 대해 혼선이 있었다. 당시 신문에 따르면 기록 보유자는 1916년에 4분 23.6초로 들어온 에드 실즈(Ed Shields)였다. 1925년 체슬리 운루(Chesley Unruh)의 기록은 4분 20.5초였는데, 이는 공식적으로 검증되지 않았다. 기존 기록 보유자가 커닝엄이라는 주장도 있지만, 1930년 커닝엄의 기록은 4분 24.7초로 운루와 실즈보다 훨씬 느렸다. 루이스의 기록은 1953년에 밥 시먼(Bob Seaman)이 새로운 기록을 세울 때까지 깨지지 않았다.

런을 할 때면 사람들이 트랙 울타리를 따라 길게 늘어서서 "힘내, 철인!"이라고 소리쳤다. 로스앤젤레스의 〈타임스〉와 〈이그재미너〉의 스포츠난에는 〈타임스〉가 '토런스의 폭풍'이라고 일컫고 실제로 모든 사람이 '토런스의 토네이도'라고 불렀던 육상 신동에 대한 이야기가 연일 실렸다. 한 기사에 따르면 〈토런스 헤럴드〉라는 신문사는 루이스에 대한 이야기가 아주 중요한 수익원이라며 루이스의 두 다리에 5만 달러의 보험을 들었다. 토런스 주민들은 함께 자동차를 타고 루이스의 경기에 몰려들어 관중석을 꽉 채웠다. 루이스는 그런 야단법석이 민망해서 어머니와 아버지에게 경기를 보러 오지 말라고 당부했다. 어쨌든 루이즈는 몰래 경기장 트랙 쪽으로 다가가 펜스 틈으로 들여다보았는데, 너무 긴장하는 바람에 눈을 가리기가 일쑤였다.

얼마 전까지만 해도 루이스의 열망은 어느 집 부엌을 털까 하는 생각으로 끝이 났다. 그런데 이제 그는 아주 대담한 목표에 매진했다. 바로 1936년 베를린 올림픽이었다. 올림픽에는 1,600미터가 없어서 1,600미터 선수들은 100미터가 짧은 1,500미터에 참가했다. 이 종목은 경험이 풍부한 성인들의 경기였다. 당대에 가장 뛰어난 선수들은 20대 중반 이후에 최고 기량을 발휘했다. 1934년 기준으로 올림픽 1,500미터 경기에서 가장 사랑받는 선수는 4분 6.8초로 세계기록을 세운 글렌 커닝엄이었다. 루이스가 전국 고등부 기록을 세운 지 단 몇 주 뒤에 세운 기록이었다. 커닝엄은 초등학교 4학년 때부터 달리기를 했으며, 1936년 베를린 올림픽이 열리는 때는 스물일곱 살이 되기 몇 달 전이었다. 커닝엄은 스물여덟 살이 되어서야 자신의 기록을 경신했다. 1936년이 되면 루이스의 선수 경력은 단 5년에 나이는 열아홉 살일 터였다.

그러나 루이스는 이미 미국 고등부 1,600미터 역사상 가장 빠른 선수였고, 2년 만에 자신의 기록을 42초나 단축할 만큼 급속도로 성장하고 있었다. 루이스가 열일곱 살 때 1,600미터에서 세운 기록은 커닝엄이 스무 살 때 고등부에서 세운 최고 기록보다 3.5초 빨랐다.* 보수적인 육상 전문가들마저 루이스가 전례를 깰 가능성이 있다고 생각했다. 루이스가 고등학교 3학년 때 시즌 전 경기에서 우승하자 전문가들의 확신은 더욱 강해졌다. 루이스는 자신이 해낼 수 있다고 믿었으며 피트도 마찬가지였다. 베를린 올림픽에서 뛰고 싶다는 루이스의 바람은 그때까지의 어떤 바람보다 강했다.

1935년 겨울, 루이스는 고등학교를 졸업했다. 그로부터 몇 주 뒤 루이스는 베를린에 대한 생각이 머릿속에 가득 찬 채 1936년을 맞았다. 올림픽 육상 종목 참가자를 결정짓는 선발전은 7월에 뉴욕에서 열릴 예정이었으며, 올림픽위원회가 일련의 자격 평가전에서 후보 선수들을 뽑게 되어 있었다. 루이스가 올림픽 육상팀에 들어가기 위해 남은 시간은 7개월이었다. 그사이 루이스는 장학금을 주겠다는 많은 대학 중 한 곳을 선택해야 했다. 피트는 서던 캘리포니아 대학교의 장학금을 받았고, 전국 대학에서 열 손가락 안에 드는 1,600미터 선수가 되어 있었다. 피트는 루이스에게 서던 캘리포니아 대학교의 제안을 받아들이되 모든 시간을 훈련에 전념할 수 있도록 가을까지 입학을 미루라고 조언했다. 루이스는 피트의 자취방으로 옮겨서 피트의 지도 아래 훈련에만 몰두했다. 날마다 1,500미터 경기와 베를린만 생각하며 살았다.

* 커닝엄은 심각한 화상 때문에 열여덟 살이 되어서야 고등학교에 입학했다.

봄이 되자 루이스는 올림픽 대표팀에 들어갈 수 없음을 차츰 깨달았다. 날이 갈수록 기록이 향상되었지만 여름까지 자신보다 나이가 훨씬 많은 경쟁자들을 따라잡을 만큼 몸을 만들기는 불가능했다. 루이스는 너무 어렸다. 그는 크게 상심했다.

<hr/>

5월의 어느 날 루이스는 신문을 뒤적이다가 컴프턴 오픈에 관한 기사를 보았다. 유명한 육상 경기인 컴프턴 오픈이 5월 22일에 로스앤젤레스 경기장에서 열린다는 내용이었다. 5,000미터 종목에 참가한 주요 선수는 스물여섯 살의 교사인 노먼 브라이트Norman Bright였다. 1935년 브라이트는 3,200미터에서 미국 신기록을 세웠고 5,000미터 남자부에서 전설적인 선수인 스물세 살의 돈 래시Don Lash에 이어 미국 랭킹 2위였다. 돈 래시는 인디애나 대학교 소속이었고 '기록 제조기'로 불렸다. 미국이 베를린 올림픽 5,000미터 남자부에 출전시키기로 되어 있는 선수는 세 명이었다. 래시와 브라이트는 출전이 확실시되었다. 피트는 컴프턴 오픈에 나가 장거리를 뛰어보라고 루이스를 설득했다. "네가 노먼 브라이트의 속도에 맞춰 달리기만 하면 올림픽 대표팀에 들어갈 수 있어."

조금은 무리한 생각이었다. 1,600미터는 트랙을 네 바퀴 돌지만 5,000미터는 열두 바퀴 이상 돌았다. 훗날 루이스는 자신에게 최적인 거리의 세 배가 넘는 이 종목을 "고문실에서의 15분"이라고 말했다. 그때까지 1,600미터 이상을 뛰어본 적이 단 두 번뿐이었고 1,600미터와 마찬가지로 5,000미터는 루이스보다 훨씬 나이 많은 선수들이 장악하고 있었다. 컴프턴 오픈에 대비해 훈련할 수 있는 시간이 2주밖에 남지 않은데다 미국 남자부 5,000미터의 최연소 선수가 될 기회가 주어지는 올림픽 국가대표 선발전까지도 두 달밖에 여유가 없었다. 어차피 밀려야 본전이었다. 루이스가 얼마나 열심히 훈련했는지 발가락 살이 벗겨져 양말이 피투성이가 될 지경이었다.

1만 명의 관중이 몰려든 컴프턴 오픈은 손에 땀을 쥐게 했다. 루이스와 브라이트는 동시에 출발해 쏜살같이 나아갔고 다른 선수들은 뒤로 처졌다. 한쪽이 선두에 서면 바로 다른 쪽이 총알처럼 치고 나갔고 그때마다 관중들은 열띤 함성을 질렀다. 두 사람은 결승선 앞 마지막 직선 구간으로 동시에 접어들었다. 브라이트는 안쪽 레인에서, 루이스는 바깥쪽 레인에서 달렸다. 한 바퀴 처져 달리는 존 케이시John Casey라는 선수가 따라잡히기 직전이었다. 레인을 양보하려는 케이시에게 진행 요원들이 손을 흔들었지만, 케이시가 레인에서 벗어나기 전에 브라이트와 루이스가 바로 뒤로 따라붙었다. 브라이트는 안쪽 레인에 딱 붙어서 지나갔지만, 루이스가 케이시를 지나치려면 오른쪽 레인으로 변경해야 했다. 순간 당황해 어찌할 바를 모른 케이시가 오른쪽으로 홱 방향을 트는 바람에 루이스가 레인에서 밀려났다. 루이스는 속도를 올려 케이시를 돌아가려 했지만, 케이시 역시 속도를 올리는 바람에 루이스는 계속 관중석 쪽으로 밀려났다. 결국 루이스는 안쪽으로 파고들려고 반걸음을 내딛다가 균형을 잃고 땅에 한 손을 짚고 말았다. 피트가 보기에 이제 브라이트는 몇 미터 정도 앞서가는 유리한 입장이었다. 루이스는 브라이트를 쫓아가며 온힘을 다해 마지막 스퍼트를 했다. 관중들이 일어나 소리를 지르는 가운데 루이스는 결승 테이프 앞에서 브라이트를 따라잡았다. 그러나 이미 너무 늦어버렸다. 브라이트가 눈 깜빡할 차이로 우승을 차지했다. 브라이트와 루이스는 1936년 미국 5,000미터 종목에서 가장 빠른 선수가 되었다. 올림픽 참가라는 루이스의 꿈도 되살아났다.

6월 13일, 루이스는 올림픽 5,000미터 종목 출전권을 얻기 위해 재빨리 또 다른 예선전을 준비했지만 이전에 훈련하다가 벗겨진 발가락 상처가 도져버렸다. 다리를 절뚝거릴 정도라서 훈련은 불가능했다. 결국 그 대가를 치르게 되었다. 브라이트가 루이스보다 3.6미터 앞서 결승선을 통과했던 것이다. 그렇지만 루이스도 1931년 이후로 미국에서 세 번째로 빠른 5,000미터 기록이었으므로 절망적인 결과는 아니었다. 루이스는 올림픽 국가대표 선발전 본선에 초대받았다.

～～～

1936년 7월 3일 밤, 토런스 주민들은 뉴욕으로 떠나는 루이스를 배웅하려고 모여들었다. 주민들은 여비를 불룩하게 넣어놓은 지갑, 기차표, 새 옷, 면도용품, '토런스 토네이도'라는 글자가 새겨진 수트케이스를 루이스에게 선물했다. 루이스는 수트케이스 때문에 너무 건방져 보일까봐

❘ 데이비드 매킨토시(David Mackintosh)의 사진

겁이 나서, 눈에 띄지 않게 들고 가다가 '토런스 토네이도'라는 별명을 접착테이프로 가린 다음에야 기차에 올라탔다. 루이스의 일기에 따르면, 그는 시카고에서 오하이오까지 총 다섯 시간을 비롯해 기차를 타고 가는 내내 예쁜 여자들에게 자신을 소개하느라 시간 가는 줄 몰랐다.

기차가 뉴욕에 도착해 문이 열리자 루이스는 불길 속으로 걸어 들어가는 느낌이 들었다. 미국 역사상 가장 더운 여름으로 기록된 해였고 뉴욕은 폭염이 강타한 도시들 중 하나였다. 1936년에는 에어컨이 워낙 귀한 때였고 극장과 백화점 몇 곳에만 설치되어 있어서 더위에서 벗어나기가 거의 불가능했다. 미국 역사상 가장 더웠던 3일, 그 주에 폭염으로 사망한 미국인이 3,000명에 이르렀다. 41도까지 올라간 맨해튼에서는 40명이 사망했다.

루이스와 노먼 브라이트는 객실료를 절반씩 내고 링컨 호텔에 함께 묵었다. 그들은 다른 운동선수들과 마찬가지로 아무리 덥더라도 훈련을 해야 했다. 선수들은 밤낮으로 땀을 철철 흘리는데다 햇볕 아래서 훈련을 했고 숨 막히는 호텔 객실과 YMCA에서 제대로 잘 수조차 없었다. 식욕까지 떨어져 모든 선수의 몸무게가 엄청나게 줄어들었다. 한 자료에 따르면, 모든 선수가 최소 4.5킬로그램 이상 살이 빠졌다. 너무 힘들었던 한 선수는 에어컨이 설치된 극장에 가서 영화표를 여러 장 사가지고 들어가 영화가 상영되는 내내 잠을 잤다. 다른 선수들과 마찬가지로 루이스 역시 절망적이었다. 만성적인 탈수증상에 시달리며 최대한 수분을 많이 섭취하려 했다. 41도의 열기 속에서 880미터를 한 번 뛰고 나면 오렌지에이드 여덟 잔과 맥주 1리터를 죽 들이켰다. 그나마 낮보다 조금 선선한 바람이 부는 밤마다 9.6킬로미터를 걸었다. 몸무게가 급작스럽게 줄어들었다.

경기를 예고하는 신문 보도가 루이스를 짜증나게 했다. 그 기사는 바로 얼마 전 NCAA 5,000미터에서 통산 세 번째 우승을 거머쥐었을 뿐만 아니라 3,200미터에서 세계기록을, 10,000미터에서 미국 기록을 세웠으며 브라이트를 격파한 전적이 여러 번 있으며 그중 한 번은 137미터 차이로 앞섰던 돈 래시를 무적의 선수라고 평했다. 브라이트는 2위로, 3위부터 5위까지 예상되는 다른 선수들의 이름도 언급되었다. 루이스는 아예 거론조차 되지 않았다. 모든 선수와 마찬가지로 루이스도 래시에게 겁을 먹었다. 그러나 3위까지만 베를린 올림픽에 출전할 수 있고 루이스는 자신이 그중 한 명이 될 거라고 굳게 믿었다. 루이스는 피트에게 보낸 편지에 '내가 이 폭염을 견디고 남은 힘이 조금이라도 있다면 브라이트를 이길 거고, 래시에게 일생일대의 겁을 줄 거야'라고 썼다.

경기가 열리기 전날 밤, 루이스는 더위에 지쳐 잠을 못 이룬 채 호텔 객실에 누워 자신이 실패하면 실망할 사람들을 떠올려보았다.

이튿날 아침 루이스와 브라이트는 함께 호텔을 나섰다. 올림픽 국가 대표 선발전은 이스트 강과 할렘 강의 합류 지점인 랜들스 아일랜드에 있는 신축 경기장에서 열렸다. 뉴욕의 기온은 32도에 조금 못 미쳤는데, 페리에서 내려 경기장에 가보니 38도를 넘고도 남았다. 트랙 곳곳에서 더위로 쓰러져 병원에 이송되는 선수가 속출했다. 루이스의 말을 빌리자면, 그는 "나를 망쳐놓으려고 작정한" 타는 듯한 태양 아래 앉아 자신의 경기가 시작되기를 기다렸다.

드디어 줄을 서라는 안내가 나왔다. 출발을 알리는 총소리에 맞춰 선수들이 앞다퉈 돌진하면서 경기가 시작되었다. 래시가 성큼성큼 선두로 나섰고 브라이트가 바짝 붙어서 쫓아갔다. 루이스는 뒤로 처졌고 선수들은 고된 장거리 경기를 묵묵히 해나갔다.

한편 뉴욕과 반대편에 있는 토런스의 수많은 주민들이 잠페리니네 집에 모여 라디오 주변에 쪼그려 앉아 있었다. 그들은 속상해서 몸부림쳤다. 루이스가 참가한 경기가 시작할 시간이 지났는데도 NBC 라디오 아나운서는 수영 대표 선수 선발전 이야기만 했다. 피트는 너무 짜증이 나서 라디오를 발로 차버리고 싶을 정도였다. 마침내 아나운서가 5,000미터 선수들의 중간 순위를 말했지만 루이스의 이름은 언급되지 않았다. 긴장감을 견디지 못한 루이즈는 라디오 소리가 들리지 않는 부엌으로 가버렸다.

선수들은 일곱 바퀴, 여덟 바퀴를 넘어 아홉 바퀴째로 접어들었다. 래시와 브라이트가 선두를 유지했다. 루이스는 중간 그룹에서 맴돌며 치고 나갈 기회를 엿보았다. 숨이 막힐 정도로 무더운 날이었다. 한 선수가 넘어지자 다른 선수들은 그 선수를 뛰어넘을 수밖에 없었다. 또 넘어지는 선수가 생기자 그 선수 역시 뛰어넘어야 했다. 루이스는 발이 익는 것 같았다. 운동화 바닥의 스파이크를 통해 경기장 바닥의 열기가 고스란히 전달되었다. 노먼 브라이트의 발은 실제로 심각한 화상을 입고 있었다. 브라이트는 극심한 고통 속에서 한순간 발이 트랙 밖으로 휘청해 발목을 삐끗했다가 비틀거리며 제자리로 돌아왔다. 이 실수로 나가떨어질 듯 보였다. 브라이트는 래시에 뒤처지기 시작했다. 루이스와 다른 선수들이 가깝게 따라붙었지만 브라이트는 견제할 여력이 없었다. 그래도 브라이트는 포기하지 않고 계속 달렸다.

선수들이 마지막 바퀴로 접어들자 래시는 숨을 고르려고 같은 인디애나 팀 소속인 톰 데커드Tom Deckard의 바로 뒤로 처졌다. 바짝 붙어 따라가던 루이스는 움직일 준비가 되었다. 그는 백스트레치로 비스듬히 들어가 속도를 높였다. 래시의 등에 점차 가까워지다가 단 1~2미터 차이로 좁혀졌다. 루이스는 강력한 돈 래시의 까닥이는 머리를 보자 더럭 위축되었다. 겁이 났다. 몇 걸음을 내딛는 동안 잠시 주저했다. 그러다가 마지막 곡선 구간이 보이자 정신이 바짝 들었다. 루이스는 있는 힘껏 앞으로 내달렸다.

래시가 데커드를 제치려고 오른쪽으로 방향을 바꿀 때 루이스는 곡선 구간을 돌면서 래시와 나란히 섰다. 루이스와 래시는 데커드를 제치고 나란히 뛰어 마지막 직선 구간으로 접어들었다. 90여 미터를 앞두고 루이스가 조금 앞섰다. 래시는 맹렬하게 움직이며 루이스의 옆으로 따라붙었다. 두 선수 모두 더 이상 속도를 올릴 수 없었다. 루이스는 자신이 한 뼘 정도 앞서 있는 게 보였고 그 거리를 좁히지 못하게 하려고 애썼다.

루이스와 래시는 머리를 한껏 뒤로 젖히고 다리를 힘껏 내디디며 결승선 테이프를 향해 전력을 다했다. 단 몇 미터를 남겨두고 래시가 조금씩 나아가 루이스를 따라잡았다. 두 선수는 완전히 지쳐 흐느적거리는 다리로 심판들을 지나 결승선을 통과했다. 훗날 루이스가 "우리 사이에 머리카락 한 올도 들어갈 수 없었다"고 말할 정도로 두 선수가 딱 붙어서 들어왔다.

아나운서의 목소리가 토런스의 잠페리니네 거실에 울려 퍼졌다. 아나운서는 잠페리니가 우승했다고 말했다.

부엌에 서 있던 루이즈는 바로 옆 거실에 모여 있는 사람들이 갑자기

1936년 올림픽 국가대표 선발전에서 결승선으로 들어오는 루이스와 래시. ▮루이스 잠페리니의 허락을 받아 게재

내지르는 함성을 들었다. 밖에서 자동차들이 경적을 울려댔고, 현관문이 활짝 열리더니 이웃사람들이 집 안으로 우르르 들어왔다. 극도로 흥분하여 잔뜩 몰려든 토런스 주민들이 루이즈를 에워싸고 축하하자 그녀는 행복에 겨워 눈물을 흘렸다. 안토니는 포도주 병의 코르크 마개를 펑 뽑아 잔마다 가득 채운 뒤 힘차게 건배를 외쳤고 '선인장을 먹는 당나귀'처럼 연신 싱글벙글 흥에 겨워 술잔치를 벌였다. 잠시 뒤 토런스 주민들에게 인사하는 루이스의 목소리가 방송을 타고 들렸다.

그런데 아나운서의 실수였다. 심판들은 잠페리니가 아니라 래시가 우승했다고 판정했다. 데커드는 3위를 차지했다. 아나운서는 곧 우승자를 고쳐 말했지만, 정정 보도가 토런스의 들뜬 분위기를 가라앉히지는 못했다. 토런스 출신 아이가 올림픽 대표팀에 들어가게 된 것이다.

경기가 끝나고 몇 분 뒤, 루이스는 샤워실에서 시원한 물줄기를 맞으며 서 있었다. 신발 자국 그대로 발에 생긴 화상에서 따끔거리는 통증이 느껴졌다. 몸을 닦고 몸무게를 재보았다. 경기 중 흘린 땀으로 어느새 1.3킬로그램이 줄어들어 있었다. 거울을 보니 귀신처럼 홀쭉해진 얼굴이 마주하고 있었다.

노먼 브라이트가 탈의실 한쪽 벤치에 푹 주저앉아 발목을 무릎에 받친 채 발을 뚫어지게 쳐다보고 있었다. 다른 쪽 발과 마찬가지로 그 발 역시 너무 심하게 화상을 입어 발바닥 피부가 완전히 벗겨져 있었다. 브라이트는 5위를 차지했고, 너무나 아쉽게도 올림픽 대표팀에 들어가지 못했다.*

그날이 가기 전에 루이스는 전보를 125통이나 받았다. 한 전보에는 토런스가 열광의 도가니라고 쓰여 있었다. 다른 전보는 마을 사람들이 정신이 나갔다고 전했다. 토런스 경찰서에서 보낸 전보도 있었는데, 경찰들은 이제 루이스를 쫓아다니는 일을 다른 사람들이 하게 되어 무척 안심했을 터이다.

그날 밤, 루이스는 결승선에 들어오는 모습을 찍은 사진이 실린 석간신문을 유심히 살펴보았다. 몇몇 사진에서는 루이스와 래시가 동시에 들어온 듯 보였다. 다른 사진에서는 루이스가 앞서서 들어온 듯했다. 경

---

*브라이트는 올림픽에 다시 도전하지 않았지만 이후로도 평생 달리기를 했다. 노년에는 마스터스 경기에서 여러 차례 신기록을 세웠다. 나이가 들면서 결국 눈이 멀어 앞을 보지 못했는데, 그런 상황에서도 도우미가 쥔 밧줄의 끝을 잡고 계속 달리기를 했다. '오빠가 70대 후반이었을 때조차 대부분의 도우미들이 오빠처럼 빨리 달릴 수 없다는 게 유일한 문제였다.' 여동생인 조지 브라이트 쿤켈(Georgie Bright Kunkel)이 쓴 글 중 일부분이다. '오빠가 80대였을 때는 우리 형제자매의 손주들과 함께 요양원 주변을 걸었는데, 그 와중에도 오빠는 스톱워치로 걷는 시간을 쟀다.'

기장에서 루이스는 자신이 우승했다고 확신했다. 어차피 3위까지 올림픽에 출전하지만, 루이스는 억울하다는 기분을 지울 수 없었다.

루이스가 신문을 열심히 들여다보고 있을 때, 심판들은 5,000미터 경기 장면을 촬영한 사진들과 동영상을 재검토하고 있었다. 훗날 루이스는 '심판들이 공동 우승으로 결정. 수요일 정오에 베를린으로 떠남. 베를린에서는 더 열심히 뛸 것임'이라는 내용의 전보를 집에 보냈다.

다음 날 실비아가 직장에서 일을 마치고 돌아와보니, 응원하러 온 사람들과 기자들로 집 안이 북적였다. 열두 살인 여동생 버지니아는 루이스가 받은 트로피 중 하나를 꽉 쥔 채 잠페리니 집안의 차기 육상 선수는 자신이 될 거라고 기자들에게 말했다. 안토니는 키와니스 클럽에 가서, 루이스의 보이스카우트 교사와 새벽 4시까지 술을 마시며 루이스를 위해 건배했다. 피트가 마을을 거닐 때면 사람들이 다가와 등을 두드리며 축하해주었다. '이렇게 행복한 적이 없었어. 가슴이 너무 부풀어 올라 셔츠 단추를 열고 돌아다녀야 할 정도야.' 피트가 루이스에게 쓴 편지 내용 중 일부분이다.

루이스 잠페리니는 단 네 번 출전했던 종목으로 올림픽에서 겨루기 위해 독일로 향했다. 그는 미국 올림픽 육상팀 사상 최연소 장거리 선수였다.

4

독일 강탈

1936년 올림픽에 출전한 미국 대표팀을 독일까지 태우고 갈 호화 증기선 맨해튼 호가 자유의 여신상을 지나기도 전에 루이스는 물건을 훔치기 시작했다. 루이스를 두둔하자면, 도둑질을 시작한 사람은 그가 아니었다. 제시 오언스^{Jesse Owens}나 글렌 커닝엄처럼 경험 많은 육상의 대가들과 함께하게 된 자신이 벼락출세한 10대일 뿐임을 명심한 루이스는 망아지처럼 날뛰고 싶은 풋내기의 충동을 억제했으며 콧수염을 기르기 시작했다. 그러나 곧 루이스는 증기선에 탄 사실상 모든 사람이 '기념품 수집'을 하고 있다는 사실을 알아챘다. 타월과 재떨이를 비롯해 손쉽게 챙길 수 있는 모든 물건을 스리슬쩍 주머니에 넣고 있었던 것이다. 훗날 루이스는 "아무도 날 따를 자가 없었죠. 물건 훔치기야 내가 우등생이었잖아요"라고 말했다. 얼마 지나지 않아 콧수염은 전혀 신경 쓰지 않게 되었다. 항해하는 동안 루이스와 손버릇이 나쁜 사람들은 맨해튼 호를 조용히 거덜 냈다.

모든 선수가 훈련 공간을 놓고 경쟁을 벌였다. 체조 선수들은 기계체조 장비들을 설치했지만 배가 흔들리다 보니 장비들이 계속 바닥으로 떨어졌다. 농구 선수들은 갑판에서 패스 연습을 했는데 바람이 공을 끊임없이 대서양으로 날려버렸다. 펜싱 선수들은 배 곳곳에서 휘청거리며 훈련을 했다. 수중 운동선수들이 이용한 증기선 내 작은 수영장의 바닷물은 한순간 0.6미터 높이였다가 다음 순간 2미터로 급변하며 격렬하게 출렁였다. 물결이 어찌나 크게 일었던지 한 수중 폴로 선수는 서프보드 없이 파도타기를 할 정도였다. 배가 좌우로 기울 때마다 수영장 물이 요동쳐서 안에 있는 선수들이 갑판으로 내동댕이쳐지는 터라, 코치들이 선수들에게 줄을 달아 벽에 묶어놓아야 했다. 육상 선수들의 상황도 크게 다르지 않았다. 루이스가 찾아낸 유일한 훈련 방법은 일등석 갑판을 빙 돌아 뛰면서 영화배우와 다른 선수들이 누워 있는 갑판 의자 사이를 통과하는 것이었다. 파도가 높을 때면 달리는 선수들이 이리저리 마구 흔들렸는데, 다들 한쪽 방향으로 휘청거리다가 어느덧 다른 방향으로 휘청거리기를 반복했다. 이런 상황이라 루이스는 아주 느리게 움직일 수밖에 없었다. 옆에서 천천히 뛰는 마라톤 선수마저 제치지 못할 지경이었다.

대공황 시대를 거치며 말라붙은 빵과 우유로 아침식사를 하는 데 익숙해져 있고 평생 식당이라곤 딱 두 번밖에 가본 적이 없는 10대에게*

---

* 훗날 루이스는 식당에서 식사를 한 적이 딱 한 번 있었는데, 가족 모두와 가까웠던 지인이 간이식당에서 그에게 샌드위치를 사주었을 때였다고 회상했다. 그러나 올림픽 때 쓴 일기에 따르면 5,000미터 선발전이 끝나고 한 팬이 맨해튼의 고층 건물에서 그에게 저녁식사를 대접했다. 그 식사비는 7달러였는데, 그전까지 65센트에서 1달러 35센트 사이에서 식사를 해결했고 매번 일기장에 꼼꼼하게 기록한 루이스에게는 충격적인 액수였다.

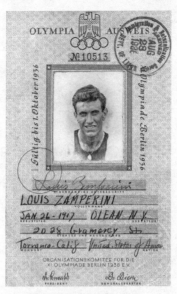

| 루이스 잠페리니의 허락을 받아 게재

맨해튼 호는 천국이었다. 해가 뜨자마자 선수들은 코코아를 홀짝거리며 패스트리 접시를 공략했다. 9시가 되면 스테이크와 달걀이 식당에 차려졌다. 끼니와 끼니 사이에는 벨을 누르면 뭐든지 먹고 싶은 음식을 종업원이 날라다주었다. 또한 선수들은 밤이 깊어지면 조리실로 침입했다. 루이스는 일등석 갑판 주변을 서서히 뛰는 중에 잔에 담긴 맥주가 마술처럼 나타나는 작은 창을 발견했다. 그는 그 맥주를 마술처럼 뱃속으로 사라지게 했다. 뱃멀미 때문에 식사하는 사람들이 줄어들어 디저트가 식탁에 쭉 늘어서 있으면, 뱃멀미를 하지 않는 루이스가 하나도 남김없이 디저트를 먹어치웠다. 루이스의 먹성은 배에서 아주 유명해졌다. 육상 선수 제임스 루발James LuValle은 맨해튼 호가 식료품을 보급하기 위해 예정에 없던 정박을 해야 했던 경우를 회상하면서 "물론, 그게 다

루 잠페리니 때문이었죠"라고 농담을 했다.

루이스는 으레 몸집이 아주 큰 투포환 선수 잭 토런스^{Jack Torrance} 옆에 앉았는데, 이상하게도 그는 몸집에 비해 먹는 양이 아주 적었다. 토런스가 주요리를 다 먹지 못하고 남기면, 루이스가 독수리처럼 재빨리 그 접시로 손을 뻗었다.

7월 17일 저녁, 루이스는 그날 먹은 저녁식사에 어찌나 감동했는지 상세한 내용을 편지지 뒷장에 적어 후세에 길이길이 남겼다.

파인애플 주스 0.47리터 한 잔

소고기 수프 두 그릇

정어리 샐러드 두 그릇

롤 다섯 개

우유 큰 잔으로 두 잔

작고 달콤한 피클 네 개

치킨 두 접시

고구마 두 그릇

버터 네 조각

웨이퍼와 아이스크림 세 그릇

백설탕을 입힌 에인절 케이크 세 덩어리

체리 680그램

사과 한 개

오렌지 한 개

얼음물 한 잔

그는 이렇게 썼다. '내 평생 가장 많이 먹은 식사였다. 나도 믿을 수가 없지만, 정말로 겪은 일이다⋯⋯. 그 음식이 다 어디로 갔는지 모르겠다.'

루이스는 그 음식이 다 어디로 갔는지 곧 알게 된다. 배가 함부르크에 도착한 직후, 의사는 선수들 중 상당수의 몸무게가 늘어난 데에 주목했다. 한 투창 선수는 5일간 3.6킬로그램이 쪘다. 몇몇 레슬링 선수와 권투 선수, 역기 선수는 너무 많이 먹어서 정해진 체급을 초과했고 그중 일부는 경기에 나가지 못했다. 돈 래시는 4.5킬로그램이 늘어났다. 루이스는 모든 선수를 능가했는데, 뉴욕에서 빠졌던 몸무게 이상으로 늘어났다. 그는 9일 전에 처음 승선했을 때보다 5.4킬로그램이 늘어난 상태로 맨해튼 호를 떠났다.

7월 24일, 선수들은 배에서 내려 기차로 갈아탔다. 환영 만찬회에 참석하기 위해 프랑크푸르트에 잠시 머물렀다가, 만찬 주최자들에게 아주 귀중한 포도주 잔 상당수를 슬쩍 가방에 넣고 다시 기차에 탔다. 독일인들은 기차까지 쫓아와, 짐을 뒤져 포도주 잔을 회수한 뒤에야 미국 선수들을 베를린으로 보냈다. 베를린에 도착한 기차는 가위를 들고 "제시 어디 있어요? 제시 어디 있어요?Wo ist Jesse? Wo ist Jesse?"라고 외치는 10대들에게 둘러싸였다. 오언스가 기차 밖으로 나가자 인파가 그에게 우르르 몰려와 옷을 조각조각 잘라내기 시작했다. 오언스는 황급히 기차로 뛰어 올랐다.

선수들은 독일군 장교 볼프강 퍼스트너Wolfgang Fürstner가 설계와 건설을 진두지휘했으며 디자인의 걸작이라 불리는 올림픽 선수촌으로 차를 타고 이동했다. 너도밤나무 숲과 호수와 공터가 펼쳐진, 기복이 있는 지대

71

에 자리한 선수촌은 숙소 140동, 쇼핑몰, 이발소, 우체국, 치과, 사우나, 병원, 훈련 시설, 식당 등으로 구성되어 있었다. 신기술로 만들어진 텔레비전이 선수촌 사무실에서 전시 중이었다. 나무가 우거진 오솔길에는 외국에서 들여온 많은 동물이 껑충껑충 뛰어다니고 있었다. 일본 선수들이 특히 사슴에 반해서 먹이를 너무 많이 주는 바람에 독일인들은 사슴을 조심스럽게 이동시켰다. 농담을 좋아하는 영국 선수가 황새들은 어디에 있냐고 큰 소리로 물었다. 이튿날 황새 200마리가 나타났다.

루이스는 오언스 등 선수 몇 명과 같은 숙소에 배정되었다. 위대한 단거리 선수인 오언스는 루이스를 아버지와 같은 눈길로 지켜보았다. 루이스는 문에 걸어두는 '방해하지 마세요!'라는 팻말을 슬쩍해 오언스가 사인을 받으려고 쫓아다니는 사람들에 둘러싸이도록 방치하는 것으로 보답했다. 루이스는 호수에서 수영을 했고 엄청나게 많은 양을 먹었으며 사람들과 친분을 쌓았다. 일본 선수단은 선수촌에서 인기몰이를 했다. 전통에 따라 놀라운 선물을 돌리는 일본 선수단 덕분에 선수촌이 단체로 산타클로스 놀이를 하는 분위기가 조성되었다.

8월 1일, 루이스와 다른 선수들은 올림픽 개막식에 참가하기 위해 버스를 타고 베를린을 가로질렀다. 눈에 보이는 풍경마다 혼란스러운 정세를 드러냈다. 나치 현수막이 사방에 도배되어 있었다. 남자들 중 3분의 1이 군복을 입고 있었다. 아이들도 마찬가지였다. 군부대의 훈련이 드러내놓고 공공연하게 행해졌다. 베르사유 조약에 따라 항공모함 전시는 금지되어 있었지만 독일 공군의 역량을 과시하는 전시가 비행기 이착륙장 여기저기에서 눈에 띄게 펼쳐졌다. 이착륙장에서 글라이더들은 감동에 젖어 있는 관광객들과 히틀러 유겐트(1933년에 히틀러가 청소년들에게 나치스의 신조를 가르치고 훈련하기 위해 만든 조직-옮긴이) 소속 소년들의 머리 위로 급강하하는 묘기를 펼쳐댔다. 버스에는 지붕에 기관총이 장착되어 있고 전차형 트랙으로 전환되는 착륙장치도 갖춰져 있었다. 베를린 시내는 아주 깔끔했다. 방긋 미소 짓는 '아리아인들'만 있을 뿐 집시들과 유대인 학생들은 보이지 않았다. 집시들은 수용소에 넣어놓았고 유대인 학생들은 베를린 대학교 캠퍼스에 가둬놓은 상태였다. 불화를 보여주는 단서라곤 유대인들이 운영하던 사업체 건물의 깨진 유리창뿐이었다.

버스가 올림픽 경기장을 향해 달렸다. 국가별 행진에 참가한 뒤 차렷 자세로 선 선수들은 열렬한 환영식을 구경했다. 환영식은 비둘기 2만 마리를 하늘로 날아 올리며 막을 내렸다. 풀려난 비둘기들이 겁나고 어리둥절한 채로 원을 그리며 나는 사이 대포가 발사되기 시작했고, 비둘기들은 더럭 선수들의 머리 위로 똥을 싸댔다. 포성이 들릴 때마다 비둘기들이 멀리 날아갔다. 루이스는 차렷 자세를 유지했지만 웃느라고 몸이 부들부들 떨렸다.

그간 루이스는 네 차례의 5,000미터 경기에서 래시와 대적할 만큼 실력이 향상되었지만 올림픽 메달을 딸 가능성은 없음을 알았다. 배를 타고 오면서 오랫동안 나태하게 생활해 살이 쪘고, 배와 선수촌에서 잔뜩 먹어 통통해졌기 때문만은 아니었다. 핀란드가 1912년, 1924년, 1928년, 1932년 올림픽 5,000미터 종목에서 금메달을 휩쓴 반면 다른 나라는 두각을 드러내지 못했다. 1932년 올림픽에서 금메달을 딴 라우리 레티넌Lauri Lehtinen이 역시 핀란드 선수로 아주 뛰어난 선수인 군나르 회케르트Gunnar Höckert, 일마리 살미넨Ilmari Salminen과 더불어 다시 출전한 상태였다. 한 기자에 따르면 루이스는 핀란드 선수들이 훈련하는 모습을 지켜보다가 눈이 툭 튀어나왔다. 루이스는 핀란드 선수들을 이기기에 너무 어리고 풋내기였으며, 그 자신도 잘 알고 있었다. 그는 4년 뒤 1,500미터에서 자신의 기량을 펼칠 날이 올 거라고 믿었다.

루이스는 예선전을 앞두고 며칠 동안 경기장에 나가 100미터에서 다른 선수들을 압도하는 오언스의 경기와 1,500미터에서 세계기록을 깨고도 뉴질랜드의 잭 러브록Jack Lovelock에게 지는 커닝엄의 경기를 지켜보았다. 경기장의 분위기는 아주 이상했다. 히틀러가 들어설 때마다 군중들이 벌떡 일어나 나치 경례를 했다. 외국 선수들이 우승하면 그 나라의 국가가 짧게 줄인 형태로 연주되었다. 독일 선수가 우승하면 독일 국가「도이칠란트 위버 알레스Deutschland über Alles」가 한 소절도 빠짐없이 경기장에 울려 퍼졌다. 관중들은 두 팔을 쭉 펴면서 '승리 만세'라는 뜻인 "지크 하일!Sieg heil!"을 끝없이 외쳤다. 수영 선수 아이리스 커밍스Iris Cummings의 말에 따르면, 맹종적인 민족주의는 미국인에게 우스갯거리이지만 독일인에게는 그렇지 않았다. 게슈타포(나치스 독일 정권의 비밀 국가 경찰-옮긴이)가 경기장을 서성이며 관중들을 주시했다. 커밍스 옆에 앉은 독일 여성은 경례를 거부했다. 그녀는 자신의 어머니와 커밍스 사이에서 몸을 움츠린 채 "저 사람들 눈에 안 띄게 가려줘요! 눈에 안 띄게요!"라고 소곤거렸다.

~~~

8월 4일, 5,000미터 예선전이 세 팀으로 나뉘어 열렸다. 루이스는 경쟁이 가장 치열한 세 번째 경기에 배정되어 레티넌과 겨루게 되었다. 각 예선전에서 1~5위까지 본선에 진출할 수 있었다.

첫 번째 예선전에서는 래시가 3위로 들어왔다. 두 번째 예선전에서는 또 다른 미국 선수인 톰 데커드가 5위 안에 들지 못했다. 루이스는 세 번째 예선전에서 늘어난 살과 무거운 다리를 절감하며 묵묵히 뛰었다. 그는 결승선 직전에서 겨우 5위를 따라잡았다. 훗날 그는 일기에 '지독하게 지쳤다'고 썼다. 이제 본선 경기를 준비할 시간은 3일뿐이었다.

본선을 기다리는 동안 피트가 보낸 편지가 도착했다. 봉투 안에는 카드 두 장이 들어 있었다. 한 장은 에이스, 다른 한 장은 조커였다. 피트는 조커 위에 '넌 어떤 사람이 될 거냐. 쓸모없는 멍청이를 뜻하는 조커가 될래, 아니면 스페이드 에이스, 무리 중에 최고, 카드에서 가장 점수가 높은 에이스가 될래? 네가 선택해봐!'라고 써놓았다. 에이스 위에는 '네가 카드 중에서 최고가 되어 어려움을 잘 극복할지 보자. 조커가 별로 마음에 들지 않으면 던져버리고 이 에이스를 행운의 징표로 간직하렴. 피트'라고 써놓았다.

8월 7일, 루이스는 올림픽 경기장 트랙에 엎드린 채 5,000미터 본선에 나갈 마음의 준비를 하고 있었다. 10만 명의 관중이 경기장을 가득 메웠다. 루이스는 불쑥 겁이 났다. 얼굴을 잔디에 푹 누르고 심호흡을 하며 떨리는 마음을 가라앉히려 했다. 경기 시작 시간이 되자 그는 자리에서 일어난 뒤 출발선으로 걸어가 몸을 앞으로 수그리고 기다렸다. '751'이라고 적힌 종이 번호표가 가슴에 붙은 채 펄럭이고 있었다.

출발을 알리는 총소리가 나자 잔뜩 긴장한 몸이 갑자기 튕겨나가려 했지만 루이스는 결승선이 멀다는 사실을 되새기며 의식적으로 긴장을 풀려고 했다. 선수들이 앞으로 몰려드는 가운데 루이스는 제 속도를 유지하며 페이스메이커들이 경기를 풀어가도록 내버려두었다. 래시가 선두로 나섰고 핀란드 선수 3인방이 바로 뒤에서 뛰었다. 루이스는 왼쪽 레인으로 이동해 두 번째 그룹 사이에서 뛰었다.

어느덧 선수들이 여러 바퀴째 돌고 있었다. 래시가 계속 선두를 유지했고 핀란드 선수 3인방이 바짝 붙어 있었다. 루이스는 두 번째 그룹에서 치고 나갔다. 숨을 쉴 때마다 역겨운 냄새가 나기 시작했다. 주위를 둘러보니 앞에서 달리는 선수에게서 나는 냄새였다. 그 선수는 지독한 악취를 풍기는 포마드를 발라 머리카락이 반질반질했다. 토할 것 같은 메스꺼움이 밀려들었다. 루이스가 속도를 늦춰 조금 옆으로 빠지자 악취가 사라졌다. 래시와 핀란드 선수들은 손에 닿지 않을 만큼 앞서갔다. 루이스는 그들과 함께 달리고 싶었지만 몸이 물에 푹 젖은 솜뭉치 같았다. 여러 그룹으로 무리를 짓고 있던 선수들이 흩어지면서 드문드문 길게 늘어진 한 줄로 대형이 바뀌었다. 루이스는 서서히 뒤로 빠지다가 12위로 내려갔다. 루이스 뒤에는 완전히 처져 있는 세 명뿐이었다.

앞에서는 핀란드 선수들이 슬슬 나아가 둘러싸듯 래시의 옆에서 달리며 그를 괴롭히고 있었다. 래시는 흔들리지 않았다. 그런데 여덟 바퀴째에서 살미넨이 팔꿈치를 젖혀 래시의 가슴을 쳤다. 생생한 통증에 래시가 상체를 수그렸다. 그 틈을 타 핀란드 선수들이 앞으로 나섰다. 세 사람은 딱 붙어 뛰면서 열한 번째 바퀴로 접어들었고 메달을 휩쓸 꿈에 부풀었다. 그러다가 한순간 제자리를 벗어나 서로 너무 가까이 붙었다. 살미넨의 다리가 회케르트의 다리에 부딪혔다. 회케르트가 휘청하는 와중에 살미넨이 바닥에 쿵 넘어졌다. 살미넨은 발딱 일어나 멍하니 있다가 다시 뛰기 시작했다. 래시와 마찬가지로 살미넨은 우승 후보에서 멀어졌다.

루이스는 이런 상황을 전혀 보지 못했다. 자신감을 잃어버린 래시를 지나 앞서갔지만 그에겐 아무런 의미가 없었다. 그는 지쳤다. 멀리 앞서가고 있는 핀란드 선수들의 모습이 점점 작아졌다. 따라잡기엔 너무 멀

751번 번호표를 달고 올림픽 5,000미터 본선에서 뛰고 있는 루이스.

었다. 한순간 그는 몇 년 전 침대에 앉아 피트가 했던 말을 떠올리고 있
었다. 순간의 고통을 참으면 평생의 영광이 온다는 말이었다. 루이스는
생각했다. 가자!

　결승선이 가까워지는 가운데 루이스는 많은 선수들 앞에 있는, 포마
드를 바른 선수의 반짝이는 머리에 시선을 고정시켰다. 루이스는 극적
으로 가속도를 붙이기 시작했다. 곡선 구간을 돌아 백스트레치를 따라
힘차게 다리를 내딛고 땅을 박차며 달렸다. 운동화의 스파이크가 트랙
에 자국을 남겼다. 아찔한 속도였다. 앞서 있던 선수들을 한 명씩 따라잡
아 뒤로 제쳤다. 훗날 루이스는 "남은 힘을 모두 쏟아부었다"고 말했다.

　루이스가 마지막 곡선 구간을 빠르게 돌 때 이미 회케르트는 1위로

결승선을 통과했고 레티넌은 그 뒤를 이어 2위를 차지한 상태였다. 루이스는 그들을 보지 않았다. 여전히 멀리 앞서가고 있는 반짝이는 머리만 쫓아갔다. 함성이 들리자 루이스는 역전하는 자신의 질주를 보고 관중들이 환호하고 있음을 알아챘다. 선수들과 동화되어 감정을 억제하고 있던 히틀러까지 루이스를 보고 있었다. 루이스는 계속 뛰었다. 피트의 말이 머릿속에서 울렸다. 온몸이 불타는 듯했다. 멀리 앞서 있던 반짝이는 머리가 점점 가까워졌다. 다시 포마드 냄새가 났다. 루이스는 마지막 힘을 짜내 결승선에 몸을 던졌다. 루이스는 마지막 바퀴의 45미터에서 분발한 덕에 자신의 최고 기록을 8초 이상 단축했다. 그가 기록한 14분 46.8초는 1936년에 치러진 5,000미터 종목에서 미국 최고 기록이었다. 그해 래시가 세운 기록보다 거의 12초나 빨랐다. 루이스는 간발의 차이로 8위를 차지했다.

루이스는 힘이 빠진 다리 앞으로 상체를 굽히고 헐떡거리면서, 조금 전 자신의 몸에서 억지로 끌어냈던 힘찬 발차기에 스스로 놀라고 있었다. 아주, 아주 빠른 느낌이었다. 코치 두 명이 루이스의 마지막 바퀴 기록을 잰 스톱워치를 입을 딱 벌린 채 보고 있었다. 두 스톱워치에 나타난 기록은 정확히 똑같았다. 1930년대에 장거리 경기에서 마지막 바퀴를 1분 안에 뛰는 선수는 극히 드물었다. 비교적 짧은 종목인 1,600미터에서도 마찬가지였다. 역사상 가장 빠른 기록을 낸 세 차례의 1,600미터 경기에서 우승자의 마지막 바퀴 기록은 각각 61.2초, 58.9초, 59.1초였다. 이 세 경기에서 우승한 역사적인 선수들 중에 58.9보다 빠른 기록을 낸 선수는 없었다. 이보다 훨씬 긴 5,000미터 경기에서 마지막 바퀴를 70초 이하로 뛴다는 것은 엄청난 위업이었다. 1932년 올림픽에서

5,000미터 기록을 깬 레티넌은 마지막 바퀴를 69.2초에 돌았다.

루이스는 마지막 바퀴를 56초에 돌았다.

~⚬~

루이스는 샤워를 하고 나서 관중석으로 올라갔다. 가까이에 아돌프 히틀러가 수행단과 함께 전용 관람석에 앉아 있었다. 누군가가 히틀러 근처에 앉아 있는 창백한 남자를 가리키며 히틀러 정권의 선전 장관인 요제프 괴벨스 Joseph Goebbels라고 루이스에게 말해주었다. 루이스는 그 이름을 들어본 적이 없었다. 루이스는 카메라를 꺼내 괴벨스에게 주며 총통의 사진을 찍어줄 수 있냐고 물었다. 괴벨스는 루이스의 이름과 경기 종목을 묻더니, 카메라를 받아가서 사진을 찍었다. 그는 히틀러와 몇 마디를 나눈 뒤 돌아와 총통이 당신을 만나고 싶어 한다고 말했다.

루이스는 총통의 지정 관람석으로 안내를 받았다. 히틀러는 관람석 밖으로 몸을 내밀고 미소를 지으며 한 손을 내밀었다. 아래에 선 루이스는 팔을 쭉 뻗어야 했다. 두 사람의 손가락이 간신히 닿았다. 히틀러는 독일어로 뭐라고 말했다. 통역사가 영어로 말해주었다.

"아, 자네가 마지막 바퀴를 빠르게 뛰었던 청년이군."

~⚬~

자신의 경기 결과가 만족스러웠던 루이스는 한바탕 야단법석을 떨고 싶어서 몸이 근질근질했다. 예전부터 친해지고 싶었지만, 루이스의 영웅인 커닝엄은 무척이나 성숙한 사람이었다. 대신에 루이스는 자신과 딱 맞게 무책임한 친구를 찾아내어 올림픽용 정장 유니폼을 입고 베를린 습격에 나섰다. 두 사람은 여러 술집을 돌아다녔고 아가씨들에게 수작을 부렸다. 군복을 입은 사람을 볼 때마다 "하일 히틀러! Heil Hitler 히틀러 만세!"라고 말하면서 킥킥거렸고 손에 넣을 수 있는 모든 독일풍의 물건을 훔쳤다. 그들은 자동판매기로 음식과 음료를 파는 식당에서 독일 맥주를 발견했다. 그 양이 1리터나 되어 루이스가 끝까지 마시는 데 상당한 시간이 걸렸다. 신이 난 그들은 밖으로 돌아다니다가 한 바퀴 돌아 또다시 맥주를 마시러 갔다. 두 번째는 처음보다 수월하게 맥주를 들이켰다.

두 사람은 베를린 시내를 여기저기 어슬렁거리다가 총통 관저Reich Chancellery 건너편 도로에서 걸음을 멈추었다. 자동차 한 대가 서더니 히틀러가 나와 관저로 들어갔다. 루이스는 그 건물을 살펴보다가 문 옆에 달린 작은 나치 깃발을 발견했다. 기념품으로 챙기기에 안성맞춤이었고 손에 넣기도 쉬워 보였다. 1936년 여름만 해도 나치 깃발은 루이스를 비롯해 많은 미국인에게 별다른 상징적 의미가 없었다. 그저 루이스의 머릿속에는 훔치고 싶은 갈망이 가득했을 뿐이고 뱃속에 독일 맥주 2리터가 들어간 뒤라 그 생각이 더 그럴싸하게 여겨졌다.

군인 둘이 총통 관저 앞 구역을 왔다 갔다 하면서 경비를 서고 있었다. 루이스는 그들의 모습을 가만히 지켜보다가 둘 다 동시에 깃발을 등지고 걷는 순간이 있음을 알아챘다. 두 경비병이 몸을 돌리자, 루이스는 깃발을 향해 뛰었는데 생각보다 훨씬 높이 걸려 있었다. 루이스는 공중으로 뛰어올라 깃발의 끝을 잡으려 했다. 그 일에 너무 집중한 탓에 그는 경비병에 대해 잠시 잊고 있었다. 그들은 소리를 지르며 루이스 쪽으로 달려왔다. 루이스는 깃발을 향해 다시 한 번 돌진했다. 간신히 깃발의 끝을 잡아챈 그는 인도로 나가떨어졌는데, 손으로 뜯어낸 천을 찢은 뒤 재빨리 일어나 미친 듯이 도망갔다.

철컥! 소리가 들렸다. 뒤에서 경비병 한 명이 하늘을 향해 총을 겨눈 채 "할텐 지!^{Halten Sie 정지!}"라고 외치며 루이스 쪽으로 달려오고 있었다. 독일어를 모르는 루이스라도 그 정도는 알아챌 수 있었다. 루이스가 그 자리에 멈추었다. 경비병은 루이스의 어깨를 움켜잡아 홱 돌리더니 올림픽 유니폼을 보고는 망설였다. 경비병은 이름을 물었다. 루이스가 나치에 대해 아는 사실은 그들이 반유대주의자라는 것뿐이었다. 그래서 훗날 그가 한 말에 따르면 "약 2분 동안" 'r' 발음을 굴리면서 과장된 이탈리아식으로 이름을 말했다.

경비병 둘이 잠시 상의하더니 건물 안으로 들어갔다가 그들보다 훨씬 직급이 높아 보이는 사람을 데리고 나왔다. 그는 루이스에게 왜 깃발을 훔쳤냐고 물었다. 루이스는 아름다운 독일에서 보낸 행복한 시간을 추억할 만한 기념품을 갖고 싶었다고 과장해서 말했다. 그들은 깃발을 돌려주고 루이스를 순순히 보내주었다.

언론에서 루이스가 벌인 모험에 대한 소문을 듣자 기자들은 상상력을 자유롭게 발휘했다. 와전된 이야기는 이러했다. 루이스가 깃발을 훔치려고 "머리 옆으로 휙휙" 총알이 퍼붓는 가운데 "히틀러의 궁전을 급습"했다. "5.5미터 높이"에서 떨어진 루이스가 달아나는데 "두 줄로 늘어선" 무장 경비병들이 추격했고, 급기야 경비병들이 루이스에게 달려들어 때렸다. 독일 소총의 개머리판으로 루이스의 머리를 으스러뜨리려는 순간, 독일군 총사령관이 공격을 중단시켰고 루이스는 총사령관을 설득해서 목숨을 구했다. 다른 버전에서는, 루이스가 깃발을 갖도록 히틀러가 허락해주었다고 한다. 또 다른 버전에서는, 루이스가 아주 영리하게 깃발을 숨겨서 발견되지 않았다고 한다. 그 이야기에서는 루이스가 이 일을 벌인 게 순전히 한 여자의 사랑을 얻기 위해서였다고 각색되었다.

8월 11일, 루이스는 소지품과 깃발과 훔친 독일 물건들을 챙겨 선수촌을 떠났다. 올림픽도 슬슬 끝나가고 있었다. 육상 선수들은 영국과 스코틀랜드에서 열리는 경기에 출전할 예정이라 먼저 떠나게 된 것이다. 며칠 뒤 올림픽은 불꽃놀이와 함께 성대하게 막을 내렸다. 히틀러의 쇼는 아무런 문제 없이 잘 진행되었다. 전 세계에서 베를린 올림픽에 대한 찬사가 넘쳐났다.

미국의 농구 선수 프랭크 루빈Frank Lubin은 독일에 며칠 더 머물렀다. 독일인들이 루빈을 저녁식사에 초대한 터라, 그들은 식당을 고르며 거리를 돌아다녔다. 예쁜 식당이 루빈의 눈길을 끌었다. 루빈이 그곳에 가고 했지만, 그들은 유리창에 걸린 '다윗의 별'(삼각형을 두 개 짜 맞춘 형태의 별 모양으로 유대교와 이스라엘의 상징-옮긴이)을 보며 멈칫거렸다. 그들은 그 식당에 있다가 눈에 띄면 "우리에게 해로울 수 있다"고 말했다. 그들은 비유대인이 경영하는 식당을 찾았으며, 식사 후 공공 수영장에 갔다. 루빈은 수영장에 들어가다가 '유대인 금지juden verboten'라고 쓰인 표지판을 보았다. 올림픽 기간 중에는 걸려 있지 않던 표지판이었다. 그런 표지판이 베를린 곳곳에 다시 걸리고 있었다. 올림픽 기간 중에 전혀 보이지 않던 나치의 적의에 찬 반유대주의를 과격하게 따르는 사람들이 신문 가판대로 다시 돌아왔다. 루빈은 베를린 올림픽에서 금메달을 땄지만 베를린을 떠날 때 드는 감정은 안도감뿐이었다. 뭔가 무서운 일이 벌어지려 하고 있었다.

올림픽 선수촌은 그리 오래 비어 있지 않았다. 선수촌의 숙소는 군부대의 막사로 바뀌었다. 선수촌을 설계한 독일군 장교 퍼스트너는 올림픽

폐막과 더불어 선전에 필요한 그의 이용 가치가 끝나자 자신을 면직할 것임을 알게 되었다. 순전히 그가 유대인이기 때문이었다. 결국 그는 자살하고 말았다. 채 32킬로미터도 떨어져 있지 않은 오라니엔부르크라는 도시에서는 첫 번째 죄수들이 작센하우젠 수용소로 끌려가고 있었다.

—————

9월 2일 저녁, 토런스에 도착한 루이스는 트럭의 트레일러에 놓인 의자에 앉혀진 채 악단이 연주하는 음악과 경적과 공장의 사이렌 소리에 한껏 흥분한 4,000명의 주민이 모여 환호성을 지르는 차고까지 가두 행진을 했다. 루이스는 손을 흔들며 카메라를 향해 활짝 웃었다. "너무 느리게 출발한 게 아니에요." 루이스가 말했다. "너무 느리게 달린 거죠."

루이스는 집에서 느긋하게 앉아 앞으로의 계획을 그려보았다. 단 네 차례 경기를 해본 경험으로 열아홉 살의 나이에 올림픽 5,000미터 종목에 출전한 것은 승산이 없는 도전이었다. 그러나 몇 년간 훈련한 뒤 스물세 살의 나이로 1940년 올림픽의 1,500미터에 출전한다면 분명히 승산이 있을 것이다. 피트의 머릿속에도 똑같은 생각이 맴돌고 있었다. 루이스는 1940년에 금메달을 딸 가능성이 있었고, 형제는 그 사실을 알고 있었다.

몇 주 전, 일본의 도쿄가 1940년 올림픽 개최지로 발표되었다. 이제 루이스는 도쿄를 목표로 새로운 꿈을 갖게 되었다.

5

참전

루이스는 서던 캘리포니아 대학교를 다니면서 학교에 세계적인 수준의 육상 선수들이 득실거린다는 사실을 알게 되었다. 그는 오전에 수업을 받고 오후엔 단짝인 페이턴 조던$^{Payton Jordan}$과 훈련을 했다. 놀라울 정도로 빠른 단거리 주자인 조던은 1936년 올림픽 국가대표 선발전에서 제시 오언스의 등만 보고 달렸지만 탈락하고 말았다. 그 역시 루이스처럼 도쿄 올림픽에서 금메달 획득을 노리고 있었다. 저녁이 되면 루이스와 조던, 그리고 다른 팀원들은 루이스의 31년형 포드를 타고 루이즈가 만들어주는 스파게티를 먹으러 토런스로 향했다. 루이스의 팀원들은 다들 잠페리니 가족과 아주 친한 사이라고 여겼다. 오죽했으면 어느 날 실비아가 자신의 침대에서 잠들어 있는 높이뛰기 선수를 발견할 정도였다. 루이스는 여가 시간에는 초대장도 없이 상류사회의 결혼식에 난입했고, 단역배우로 일했으며, 매운 양념의 햄을 고양이 먹이와 바꿔놓거나 우유를 마그네시아유(걸쭉한 흰색 액체로 된 소화제-옮긴이)와 바꿔놓는 짓궂은 장난으로 가족들을 괴롭혔다. 그는 모든 수단을 동원해 여학생들을 쫓아다녔다. 일부러 자동차 옆으로 몸을 날려 거기에 끼여 있었던 척해서 그 자동차의 주인인 예쁜 여학생과 데이트를 한 적도 있었다.

루이스와 조던과 친구들은 수업이 없을 때면 대학 본부 건물 근처에 모여, 서던 캘리포니아 대학교의 상징인 토미 트로전 조각상의 발치에 앉아 놀았다. 어느 날은 그들 주위에서 맴돌곤 하는, 말쑥하게 차려입은 일본인 망명자가 합류하기도 했다. 그 일본인의 이름은 구니치 제임스 사사키Kunichi James Sasaki로, '지미'라고 불렸다. 그는 10대 후반에 미국으로 건너와 팔로알토에 정착했는데, 그곳에서 성인의 나이로 초등학교에 다니는 비참함을 견뎌냈다. 루이스의 친구들 중 누구도 사사키의 학과를 기억하지 못했지만, 다들 사사키가 조용하고 원만하게 어울렸다고 회상했다. 그는 과묵하고 늘 잘 웃었다.

사사키는 열렬한 육상 팬이었고, 루이스와 친해지고 싶어 했다. 루이스는 사사키의 학구열에 특히 감명을 받았다. 그는 서던 캘리포니아 대학교에 입학하기 전에 하버드와 프린스턴, 예일 대학교에서 학위를 받았다고 말했다. 스포츠와 음악에 관심이 많았던 루이스와 사사키는 좋은 친구가 되었다.

루이스와 사사키는 또 다른 공통점을 가지고 있었다. 그들이 우정을 키워가던 어느 날, 루이스는 사사키가 날마다 토런스에 간다는 사실을 알게 되었다. 루이스가 토런스에게 사느냐고 묻자 사사키는 아니라고 대답했다. 사사키는 빈곤에 허덕이는 고국이 걱정되어, 일본 혈통의 주민들에게 강의를 하면서 가난한 사람들을 돕기 위해 일본으로 돈을 보

루이스의 육상용 운동화. 루이스는 이 신발을 신고 진 적이 한 번도 없다.
| 데이비드 매킨토시의 사진

내고 담뱃갑과 껌 종이의 은박지도 보내자고 북돋우려 토런스에 간다고 설명했다. 루이스는 이런 노력을 하는 친구를 존경했지만, 토런스에 사는 일본인이 아주 적은데도 날마다 그곳을 오가는 게 아무래도 미심쩍었다.

지미 사사키는 겉보기와 다른 사람이었다. 그는 하버드나 예일, 프린스턴 대학교를 다니지 않았다. 사사키의 친구들은 그를 30대라고 생각했지만 사실 그는 마흔 살 언저리였다. 그에겐 아내와 두 딸이 있었지만, 루이스나 친구들은 전혀 몰랐다. 그는 대부분의 시간을 교정에서 보냈다. 모든 사람이 그를 학생이라고 믿게 했지만, 실상은 그렇지 않았다. 그는 이미 10여 년 전에 서던 캘리포니아 대학교를 졸업하고 정치학 학사를 취득한 상태였다. 루이스를 비롯해 누구도 그가 정교한 술책으로 학생 행세를 했다는 사실을 몰랐다.

루이스는 서던 캘리포니아 대학교 육상팀에서 강력한 존재였다. 1940년 도쿄 올림픽에서의 우승에 초점을 맞춘 그는 여러 장거리 경기에서 연이어 기록을 깼다. 늘 경쟁자들을 엄청난 격차로 압도했는데, 2위 선수보다 91미터나 앞서서 들어온 적도 있었다. 1938년 봄에 그는 1,600미터 기록을 4분 13.7초로 단축했다. 당시 세계기록인 4분 6.4초와 7초 정도밖에 차이가 나지 않는 기록이었다. 코치는 루이스가 기록을 더 당길 거라고 예측했다. 코치는 루이스를 이길 수 있는 주자는 시비스킷Seabiscuit(1930년대에 활약한 경주마-옮긴이)뿐이라고 말했다.

1938년의 어느 날 오후, 조금 전에 열린 경기에서 우승한 글렌 커닝엄은 로스앤젤레스 경기장 탈의실에서 기자들과 이야기를 나누고 있었다. "1,600미터의 차기 챔피언이 있습니다." 커닝엄이 건너편에 시선을 맞춘 채 말했다. "그가 장거리에 집중한다면 무적이 될 겁니다." 기자들은 커닝엄의 시선이 누굴 가리키는지 보려고 고개를 돌렸다. 그곳에 있는 사람은 얼굴 전체가 완전히 빨개진 루이스였다.

1930년대에 육상 전문가들은 1,600미터를 4분에 주파할 수 있는지에 대한 의견을 주고받기 시작했다. 커닝엄을 비롯해 대부분의 관계자들은 불가능한 일이라고 오랫동안 믿어왔다. 1935년에 커닝엄이 기록한 4분 6.7초가 최고였으며, 이 와중에 과학이 논란에 가세했다. 유명한 육상 코치 브루투스 해밀턴Brutus Hamilton은 핀란드 수학자들이 내놓은 인간의 구조적 한계에 대한 데이터를 연구했는데, 〈아마추어 애슬리트Amateur Athlete〉라는 잡지에 글을 기고해 1,600미터를 4분에 주파하는 것은 불가능하다고 주장했다. 해밀턴은 인간이 1,600미터를 달릴 때 가장 빠른 속도는 4분 1.6초라고 썼다.

피트의 생각은 달랐다. 베를린 올림픽 이후에 그는 루이스가 1,600미터를 4분에 달릴 능력이 있다고 확신해왔다. 루이스는 항상 말도 안 되는 소리라고 했지만 1938년 봄에 다시 생각하게 되었다. 코치는 언덕을 달리는 게 심장에 해롭다는 그릇된 통념 때문에 루이스에게 이를 금지시켰지만, 루이스는 그런 경고를 받아들이지 않았다. 그해 5월, 루이스는 매일 밤마다 다리가 마비될 때까지 대경기장 울타리로 뛰어 올라갔고 경기장에 들러 달린 다음 계단을 뛰어 오르락내리락했다. 6월이 되자 몸의 활동력이 왕성해져, 그동안 알고 있던 것보다 훨씬 높은 수준의 속도와 체력을 감당할 수 있었다. 루이스는 피트가 옳았다고 인정하기 시작했으며, 루이스만 그렇게 생각한 건 아니었다. 올림픽 100미터 우승자인 찰리 패덕Charlie Paddock을 비롯해 많은 육상 전문가들이 루이스가 1,600미터를 4분에 달리는 최초의 선수가 될 수 있다는 글을 언론에 게재했다. 커닝엄도 생각을 이미 바꾼 터였다. 커닝엄은 루이스라면 4분에 주파할 수 있을 거라고 여겼다. 그는 한 기자에게 4분이라는 기록을 깨는 사람은 자신이 아니라 잠페리니가 될 가능성이 높다고 말했다.

1938년 6월, 루이스는 4분이라는 기록을 노리며 NCAA 선수권 대회가 열리는 미니애폴리스에 도착했다. 열의가 넘친 루이스는 다른 선수들에게 자신의 새로운 훈련법, 경기 전략, 예상 기록에 대해 떠들썩하게 이야기했다. 루이스가 최고의 경기를 펼칠 준비가 되었다는 소문이 퍼졌다. 경기 전날 밤, 노트르담에서 온 코치가 심각한 표정으로 루이스가 묵고 있는 호텔 객실 문을 두드렸다. 그와 라이벌인 코치들이 스파이크를 날카롭게 갈아서 루이스를 베어버리라고 선수들에게 지시하고 있

루이스가 갈비뼈에 금이 가고 양쪽 다리와 한 발에 자상을 입은 가운데서도 NCAA 선수권 대회에서 기록을 깨며 우승한 것을 축하하고 있다. ▮루이스 잠페리니의 허락을 받아 게재

다는 것이었다. 루이스는 그 경고를 무시하며, 고의로 그런 짓을 할 사람은 없다고 확신했다.

　그의 생각이 빗나갔다. 경기가 중반으로 접어들어 루이스가 선두로 나서려 하자 선수 몇 명이 어깨로 밀치며 진로를 막았다. 루이스는 빠져나가려고 계속 애썼지만 속수무책이었다. 옆에서 달리던 선수가 갑자기 안쪽으로 방향을 바꾸더니 루이스의 발을 밟았다. 스파이크에 발가락이 찔렸다. 잠시 뒤에는 앞에서 달리던 선수가 뒷발질을 해 루이스의 양쪽 정강이를 베었다. 세 번째 선수는 팔꿈치로 루이스의 가슴을 어찌나 세게 쳤는지 갈비뼈에 금이 갔다. 관중들이 놀라서 헉 하는 소리를 냈다.

루이스는 출혈과 통증에 시달리며 함정에 빠졌다. 그는 한 바퀴 하고도 반 바퀴를 더 한 무리의 선수들에게 에워싸인 채 달렸다. 도저히 빠져나갈 수도 없고 앞에 있는 선수에게 부딪히지 않으려고 마음껏 발을 내딛지도 못했다. 어느새 마지막 곡선 구간이 가까워졌다. 한순간 앞에서 작은 틈이 생겼다. 재빨리 그 틈을 뚫고 나가 바람처럼 선두를 제쳤다. 찢어져 벌어진 신발과 피가 흐르는 정강이와 가슴 통증에도 불구하고 그는 우승했다.

루이스는 씁쓸하고 실망스런 마음으로 서서히 속도를 늦추다가 멈춰섰다. 코치가 얼마나 빨리 달렸을 것 같으냐고 묻자 루이스는 4분 20초를 깨지 못했을 거라고 대답했다.

기록이 게시판에 붙었다. 관중석에서 갑자기 "우와!" 하는 소리가 들렸다. 루이스가 1,600미터를 4분 8.3초에 달렸던 것이다. NCAA 1,600미터 종목에서 역사상 가장 빨랐고, 실외 1,600미터에서는 다섯 번째로 빨랐다. 루이스는 1.9초 차이로 세계기록을 넘지 못했다. 그 뒤 15년간 그의 기록은 NCAA 최고의 자리를 고수했다.

몇 주 뒤, 일본은 1940년 올림픽의 개최권을 포기했으며 개최지는 핀란드로 변경되었다. 루이스는 목표를 도쿄에서 헬싱키로 옮겼고 그날이 어서 빨리 오기를 바랐다. 그는 1939년 대학 경기 시즌에 출전한 모든 대회에서 우승했다. 1940년 초 몇 달 동안 루이스는 미국 내 최고 선수들과 겨루는 서부 실내 1,600미터 경기에서 아주 훌륭한 기량을 발휘해 커닝엄을 두 번 이겼고 계속해서 기록이 향상되었다. 2월에 보스턴 가든에서 열린 경기에서는 실내 1,600미터 경기 역사상 가장 빠른 기록에 단 0.6초 모자라는 4분 8.2초를 기록했다.* 2주 후 매디슨 스퀘어 가든에서 열린 경기에서는 맹렬히 달려 4분 7.9초를 기록했다. 하지만 결승선 직전에서 최우수 선수인 척 펜스크Chuck Fenske에게 따라잡혔는데, 그의 기록은 실내 1,600미터 경기 세계기록과 동일했다. 올림픽이 몇 달 뒤로 다가온 가운데 루이스는 최고의 몸 상태를 유지하고 있었다.

━━━⚬⚬⚬━━━

루이스가 대학에서 눈부시게 빛나고 있는 사이, 머나먼 땅에서는 역사가 바뀌고 있었다. 유럽에서는 히틀러가 유럽 대륙을 정복할 계획을 세우고 있었다. 아시아에서는 일본의 지도자들이 히틀러의 계획과 맞먹는 거대한 계획을 가지고 있었다. 천연자원이 부족한 일본은 높은 관세와 낮은 수요로 무역이 제 기능을 잃었고, 인구는 증가하는데 경제력이 뒷받침되지 못하고 있었다. 부유한 이웃국가들의 천연자원을 유심히 주시한 일본의 지도자들은 천연자원에서 경제적 독립 및 그 이상의 성과를 얻을 수 있다고 전망했다. 일본인들이 지닌 정체성의 중심은 본질적으로 열등한 다른 아시아 국가들을 지배하는 것이 일본이 신에게 위임받은 권리라는 믿음이었다. "세상에는 우월한 종족과 열등한 종족이 있다. 선도적인 종족의 신성한 의무는 열등한 종족을 이끌고 계몽하는 것이다." 1940년에 일본의 정치인 나카지마 지쿠헤이Nakajima Chikuhei가 한 말이다. 이어서 그는 "일본인이 세계에서 유일하게 우월한 종족이다"라고 말했다. 일본의 지도자들은 필요와 운명의 부름을 받아 이웃국가

---

*실내 트랙은 실외 트랙보다 짧기 때문에 실내경기에서는 동일한 거리의 실외경기보다 선수들이 방향 전환을 더 많이 할 수밖에 없다. 따라서 일반적으로 실내경기의 기록은 실외경기의 기록보다 느리다. 1940년에 실외 1,800미터 경기의 세계기록은 실내경기의 세계기록보다 1초 빨랐다.

의 땅에 '야마토 [일본] 종족의 혈통을 심어주기로' 계획했다. 그들은 극동 지역을 모두 일본의 지배하에 둘 작정이었다.

군부가 장악한 일본 정부는 오래전부터 원정 준비를 해왔다. 수십 년간 강력하고 기술 수준이 높은 육군과 해군을 공들여 육성했다. 군대가 운영하는 학교를 통해 아이들에게 일본 제국의 운명을 끈질기고 맹렬하게 철저히 주입시켜, 국민들이 전쟁에 찬성하게 만들었다. 급기야 일본 군대는 강력한 세뇌와 매질과 둔감화를 통해 군인들이 극도의 잔인성을 키우도록 했고 이를 찬양하기에 이르렀다. 역사학자 아이리스 창 IrisChang은 '일본 제국의 군대는 폭력에 신성한 의미를 부여해 폭력을 문화의 급선무로 정착시켰으며, 어느 모로 보나 이는 십자군 전쟁과 스페인 가톨릭교의 종교재판 때 유럽인들을 몰아낸 명분만큼 강력했다'라고 썼다. 창은 일본 장군이 1933년에 한 연설을 인용했다. '총알 하나하나도 제국의 방식으로 장전되어야 하며, 모든 총검의 끝에 불타오르는 애국심이 담겨 있어야 한다.' 1931년에 일본은 탐색전의 일환으로 중국 만주 지방을 침략했으며 지독하게 억압적인 꼭두각시 정부를 세웠다. 이는 시작에 불과했다.

1930년대 후반 독일과 일본은 행동 개시 준비를 갖추었다. 먼저 움직인 쪽은 일본으로, 1937년에 군대를 보내 중국의 나머지 지역을 초토화했다. 2년 뒤 히틀러는 폴란드를 침략했다. 오랫동안 다른 나라의 일에 관여하지 않는다는 정책을 유지해온 미국은 중국과 폴란드에 가해진 무력 충돌에 어느새 휘말리게 되었다. 일단 유럽에서는 미국의 동맹국들이 히틀러의 정복 진출 방향에 자리하고 있었다. 태평양 연안에서는 오랜 동맹국인 중국이 일본에 의해 파괴되고 있었다. 미국이 통치하는 필리핀은 물론이고 미국령인 하와이와 웨이크 섬, 괌, 미드웨이 제도까지 위협받고 있었다. 전 세계가 재앙 속으로 빠져들고 있었다.

1940년 4월의 어느 암울한 날, 루이스가 집으로 돌아가고 있는데 학생들이 교정 여기저기서 웅성거리고 있었다. 알고 보니 히틀러가 기습 공격을 감행했고, 소련의 동맹국들이 그 뒤를 따랐으며, 유럽 대륙에서 전면전이 벌어졌다. 하계올림픽을 개최하기로 한 핀란드도 타격을 받고 있었다. 헬싱키의 올림픽 경기장은 소련의 폭격을 받아 일부분이 무너졌다. 1936년 베를린 올림픽 5,000미터 경기에서 루이스를 완전히 따돌리고 핀란드에 금메달을 안겨준 군나르 회케르트는 조국을 지키다가 살해되었다.* 헬싱키 올림픽은 취소되었다.

⌇⌇⌇

루이스는 방향을 잃어버렸다. 처음에는 식중독으로, 그다음에는 흉막염으로 심하게 앓았다. 속도가 나지 않았고 경기마다 우승을 놓쳤다. 서던 캘리포니아 대학교의 봄 학기가 끝나자 루이스는 과의 졸업 기념 반지를 받고 교정을 떠났다. 학위를 받기에는 몇 학점이 부족했지만 1941년에 학점을 채우도록 신청해놓았다. 루이스는 록히드 에어 코퍼레이션Lockheed Air Corporation에 용접공으로 취직했고 올림픽을 향한 꿈이 사라져 가슴 아파했다.

루이스가 1940년 여름 내내 일을 하는 동안, 미국은 참전 쪽으로 기울고 있었다. 유럽에서는 히틀러가 영국과 그 동맹국들을 프랑스 됭케르크 근처의 바다로 몰아 포위했다. 태평양 연안에서는 일본이 중국을

---

* 회케르트와 같은 팀 동료였고 1932년 올림픽 5,000미터 경기에서 금메달을 딴 라우리 레티넌은 회케르트를 기리기 위해 그 금메달을 핀란드 병사에게 주었다.

전역을 파괴하면서 인도차이나 반도로 이동하고 있었다. 프랭클린 루스벨트Franklin Roosevelt 대통령은 일본의 침략 행위를 중단시키기 위해 고철, 항공연료와 같은 군수품에 대해 강력한 통상 금지령을 내렸다. 이후 몇 달간 루스벨트 대통령은 석유의 통상 금지령을 선언하고 미국 내 일본 자산을 동결했다. 마침내 무역 전면 금지를 선언하기에 이르렀다. 그럼에도 일본의 침략 행위는 계속되었다.

　록히드 에어 코퍼레이션은 전시체제로 전환해, 미국 육군 항공대Army Air Corps와 영국 공군Royal Air Force에 항공기를 납품했다. 루이스가 일하는 격납고에서는 P-38 전투기들이 하늘 높이 나는 광경이 보였다. 루이스는 어릴 때 하늘을 날았던 이후로 늘 비행기에 대해 꺼림칙해했지만 P-38 전투기들은 매력적으로 와닿았다. 그런 마음은 의회가 징집 법안을 제정한 9월에도 변함이 없었다. 입대 대상자는 징집되기 전에 원하는 병과를 선택할 수 있었다. 1941년 초 루이스는 미국 육군 항공대에 들어 갔다.*

　루이스는 캘리포니아 산타마리아에 있는 핸콕 항공대학으로 보내졌다. 땅에서 비행기를 보는 것과 실제로 비행기를 조종하는 것은 천지 차이였다. 비행기 멀미로 마음이 조마조마하고 괴로웠다. 그는 육군 항공대에서 쫓겨났으며 나오는 길에 읽어보지도 않고 서류 몇 장에 서명했다. 이후 영화 단역배우로 일자리를 얻었다. 그는 에롤 플린Errol Flynn과 올리비

---

*루이스 외에도 뛰어난 육상 선수들이 줄줄이 입대했다. 노먼 브라이트는 입대 신청을 하려다가 놀랄 만큼 느린 맥박 때문에 거절당했다. 맥박이 느린 것은 체력이 극도로 좋기 때문이었다. 그는 4,800미터를 달린 직후 다른 징병사무소에 가서 입대 신청을 했다. 커닝엄은 해군에 들어가려 했지만, 신병 모집자들은 흉측한 상처가 있는 다리를 보고 그의 신체장애가 너무 심해서 복역할 수 없다고 짐작했다. 누군가가 들어와 커닝엄의 이름을 거론하자 그제야 그가 누군지 알아채고 입대를 허락했다.

육군 항공대 훈련용 비행기에 타고 있는 루이스.
┃ 루이스 잠페리니의 허락을 받아 게재

아 드 하빌랜드^{Olivia de Havilland}가 출연한 영화 「장렬 제7기병대^{They Died with Their Boots On}」의 촬영장에서 일하는 중에 편지를 받았다. 징집 통보서였다.

입대일은 플린이 출연한 영화의 촬영이 끝나기 전이었다. 루이스는 촬영에 끝까지 참여해야 나오는 상여금을 꼭 받아야겠다고 마음먹었다. 그는 신체검사가 있기 직전에 초코바를 한 움큼 먹었다. 그러자 혈당이 치솟아 신체검사에서 탈락했다. 며칠 뒤 재검을 받으라는 지시를 받고 그는 영화 촬영장으로 돌아갔고 결국 상여금을 받았다. 9월 29일, 그는 육군에 들어갔다.

루이스가 기초훈련을 끝냈을 때 갑자기 불행한 소식이 날아들었다. 그는 육군 항공대 실격 서류를 읽지도 않고 서명했기 때문에, 향후 복무시 육군 항공대에 재입대하기로 동의했다는 사실을 전혀 모르고 있었다. 1941년 11월, 그는 텍사스 주 휴스턴의 엘링턴 기지에 도착했다. 이후 루이스는 폭격수 훈련을 받았다.

—◆◆◆—

그해 가을 루이스가 신병 훈련을 받고 있을 때, 시급한 편지가 FBI 국장 에드거 후버J. Edgar Hoover의 책상에 도착했다. 군사정보국 산하 전쟁부의 준장이 보낸 편지였다. 편지는 믿을 수 있는 정보원이 지역 내 일본 단체에서 활동하고 있다고 여겨졌던 한 캘리포니아 남자가 사실은 일본 해군의 직원이었으며 일본의 전쟁 활동을 위해 모금하라는 임무를 부여받아 미국에 파견되었다고 군 고위직 관리들에게 경고했다는 내용이었다. 정보원은 일본 해군 상관들이 최근에 그 남자를 워싱턴 DC로 이동시켰고 계속 명령에 따라 활동하라고 지시했다고 말했다. 정보원에 따르면, 그 남자는 '사사키 씨'로 알려졌다. 바로 루이스의 친구 지미였다.

정보원의 보고서 중 현재까지 남은 기록에는 사사키가 구체적으로 어떤 활동을 했는지 나와 있지 않았다. 그런데 훗날 토런스 경찰서장이 작성한 메모에 따르면, 사사키는 토런스 대로 바로 옆에 있는 발전소 인근의 들판에 자주 갔다. 사사키는 그곳에 강력한 무선송신기를 세워놓고 일본 정부로 정보를 보냈다는 것이었다. 사사키의 혐의가 사실이라면 그가 미심쩍을 정도로 토런스에 자주 오간 이유가 설명된다. 루이스의 좋은 친구가 첩자였을지도 모른다.

실제로 사사키는 일본 해군에 고용되어 워싱턴 DC로 이동했다. 그는 일본 대사관에 근무했으며 국회의원들에게 인기 있는 아파트에서 살았다. 그는 워싱턴의 지도층 인사들 사이에서 꽤 알려져 있는 인물이었다.

아파트에서 열리는 칵테일파티에 참석해 입법자들과 자주 어울렸고 육해군 컨트리클럽에서 골프를 쳤다. 경찰 관리들, 국방부 관리들과도 친하게 지냈고 파티가 끝난 뒤에는 운전사 역할을 자청했다. 그가 어느 편이었는지는 불확실하다. 그는 칵테일파티에서 한 국회의원에게 일본의 항공기 생산에 대한 민감한 정보를 제공했다.

FBI에 도착한 편지는 경종을 울렸다. 국무장관에게 보고해야 한다고 판단할 정도로 우려한 후버는 사사키를 즉각 수사하라고 지시했다.

~~~

12월의 어느 일요일에 해가 뜨고 얼마 지나지 않아, 한 조종사가 작은 비행기로 태평양 상공을 날았다. 아래에는 어두운 바다 사이로 흰 물줄기가 드러났다. 파도가 오아후 섬의 북쪽 끝을 철썩철썩 때렸다. 비행기는 하와이의 찬란한 아침을 향해 날았다.

오아후 섬이 아침을 맞아 깨어나기 시작했다. 히캄 기지Hickam Field에서는 병사들이 자동차를 닦고 있었다. 홀라 레인에서는 한 가족이 미사에 참석하기 위해 옷을 차려입고 있었다. 휠러 기지Wheeler Field에 있는 장교 클럽에서는 남자들이 포커 게임을 끝내고 돌아가고 있었다. 막사에서는 군인 두 명이 한창 베개 싸움을 벌이고 있었다. 에와 무링 마스트 기지Ewa Mooring Mast Field에서는 기술하사관이 카메라 렌즈로 세 살배기 아들을 들여다보고 있었다. 아직 식당에 도착한 사람은 거의 없었다. 상당수가 항구에 정박한 채 부드럽게 흔들리는 군함 속 침상에서 자고 있었다. USS 애리조나 호에 탄 장교는 미국 함대 챔피언전의 농구 경기에 참가하기 위해 제복을 입으려는 참이었다. 갑판에서는 군인들이 깃발을 달기 위해 집합하고 있었으며 군악대가 일요일 아침의 전통대로 국가를 연주하고 있었다.

이때 멀리 아득한 하늘에서 조금 전의 조종사가 태평양 함대의 전체 수량인 전함 여덟 대를 세고 있었다. 옅은 안개가 땅까지 낮게 깔려 있었다.

그 조종사의 이름은 미츠오 후치다^{Mitsuo Fuchida}였다. 그는 비행기의 덮개를 열고 하늘에 녹색으로 퍼지는 조명탄을 쏘고 나서 무전병에게 전투 구호를 무전으로 보내라고 지시했다. 후치다 뒤로 일본 비행기 180대가 나타나 오아후 섬을 향해 돌진했다.* 애리조나 호의 갑판에 있던 사람들이 위를 쳐다보았다.

막사에서는 베개 싸움을 하던 둘 중 한 명이 갑자기 바닥으로 떨어졌다. 그는 목에 8센티미터의 구멍이 뚫린 채 죽었다. 그의 친구가 창가로 뛰어가 내다보자 한 건물이 위로 들렸다가 산산이 무너지고 있었다. 급강하 폭격기가 그 건물로 정면충돌한 것이었다. 폭격기 날개에 붉은 원이 그려져 있었다.

❦

그날 아침 피트 잠페리니는 친구 집에서 골프를 치러 가기 전에 카드 게임을 하는 중이었다. 그의 뒤에서는 불판에서 와플이 지글지글 익는 소리와 라디오에서 지지직거리는 소리가 서로 경쟁하고 있었다. 사람들이 카드를 내려놓았다.

루이스는 텍사스에서 주말 입장권을 가지고 극장에 가 있었다. 극장은 끝없는 훈련에서 잠시 벗어나 휴식을 취하는 군인들로 꽉 들어차 있

---

* 두 번의 폭격 중 이 첫 번째에 183대가 출격했는데, 두 대는 이륙하면서 사라졌다.

었다. 이는 평화로운 시기에 군인들의 일상이었다. 그런데 영화의 중반쯤에서 갑자기 화면이 텅 비더니 환한 빛이 쏟아져 들어왔다. 한 남자가 급히 무대로 올라갔다. 불이 난 건가? 루이스는 궁금했다. 무대로 올라간 남자가 모든 군인은 즉시 부대로 복귀해야 한다고 말했다. 일본이 진주만을 공격한 것이었다.

루이스는 커다래진 눈과 당황스러운 마음으로 그곳에 앉아 있던 순간을 오랫동안 잊지 못했다. 미국이 교전 중이었다. 그는 모자를 움켜쥐고 건물 밖으로 뛰어나갔다.

B-24 리버레이터

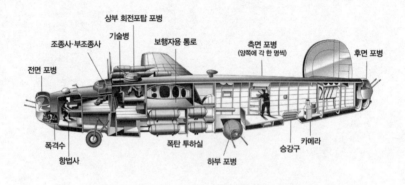

전면 포병

조종사·부조종사
상부 회전포탑 포병
기술병
보행자용 통로
측면 포병
(양쪽에 각 한 명씩)
후면 포병

폭격수
항법사
폭탄 투하실
하부 포병
승강구
카메라

PART

2

B-24 리버레이터, '하늘을 나는 관'.

6

하늘을 나는 관

일본 비행기들이 오아후 섬으로 돌진할 때, 서쪽으로 3,200킬로미터 이상 떨어진 웨이크 섬에서는 해병대원들이 식당용 텐트에 앉아 아침식사를 하고 있었다. 엄청나게 작고 식수 공급이 부족한 웨이크 섬은 쓸모없는 곳이 될 뻔했지만, 한 가지 이유로 막대한 공헌을 했다. 태평양에서 한적한 곳에 멀리 떨어져 있어서 항공 기지로는 최적의 전략지였다. 게다가 이 섬은 활주로 하나와 대부분이 해병대인 약 500명의 따분한 미군에게 아늑한 집이 되어주었다. 팬 아메리칸 월드 항공의 비행기들이 가끔 연료 보급을 위해 도중에 착륙할 때를 제외하면, 흥미로운 일이 전혀 일어나지 않는 곳이었다. 그런데 12월의 그날 아침에 해병대들이 팬케이크를 막 먹기 시작하는 참에 공습경보가 울리기 시작했다. 정오가 되자 일본 폭격기들이 하늘에 기다란 자국을 그리며 나타나 건물들을 폭파했고, 놀란 사람들과 8제곱킬로미터도 안 되는 산호섬은 제2차 세계대전의 최전선에 자리 잡게 되었다.

그날 아침 태평양 곳곳에서 똑같은 일이 일어났다. 일본군은 진주만을 침공한 지 두 시간도 지나지 않아 미국 해군에 심각한 타격을 입혔다. 2,400명 이상이 죽었다. 그와 거의 동시에 일본군은 타이, 상하이, 말레이 반도, 괌, 미드웨이 제도, 웨이크 섬을 공격했다. 숨 막히는 폭격이 자행된 하루 동안 일본의 새로운 맹습이 시작되었던 것이다.

어느 순간에 미국을 침략할지 알 수 없는 상황이었다. 일본이 하와이에 폭탄을 퍼붓고 한 시간도 지나지 않아 샌프란시스코 만에 지뢰가설치되었다. 워싱턴에서는 민방위대 대장인 피오렐로 라과디아^{Fiorello La Guardia}가 사이렌이 울리는 경찰차를 타고 곳곳을 돌면서 확성기로 "침착하세요!"라고 외쳤다. 백악관에서는 영부인 엘리너 루스벨트^{Eleanor Roosevelt}가 황급히 딸 안나에게 손주들을 서부 해안으로 피신시키라고권하는 편지를 썼다. 한 집사는 대통령이 일본군이 시카고까지 깊숙이진군하면 어떻게 해야 할지 예측하는 소리를 우연히 들었다. 그사이 지미 사사키가 근무했던 매사추세츠 가 바로 위에 자리한 일본 대사관에서 연기가 피어올랐다. 직원들이 대사관 마당에서 서류를 태우고 있었다. 인도에 선 사람들이 침묵한 채 그 모습을 지켜보았다.

12월 7~8일 밤, 샌프란시스코에 공습경보가 네 차례 울렸다. 텍사스주에 있는 셰퍼드 기지 항공대 학교에서는 겁먹은 장교들이 새벽 4시에막사 사이를 뛰어다니며, 일본 비행기들이 오고 있다고 소리를 지르며사관후보생들에게 전속력으로 달려 나와 바닥에 엎드리라고 지시했다.이후 며칠간 캘리포니아 해안을 따라 참호를 팠고, 오클랜드의 학교들은 휴교했다. 뉴저지부터 알래스카까지 저수지와 다리와 터널과 공장과

부두에 보초가 섰다. 네브래스카 주 키어니에서는 시민들이 정원용 호스로 소이탄(소이제를 써서 목표물을 불살라 없애는 데 쓰는 포탄이나 폭탄-옮긴이)을 무력화시키는 교육을 받았다. 인적이 드문 지역의 농가에서부터 백악관에 이르기까지 미국 전역에서 등화관제용 커튼이 창에 걸렸다. 충격적인 소문들이 돌았다. 캔자스시티가 곧 공격당할 것이라고 했다. 샌프란시스코가 폭격을 당하고 있다고 했다. 일본이 파나마 운하를 손에 넣었다는 소문도 있었다.

일본은 전 세계로 빠르게 진군했다. 12월 10일, 일본은 필리핀을 침략했고 괌을 점유했다. 이튿날에는 버마를 침략했다. 며칠 뒤, 영국령 보르네오를 침략했다. 크리스마스에는 홍콩을 공격했다. 북보르네오, 라바울, 마닐라, 필리핀에 있는 미군 기지는 1월에 함락되었다. 영국은 말레이 반도에서 퇴각했으며 70일 만에 싱가포르에서 항복했다.

예상 밖의 문제가 있었다. 분명히 쉽게 점령할 것으로 여겼던 웨이크섬이 항복하지 않은 것이었다. 일본은 3일간 웨이크 섬에 폭탄을 퍼부었다. 12월 11일, 구축함 열한 척과 경순양함을 포함한 막대한 규모의 무장 병력이 침략 활동을 펼치기 시작했다. 소규모 방어군은 반격에 나서 구축함 두 척을 침몰시켰고 다른 배 아홉 척을 손상시켰으며 폭격기 두 대를 추락시키면서 일본의 야욕을 무산시켰다. 일본으로서는 그 전쟁에서 처음 당한 패배였다. 12월 23일이 되어서야 마침내 일본은 웨이크섬을 점유하고 섬에 있는 사람들을 억류했다. 미국인 사망자는 52명이었고 일본인 사망자는 1,153명으로 추산되었다.

억류된 사람들은 며칠 동안 이착륙장에 머물렀는데 밤에는 추워서 벌벌 떨었고 낮에는 무더위에 시달렸으며 억지로라도 기운을 차리려고 크리스마스캐럴을 불렀다. 그들은 원래 처형될 처지였지만 일본군 장교의 중재로 대부분이 배 갑판 밑 짐칸에 빽빽이 들어앉은 채 일본으로 이송되었다. 그중 일부는 미국인 최초로 일본의 전쟁 포로가 되었다. 포로 98명이 미국에 알려지지 않은 채로 웨이크 섬에 남겨졌다. 일본은 그들을 노예로 삼았다.

────

　루이스는 육군 항공대에 재입대하게 되어 처음엔 우울해했지만, 그곳 생활이 그리 나쁘지는 않았다. 텍사스의 엘링턴 기지에서 훈련을 받은 뒤 미들랜드 육군항공학교에서 훈련을 받은 그는 시험 성적이 뛰어났다. 보통은 일직선으로 수평비행을 했기 때문에 비행기 멀미가 문제되지는 않았다. 무엇보다 여자들이 항공병 제복에 꼼짝 못했다. 어느 날 오후에 외출한 루이스가 길을 걷고 있는데, 금발 머리의 여자가 운전하는 황금색 컨버터블 한 대가 멈추더니 그를 획 태우고는 파티장으로 내달렸다. 이런 일이 두 번째로 일어나자 루이스는 긍정적인 추세를 감지했다.

　루이스는 폭격조준기 두 대를 사용하는 훈련을 받았다. 그는 급강하 폭격용으로 집게와 달랑거리는 추가 달린 알루미늄 판으로 구성된 1달러짜리 휴대용 조준기를 지급받았다. 또한 정확한 폭탄 투하용으로 노든 폭격조준기를 지급받았는데, 이 조준기는 평균적인 미국 집값의 두 배 이상인 8,000달러에 이르는 아주 정교한 아날로그 컴퓨터였다. 루이스는 노든 폭격조준기의 보조로 폭탄을 투하할 때면 목표물을 눈으로 확인하고 계산한 다음 대기 속도와 고도와 바람을 비롯한 여러 요소에 대한 정보를 장치에 입력했다. 그러고 나면 노든 폭격조준기가 비행기

폭격조준기를 작동하고 있는 폭격수.

조종을 넘겨받아 목표물까지 정확한 경로를 따라가면서 투하 각도를 계산해 최적의 순간에 폭탄을 배출했다. 폭탄이 발사되면 루이스가 "폭탄 발사"라고 소리쳤고, 그러면 조종사가 다시 비행기 조종을 맡았다. 노든 폭격조준기는 최고 기밀 사항이었다. 보초가 지키고 있는 저장고에 보관되었고 이동할 때는 무장한 군인들의 호위를 받았다. 이 장치의 사진을 찍거나 관련된 글을 쓰는 것도 금지되었다. 루이스는 비행기가 추락하면 일단 적의 손에 넘어가지 않도록 소지한 콜트 45로 노든 폭격조준기를 쏜 다음 자신의 목숨을 구할 방도를 찾으라는 명령을 받았다.

루이스가 전쟁터로 떠나기 전에 찍은 마지막 가족사진. 뒷줄 왼쪽에서 오른쪽 방향
으로 실비아의 장래 남편인 하비 플래머(Harvey Flammer), 버지니아, 실비아, 안토
니 잠페리니. 앞줄 왼쪽에서 오른쪽 방향으로 피트, 루이즈, 루이스.
ⅼ 루이스 잠페리니의 허락을 받아 게재

　1942년 8월, 루이스는 미들랜드 육군항공학교를 졸업하고 소위로 임
관했다. 그는 마지막 훈련지와 전쟁터로 파견되기 전에 가족들에게 작
별인사를 하기 위해 친구의 캐딜락에 올라타고 캘리포니아로 향했다.
이제 해군 중사가 된 피트는 샌디에이고에 주둔하고 있었는데 루이스를
배웅하려고 집에 왔다.

　8월 19일 오후, 잠페리니 가족은 현관 계단에 모여 마지막 사진을 찍
었다. 루이스와 피트는 황급히 군복으로 갈아입고 나와 키가 작은 어머

니를 가운데에 두고 계단 맨 아래로 내려섰다. 루이즈는 눈물을 흘리기 일보 직전이었다. 8월의 햇살이 그녀의 얼굴에 강하게 쏟아져 비추었고, 그녀와 루이스는 그들 앞의 모든 것이 빛을 잃은 양 실눈을 뜨고 카메라에서 조금 벗어난 곳을 바라보았다.

루이스와 아버지는 함께 차를 타고 기차역으로 갔다. 플랫폼은 서로 꼭 붙들고 작별을 고하는, 군복을 입은 젊은이들과 눈물짓는 부모들로 북적였다. 루이스는 아버지를 안을 때 떨림이 고스란히 느껴졌다.

기차가 출발하자 루이스는 창밖을 내다보았다. 아버지가 떨리는 미소를 지으며 손을 흔들고 있었다. 루이스는 다시 아버지를 만날 수 있을지 모르겠다고 생각했다.

기차는 모래폭풍이 끊이지 않는 워싱턴 주 에프라타로 루이스를 데려갔다. 그곳의 마른 호수 바닥 가운데에 항공기지가 있었다. 그 호수 바닥은 기지와 사람과 비행기 모두를 위장할 수 있는 최적의 장소였다. 불어오는 흙먼지 때문에 대기가 너무 흐렸다. 0.5미터 깊이의 물줄기들을 지나 앞을 헤치며 걸어가야 했다. 더플백 밖에 내놓은 옷이 곧바로 더러워졌고, 땅에 앉아 먹는 모든 음식에 모래가 섞였다. 21일 내로 흙먼지로 막힌 비행기 엔진 스물네 개를 교체해야 하는 지상근무단은 먼지를 가라앉히려고 유도로에 기름을 뿌리는 방법에 기댔다. 호수 바닥의 먼지를 씻어내는 것도 문제였다. 뜨거운 물은 제대로 씻기도 전에 떨어졌다. 기지 내 매점에서 면도용 비누를 팔지 않았기 때문에 사실상 모두가 모래가 달라붙은 수염을 무성하게 달고 있었다.

루이스가 도착하고 얼마 지나지 않을 때였다. 눈에 보이는 광경에 절망한 채 땀을 흘리며 기지에 서 있는데, 각진 체형의 소위가 다가와 자신을 소개했다. 그는 러셀 앨런 필립스^{Russell Allen Phillips}였고, 이후 루이스가 타는 비행기의 조종사가 되었다.

1916년 인디애나 주 그린캐슬에서 태어난 필립스는 막 스물여섯 살이 되었다. 필립스는 인디애나 주 라포트에 있는 신앙심 깊은 가정에서 자랐고 아버지는 그곳의 감리교 목사였다. 필립스가 어릴 때 너무 조용해서 어른들은 그가 소심하다고 생각했겠지만, 그는 대담한 구석이 있었다. 그는 밀가루가 가득 든 봉지들을 가지고 동네를 살금살금 돌아다니다가 지나가는 차의 앞 유리창에 기습적으로 뿌렸으며, 전몰장병 추모일이 낀 어느 주말에는 인디 500(인디애나폴리스 500마일 자동차 경주-옮긴이)의 경주장에 몰래 숨어들려고 자동차 트렁크에 들어가 있었다. 그는 퍼듀 대학교에 진학해 삼림보호학 학위를 받았다. ROTC에서 상관은 그를 지금까지 본 이들 중에 '가장 부적합하고 형편없이 생긴 군인'이라고 불렀다. 그는 상관의 평가를 무시하고 육군 항공대에 입대했으며 그곳에서 타고난 항공병임을 증명했다. 집에서는 그를 앨런이라고 불렀지만, 육군 항공대에서는 그를 필립스라고 불렀다.

사람들이 필립스에 대해 느끼는 공통점은 그의 존재감을 알아차리지 못한다는 것이었다. 그가 워낙 열성 유전자를 타고나서 같은 공간에 있는 사람이라도 한참 후에야 그의 존재를 인식했다. 그는 자그마하고 다리가 짧았다. 한 조종사의 말에 따르면 "엉덩이가 땅에 딱 붙어 있기 때문에" 몇몇 군인은 그를 '모래 분사기'라고 불렀다. 이유는 알 수 없지만 그의 바짓가랑이 한쪽은 다른 쪽보다 훨씬 짧았다. 그의 얼굴은 깔끔하고 상냥해 보였다. 소년 같은 느낌이 나고 그곳 경치와 잘 어우러졌

러셀 앨런 필립스. ❘ 루이스 잠페리니의 허락을 받아 게재

다. 그의 존재감이 눈에 잘 띄지 않게 된 데는 이런 점이 한몫했지만, 사실 결정적인 이유는 그의 침묵이었다. 필립스는 싹싹한 편이었고, 그의 편지로 판단하건대 표현력이 아주 뛰어났지만 말이 없는 편을 선호했다.

파티를 즐겨 찾는 수다스런 사람들 사이에 필립스를 데려다놓으면, 한마디도 하지 않는 사람이 있었다는 것을 밤이 다 지나서야 알아챌 것이다. 사람들은 그와 오랫동안 대화한 뒤에야 비로소 그가 전혀 말하지 않았음을 깨달았다.

필립스는 화가 나서 폭발하기 일보 직전이라도 절대로 터뜨리지 않았다. 그는 상관의 이해 못할 지시, 부하의 어리석은 행동, 군생활로 생긴 장교들의 거슬리는 성격을 모두 무난하게 받아들였다. 그는 온갖 역경에 침착하게 대응했다. 나중에 루이스는 위기에 처하면 필립스의 혈관에 얼음물이 흐른다는 점을 알게 되었다. 그런 필립스도 딱 한 번 불타는 열정에 사로잡혔다. 필립스가 대학에 들어갔을 때 아버지가 테러호트의 목사로 부임하게 되었다. 그곳에서 필립스의 누나가 교회 성가대원이자 대학생인 세실 페리^{Cecile Perry}를 그에게 소개해주었다. '세시'라고 불렸던 그녀는 금발 머리에 멋진 몸매를 지녔으며 자신감이 넘치는 성격에 두뇌 회전이 빨랐고 초퍼라는 고양이를 키웠다. 그녀는 장래 희망인 교사가 되기 위해 공부하고 있었다. 필립스는 테러호트에서 열린 무도회에서 세시에게 키스를 했다. 그는 테러호트를 떠날 예정이었고, 그녀도 마찬가지였다.

1941년 11월의 어느 토요일 밤, 필립스는 육군 항공대를 향해 떠나기 직전에 마지막 5분을 인디애나폴리스 기차역에서 세시와 함께 보냈다. 그는 전쟁이 끝나면 그녀와 결혼하겠다고 약속했다. 그는 사물함용 트렁크에 그녀의 사진을 보관했고 1주일에 여러 번 연애편지를 썼다. 그녀가 스물한 번째 생일을 맞을 때 그는 자신의 월급을 보내면서 약혼반지를 사라고 부탁했다. 세시는 앨런이 멀리서 선물한 반지를 손가락에 꼈다.

1942년 6월, 세시는 졸업 직후에 비행기를 조종하는 앨런을 보기 위해 피닉스까지 먼 길을 왔다. 사랑에 눈이 먼 두 사람은 당장 도망가서 결혼하자고 이야기하다가 다시 한 번 생각해보고는, 그의 다음 훈련장에서 결혼해 부대 배치를 받을 때까지 같이 살기로 했다.

그 훈련장이 바로 에프라타였다. 그곳 광경을 보자마자 필립스는 자책했다. '피닉스에서 결혼했다면 얼마나 좋았을까 하는 생각을 100번도 더 했어. 그렇지만 지금 에프라타 같은 쓰레기장으로 와서 나와 함께 살아달라고 당신에게 부탁하지는 않을 거야.' 필립스가 세시에게 쓴 편지 내용 중 일부분이다. 두 사람은 다시 결혼을 미루었다. 가을이면 앨런의 훈련이 끝날 예정이었다. 그들은 훈련이 끝나고 전쟁터로 가기 전에 서로 만날 기회가 한 번만 더 생기기를 바랐다.

루이스와 필립스는 에프라타에서 죽이 잘 맞았다. 수다스럽고 다정한 루이스와 조용하고 착실한 필립스는 자연스럽게 어울렸다. 루이스는 지금까지 만난 사람들 중에 필립스가 가장 친절하다고 생각했다. 두 사람은 한 번도 말다툼을 하지 않고 늘 붙어 있었다. 필립스는 루이스를 '잠프'라고 불렀고, 루이스는 필립스를 '필'이라고 불렀다.

필립스의 폭격기팀에 나머지 대원들이 속속 배정되었다. 기술병과 상부 회전포탑 포병은 스물두 살의 스탠리 필즈버리Stanley Pillsbury로 입대 전에는 메인에 있는 가족 농장에서 일했다. 또 다른 기술병은 버지니아 토박이 클레런스 더글러스Clarence Douglas로 날개 뒤쪽 옆면에서 두 개의 측면

113

필립스의 폭격기 대원들. 왼쪽에서 오른쪽 방향으로 필립스, 임시 부조종사 그로스, 잠페리니, 미첼, 더글러스, 필즈버리, 글라스먼. 모즈넷과 램버트, 브룩스는 사진에 나오지 않았다. ▮루이스 잠페리니의 허락을 받아 게재

포탄 중 하나를 작동했다. 항법사와 전면 포병은 일리노이 출신인 교수 아들 로버트 미첼Robert Mitchell이었다. 체구가 자그마하고 숱 많은 곱슬머리인 프랭크 글라스먼Frank Glassman은 영화배우 하포 마스Harpo Marx를 닮았다. 프랭크는 무전병이었고 나중에는 하부 포병을 맡았다. 시카고 출신이기 때문에 다들 그를 '갱스터'라고 불렀다. 메릴랜드에서 온 레이 램버트Ray Lambert는 후면 포병이었다. 여자들이 좋아하는 스타일인 해리 브룩스Harry Brooks는 미시간 출신으로 잘생기고 패기만만한 무전병이자 측면 포병이었다. 부조종사는 조지 모즈넷George Moznette, Jr.이었다. 부조종사는 조종사 자격을 얻기 위해 이 비행기에서 저 비행기로 순환근무를 했기 때문에 모즈넷은 대원들과 함께 지내지 않았지만 필립스, 루이스와 금세 친구가 되었다.

모즈넷, 미첼, 필립스, 루이스는 장교였고 다른 대원들은 사병이었다.

모두 미혼이었지만, 필립스처럼 해리 브룩스도 고향에 여자친구가 있었다. 그녀의 이름은 자넷이었고, 전쟁이 시작되기 전에 그녀와 해리는 결혼식 날짜를 1943년 5월 8일로 잡았다.

~~~~~

대원들은 무거운 양가죽 재킷과 양모 의류를 지급받고, 함께 모여 사진을 찍었다. 그들은 제7항공단 307폭격전대 372폭격대대 소속 아홉 구성원 중 여덟 명이었다. 이제 비행기만 있으면 끝이었다.

루이스는 '하늘의 요새Flying Fortress'라고도 불린 B-17에 배정되기를 바랐다. B-17은 남자들이 탑승한 모습을 자랑하고 싶어 하는 비행기였다. 멋지게 생긴 녀석은 남성미가 흘러넘치며 민첩하고 살벌하게 무장되어 있는데다 믿을 수 있으며 장거리를 비행하고 사실상 파괴시키기가 불가능했다. 아무도 타고 싶지 않은 비행기는 새로운 폭격기였다. 콘솔리데이티드 항공기Consolidated Aircraft 제작사에서 만든 '리버레이터'라 불린 B-24였다. 이 폭격기도 한 가지 장점은 있었다. B-24는 보조 연료 탱크와 가늘고 최고로 효율적인 데이비스 날개 덕분에 하루 종일 비행할 수 있었다. 때문에 넓은 지역으로 확산되고 있는 제2차 세계대전의 현장에서 결정적인 자산이었다.

앞부분이 평면이고 기체가 직사각형인 B-24는 근시가 지독하게 심한 어머니나 좋아할 법한 모양새였다. 대원들은 이 폭격기에 여러 가지 별명을 붙였다. 그중에는 '날아다니는 벽돌', '하늘을 나는 화물열차', '변비에 걸린 벌목업자' 등이 있었다. 외형이 그리 멋지지 않았다. 조종석은 답답할 정도로 좁았다. 조종사와 부조종사가 임무를 수행할 때 길면 열여섯 시간이나 바짝 붙어 앉아 있어야 했다. 조종사가 엄청나게 큰 조종 패널 위로 목을 쭉 빼면 비행기 코 부분의 전경만 보였다. 폭 22센티미터의 폭탄 투하실 통로를 지나다니기가 무척 어려웠고, 특히 난기류에서 더욱 그러했다. 한 걸음만 잘못 디뎌 미끄러지면 사람의 몸무게에도 뜯어질 정도로 약한 알루미늄 문이 장착된 폭탄 투하실로 굴러 떨어질 판이었다.

느린 지상 주행은 모험이었다. B-24의 바퀴에는 조종 장치가 없어서 조종사는 폭탄에 충격이 가해지지 않도록 조심스럽게 한쪽 엔진에 힘을 가해야 했다. 왼쪽과 오른쪽 브레이크를 앞뒤로 부지런히 조작해야 했는데 일반적으로 두 엔진 중 한 쪽이 훨씬 민감했다. 이렇다 보니 유도로를 지날 때 비행기가 휘청거리기 일쑤였다. 조종사가 가고자 하는 목적지와 동떨어진 지점으로 방향이 휙 바뀌어서 대원들이 삽으로 파내야 하는 경우가 흔했다.

한 조종사는 B-24 조종석에 처음 들어갔을 때 '베란다에 앉아 집을 비행하는 것 같았다'고 쓰기도 했다. 대부분의 조종사들이 느끼는 감정이었다. B-24는 세계에서 가장 무거운 비행기에 속했다. 당시 생산된 D 모델은 적재량이 3만 2,295킬로그램이었다. 이렇게 무거운 비행기를 조종하는 것은 곰과 레슬링을 하는 것과 마찬가지여서 조종사들을 지치고 통증에 시달리게 되었다. 조종사들은 대개 왼손으로 조종간yoke(좌우로 조종해서 비행기 머리 부분을 위아래를 움직이거나 비행기를 좌우로 기울게 하는 역할을 한다-옮긴이)을 잡고 오른손으로 다른 조작을 한다. 때문에 왼팔 근육이 오른팔 근육보다 왜소해서, 셔츠를 벗으면 B-24 조종사를 금방 알아볼 수 있었다. B-24는 다루기가 쉽지 않았다. 공격을 막을 때 아주 중요한 밀착 대형으로 날기가 어려웠다. 불규칙한 난기류를 만나거나 대원이 기체 안에서 걸어 다니기만 해도 중심축이 기울었다.

B-24는 기술적인 어려움들로 몸살을 앓았다. 엔진 네 개 중 하나가 멈추면 하늘에 떠 있기가 쉽지 않았다. 엔진 두 개가 고장 나면 비상사태였다. B-24가 도입된 직후, 상공에서 꼬리 부분이 떨어지는 사고가 여러 건 났다. 전쟁이 시작된 지는 얼마 지나지 않았지만 B-24는 특히 얇은 날개를 비롯해 전반적인 기체가 치열한 교전에 휩쓸리면 부서져버릴 정도로 약하다는 이야기가 이미 자자했다. 에프라타에 배치된 일부 장병들은 B-24를 죽음의 덫으로 생각했다.

오랜 기다림 끝에 372폭격대대에 배정된 비행기가 에프라타로 날아왔다. 필립스의 대원들은 밖으로 나가 실눈을 뜨고 수평선을 바라보았다. 멀리 떨어져 있었지만 그림자만 봐도 확실했다. 대원들이 툴툴거리는 가운데 루이스는 커다랗게 내지르는 누군가의 목소리를 들었다.

"하늘을 나는 관이잖아."

⁓⁓⁓

372폭격대대는 B-24의 다른 기종과 똑같이 생긴 B-24D를 배정받았다. 이후 3개월 동안(에프라타에서 8월과 9월, 수시티에서 10월) 그들은 사실상 B-24D 안에서 살았다. 그들은 편대를 이뤄 비행했고, 견인 비행기가 끌고 온 목표물을 향해 발사했으며, 모의 전투 훈련을 했고, 급강하 폭격을 했다. 하루는 아이오와 상공을 너무 낮게 지나가는 바람에 프로펠러가 모래폭풍을 일으키면서 기체 하단의 페인트가 벗겨졌다. 기체 꼬리 부분의 열린 승강구 옆에 앉아 훈련용 폭탄이 목표 지점에 떨어지는 사진을 찍던 필즈버리의 다리도 긁고 지나갔다. 이때 루이스는 기체 코 부분의 유리창이 달린 '온실'에 앉아 목표 지점에 훈련용 폭탄을 투하하

'하늘을 나는 관'을 처음으로 조종하며 불만스러워하는 필립스.
ㅣ루이스 잠페리니의 허락을 받아 게재

고 있었다. 지휘관들은 372폭격대대의 기량을 곧 알게 되었다. 372폭격
대대의 총 45킬로그램에 이르는 폭탄이 옥외 화장실 한 채를 산산조각
내고 운 나쁜 소 한 마리를 저세상으로 보낸 뒤에 화가 난 농부들의 항
의가 이어졌기 때문이다.

필립스의 대원들은 에프라타에서 첫 번째 공포를 경험하게 되었다.
연습 비행에서 무전기에 문제가 생겨 길을 잃고 몇 시간 동안 한 치 앞
도 분간되지 않는 암흑 속에서 이리저리 날아다니다가 결국 자정이 다

되어서야 한참 떨어진 스포캔에 착륙했다. 그들은 세 시간 반 동안 행방불명 상태였다. 서부 해안 항공대가 그들을 찾아다녔다. 필립스가 비행기에서 내리자 한 대령이 호되게 야단을 쳤다. 에프라타에 도착했을 때는 다른 대령과 소령이 번갈아가며 목소리를 높였다. '그날 밤 나는 조금 더 성장했어. 자기야, 믿어도 좋아.' 필립스가 세시에게 보낸 편지 내용이다.

사고가 흔하게, 게다가 치명적으로 일어났기 때문에 그들이 극심한 공포에 빠져든 것이 당연했다. 루이스는 예전에 폭격 훈련을 시작하기 전에 항공대 사관후보생인 친구의 편지를 받았다.

너도 지난주에 여기에서 죽은 사관후보생과 교관에 대한 기사를 읽어봤을 거야. 그 불쌍한 사람들은 탈출할 기회조차 없었어. 베이스 레그(항공기가 최종 진입 전에 착륙을 준비하기 위해 활주로에 접근하는 짧은 운항 구간—옮긴이)에서 착륙 진입(착륙 지점으로의 접근—옮긴이)으로 전환하는 도중에 비행기가 속도를 잃어버렸거든. 비행기가 한 바퀴 회전하더니 완전히 추락해버렸어. …… 기체가 땅에 부딪히면서 두 사람의 몸이 갈가리 찢겨나갔어. 교관의 몸은 안전벨트 때문에 두 부분으로 잘렸어. 부서진 기체의 잔해들 위로 흩어져 있는 그들의 흔적을 보니 누군가 세 접시가량의 토마토와 크래커(피와 살점)를 가져다가 집어던져놓은 것 같더라. 온몸이 심하게 토막이 나서 그냥 봐서는 얼굴을 알아보지도 못하겠더라고.

전국 각지에서 미래의 항공병들이 보내는 편지는 바로 이런 이야기로 채워졌다. 조종사와 항법사의 실수, 기계 고장, 운이 나빠 사망하는 훈련생의 수가 충격적인 정도였다. 육군 항공단, 즉 AAF*에서 전쟁 중 미국 내 비행기 사고는 5만 2,651건이었으며 사망자는 1만 4,903명이었다. 사망자들 중 일부는 연안 경비 및 다른 임무를 수행 중이었겠지만, 대다수는 전쟁터에 나가보지도 못한 훈련생이었을 것으로 추정된다. 필립스의 대원들이 훈련을 받던 3개월 동안 AAF 소속 비행기 3,041대(하루에 33대 이상)가 미국 본토에서 사고를 당했고 매일 아홉 명이 죽었다. 이후 몇 달간 사망자가 월 500명 이상 사망했다. 1943년 8월 미국 본토에서 항공병 590명이 사망했고 이는 매일 열아홉 명이 죽은 셈이었다.

루이스와 필립스와 대원들은 그렇게 죽어가는 사람들을 눈앞에서 목격했다. 7월에는 필립스의 절친한 친구가 필립스와 함께 저녁식사를 한 직후 B-24 안에서 죽었다. 어느 비 오는 날 오전, 필립스의 대원들은 비행을 기다리다가 브리핑실에서 다른 팀의 대원들과 잠시 시간을 보냈다. 두 팀 모두 각 팀의 비행기에 탑승했지만, 마지막 순간에 필립스의 대원들은 돌아오라는 명령을 받았다. 다른 팀 대원들은 이륙해서 3.2킬로미터를 비행하다가 추락하여 조종사와 항법사가 죽었다. 같은 부대 소속의 다른 폭격기가 10월에 수시티에서 들판에 추락해 두 명이 죽었다. 이때 필립스는 사망한 대원의 이름을 밝히지 않고 비행기 추락 사고를 보도했다는 사실을 알고 나서, 자신이 그 비행기에 타지 않았다는 말을 가족에게 전하려고 회의 도중 자리를 박차고 뛰어나갔다.

육군 항공대는 추락 시 생존하는 방법을 가르치기 위해 최선을 다했

---

* 1941년 6월, 육군 항공대는 육군 항공단(Army Air Forces) 산하 조직으로 바뀌었다. 육군 항공대는 1947년까지 육군의 전투병과로 지속되었다.

다. 대원들은 비행기에 충격이 가해질 때를 대비하고 충돌 후 살아남도록 대응하는 훈련을 받았다. 각 대원은 충돌 시 대기 위치를 지정받았다. 루이스의 경우 오른쪽 날개 뒤 기체 중간 부분 창 옆이었다. 대원들은 이륙장에 있는 비행기에서 뛰어내리는 모의 낙하산 탈출 훈련을 받았다. 일부 대원들은 보행자용 통로를 굴러서 열린 폭탄 투하실 문을 지나 떨어졌다. 다른 대원은 기체 중간 부분 창에서 뛰어내렸다. 이때마다 실제로 비행 중인 비행기에서 뛰어내린다면 쌍 방향키에 잘려 몸뚱이가 두 동강 나겠다고 생각했다. 바다에 불시착하는 방법도 배웠다. 필립스는 충실히 교육에 임했지만, 거대한 폭격기가 바다에 착륙한다는 발상이 '어처구니없다'고 생각하게 되었다. 훈련용 영화는 그의 의구심을 확실히 증폭시켰다. 모든 영화에서 바다에 불시착한 B-24가 죄다 산산조각 났다.

훈련은 호된 시련이었고 필립스의 대원들을 변화시켰다. 이후에 그들이 겪게 되는 전쟁에서 모두 살아남지는 못했지만, 훗날 생존자들은 그토록 노련한 대원들과 복무한 것이 행운이었다고 말했다. 그들은 아주 효율적으로 협력했다. 훈련 점수로 보건대 필립스 팀의 폭격과 발포 실격이 폭격대대에서 으뜸이었다. 살아남은 대원들과 다른 부대의 대원들 중 가장 마음속에서 우러나오는 칭찬을 받을 사람은 필립스일 것이다. B-24는 키가 큰 조종사에 맞게 만들어졌는데, 키가 작은 필립스는 발이 페달에 닿게 하고 조작판과 눈높이를 맞추게 하려면 쿠션을 대야 했다. 그럼에도 그는 모든 면에서 아주 훌륭하게 임무를 수행했다. 훗날 루이스는 기자에게 필립스야말로 "엄청나게 멋진 조종사"였다고 말했다.

필립스의 대원들에게 배정된 B-24는 별난 개성이 있었다. 이 B-24에는 연료를 폭탄 투하실로 흘려보내는 밸브가 있는데, 이 때문에 필즈버리는 긴장해서 쿵쿵 냄새를 맡으며 동체(항공기의 날개와 꼬리를 제외한 중심 부분으로 승무원과 승객, 화물 등을 싣고 발동기나 각종 탱크가 장치되어 있다-옮긴이)를 서성거리는 버릇이 생겼다. 이 비행기에는 까다로운 연료 분사 밸브가 있었다. 필즈버리와 더글러스는 이 밸브가 완전히 열려서 엔진의 속도를 떨어뜨리지 않도록 솜씨 좋게 조절해야 했다. 그러지 않으면 귀청이 터질 듯한 폭발음이 났다. 괴짜 연료계는 탱크가 거의 바닥을 드러내는 시점까지만 제대로 작동했다. 가끔 그들이 보고했다시피, 그 시점이 지나면 마법처럼 연료가 늘어나기라도 하는 양 눈금이 점점 올라갔다. 엔진 하나는 도무지 알 수 없는 이유로 다른 엔진들보다 연료를 많이 잡아먹었다. 때문에 해당 연료계를 끊임없이 지켜봐야 했다.

이윽고 B-24를 믿지 못해 생겼던 대원들의 불안감이 서서히 줄어들었다. 강도 높은 훈련을 한 수백 시간 동안 그들의 B-24는 한 번도 대원들을 실망시키지 않았다. 모양이 볼품없고 기이한 개성이 있었지만, 강인하고 지칠 줄 모르는 숭고한 비행기였다. 지상근무 대원들 역시 같은 생각이었다. 필립스 팀의 B-24를 애정으로 보살폈고 비행을 나가면 조마조마한 마음으로 기다렸다. 지상근무 대원들은 비행기가 복귀하면 안심하며 맞아들였고, 조금이라도 긁힌 자국이 있으면 비행 대원들을 야단쳤다. 항공병들은 B-24를 '하늘을 나는 화물열차'라고 불러댔지만 필립스와 루이스는 그들의 말을 묵살했다. 루이스는 그 비행기를 '우리 집'이라고 표현했다.

지상근무를 할 때면 전 대원이 함께 술을 마셨고 인근 호수에서 수영을 했으며 에프라타와 수시티를 돌아다녔다. 루이스는 지상에서 근무

하는 사병을 알게 되었는데, 그는 루이스와 대원들을 시내로 데려갔다. 그러고는 그 지역의 여자들을 꾀어 그들의 계급장이 장교 계급장이라고 믿게 했다. 루이스가 사실이 아니라고 바로잡으려 하자 필립스는 작전실의 야간 근무를 빼줄 테니 가만히 있으라고 했다. 어느 날 밤 필립스는 불길한 꿈을 꿨다. 전쟁터에서 고향으로 돌아갔더니 세시가 이미 변심해 그를 차버리는 꿈이었다.

〰️

1942년 10월 중순의 어느 토요일 오후, 372폭격대대원들은 가방을 싸라는 지시를 받았다. 훈련이 예정보다 빨리 갑자기 끝났고, 그들은 일단 캘리포니아 주에 있는 해밀턴 기지로 배치된 다음 해외로 파견될 거라고 들었다. 필립스는 풀이 팍 죽었다. 며칠 뒤 세시가 면회를 오기로 했던 것이다. 3일 차이로 그는 세시를 만나지 못하게 되었다. 10월 20일, 372폭격대대는 아이오와로 날아갔다.

해밀턴 기지에서는 화가가 각 비행기에 이름을 쓰고 그에 어울리는 그림을 그리고 있었다. 폭격기에 이름을 지어주는 것은 엄숙한 전통이었다. 많은 B-24 대원들이 기발한 이름을 생각해냈다. 그중에는 이 플러리버스 알루미늄E Pluribus Aluminum, 액시스 그라인더Axis Grinder, 더 베드 페니The Bad Penny, 형편없는 녀석, 봄즈 닙 온Bombs Nip On이라는 이름이 있었다. 그 밖에 상당수는 뻔뻔스러울 정도로 외설적이었고, 제대로 옷을 걸치지 않거나 나체인 여자들의 그림이 곁들여졌다. 한 비행기에는 기체 주변에서 발가벗은 아가씨를 쫓아가는 해병대원의 그림이 그려졌다. 그 비행기의 이름은 윌리 메이커Willie Maker였다. 루이스는 이들보다 더 야한 그림이 그려진 비행기 아래에서 활짝 웃으며 사진을 찍기도 했다.

슈퍼맨 호의 조종을 책임지는 필립스. ▮루이스 잠페리니의 허락을 받아 게재

필립스의 비행기에도 이름이 필요했는데, 처음에는 아무도 적당한 이름을 생각해내지 못했다. 전쟁이 끝난 뒤 살아남은 대원들은 비행기의 이름을 지은 사람이 누구인지에 대해 서로 다르게 기억했다. 필립스가 그해 가을에 보낸 편지에는 슈퍼맨이라는 이름을 제안한 사람이 부조종사인 조지 모즈넷이었다고 적혀 있었다. 전 대원이 슈퍼맨이라는 이름을 좋아했다. 비행기의 코 부분에 그 이름을 쓰고, 한 손에 폭탄을 들고 다른 손에 기관총을 든 슈퍼히어로를 그렸다. 루이스는 그 그림이 영 못마땅했지만(여러 장의 사진을 보면 기관총이 삽처럼 생겼다), 필립스는 아주 마음에 들어 했다. 대부분의 대원들은 자신이 타는 비행기를 여성대명사인 '그녀'로 칭했다. 반면 필립스는 자신의 비행기가 남자라고 우겼다.

대원들은 곧 전투에 나가기로 되어 있었지만, 파견지가 어딘지 누구에게도 듣지 못했다. 루이스는 무거운 겨울용 장비가 지급된 것으로 미루어보건대 일본군이 몇 달 전에 침략한 알래스카 지방의 알류샨 열도에 가게 되리라고 짐작했다. 다행히 루이스의 짐작은 빗나갔다. 그들의 행선지는 하와이였다. 10월 24일 저녁, 루이스는 작별인사를 하려고 집으로 전화를 걸었다. 마침 그날 피트가 고향집에 내려왔는데, 하필이면 루이스가 전화를 끊고 나서 단 몇 분 뒤에야 도착하는 바람에 형제가 통화를 하지는 못했다.

루이즈는 아들과 얼마간 통화를 하다가, 크리스마스카드를 보낼 사람들의 명단을 적어놓은 메모지를 꺼냈다. 지난번에 아들이 마지막 휴가를 나왔다 간 뒤에, 루이즈는 그 메모지 중 한 장에 그날의 날짜와 루이스의 출발에 대해 몇 마디를 적어놓았다. 이번에는 메모지에 루이스의 전화라고 적었다. 이 두 장의 메모지는 장차 루이즈가 쓰게 되는 전쟁 일기의 시작점이 되었다.

해밀턴 기지를 떠나기 전에 루이스는 작은 상자 하나를 소포로 어머니에게 보냈다. 루이즈가 상자를 열어보니 '비행사 기장'(놋쇠로 만든 한 쌍의 날개 모양 배지-옮긴이)이 들어 있었다. 매일 아침 루이즈는 그날 무슨 일이 있든 상관없이 꼭 비행 기장을 원피스에 달았다. 그리고 매일 밤 잠자리에 들기 전에 비행 기장을 원피스에서 떼어 잠옷에 옮겨 달았다.

~~~~~

1942년 11월 2일, 필립스의 대원들은 슈퍼맨 호를 타고 전쟁터로 나갈 준비를 마쳤다. 그들은 사투가 벌어지는 곳으로 향하고 있었다. 일본의 새로운 제국은 북쪽에서 남쪽으로는 눈 덮인 알류샨 열도에서부터, 적도에서 남쪽으로 수백 킬로미터 지점인 자바 섬까지 8,046킬로미터가 늘어나 있었다. 서쪽에서 동쪽으로는 인도의 국경에서부터, 태평양 중부에 있는 길버트 제도와 마셜 군도까지 9,656킬로미터 이상 퍼져나갔다. 태평양 연안에서는 오스트레일리아와 국제 날짜변경선 서쪽을 제외한 사실상 모든 지역이 일본군에 점령당했다. 동쪽 섬 몇 개만 해를 입지 않았는데 하와이 제도, 미드웨이 제도, 캔턴 섬, 푸나푸티, 작은 천국인 팔미라 섬 등이었다. 흔히 "이 우라질 섬들을 하나씩"라고 말했듯이, 바로 이들 지역이 태평양 연안에서 승리하려는 AAF 대원들의 전초기지였다.

그날 슈퍼맨 호는 태평양을 처음으로 건넜다. 대원들은 11개월 전에 미국이 처음 참전했고 이제 곧 대원들의 전쟁터가 될 오아후 섬의 히캄 기지를 지켜야 했다. 캘리포니아의 가장자리가 살며시 멀어지고, 보이는 것이라곤 바다뿐이었다. 이날부터 승리 혹은 패배, 전출, 제대, 억류, 사망이 발생하기 전까지는 그들의 주위와 아래에 광대한 태평양만 있을 것이었다. 이미 태평양의 바다는 추락한 전투기와 사망한 비행사들의 영혼으로 아수라장이 되어 있었다. 이제 대원들은 격렬하고 기나긴 이 전쟁을 겪으면서 하루하루 더 많은 전투기의 추락과 비행사들의 사망을 목격하게 될 것이었다.

7

이제 시작이다, 제군들

오아후 섬에는 여전히 일본군의 공격 흔적이 가득했다. 적군의 폭탄 투하로 파손된 도로가 너무 많았다. 행정 당국이 미처 수리하지 못해서 주민들은 커다란 구덩이가 보일 때마다 방향을 틀어 운전을 해야 했다. 히캄 기지의 막사 지붕에는 아직도 구멍이 듬성듬성 뚫려 있었다. 비가 오면 항공병들이 흠뻑 젖었다. 오아후 섬은 공습이나 침략에 대비해 경계 태세를 갖추고 있었다. 위장하는 데 얼마나 신경 썼는지, 한 지상근무 대원은 자신의 일기에 '눈에 보이는 것이라곤 실제 존재하는 것의 약 3분의 1에 불과하다'라고 썼다. 매일 밤이 되면 섬이 사라졌다. 모든 창문에 빛이 통하지 않는 커튼이 내려졌고, 모든 자동차가 전조등을 가렸다. 등화관제 순찰 시 규칙이 아주 엄격하여 주민들은 성냥 하나도 켤 수 없었다. 군인들은 허리의 권총집에 항상 방독면을 지참하라는 명령을 받았다. 주민들은 서핑하기에 알맞은 파도를 찾아가기 위해 와이

키키 해안의 길이만큼이나 먼 거리를 철조망 아래로 꿈틀거리며 기어가
야 했다.

372폭격대대는 카후쿠로 배치되었다. 기지는 북쪽 해변의 산기슭에
해안을 끼고 자리하고 있었다. 곧 중위로 진급하는 루이스와 필립스는
미첼, 모즈넷, 다른 젊은 장교 열두 명, 그리고 수많은 모기들과 함께 같
은 막사에 배정받았다. 필립스는 '모기 한 마리를 죽이면 열 마리가 장례
식을 치르러 몰려온다'고 썼다. 밖에서 보면 그림 같은 건물이었다. 하지
만 필립스가 쓴 바에 따르면, 안은 '더러운 미주리 돼지 열두 마리가 뒹굴
고 난 모양새'였다. 그런 모양새가 된 데는 끊임없이 먹고 마시며 노는 것
도 한몫했다. 한번은 장교 열여섯 명이 모두 가담해 새벽 4시까지 인정사
정없는 물싸움을 벌였다. 정신을 차리자 필립스의 팔꿈치와 무릎이 바
닥에 쓸린 상처로 만신창이가 되어 있었다. 다른 날 밤에는 루이스와 필
립스가 맥주 한 병을 놓고 장난으로 몸싸움을 하다가 옆 막사와 구분해
주는 칸막이에 부딪혔다. 엉성한 칸막이가 넘어졌고, 필립스와 루이스는
비틀거리며 계속 나아가다가 칸막이 두 개를 더 넘어뜨리고 나서야 몸
싸움을 멈추었다. 307폭격전대장 윌리엄 마테니^{William Matheny} 대령은 이
몸싸움의 잔해를 보고 잠페리니가 관련된 게 틀림없다고 툴툴거렸다.

막사 생활에 기운을 솟구치게 해주는 활력소 하나가 있었다. 목욕탕
에 붙어 있는, 나체에 가까운 미인들의 사진이었다. 이 포르노 사진들은
시스티나 예배당의 천장화에 버금가는 성지였다. 필립스는 조종사의 풀
길 없는 성욕을 들끓게 하는 사진을 입을 딱 벌리고 쳐다보았다. 이 포
르노의 궁전에 있는 필립스는 인디애나 주에 있는 목사인 아버지의 집
에서 멀리 떨어져 있었다.

부조종사 찰스턴 휴 커퍼넬. ▮루이스 잠페리니의 허락을 받아 게재

～～

　모든 대원이 적군을 무찌르겠다는 열의에 불탔지만, 한 번도 전투에 나가지 못했다. 대신에 강의와 훈련이 끊임없이 이어졌다. 그런 와중에 원래 여러 부대를 순환근무하며 임시 부조종사 훈련을 받고 있던 모즈넷이 다른 팀으로 전출되었다. 대신 캘리포니아 주 롱비치 출신인 찰스턴 휴 커퍼넬Charleton Hugh Cuppernell이 합류했다. 똑똑하고 쾌활했으며 축구선수로도 활동한 법학부 지망생이었다. 옆구리 살이 많았던 그는 모든 대원과 잘 어울렸으며, 잘근잘근 씹은 담배를 꽉 문 이 사이로 재치 있

129

는 농담을 잘도 풀어놓았다.

처음 하와이 상공으로 올라갔을 때 대원들은 극한용 장비가 실수로 지급되지 않았음을 알아차리고 깜짝 놀랐다. 열대지방이라도 지상 300미터에서는 급격히 기온이 떨어지며 폭격수의 지정 위치인 온실의 창문이 얼어붙는 경우도 있었다. 앞쪽에 있는 조종실만 난방이 되기 때문에 기체 뒷부분에 앉는 대원들은 양털 재킷과 털 부츠, 때로는 전열 장치가 되어 있는 옷을 입고 돌아다녔다. 오죽하면 지상근무 대원들이 폭격기를 날아다니는 아이스박스로 활용했다. 병에 든 청량음료를 미리 감춰두었다가 임무가 끝나고 폭격기가 돌아오면 얼음처럼 차가워진 청량음료를 가져갔다.

대원들은 대부분 카우아이 섬 상공에서 훈련을 받다가 자신의 재능을 발견했다. 항공사격에서 작은 사고가 몇 번 있었지만(필립스가 지상에서 슈퍼맨 호를 주행하다가 전봇대를 들이받은 적도 있었다), 그들은 372폭격대대의 평균 명중률보다 세 배나 높은 명중률을 보였다. 루이스의 폭격 점수는 월등했다. 급강하 폭격 훈련에서 아홉 번 중 일곱 번을 목표물의 한가운데에 명중시킬 때도 있었다.

훈련 중 가장 지겨운 일상은 그들의 비행기를 감독하는 중위를 상대하는 것이었다. 그는 사사건건 트집을 잡았다. 지위를 내세워 일방적으로 명령했으며 많은 이들에게 지독한 혐오의 대상이었다. 한번은 슈퍼맨 호의 엔진이 정기 비행 중에 멈추자 필립스가 비행기를 돌려 카후쿠에 착륙했는데, 몹시 화가 난 중위가 지프차를 타고 쏜살같이 달려와 당장 다시 이륙하라고 명령했다. 루이스가 비행기에 중위가 함께 탄다면 엔진 세 개로 날아보겠다고 하자 그는 퉁명스럽게 명령을 뒤집었다.

훈련을 받지 않을 때면 대원들은 해양 수색에 나섰다. 하루에 열 시간씩 바다 곳곳을 순찰하며 적군을 찾아다녔다. 해양 수색은 몹시 따분한 임무였다. 루이스는 미첼의 항법사 테이블에서 자거나 필립스에게 비행 교습을 받으며 시간을 때웠다. 몇몇 비행에서는 조종석 뒤에 큰대자로 누워 엘러리 퀸Ellery Queen의 소설을 읽으며 더글러스의 신경을 건드렸다. 더글러스는 루이스의 긴 다리를 넘어 다니는 데 짜증이 나서 소화기를 들고 루이스를 공격했다. 포병들이 어찌나 지루했던지 고래 떼를 향해 발포한 적도 있었다. 필립스는 포병들에게 당장 멈추라고 소리를 질렀고 고래들은 전혀 다치지 않은 채 유유히 헤엄쳐갔다. 알고 보니 포탄은 물속에 들어가 몇 미터만 지나면 치명적이던 속도가 현저히 줄어들었다. 이 점은 후에 아주 유용한 지식이 되었다.

해양 수색을 하던 어느 날 아침, 필립스의 대원들은 바다에 잔잔히 떠 있는 미국 잠수함 위를 지나갔다. 승무원들은 잠수함 갑판 위에서 느긋하게 걸어 다니고 있었다. 루이스가 식별 부호를 세 차례나 번쩍였지만 잠수함 승무원들은 무시했다. 루이스와 필립스는 '그들의 간담을 서늘하게 해주기로' 했다. 루이스가 폭탄 투하실의 문을 열자 필립스는 비행기 소리를 요란하게 내며 잠수함을 향해 하강했다. '어찌나 서둘러 갑판에서 후퇴하는지, 잠수함 속으로 빨려 들어가는 것 같았다.' 루이스가 일기에 쓴 내용이다. '나는 함장의 식별 수신에는 F를 주었지만 빠른 잠수에는 A+를 주었다.'

해양 수색이 워낙 지루하다 보니 짓궂은 장난을 치지 않고 배길 수가 없었다. 입이 거친 지상근무 장교가 항공병들에게 배당되는 급료가 더 많다고 투덜대자, 대원들은 직접 비행기를 조종해보라고 그를 불렀다.

비행을 할 때 대원들은 그 장교를 조종석에 앉혔고 루이스는 항법사 테이블 밑으로 들어가 비행기의 조종간을 조종면과 연결하는 체인 옆에 숨어 있었다. 장교가 조종간을 잡자 루이스는 체인을 잡아당겨 갑자기 비행기가 위아래로 움직이기 시작했다. 장교는 겁에 질려 어쩔 줄 몰라 했다. 루이스는 숨이 막힐 듯 웃어댔고 필립스는 무표정한 얼굴을 유지했다. 그 뒤로 장교는 항공병들의 급료에 대해 다시는 불평하지 않았다.

루이스가 가장 자랑스러워하는 두 가지 장난은 모두 껌과 관련 있었다. 커퍼넬과 필립스가 루이스의 맥주를 슬쩍한 이후로 루이스는 슈퍼맨 호에 몰래 들어가 조종석 배뇨관, 즉 소변을 배출하는 관에 껌을 쑤셔 넣는 것으로 보복했다. 그날 비행을 하는 동안 소변을 보자 갑자기 배뇨관이 넘쳐 난리가 났고 적어도 한 명이 흠뻑 젖었다. 루이스는 앙갚음에서 벗어나려고 이틀 동안 호놀룰루에 숨어 있었다. 다른 날에는 루이스가 자주 껌을 슬쩍해가는 커퍼넬과 필립스에게 복수하려고 껌을 씹어 먹는 변비약과 바꿔놓았다. 기나긴 해양 수색에 나서기 직전에 커퍼넬과 필립스가 루이스의 껌 세 개, 즉 일반 복용량의 세 배인 변비약을 훔쳤다. 그날 아침 루이스는 슈퍼맨 호가 태평양 상공을 비행하는 도중에 엄청나게 괴로워하는 조종사와 부조종사가 서로 번갈아가면서 누가 용변용 주머니 좀 준비해달라고 소리치며 비행기 뒤로 뛰어다니는 모습을 즐겁게 지켜보았다. 커퍼넬이 마지막으로 뛰어갔을 때는 용변용 주머니가 남아 있지 않았다. 달리 방법이 없었던 커퍼넬은 바지를 내리고 엉덩이를 기체 중간의 창으로 내밀었다. 대원 네 명은 커퍼넬이 밖으로 떨어지지 않도록 꽉 잡아주었다. 지상근무 대원들은 슈퍼맨 호의 꼬리 부분에 범벅이 된 오물을 보고 무척 화가 났다. "꼭 추상화 같았어요." 나중에 루이스가 한 말이다.

필립스가 해양 수색의 지루함을 이기는 방법은 묘기 부리기였다. 해양 수색이 끝나고 나면 필립스와 다른 조종사가 함께 오아후 섬으로 돌아왔다. 앞에 선 비행기는 바퀴를 세우고 오아후 섬을 향해 하강하면서 아랫면이 쓸리지 않고 최대한 낮게 나는 시범을 보이며 뒤에 오는 비행기가 더 낮게 날도록 자극했다. 필립스는 슈퍼맨 호가 지상에 딱 붙을 정도로 낮게 날아, 건물들의 1층 유리창에 자신의 모습이 비쳐 보일 정도였다. 필립스는 특유의 느긋한 어조로 "좀 대담한" 조종이었다고 말했다.

~~~

대원들은 하루 비행하고 하루 쉬었다. 쉬는 날이면 포커를 하고 세시가 보낸 위문용 소포 속 선물을 나눴으며 영화를 보러 갔다. 루이스는 올림픽 경기에 출전할 체력을 유지하려고 활주로를 몇 바퀴씩 뛰었다. 루이스와 필립스는 카후쿠 해변에서 매트리스 커버를 잔뜩 부풀려 파도를 향해 뛰어올랐다가 익사할 뻔했다. 그들은 빌린 자동차를 타고 섬여기저기를 돌아다니다가 사실은 모든 비행기와 장비가 합판으로 만든 것이고 일본의 정찰기를 속이기 위한 정교한 계략임을 알아챘다. 두 사람은 호놀룰루에서 그들만의 최고봉을 발견했다. 바로 사내의 팔뚝만큼 두껍고 머리만큼 큰 스테이크를 단돈 2달러 50센트에 먹을 수 있는 피 와이 총 스테이크하우스House of P. Y. Chong steakhouse였다. 루이스는 이 스테이크하우스의 손님들 중에서 음식을 남기지 않는 사람을 한 번도 보지 못했다.

대원들 중 절반을 차지하는 장교들에게는 테니스 코트와 통금 시간이 10시 30분인 예쁜 아가씨들, 폭탄주가 있는 호놀룰루 북부 해안 장교 클럽이 천국이었다. 루이스는 대원들이 대대에서 가장 좋은 포격 점수를 받자 자신이 빌려준 계급장을 달고 장교 클럽에 몰래 들어가도 좋다는 상을 사병들에게 내렸다. 루이스가 한 아가씨와 춤을 추러 나간 직후 마테니 대령이 루이스의 자리에 앉아 잔뜩 겁을 집어먹은 클레런스 더글러스에게 말을 걸었다. 더글러스는 소위 행세를 하고 있던 사병이었다. 마침내 루이스가 자유의 몸이 되자 서둘러 더글러스를 구하러 왔다. 아무런 의심도 하지 않던 마테니 대령은 자리에서 일어나 더글러스가 아주 훌륭한 청년이라고 루이스에게 말했다.

어느 날 루이스는 장교 클럽의 무도장에서 엔진 세 개로 비행을 하라고 명령했던 중위를 발견했다. 루이스는 밀가루 한 봉지를 얻어낸 뒤 아가씨 한 명과 중위 근처에서 원을 그리며 춤을 추기 시작했다. 루이스가 빙빙 돌며 중위를 스쳐갈 때마다 밀가루 한 줌이 중위의 옷깃에 떨어졌다. 장교 클럽에 있던 모든 사람이 한 시간 동안 그 모습을 지켜보고 있었다. 마침내 루이스는 물 한 잔을 잡아채 들고는 그의 뒤에서 춤을 추다가 셔츠에 물을 붓고 도망갔다. 중위는 등에 묻은 밀가루 반죽을 뚝뚝 떨어뜨리며 몸을 홱 돌렸다. 범인을 찾을 수 없자 그는 성을 내며 자리를 박차고 나갔고, 한 사람이 루이스를 위해 건배했다. 그는 "덕분에 우리 몫의 여자가 한 명 늘어났습니다"라고 말했다.

11월에서 12월로 넘어갔지만, 대원들은 여전히 일본인을 한 명도 보지 못했다. 과달카날에서는 격렬한 전투가 벌어지고 있었다. 대원들은 소외감을 느끼며 낙심했고 전투에 대해 아주 궁금해했다. 전투 이야기에서 B-17이 거론될 때마다 루이스와 친구들은 이착륙장에 가서 그 비행기를 멍하니 바라보았다. 처음에는 모든 비행기가 똑같아 보였다. 그러다가 한 항공병이 포탄에 맞은 구멍 하나를 보여주었다. 나중에 루이스는 "와, 우리 모두 머리카락이 쭈뼛 섰어요"라고 말했다.

~~~~~

크리스마스 3일 전, 드디어 대원들이 출정할 때가 되었다. 그들과 다른 25명의 대원은 3일간 입을 옷을 싸서 비행기에 탑승하라는 지시를 받았다. 루이스가 슈퍼맨 호에 가보니 폭탄 투하실에 보조 연료 탱크 두 개와 225킬로그램짜리 폭탄 여섯 개가 실려 있었다. 훗날 루이스는, 보조 연료 탱크들을 보건대 목적지가 '어딘가 먼 곳'이 될 것 같았다고 일기에 썼다. 루이스는 노든 폭격조준기 대신 소형 조준기를 지급받았는데, 아마도 급강하 폭격을 하게 될 것이라는 의미였다. 그들은 명령서를 받았고 하늘에 뜨기 전에는 열지 말라는 지시를 받았다.

슈퍼맨이 이륙하고 5분 뒤, 명령서 봉투를 뜯어보니 목적지가 미드웨이 제도라고 적혀 있었다. 여덟 시간이 지나 목적지에 착륙하자 버드와 이저 한 상자와 아주 중요한 소식이 그들을 맞았다. 일본이 웨이크 섬에 기지를 세웠던 것이다. AAF는 그때까지 태평양전쟁에서 전례 없는 대규모 공습을 감행해 일본 기지를 불태워버릴 계획이었다.

다음 날 오후, 대원들은 브리핑 룸으로 소집되었다. 그 기지의 강당이었던 브리핑 룸에는 활기 없이 반짝이는 크리스마스 장식 조각과 색 테이프가 걸려 있었다. 그날 밤 그들은 급강하 폭격으로 웨이크 섬을 급습할 예정이었다. 그 임무는 열여섯 시간 내내 수행될 것이므로, 이번 전쟁에서 가장 긴 전투비행이 될 터였다. 비행이 가능한 한 B-24를 계속 가동해야 했다. 보조 연료 탱크가 있더라도 연료를 극도로 절약해야 될 판이었다.

비행을 기다리는 필립스의 팀. ▮루이스 잠페리니의 허락을 받아 게재

루이스는 비행을 하기 전에 이착륙장으로 걸어갔다. 지상근무 대원들이 분주하게 움직이고 있었다. 제한 중량을 초과하지 않도록 세세하게 손보면서 밤하늘에 묻혀 알아보기 힘들게 하려고 기체의 밑판과 날개에 검정색 페인트를 칠했다. 루이스는 슈퍼맨 호로 들어가 이미 폭탄이 장착된 투하실로 올라갔다. 그는 고등학교 때 사귀던 여자친구와 얼마 전에 결혼한 대학 친구 페이턴 조던을 축하하기 위해 폭탄 하나에 '마지와 페이턴 조던'이라고 휘갈겨 썼다.

1942년 12월 23일 오후 4시, 연료 27만 6,335리터와 폭탄 3만 4,019킬로그램을 실은 B-24 26대가 미드웨이 제도에서 날아올랐다. 슈퍼맨 호는 대열의 뒤로 다가섰다. 비행기들은 오후부터 저녁까지 계속 날았다. 석양이 지고 폭격기들은 희미한 달빛과 별빛 아래서 서둘러 나아갔다.

밤 11시, 웨이크 섬에서 약 240킬로미터 지점까지 다가가자 필립스는 외부 조명등을 껐다. 구름이 가까워졌다. 폭격기들은 편대비행으로 웨이크 섬에 접근하기로 되어 있었지만, 조종사들은 구름이 주변에 깔리고 조명등을 끈 상태라 제짝을 찾을 수 없었다. 무선침묵(전파를 발사할 수 있는 장비의 전부 또는 일부가 통신 보안상의 이유로 동작을 중지하고 있는 상태-옮긴이)을 깨는 위험을 감수할 수 없었으므로 독자적인 행보를 취했다. 조종사들은 어둠 속으로 목을 길게 빼 주위를 살폈고 다른 비행기의 희미한 그림자가 보이면 충돌하지 않도록 방향을 틀었다. 웨이크 섬이 가까워졌지만, 아직까지 시야에 들어오지는 않았다. 슈퍼맨 호의 상부 회전포탑에 앉아 있던 스탠리 필즈버리는 자신이 과연 살아서 돌아갈 수 있을지 의심스러웠다. 온실 아래에 앉아 있던 루이스는 경기 전의 흥분과 같은 감각이 몸속에서 소용돌이치는 것을 느꼈다. 전방에 있는 웨이크 섬은 잠들어 있었다.

～～～

정확히 자정이 되자 선두인 덤보 더 어벤저Dumbo the Avenger 호의 조종을 맡고 있는 마테니 대령이 무선침묵을 깼다.

"이제 시작이다, 제군들."

마테니는 덤보 호의 코 부분을 급강하해 폭격기를 거꾸러뜨린 채 구름 밖으로 나왔다. 그의 아래에 가느다란 섬 세 개가 석호를 중심으로 연결된 웨이크 섬이 있었다. 부조종사가 속도와 고도를 외치자 마테니는 폭격기를 웨이크 섬의 남쪽 끝에 있는 피콕 포인트의 건물들 사이로 몰았다. 마테니의 폭격기 양쪽 아래에서 B-24들이 따라오고 있었다. 마테니는 폭탄 투하 고도에 이르자 비행기의 코 부분을 상승시키고 폭격수들에게 소리쳤다.

"소이탄은 언제 발포할 건가?"

"발포 끝났습니다, 대령님."

그 순간 피콕 포인트의 건물들이 폭발했다. 자정에서 45초가 지난 시각이었다.

마테니는 폭격기를 기울여 아래를 내려다보았다. 덤보 호와 양쪽 폭격기에서 투하한 폭탄을 맞은 피콕 포인트가 불길에 휩싸이고 있었다. 마테니는 운이 좋았다고 생각했다. 일본군은 잠을 자다가 공격을 당했고, 아직까지 대공포를 배치하는 일본군이 전혀 보이지 않았다. 마테니는 미드웨이 섬을 향해 기체를 돌렸고, 뒤를 따르던 B-24들이 연이어 웨이크 섬으로 돌진했다. 일본군은 총을 가지러 달려갔다.

마테니의 폭격기에서 한참 뒤에 배치된 슈퍼맨 호 안, 루이스는 구름 속에서 넓게 퍼진 강력한 빛이 빠르게 번지는 모습을 보았다. 그가 폭탄 투하실 제어 밸브를 누르자 우르릉거리며 문이 열렸다. 그는 폭탄 부착 장치를 '선택' 위치로 조종하고 폭탄 스위치를 켰다. 필립스는 1,200미터까지 급강하한 다음 투하하라고 명령했지만, 그 고도에 이르러서도 구름에 가려 시야가 확보되지 않았다. 루이스의 목표물은 가설 활주로였다. 필립스는 비행기를 엄청난 속도로 몰면서 더욱 낮게 하강했다. 고도 760미터에서 슈퍼맨 호가 급히 구름을 가르며 나왔고, 눈부신 웨이크 섬이 갑자기 바로 아래에 펼쳐졌다.

필즈버리는 그때 본 광경을 기억에서 지울 수 없었다. 그는 "꼭 별들의 폭풍 같았어요"라고 회상했다. 조금 전만 해도 암흑으로 뒤덮여 있던 웨이크 섬이 환한 화염에 휩싸였다. 검은 연기를 내뿜는 몇 군데의 대규모 화재는 웨이크 섬의 석유 탱크를 전소시키고 있었다. 사방에서 폭탄이 목표물을 명중하며 불길이 급속도로 번졌다. 탐조등이 이리저리 움직였다. 그 빛이 구름과 땅과 일본의 전통적인 남성용 속옷인 훈도시만 입은 채 당황하여 뛰어다니는 일본인들을 비췄다. 필즈버리나 다른 항공병들이 몰랐던 사실은 그날 밤 폭격기 아래에 있던 사람들 중 포로로 잡혀 노예 생활을 하는 미국인이 98명이나 있었다는 것이다.

폭격기의 꼬리 부분과 허리 부분에 앉은 포병들이 아래쪽을 향해 발사하며 탐조등을 하나씩 산산조각 냈다. 필즈버리에게는 "세상의 모든 총"이 하늘을 향해 발사하고 있는 듯 보였다. 대공포가 포탄을 쏘아 올렸고, 발포된 곳에서는 파편이 소나기처럼 쏟아졌다. 총포에서 발사된 예광탄(앞부분에서 빛을 내며 날아가는 탄알-옮긴이)이 위아래에서 노란색, 빨간색, 초록색으로 기다란 자국을 남기며 대기를 갈랐다. 필즈버리는 요란 스런 색의 향연을 보며 크리스마스를 떠올렸다. 그러다가 생각해냈다. 그들이 국제 날짜변경선을 지났고 자정이 지난 시각이었다. 크리스마스 날이었다.

필립스는 급강하 비행에서 벗어나려고 기를 썼다. 슈퍼맨 호가 수평 비행으로 전환되었을 때 루이스는 남쪽과 북쪽 활주로로 이동하는 일본 전투기 제로의 미등을 발견했다. 그는 그 미등을 조준하며 제로가 이륙하기 전에 맞힐 수 있기를 바랐다. 순간 바로 밑 아주 가까운 곳에서 뭔가가 폭발했다. 슈퍼맨 호가 흔들렸다. 왼쪽 날개와 꼬리 옆에서 포탄이 하나씩 터졌다. 예광탄이 오른쪽 하늘을 긴 빛줄기로 갈랐다. 루이스는 폭탄 하나를 활주로 남쪽 끝에 투하하고 2초를 센 다음 폭탄 다섯 개를 벙커 위와 활주로 옆에 세워둔 비행기들 위로 투하했다.

슈퍼맨 호는 폭탄 1,360킬로그램을 투하하고 재빨리 상승했다. 루이스가 "폭탄 접근!"이라고 소리치자 필립스가 왼쪽으로 거칠게 이동하며 대공포에서 빗발치는 포탄을 뚫고 지나갔다. 루이스는 아래를 내려다보았다. 그가 투하한 폭탄에 맞은 벙커와 비행기가 화염에 휩싸여 있었다. 너무 늦게 투하하는 바람에 제로를 맞히지는 못했다. 투하한 폭탄이 제로의 바로 뒤에 떨어져 활주로를 불태웠다. 필립스는 슈퍼맨 호의 방향을 틀어 미드웨이 섬으로 복귀했다. 웨이크 섬은 불바다가 되었고 사람들이 정신없이 뛰어다니고 있었다.

~~~~

대원들은 불안해했고 아드레날린이 솟구쳤다. 제로 몇 대가 떠 있었는데 어두운 밤이라 정확한 위치는 알 수 없었다. 비행기 무리 중 어느

곳에선가 제로 한 대가 폭격기를 향해 발포했고 곧바로 반격했다. 제로는 사라져버렸다. 필즈버리는 그쪽을 바라보다가 곧바로 다가오는 예광탄의 노란 빛줄기를 발견했다. 슈퍼맨 호를 적기로 착각한 다른 B-24의 포병이 발포하고 있었다. 필립스도 필즈버리와 동시에 그런 상황을 알아채고 비행기를 휙 돌려 피했다. 발포가 멎었다.

폭탄 투하실의 문이 닫히지 않았다. 모터가 힘차게 돌아가는데도 문은 꼼짝하지 않았다. 루이스가 뒤로 올라가 살펴보았다. 전투 중에 필립스가 급강하에서 벗어나려고 비행기를 확 들어올렸을 때 막대한 관성력이 작용해 밀려나간 보조 연료 탱크가 문을 막고 있었다. 문을 닫을 방법이 없었다. 투하실 문이 활짝 열린 터라 공기의 저항을 받으며 힘들게 움직이는 슈퍼맨 호는 평소보다 연료를 훨씬 많이 소모했다. 이번 임무가 한계에 이를 때까지 최대한 오래 비행해야 한다는 점을 감안할 때 정신이 번쩍 드는 상황이었다.

대원들은 아무런 대책을 세우지 못했다. 희망을 가지고 기다리는 수밖에 없었다. 그들은 파인애플 주스와 로스트비프 샌드위치를 전달했다. 루이스는 전투와 끊임없는 떨림 때문에 진이 빠져 있었다. 졸린 눈으로 구름 사이에서 반짝이는 별을 내다보았다.

웨이크 섬에서 120미터 떨어진 지점에서 한 대원이 뒤를 돌아보았다. 아직도 불타오르는 섬이 보였다.

━━━∿∿∿━━━

태평양에 아침이 밝아올 때, 하워드 라미Howard K. Ramey 준장은 미드웨이 섬의 가설 활주로 옆에 서서 구름을 바라보며 폭격기의 귀환을 기다리고 있었다. 그의 얼굴에 깊은 주름이 졌다. 해상 30미터 지점부터 안개가 짙게 드리워져 있고 빗방울이 흩날리고 있었다. 일부 지역에서는 가시거리가 몇 미터도 되지 않았다. 작고 평지인 미드웨이 섬을 찾기가 어려울 테고 폭격기의 연료가 기지로 돌아올 때까지 남아 있을지도 의문이었다.

비행기가 한 대 나타나더니, 뒤이어 연달아 한 대씩 모습을 드러냈다. 차례차례 착륙하는 모든 비행기의 연료가 위험할 정도로 간당간당한 상태였고 한 대는 아예 엔진이 멈춰 있었다. 드디어 슈퍼맨 호가 시야에 들어왔다.

필립스는 안개 속을 빠져나가면서 연료계를 보고 틀림없이 심각한 문제에 맞닥뜨렸음을 알아차렸을 것이다. 폭탄 투하실의 문이 활짝 열려 있어서 동체로 바람이 휘몰아치는 채로 비행하느라 연료가 소진되어 바닥을 드러냈다. 그는 과연 미드웨이를 찾을 수 있을지 확신할 수 없었다. 같은 지점을 반복해 지나가며 찾기엔 연료가 턱없이 부족했다. 드디어 8시경에 그는 옅은 안개 사이로 흐릿하게 드러나는 미드웨이 섬을 발견했다. 잠시 뒤 슈퍼맨 호의 엔진 하나가 털털거리는 소리를 내더니 멈춰버렸다.

필립스는 다른 엔진들도 곧 멈추리라는 것을 알았다. 그는 비행기를 조심스레 몰면서 활주로를 발견하고 그곳을 목표로 삼았다. 남은 엔진들은 계속 작동하고 있었다. 그는 슈퍼맨 호를 하강시켜 활주로로 접근했다. 활주로로 들어서자마자 두 번째 엔진이 멈추었다. 비행기가 벙커에 닿을 때 나머지 엔진 두 개도 멈추었다. 슈퍼맨 호는 간발의 차이로 바다에 추락하지 않았다.

라미 준장은 각 폭격기로 뛰어다니며 축하한다고 외쳤다. 지친 슈퍼맨 호 대원들은 비행기에서 훌쩍 뛰어내리는 동시에 해병대원들의 품에 안겼다. 일본군이 웨이크 섬에서 동료들에게 한 짓을 응징하려고 1년을 기다렸던 해병대원들이었다. 해병대원들은 술을 돌리며 항공병들을 환영했다.

임무 수행은 대성공이었다. 모든 비행기가 무사히 돌아왔다. 목표물을 놓친 폭탄은 단 하나였다. 그 폭탄은 연안에서 6미터 벗어난 바다로 떨어졌다. 일본 기지는 심각하게 파괴되었다(한 자료에 따르면 군인들 중 절반이 사망했다). 미국은 B-24의 비행 거리와 힘을 과시했다. 대원들은 몰랐지만, 미국인 포로들은 전원 생존했다.

필립스의 대원들은 비를 맞고 주저앉은 채 물에 잠긴 활주로에 내려앉으려고 우스꽝스럽게 서툰 시도를 반복하는 앨버트로스(비행력이 뛰어나 오래 날 수 있고 지치면 바다 위에 떠서 휴식을 취하는 커다란 새로, 현재 국제보호조다-옮긴이)들을 구경하며 하루를 보냈다. 다음 날 이른 아침, 그들은 슈퍼맨 호를 타고 카후쿠로 돌아갔다. 새해 전야에 루이스는 모즈넷과 그의 같은 부대 폭격수인 제임스 캐링거James Carringer, Jr.와 파티에 참석해 놀다가 새벽 4시 30분이 넘어서야 포르노의 궁전, 즉 카후쿠에 있는 부대로 복귀했다. 몇 시간 뒤 해군 제독 체스터 니미츠Chester Nimitz가 웨이크 전투에 참가한 조종사들에게 항공 수훈십자훈장을 수여했다. 그때야 루이스는 정신을 차렸다.

급습에 성공했다는 소식이 알려졌고 대원들은 영웅이라며 칭찬을 받았다. 언론은 이번 성공이 미국이 동맹국에게 준 크리스마스 선물이라고 강조했다. 한 신문의 머리기사 제목은 '일본놈들의 양말을 가득 채운 강철'이었다. 도쿄의 라디오 방송 진행자들은 다른 입장을 취했다.

그들은 미국이 일본의 방어에 부딪혀 '겁을 먹었다'고 보도했다. 루이스는 웨이크 섬 급습에서 자신의 활약상을 묘사한 만화를 〈호놀룰루 어드버타이저Honolulu Advertiser〉라는 신문에서 발견했다. 그는 만화를 오려 지갑 깊숙이 넣어두었다.

1943년이 밝았다. 웨이크 섬에서 성공한 이후 다들 자만감에 빠져 있었다. 웨이크 섬 공격은 너무 쉬웠다. 한 해군 장성은 일본이 그해 안에 끝장날 것이라고 말했다. 필립스는 대원들이 고향으로 돌아갈 날을 이야기하는 것을 들었다.

필립스는 어머니에게 보낸 편지에 '내가 보기에 그런 생각은 시기상조인 것 같아요'라고 썼다.

8

세탁기 속 빨래만
우리가 얼마나 무서웠는지 알 것이다

1943년 1월 8일, 아직 해가 뜨지도 않은 시각이었다. 루이스와 새해 전야를 함께 보낸 조지 모즈넷, 제임스 캐링거가 카우아이 섬의 바닷가에 있는 간이 활주로에서 대원들과 합류했다. 그들은 진주만 상공에서 비행기 세 대가 합동으로 실시할 훈련 비행을 이끌 준비를 했다. 조종사는 필립스의 단짝 중 한 명인 조너선 콕스웰^{Jonathan Coxwell}이었다.

콕스웰은 서서히 지상 주행을 하면서 관제탑과 연락하려 했지만 관제탑의 무선이 작동하지 않았다. 그는 활주로를 달려 이륙한 뒤 해변 위를 날아 어둠 속으로 사라졌다. 다른 비행기 두 대도 뒤따라 이륙했다. 그날 아침 두 대는 돌아왔지만 콕스웰은 돌아오지 않았다. 이륙한 뒤 아무도 그의 비행기를 보지 못했다.

8시에 열린 브리핑에서 루이스는 콕스웰의 비행기가 실종되었다는 말을 들었다. 그날 아침 필립스의 대원들은 바킹샌즈에서 폭탄 투하 훈

대공포 공격을 받은 직후의 B-24 스테베노비치 II. 이 비행기는 몇 번 회전한 뒤 폭발했다. 전파탐지기 기사인 에드워드 월시(Edward Walsh, Jr.) 중위는 비행기 밖으로 내동댕이쳐졌지만 용케 낙하산을 펼쳤다. 그는 살아남았다. 다른 대원들은 모두 사망한 것으로 추정되었다.

런을 하기로 되어 있었기 때문에 조금 일찍 나가 해변을 걸어가면서 실종된 전우들의 흔적을 찾아보았다. 누군가 해안으로 밀려온 400달러짜리 급료 지급 수표를 발견했다. 모즈넷에게 발행된 수표였다.

슈퍼맨 호의 대원들은 4,572미터 상공을 날다가 연안에서 그리 멀지 않은 해저에 추락해 있는 B-24를 발견했다. 대원 열 명이 모두 죽은 상태였다.

콕스웰은 이륙 후 얼마 날지도 못했다. 활주로를 통과해 방향을 전환한 뒤 물속으로 쿵 추락했다. 대원 몇 명이 겨우 살아남아 육지로 헤엄쳐갔지만 상어 떼의 눈에 띄고 말았다. 루이스는 그 대원들이 '말 그대로 조각조각 찢겼다'고 일기에 썼다. 사망한 대원들 중 모즈넷을 포함한 다섯 명이 포르노의 궁전에서 루이스, 필립스와 함께 생활했다. 캐링거

는 바로 직전에 중위로 진급했는데, 그 사실을 알리기도 전에 죽고 말았
다. 이 사고로 사망한 대원들은 진주만 공습 때 죽은 장병들이 잠들어
있는 호놀룰루의 묘지에 함께 묻혔다.

———

　루이스는 충격을 받았다. 하와이에 주둔한 지 두 달밖에 되지 않았는
데, 같은 막사에서 생활한 전우들 중 4분의 1 이상을 비롯해 같은 대대
원 수십 명이 죽었다.

　첫 번째 인명 손실은 샌프란시스코에서 출발한 B-24가 사라져버렸
을 때 발생했다. 안타깝게도 이런 죽음이 흔했다. 1943년부터 1945년까
지 AAF 대원 400명이 배치받은 지역으로 가다가 실종되었다. 다음으
로 카후쿠에서 불이 난 비행기가 추락해 네 명이 숨졌다. 다른 비행기
는 산에 충돌했다. 한 폭격기의 엔진 네 개가 모두 멈추는 바람에 추락
해 두 명이 죽었다. 다른 폭격기에서는 신참 기술병이 양 날개를 가로질
러 연료를 옮기다가 폭탄 투하실 바닥에 휘발유를 흘렸다. 그런데 폭탄
투하실 문이 바닥을 긁으며 열리는 순간 불꽃이 일어나 비행기가 폭발
했다. 이 사고의 생존자는 세 명이었다. 그중 한 명은 폭발 때문에 비행
기 밖으로 내팽개쳐진 순간 때마침 손이 낙하산 위에 놓여 있던 사람
이었다. 웨이크 섬 급습 후 웨이크 섬의 피해 상황을 사진으로 찍어오는
임무를 받은 비행기는 대공사격을 당했다. 그 비행기에 탄 대원들은 '가
망 없음'이라는 마지막 메시지를 보낸 뒤로 연락이 끊겼다. 그러고 나서
콕스웰의 사고가 일어났다.

　이런 손실은 드물지 않았다. 이 중 전투를 벌이다가 적군의 공격으로
인한 추락은 단 한 건이었다. 제2차 세계대전에서 AAF 소속 비행기 3만

5,933대가 전투와 사고로 실종되었다. 놀라운 사실은 전투 중 잃은 불행한 운명의 비행기가 일부분이라는 점이다. 필립스의 대원들이 복무한 태평양 지역의 전쟁터에서, 1943년에 사고로 잃은 비행기가 전투 중에 잃은 비행기보다 여섯 배가 많았다. 시간이 지나면서 전투로 아주 큰 손실이 생겼지만, 전투 손실이 비전투 손실을 넘어선 적은 한 번도 없었다.

인명 피해도 마찬가지였다. 육군 항공대 소속 장병 3만 5,946명이 비전투 상황에서 사망했다. 그중 가장 많은 사망 요인은 사고에 의한 추락이었다.* 전투에서조차 항공병들이 전투 자체보다 사고로 죽었을 가능성이 높아 보인다. AAF 의무감(육해공군 본부에서 의료 관련 업무를 맡고 있는 특별 참모 부서의 우두머리-옮긴이)이 작성한 보고서에 따르면, 제15항공단에서 1943년 11월 1일부터 1945년 5월 25일까지 작전 중 사망한 장병들 중 70퍼센트가 적군의 공격이 아니라 비행하다가 사고로 숨졌다.

많은 경우 문제는 비행기였다. 한편으로는 신기술이었기 때문에, 다른 한편으로는 무거운 짐을 잔뜩 싣고 운항되었기 때문에 비행기가 자주 고장 났다. 1943년 1월 한 달 동안 루이스가 슈퍼맨 호와, 그가 탑승한 비행기들의 심각한 기술적 문제를 일기에 기록한 것만 해도 열 건이나 되었다. 운항 중 엔진 고장 두 건을 비롯해 가스 누출, 유압 문제, 착륙장치 비가동 등이었다. 한번은 착륙 도중 슈퍼맨 호의 브레이크가 고

---

* 군대는 비전투 사망을 요인별로 분류하지 않았다. 하지만 각종 통계에 따르면 가장 많은 사망자가 사고에 의한 추락으로 발생했다. 첫째, 비전투 사망의 수치에서는 억류나 포획, 전시 행방불명 상태에서 사망한 사람들의 수를 제외한다. 질병도 주요 사망 요인에서 제외된다. 따라서 말라리아 창궐 지역인 정글에서 참전한 보병대를 비롯해 전군에서 1만 5,779명이 질병으로 사망했다는 점을 감안하면, 육군 항공대에서 일어난 질병에 의한 사망이 비전투 사망 중 약간의 비율을 차지해야 한다. 마지막으로, 항공병 1만 5,000여 명이 미국 본토에서 사고에 의한 추락으로 사망했다는 점을 감안하면, 전쟁에서 엄청나게 많은 사고에 의한 추락이 마찬가지로 엄청나게 많은 사망자를 유발했을 가능성이 아주 높다.

이륙하다가 추락한 B-24.

장 났다. 필립스가 용케 정지시킨 곳은 활주로 끝에서 단 90센티미터 떨어진 지점이었다. 바로 그 아래는 태평양이 펼쳐져 있었다.

날씨도 타격을 주었다. 폭풍이 불면 가시거리가 제로로 떨어졌다. 작은 섬을 찾거나 일부 하와이 활주로의 측면에 있는 산을 빠져나가야 하는 조종사에게는 큰 문제였다. B-24는 맑게 갠 하늘에서도 조종하기가 까다로웠다. 몇몇 열대성 폭풍 속에서는 아무리 조종사와 부조종사가 힘을 모아도 B-24를 제어할 수 없었다. 슈퍼맨 호는 1주일에 두 번씩 폭풍 속에서 날았는데, 기체가 너무 흔들려서 필립스가 조종할 수 없을 정도였다. 10분 동안이나 공중에서 이리저리 내던져지기도 했는데, 임시 부조종사가 공포에 휩싸여 옴짝달싹 못하는 바람에 필립스는 루이스를 불러 그 자리를 대신하게 했다.

해양 수색을 끝낸 어느 날이었다. 필립스가 돌풍을 피해 가고 있는데 커퍼넬이 돌풍을 뚫고 갈 자신이 있냐고 물었다. "나야 이 녀석을 어디로든 몰고 갈 수 있지." 그렇게 대답하더니 필립스는 방향을 틀어 돌풍 속으로 향했다. 돌풍이 곧바로 슈퍼맨 호를 집어삼켰고 필립스는 아무것도 볼 수 없었다. 빗방울이 기체를 세차게 두드리고 바람이 기체를 옆으로 회전시켰다. 비행기가 사방으로 돌며 묘기를 부리기 시작했다. 대원들은 고정된 것이라면 무엇이든 붙잡고 매달렸다. 그들은 300미터 상공에서 돌풍에 휩쓸렸다. 비행기가 너무 괴상하게 곤두박질치고 있어서 고도를 읽을 수 없었다. 시야가 막혀 있어서 어느 바다 위에 있는지조차 알 수 없었다. 비행기가 거꾸로 기울 때마다 대원들은 충돌에 대비했다. 돌풍 속으로 진입하기 전만 해도 오아후 섬이 보였는데, 이제는 어디쯤인지 도통 감이 잡히지 않았다. 필립스는 조종간을 움켜쥐었다. 얼굴에서 땀이 비 오듯 흘러내렸다. 필즈버리는 낙하산을 멨다.

자신의 자리인 무선통신 테이블에 대기한 채 비행기가 걷잡을 수 없이 흔들릴 때마다 출렁거리던 해리 브룩스는 하와이 무선국에서 보내는 신호를 포착했다. 슈퍼맨 호에는 무선 방향탐지기가 갖춰져 있어서 해리는 무선국 신호가 전송되는 방향을 알아낼 수 있었다. 필립스는 우격다짐으로 비행기를 바로잡아 무선국을 향해 날았다. 그들은 폭풍에서 벗어났고 활주로를 찾아 착륙했다. 필립스는 기진맥진했고 셔츠가 땀에 흠뻑 젖어 있었다.

활주로도 골칫거리였다. 많은 섬이 길이가 너무 짧다 보니, 기술병들은 섬의 한쪽 끄트머리에 산호를 깔아 활주로의 길이를 늘려야 했다. 장시간의 임무를 마치고 돌아오는 비행기 편대는 대개 연료가 바닥난 상태였다. 때문에 다른 비행기가 착륙할 때까지 기다릴 시간이 없어서 동시에 착륙했다. 이때 선두 비행기의 조종사는 활주로 앞에 바로 착륙하지 않고, 뒤따라오는 비행기가 모두 착륙할 만한 공간이 생기도록 최대한 활주로 끝까지 가서 착륙했다. 워낙 많은 비행기가 푸나푸티의 활주로 끝에서 이륙하다가 바다로 빠지자, 지상근무 대원들은 견인 케이블을 실은 불도저를 물가에 대기시켜놓았다.

장비를 가득 실은 B-24는 이륙할 때 활주로가 최소 1,200미터 이상이 되어야 하기 때문에, 섬의 길이가 짧은데다 대개 우뚝 솟은 야자나무가 인접해 있는 활주로는 하나의 도전 상대였다. 프랭크 로지넥Frank Rosynek 하사는 적재정량을 초과하여 비행한 경험에 대해 '이륙이 흥미진진하다는 점이 입증되었다'라고 썼다. '우리 여섯 명은 좌우에 있는 보조 연료 탱크 두 개의 꼭대기에 한 팔씩 쭉 뻗은 채 폭탄 투하실 문과 문 사이의 좁은 대들보 위에 서 있어야 했다. 옥탄값이 높은 항공연료의 냄새 때문에 취기가 돌 정도였다. 비행기가 활주로를 느릿느릿 움직이는 시간이 영원처럼 길게 느껴졌고, 우리가 줄지어 한 발로 서 있는 대들보와 폭탄 투하실 문이 닿는 곳에 있는 틈을 통해 빽빽이 들어찬 산호가 내다보였다. 획 하는 소리가 나더니 양쪽에 있는 틈새로 야자나무 이파리들이 갑자기 삐죽삐죽 들어왔다! …… 세탁기 속에 든 빨래만 우리가 얼마나 무서웠는지 알 것이다.'

사람이 저지르는 실수도 빼놓을 수 없었다. 조종사들이 지상이나 공중에서 서로 비행기를 부딪히는 경우가 있었다. B-24는 연료가 새는 것으로 악명이 높았고 항공병들은 담배에 불을 붙이다가 비행기를 폭파시켰다. 슈퍼맨 호가 비행하다가 세 번째 엔진이 멈춘 적이 있는데, 필즈버리가 그 원인을 찾으러 가보니 임시 부조종사가 세 번째 엔진의 점화 스위치 위에 군화를 올려놓은 채 앉아 있었다. 스위치가 군화에 눌려 엔진이 꺼진 것이었다. 루이스는 다른 팀의 폭격수가 아파서 빠졌다면서 대신 합류해달라는 부탁을 받은 적이 있었다. 때마침 루이스도 몸이 좋지 않아, 그 팀은 다른 폭격수에게 부탁했다. 비행 중에 관제탑은 그 팀의 조종사가 산으로 향하고 있다고 경고했다. 조종사는 자신도 봤다고 대답해놓고도 산으로 직진했다. 가장 어처구니없는 사고는 폭격기 한 대가 훈련 비행 도중에 기체의 앞머리를 급격히 들어올리는 바람에 일어났다. 비행기 안에 있던 한 사람이 떨어지지 않으려고 무심코 구명정 배출 핸들을 움켜쥐었다. 구명정이 지붕에서 튀어나와 수평안정판을 덮어버렸다. 비행기를 조종하기가 거의 불가능했던 조종사는 대원들에게 낙하산으로 탈출하라고 지시했다. 조종사와 부조종사는 용케 안전하게 착륙했으며, 전 대원이 살아남았다.

마지막으로, 항법술이 엄청나게 어렵다는 점도 간과할 수 없었다. 항법사는 여러 계기에서 나온 수치를 바탕으로 아주 복잡한 구면삼각법 계산을 해서, 목표물 또는 목표로 하는 섬을 향해 아무런 특징이 없는 바다 위를 수천 킬로미터나 날아가는 동안 이리저리 짐작해 길을 찾아내야 했다. 목표로 하는 섬은 밤에 불빛을 모두 가리거나 끄기 때문에 어둠에 묻혀 눈에 띄지 않았고, 대개 섬의 넓이가 몇 미터에 불과했으며 수평선에 평평하게 맞닿아 있었다. 계기가 많아도 작업 절차는 우스꽝스러울 정도로 원시적이었다. 항법사 존 웰러John Weller는 '나는 육분의(두 점 사이의 각도를 정밀하게 재는 광학기계-옮긴이) 측정을 할 때마다 조종실 위 탈출용 비상구를 연 다음 무전병의 책상과 내 책상을 딛고 서 있어야 했고, 그동안 무전병은 내가 비행기 밖으로 빨려나가지 않도록 내 다리를 잡고 있었다'라고 썼다. 때로 항법사들은 밤이 되면 순전히 별을 보고 방향을 가늠해 대원들을 이끌고 태평양을 건넜다. 고대 폴리네시아의 뱃사람들이 사용한 방법과 크게 다르지 않았다. 폭풍이 불거나 구름이 자욱하면 이마저 불가능했다.

비행기가 한순간만 경로에서 벗어나도 섬을 지나칠 수밖에 없다는 점을 감안하면, 대원들이 목적지를 찾아냈다는 것은 정말 놀라운 일이다. 실제로 많은 대원들이 목적지를 제대로 찾지 못했다. 전파탐지기가 장착되지 않은 비행기 한 대가 실종된 적이 있었다. 오아후 섬의 병참 장교인 마틴 콘Martin Cohn은 그 비행기가 길을 잃고 오아후 섬을 찾고 있을 때 무선실에 있었다. "우리는 그 비행기가 오아후 섬을 지나가는 모습을 여기에서 지켜봤습니다. 그러나 다시 돌아오지 않았습니다." 콘의 말이다. "그 비행기가 실종되는 과정이 전파탐지기로 다 보였습니다. 그런 모습을 보고 나면 기분이 정말 참담해지죠. 전쟁터에서는 사람 목숨이 파리 목숨이나 마찬가지입니다."

─◦◦◦─

비행을 위협하는 요소는 전투 중에 기하급수적으로 늘어났다. 일본군은 하늘에서 전투기로 공격했다. 그중 으뜸은 전쟁의 전반전에 하늘을 장악했던 재빠르고 날렵한 전투기 제로였다. 제로의 조종사들은 기관총 사격과 파괴력이 엄청나 목표물에 커다란 구멍을 뚫어버리는 20밀리 기관포탄으로 미군 폭격기를 가격했다. 이런 공격이 실패하면, 일부 조종사들은 제로로 미군 폭격기를 들이받았다. 가미카제식, 즉 죽을 줄 알면서 적을 향해 돌진하는 행동이었다. 실제로 어느 B-24는 제로의 기체 절반을 날개에 매달고 기지로 돌아오기도 했다. 일본군은 지상에서 대공사격을 했는데, 그중에서 대공포는 폭발 시 아주 날카로운 금속 파편이 터져 나와 기체를 찢어놓았다. 폭격기 조종사들은 일본군의 대공사격과 전투기 공격에서 살아남기 위해 고도와 방향을 끊임없이 변경해야 했다. 그러나 목표물에 접근할 때는 조종사가 아니라 노든 폭격조준기가 비행기를 조종했기 때문에 고도와 방향을 변경하는 회피 작전이 불가능했다. B-24는 목표물에 접근할 때 3~5분간 노든 폭격조준기의 제어를 받은 반면, 일본군의 거리측정기는 60초 이하면 폭격기의 고도를 정확히 보여주었다. 시간상으로는 일본군이 더 유리했다.

전투에서 폭격기들은 서로에게 위협이 되기도 했다. 폭격기들은 전투기의 공격을 막으면서 목표로 한 좁은 섬을 폭격하기 위해, 아주 가까이 붙어서 비행해야 했다. 이런 혼란 속에서 폭격기끼리 충돌하거나 서로에게 발포를 했고 더 심한 상황도 발생했다. 한번은 일본군 은신처를 지뢰로 폭파하는 임무를 맡은 B-24 세 대가 15미터 상공에서 밀집대형으로 협곡을 통과하는데, 지상에서 일본군이 강도 높은 대공사격을 해댔다. 그런데 세 대가 은신처 위로 급강하할 때 로버트 스트롱Robert Strong 중위가 조종하는 폭격기의 오른쪽 날개 끝이 우측에서 로빈슨Robinson 중위가 조종하는 폭격기 코 부분의 온실 창문에 걸렸다. 뒤이어 돌아가면서 연달아 충돌했다. 로빈슨의 폭격기가 453킬로그램의 지뢰를 떨어뜨리는 순간 스트롱의 폭격기는 좌측 폭격기의 위로, 이어서 로빈슨의 폭격기 아래로 부딪혔다. 지뢰는 스트롱의 폭격기 안으로 떨어졌는데 다행히 폭발하지는 않았다. 1.6제곱미터의 구멍을 남기며 동체를 찢어놓고 측면 포병들 바로 뒤로 떨어졌다. 스트롱의 폭격기는 거의 두 동강 났고 지뢰에 달린 낙하산이 펴져 비행기를 끌고 내려갔다. 대원들이 낙하산 줄을 끊고 지뢰를 밀어내려 했지만 꼼짝도 하지 않자 총을 분해한 뒤 총열을 쇠지레로 이용해 지뢰를 내보냈다. 스트롱이 거의 이등분된 폭격기를 몰아 기지로 복귀하려고 애쓰는 동안 꼬리 부분이 바람에 펄럭거렸고 커다랗게 난 틈 때문에 동체가 자꾸 공중으로 떠올랐다. 도저히 불가능해 보였지만, 스트롱은 폭격기를 1,287킬로미터나 몰고 가 무사히 착륙했다. 루이스가 속한 폭격대대의 조종사인 제시 스테이가 그 폭격기를 살펴보니, 한 손으로도 꼬리 부분을 뜯어낼 수 있을 정도로 만신창이 상태였다.

전투의 위험 요인들은 암울한 통계 결과를 낳았다. 제2차 세계대전에서 AAF 소속 장병 5만 2,173명이 전투 중 사망했다. 나중에 대대장으로 진급한 스테이에 따르면, 태평양 폭격기 대원들의 복무 기간에 해당하는 40회의 전투 임무를 완수하려고 노력한 항공병들의 사망 확률이 50퍼센트였다.*

항공병들은 안전한 복귀와 부상, 사망 외에도 또 다른 운명에 처했다. 전쟁 중에 항공병 수천 명이 실종되었다. 일부는 전투 임무를 수행하다가, 또 다른 이들은 정기 비행을 하다가 사라졌다. 많은 항공병이 바다에 빠졌다. 바다에 빠졌다가 살아남았는데도 바다나 섬에서 실종된 항공병도 있었다. 포로가 된 항공병도 있었다. 부대에서는 그들을 찾지 못하면 실종자로, 13개월 안에 발견하지 못하면 사망자로 발표했다.

---

*루이스와 필립스가 배치되었을 당시 복무 기간은 30회의 전투 임무였다. 이 기준은 이후 상향 조정되었다.

불시착이든 추락이든 간에 타격을 입은 태평양 폭격기는 대부분 바다로 떨어졌다. 추락한 대원들은 생존 가능성이 아주 낮았다. 불시착하는 경우에는 폭격기에 따라 생존 가능성이 다소 달랐다. B-17과 이후 곧 도입된 동일 기종인 거대한 B-29는 날개가 넓고 낮아서 동체의 표면이 평평한 편이었다. 따라서 바다에서 파도를 타며 움직일 수 있었다. 견고한 폭탄 투하실 문은 동체와 같은 높이이고, 불시착을 해도 떨어져 나가지 않아 비행기가 물 위에 떠 있었다. 최초로 불시착을 한 B-29는 폭발하지 않고 이튿날 멀쩡하게 인디언 비치로 떠내려갔다. B-24는 딴판이었다. B-24의 날개는 좁고 동체에 높이 달려 있는데다 부서지기 쉬운 폭탄 투하실 문이 바닥에서 살짝 돌출되어 있었다. B-24가 불시착하면 대부분 폭탄 투하실 문이 물에 휩쓸려 찢어지는 바람에 비행기가 폭발했다. 불시착하는 경우 B-17은 4분의 1 이하가 부서졌다. 한편 B-24가 불시착하는 경우를 조사한 결과에 따르면 약 3분의 2가 부서졌고 대원들 중 4분의 1이 사망했다.

B-24가 불시착할 때 살아남으려면 재빨리 탈출해야 했다. 동체가 밀폐되지 않았기 때문에 B-24는 사고 후 즉시 가라앉았다. 한 항공병은 불시착한 B-24의 전조등을 봤다 싶었는데 어느새 물속 깊숙이 잠겨 있더라고 회상했다. 모든 항공병은 메이 웨스트^{Mae West}, 즉 해상 구명조끼*를 지급받았지만, 탄산음료를 만들려고 구명조끼의 이산화탄소 통을 훔치

---

* 해상 구명조끼를 입으면 상반신이 풍만해 보이기 때문에, 메이 웨스트(1930년대에 활동한 미국의 영화배우이자 희곡 작가—옮긴이)의 이름을 따서 그렇게 불렀다. 1970년대에 군인들이 그 이름을 업데이트해 '돌리 파튼(Dolly Parton)'으로 바꿨다.

는 사람들이 있어서 일부 구명조끼는 물에 뜨지 않았다. 구명정은 수동으로 작동되었다. 비행기 안에서는 대원들이 불시착이나 추락 직전에 배출 핸들을 당기면 되고, 물 위에 떠 있는 비행기에서는 날개로 올라가 배출 핸들을 돌리면 되었다. 구명정이 떨어져 나오면 자동으로 부풀었다.

생존자들은 즉시 구명정에 올라가야 했다. 비행기가 바다로 빠지자마자 상어들이 몰려들었기 때문이다. 서던 캘리포니아 대학교 육상팀에서 루이스의 동료였던 해군 중위 아트 리딩Art Reading이 1943년 두 사람이 탄 비행기를 불시착하던 중에 의식을 잃고 쓰러졌다. 비행기가 가라앉는 가운데 항법사 에버릿 아몬드Everett Almond가 리딩을 끌어내어 자신의 해상 구명조끼를 부풀린 뒤 리딩을 자신의 몸에 단단히 묶었다. 리딩이 깨어나자 아몬드는 32킬로미터쯤 떨어진 가장 가까운 섬으로 그를 끌고 갔다. 곧 상어들이 주변을 빙빙 돌기 시작했다. 상어 한 마리가 급습해 아몬드의 다리를 덥석 문 채 두 사람을 물속 깊이 끌고 들어갔다. 그러다가 갑자기 끌어당기는 힘이 없어지더니 두 사람의 몸이 피바다가 된 물 위로 둥실 떠올랐다. 아몬드의 한쪽 다리가 상어의 이빨에 완전히 뜯겨나가 있었다. 그는 자신의 구명조끼를 리딩에게 건네준 뒤 물속으로 가라앉았다. 리딩은 열여덟 시간 동안 상어들을 발로 차고 쌍안경으로 마구 패서 물리치면서 혼자 물 위에 떠다녔다. 수색정이 리딩을 발견했을 때 그의 다리는 깊게 물린 상처투성이였고 상어 지느러미에 맞아 턱이 부러져 있었다. 다행히 그는 살아 있었다. 스물한 살의 나이로 사망한 아몬드에게는 무공훈장이 추서되었다.*

---

* 이 사고에서 상어에게 잡아먹힌 사람이 리딩이라는 오보가 두 차례 있었다. 리딩을 직접 인터뷰한 여러 신문 기사는 사망자가 아몬드임을 확인해주었다.

다들 리딩의 경험담 같은 이야기를 수없이 들었다. 비행기에서 아래를 내려다봤다가 이리저리 어슬렁대는 상어들을 본 적이 많았다. 상어에 대한 공포심이 워낙 크다 보니, 비행기가 파손되어 불시착과 낙하산 탈출 중 하나를 선택해야 하는 순간이 오면 설령 B-24일지라도 대부분의 장병들이 불시착을 택했다. 불시착을 하면 적어도 구명정을 이용할 수 있기 때문이었다.

부대에서는 추락하거나 불시착한 생존자를 찾는 데 주력했지만 넓게 퍼져 있는 태평양 부근의 전쟁터에서 생존자를 구조할 가능성은 극히 낮았다. 위험에 처한 많은 비행기가 구조 신호를 보내지 않았다. 예정된 도착 시간을 훨씬 넘기기 전에는 비행기가 추락했다는 사실조차 모르는 경우가 흔했다. 추락 후 열여섯 시간 동안 방치되기도 했다. 비행기의 부재를 알아챈 시점이 밤이면 이튿날 아침이 되어야 항공 수색을 시작할 수 있었다. 그러는 사이 구명정에 묶여 있는 장병들은 부상이나 위험천만한 환경과 싸우며 추락 지점에서 훨씬 떨어진 곳으로 떠내려갔다.

구조원들의 입장에서는 수색 장소를 알아내기가 무척 어려웠다. 많은 폭격대원들이 무선침묵을 유지하기 위해 비행 중에는 어떤 위치도 입 밖에 꺼내지 않았다. 따라서 모든 구조원은 추락한 비행기가 사고 전에 비행했을 것으로 짐작되는 경로를 따라 수색할 수밖에 없었다. 수색 시점은 추락한 비행기가 이미 엄청난 거리를 비행한 뒤인 경우가 많았다. 추락한 비행기가 원래 경로에서 수백 킬로미터 떨어진 곳으로 방향을 틀었을 수도 있었다. 비행기가 추락한 뒤에는, 구명정이 조류와 바람에 밀려 하루에 수십 킬로미터나 떠내려갔다. 이 때문에 수색 지역이 수천 제곱킬로미터까지 확대되기도 했다. 구명정이 오래, 멀리 떠내려갈수록 구조될 가능성이 줄어들었다.

　가장 가슴 아픈 점은 운이 좋아 수색원들이 구명정 가까이 날아가더라도 구명정을 발견하지 못할 가능성이 있다는 것이었다. 소형 비행기의 구명정은 작은 욕조 크기였고, 대형 비행기의 구명정은 성인이 기대앉을 정도의 길이였다. 일반적으로 수색에 나선 비행기가 300미터 고도로 낮게 비행하기는 했지만, 그 높이에서조차 구명정을 흰 물결이나 햇살로 착각하기 일쑤였다. 구름이 낮게 드리운 날에는 아무것도 보이지 않았다. 구조 수색에 사용된 많은 비행기가 실속속도가 높아 빠르게 비행해야 했기 때문에 대원들이 바다 위의 각자 맡은 구역을 제대로 훑어보기도 전에 휙 지나가버리기도 했다.

　AAF는 태평양 구조 수색의 결과가 형편없자 1944년 중반에 매우 향상된 구조 체계를 도입했다. 구명정에 무전기와 개선된 비상용품을 갖춰두었고, 군용기의 비행경로를 따라 보트를 운항했으며, 수상비행기를 갖춘 구조대대에서 수색을 담당했다. 덕분에 구조 가능성이 높아졌지만, 새로운 구조 체계를 도입한 뒤에도 대부분의 추락한 장병들이 끝내 발견되지 않았다. 극동 지역의 항공단 군의관이 작성한 보고서에 따르면, 1944년 7월부터 1945년 2월 사이에 실종된 비행기에 탑승한 항공병들 중 30퍼센트 이하만 구조되었다. 실종된 비행기의 위치가 파악되더라도 46퍼센트만 구조되었다. 상황이 훨씬 심각한 달도 있었다. 1945년 1월에는 제21폭격사령부 소속의 추락한 항공병 167명 중 단 13퍼센트인 21명만 구조되었다.

　전쟁이 후반으로 접어들수록 구조 가능성이 더욱 암울해지기는 했지만, 1944년 중반 이전에 추락한 항공병들이 맞닥뜨린 상황은 훨씬 더 절망적이었다. 구조 체계가 현대화되기 전이라 체계적으로 수색하지 못했다. 구명정에 물품도 제대로 갖춰지지 않았고 수색 절차가 비효율적이었다. 필립스의 대원들은 추락하면 구조될 가능성이 아주 낮다는 사실을 잘 알고 있었다.

구조될 가능성이 희박하다는 현실에다 사고로 인한 추락이 급증하고 있다는 현실이 더해지면서 끔찍한 공식이 나왔다. 수색을 하는 비행기가 실종된 비행기를 발견할 가능성보다 추락할 가능성이 컸던 것이다. 동부 지역 항공사령부의 경우, 구조 작업을 하던 카타리나 비행정들 중 절반이 바다로 내려가다가 추락했다. 구조된 사람이 한 명이라면 죽은 구조원은 여러 명이었고, 이런 경우는 특히 전쟁 초기 몇 년 동안 많았다.

～～～

구조되지 못한 채 하루하루가 지날수록, 구명정에 목숨을 맡기고 있는 장병들이 살아날 가능성은 급속도로 희박해졌다. 구명정에 갖춰진 비상용품은 기껏해야 며칠밖에 가지 않았다. 굶주림과 갈증, 낮에는 맹렬한 햇볕이 내리쬐고 밤에는 추위가 몰려오는 환경은 생존자들을 무서운 속도로 감소시켰다. 일부는 며칠 만에 죽었다. 일부는 미쳐갔다. 1942년 9월, B-17이 태평양에 추락해 항공병 아홉 명이 구명정 하나에 발이 묶였다. 며칠 뒤, 한 명이 죽었고 나머지는 미쳐버렸다. 두 명은 음악 소리와 개가 으르렁거리는 소리를 들었다. 한 명은 해군기가 구명정을 뒤에서 밀고 있다고 확신했다. 두 명은 있지도 않은 맥주 한 상자를 두고 맞붙어 싸웠다. 다른 한 명은 폭격기가 가득 떠 있다고 믿으며 하늘을 향해 버럭버럭 욕을 해댔다. 그는 배의 환영을 보고 물속으로 뛰어들었다가 익사했다. 6일째 되는 날, 비행기가 지나가자 남은 사람들은 그것이 진짜 비행기인지 아니면 환영인지 의논해야 할 정도였다. 7일째 되는 날에 구조된 그들은 너무 허약해져서 팔을 흔들지도 못하는 지경이 되었다.

이보다 훨씬 절망적인 운명도 많았다. 1942년 2월, 인도양 크리스마스 섬 근처로 떠내려온 나무 뗏목이 발견되었다. 뗏목 위에는 임시변통으로 만든 듯한 관에 남자의 시신 한 구가 누워 있었다. 햇볕 아래 너무 오래 노출되어 있었는지 그의 파란색 작업복이 하얗게 탈색되어 있었다. 옆에는 그의 것이 아닌 신발 한 짝이 놓여 있었다. 그가 누군지, 어느 소속인지 전혀 알 수 없었다.

추락한 장병들이 부딪히는 갖가지 공포 중에서 가장 두려운 결과는 일본군에게 잡히는 것이었다. 이런 두려움은 1937년 일본의 중국 침략 초기에 일어난 사건에서 비롯되었다. 일본군이 난징을 포위해 민간인 50만 명과 중국군 9만 명이 오도 가도 못하고 고립되었다. 항복한 중국군은 안전할 것이라고 확신하며 체포당하기로 했다. 그러고 나서 일본군 장교들은 모든 전쟁 포로를 처형하라는 명령서를 발표했다.

그로부터 6주 동안 차마 말할 수 없을 정도로 잔인한 광란의 대학살이 벌어졌다. 일본군은 수많은 전쟁 포로들의 목을 베고 기관총으로 쏘고 총검으로 찌르고 산 채로 불에 태워 죽였다. 민간인들까지 무자비하게 희생시켰다. 그들을 대상으로 죽이기 시합을 벌였고 수만 명을 강간했다. 불구로 만든 뒤 십자가에 매달아 죽였고 산 채로 개에게 던져주었다. 일본 군인들은 난도질한 시신들, 잘린 머리들, 강간하려고 끈으로 묶어놓은 여자들 옆에서 포즈를 취하며 사진을 찍었다. 일본의 언론은 죽

161

이기 시합의 점수를 야구 경기의 점수라도 되는 양 보도했고 참가자의 영웅적인 행동을 찬양했다. 사학자들은 '난징의 강간'으로 알려진 이 학살에서 일본군이 전쟁 포로 9만 명을 비롯해 20만~43만 명의 중국인을 살해했다고 추정한다.

모든 미국 항공병은 난징에서 무슨 일이 벌어졌는지 알고 있었다. 그 뒤로 날이 갈수록 일본은 더욱 잔인해졌다. 루이스가 속한 대대의 대원들 사이에서는 일본 영토인 마셜 제도의 콰절런 환초에 대한 소문이 돌았다. 콰절런 환초에서 전쟁 포로들이 살해되었다는 소문이었다. 대대원들은 콰절런 환초를 '처형 섬'이라고 불렀다. 치명적으로 파손되어 일본군 주둔 지역으로 추락하던 B-24의 대원들 중 단 한 명만 낙하산 탈출을 선택했다는 사실은 일본군의 잔혹한 명성을 보여주는 증거였다. 그 한 명을 제외한 나머지 대원들은 일본군에게 잡힐까 두려워 차라리 비행기와 함께 추락해 죽는 쪽을 선택했다.

～～～

항공병들은 일본군에게 잡힐 위험이 있다는 사실을 대수롭지 않게 떨쳐버릴 수가 없었다. 살해된 장병들은 단순히 보고서상의 숫자가 아니었다. 그들은 같은 막사에서 생활한 동료였고, 술친구였으며, 서로를 보호하면서 비행하던 대대원이었다. 한 명씩 차례대로 죽은 게 아니었다. 한 막사에서 생활하던 장병들 중 4분의 1이 한 번에 희생되었다. 시신이 없으니 장례식도 없었다. 죽으면 그걸로 끝이었다.

항공병들은 죽음이라는 말을 회피했지만, 마음속으로는 두려움 때문에 괴로워하고 있었다. 루이스와 같은 대대인 한 대원은 만성적인 스트레스성 코피를 흘렸다. 공중을 날기만 하면 공포심에 몸이 얼어붙는 증상 때문에 파면된 대원도 있었다. 조종사 조 대시Joe Deasy는 완전히 정신줄을 놓은 채 찾아와 "임무 중에 미쳐버리는 대원이 있으면 동료들이 총으로 쏠까요?"라고 질문하던 항공병을 떠올렸다. 그 항공병은 너무 긴장한 나머지 말을 하다가 허리에 차고 있던 무기를 잘못 건드려 땅에 발포했다.

자신이 죽을 것이라고 확신하는 장병도 있었고, 죽을 수 있다는 현실을 받아들이지 못하는 장병도 있었다. 루이스와 필립스는 현실을 부정하지 않았다. 두 달이 지났을 뿐이고 맡았던 임무가 단 하나였지만, 이미 그들의 단짝 친구 다섯 명이 죽었고 그들 역시 죽을 고비를 여러 번 넘겼다. 태평양 어딘가에 묻혀 있을 친구들이 쓰던 침상과 아이스박스를 볼 때마다 현실이 자꾸 생각났다.

루이스는 미국을 떠나기 전에 군용 성경을 지급받았다. 불안감을 떨쳐내려고 성경을 읽으려 해봤지만 그가 보기엔 도무지 말이 되지 않아서 치워버렸다. 대신에 축음기로 클래식 음악을 들으며 마음을 달랬다. 그는 뒤집어놓은 상자를 책상 삼아 침상에 엎드려 세시에게 편지를 쓰는 필립스를 내버려둔 채 밖으로 나가, 활주로 주변의 모래밭에 직접 재서 정해놓은 1,600미터 트랙을 달리며 걱정을 털어내곤 했다. 그는 모든 만일의 사태에 대비하려 했다. 그는 기계 공작실에서 두꺼운 금속판을 자른 다음 슈퍼맨 호로 끌고 올라가, 일본군이 대공사격을 할 때 그 판이 자신을 보호해주길 바라며 온실 바닥에 털썩 내려놓았다. 그는 섬에서 생존하는 방법과 상처 치료법을 알려주는 수업을 들었고, 하와이 원주민 노인이 상어의 공격을 막는 요령(눈을 크게 뜨고 이를 드러낸 다음 미식축구에서처럼 상대를 들이받는 자세를 취하고 상어의 코를 강타한다)을 알려주는 강좌를 찾아내기도 했다.

　다른 장병들과 마찬가지로 루이스와 필립스도 술을 마셨다. 맥주 몇 병이 들어가면 루이스는 죽은 친구들 생각을 한순간도 머릿속에서 지울 수 없다고 털어놓았다. 대원들은 1주일에 맥주를 네 병씩 지급받았지만, 다들 또 다른 술을 찾으려고 주변을 살살이 뒤졌다. 루이스에게 술은 다람쥐에게 도토리나 마찬가지였다. 그는 술을 발견할 때마다 원하는 만큼 마시고 나머지는 숨겨놓았다. 훈련을 받을 때는 면도크림 통에 밀주를 넣어두었다. 부대에 배치된 뒤로는 마요네즈 병과 케첩 통으로 바뀌었다. 그는 무전병 해리 브룩스의 방독면 가방에 파이브 아일랜드 진('파이브 얼서 진'이라는 별명으로 불렸다)이라는 독한 현지 술 한 병을 넣어놓았다. 헌병이 방독면을 점검하려고 브룩스의 허리춤을 두드리자 술병이 깨져 브룩스의 바지가 축축이 젖었다. 차라리 잘된 일이었다. 그 술을 마실 때마다 루이스는 가슴털이 뽑히는 것 같았으니까. 나중에 알고 보니 파이브 아일랜드 진은 페인트 희석제로도 사용된다고 했다. 그 이후로 그는 맥주만 마셨다.

　다른 항공병들과 마찬가지로 필립스 역시 언제 죽을지 모른다는 두려움을 극복해야 했는데, 또 다른 부담감도 갖고 있었다. 조종사인 자신이 실수하면 여덟 명의 대원이 죽을 수 있다는 점을 크게 의식한 것이었다. 그는 부적 두 개를 가지고 다녔다. 그중 하나는 세시가 준 팔찌였다. 위험을 막아준다고 굳게 믿었던 그는 그 팔찌가 없이는 비행하지 않으려 했다. 두 번째 부적은 늘 그의 주머니 속에서 짤랑거리는 1달러짜리 은화였다. 그는 세시와 함께 도망치는 날이 오면 벨보이에게 이 은화를 팁으로 줄 거라고 말하곤 했다. '내가 정말로 집에 돌아가게 된다면, 아

무도 우리를 찾을 수 없는 곳에 당신과 숨을 거야.' 필립스가 세시에게
보낸 편지에서 한 말이다.

1943년 초에 장병들이 한 명씩 죽어나가자, 다들 나름대로의 방법으
로 전우의 죽음을 극복했다. 그러던 중 하나의 의식이 생겨났다. 돌아오
지 않는 대원이 있으면, 다른 대원들이 실종된 대원의 사물함용 트렁크
를 열고 술을 꺼내 그를 기리며 마셨다. 장례식이 없는 전쟁터에서 그들
이 할 수 있는 최선의 의식이었다.

9

594개의 구멍

1943년 2월, 슈퍼맨 호의 대원들은 적도 지역인 캔턴 섬에 단기간 다녀오는 동안 순식간에 늘어나는 상어 떼를 처음 만났다. 캔턴 섬은 폭찹 모양의 펄펄 끓는 지옥이었다. 거의 산호로 이루어져 있고 키 작은 관목 식물들이 열기를 피하려고 움츠린 듯 땅에 다닥다닥 붙어 있었다. 섬 전체에 나무라곤 딱 한 그루였다. 썰물 때 석호에 갇힌 상어 떼 때문에 주변 바다가 출렁거렸다. 정신이 나갈 정도로 지루해진 현지 군인들은 작은 막대기에 쓰레기를 묶은 뒤 상어들 위로 드리워 달랑달랑 흔들어댔다. 그들은 상어가 미끼를 물면 입 속으로 수류탄을 던져놓고 폭발하는 모습을 구경했다.

슈퍼맨 호 대원들은 일본군이 점령한 길버트 제도의 마킨 섬과 타라와 섬에서 두 가지 임무를 수행하라는 명령을 받고 캔턴 섬에 파견되었다. 첫 번째 임무를 수행할 때 그들은 선두 비행기가 방향을 잘못 잡는 바람에 하울랜드 섬 상공까지 가게 되었다. 그곳은 6년 전에 아멜리아 에어하트^{Amelia Earhart}(여성 최초로 대서양 횡단에 성공한 비행사-옮긴이)가 비행하다 사라지기 전에 향하던 목적지였다. 대원들은 하울랜드 섬 활주로에서 일본군의 흔적인 구멍을 여러 개 발견했다. 그들은 곧 비행경로를 제대로 찾아 마킨 섬으로 향했지만 구름에 가려 목표물이 보이지 않았다. 섬 주변을 세 바퀴나 돌았지만 별다른 소득이 없자 대령은 아무 데나 폭탄을 투하하고 떠나라고 명령했다. 루이스는 구름 사이로 늘어선 옥외 화장실을 발견하자 피식 웃으며 1,360킬로그램에 달하는 고성능 폭탄을 투하했다. 옥외 화장실이 하늘 높이 날아가자 대원들 사이에서 환호성이 터져 나왔다.

이틀 뒤, 그들은 섬을 찍기 위해 카메라 대원 여섯 명을 태우고 길버트 제도로 다시 향했다. 그들은 빗발치는 포화 속에서 여러 섬을 돌며 사진을 찍었다. 대공포에 맞아 슈퍼맨 호의 코에서 피가 흐르자 캔턴 섬으로 돌아갔다. 기지까지 482킬로미터가 남은 지점에서 기술병인 더글러스가 뭔가를 발견했다. 슈퍼맨 호의 괴짜 연료계의 눈금이 아주 낮게 내려와 있었다. 더글러스는 지금 같은 추세면 캔턴 섬에 도착하기 전에 연료가 바닥날 거라고 알렸다.

필립스는 자신이 감당할 수 있는 최대한도로 프로펠러 속도를 늦추고 연료 소모를 최소화하기 위해 연료 혼합기를 기울였다. 대원들은 나사로 고정되지 않은 거의 모든 물건을 비행기 밖으로 내던졌다. 열다섯 명 모두가 비행 속도를 조금이라도 올려줄 것이라고 믿으며 비행기 앞부분으로 모였다. 그들은 캔턴 섬까지 갈 수 있는 가능성이 희박하다는 결론을 내리고 하울랜드 섬에 착륙할까 했는데 돌이켜 생각해보니 활주로에 구멍이 나 있었다. 그렇다면 하울랜드 섬 부근에 불시착한다면? 상어가 문제였다. 결국 그들은 캔턴 섬에 착륙하기로 의견을 모았다.

비행기 앞부분에 빽빽하게 들어선 대원들이 할 수 있는 일이라곤 기다리는 수밖에 없었다. 해가 졌다. 루이스는 어둠에 휩싸인 아래를 응시하며 충돌하면 어떤 느낌일지 생각했다. 연료계의 눈금이 서서히 낮아졌다. 모두가 털털거리는 엔진 소리를 들으며 기다렸다. 마침내 눈금이 완전히 바닥으로 떨어졌다. 필립스는 공중으로 삐죽 솟아 있는 탐조등 하나와 멀리 어둠 속에서 점점이 보이는 활주로의 불빛을 발견했다. 필립스는 비행기가 너무 높이 떠 있음을 깨닫고 급강하했는데 필즈버리가 무중력상태로 잠시 허공에 떠 있었다가 쿵 떨어졌다.

캔턴 섬에 착륙하면서 슈퍼맨 호의 꼬리 부분이 비행할 때보다 밑으로 내려가는 바람에 마지막 남은 연료 몇 방울이 순식간에 사라졌다. 잠시 뒤, 엔진 하나가 꺼졌다.

2주 뒤, 그들은 당시 바다에 추락했다면 어떤 운명이 기다리고 있었을지 두 눈으로 똑똑히 확인했다. 오아후 섬에서 이륙한 B-25가 연료가 부족하다며 무선 연락을 한 뒤 통신이 끊겼다. 슈퍼맨 호는 그 비행기를 찾으러 가는 대열에 합류해 긴급히 이륙했다. 한 시간 반 동안 수색한 뒤, 루이스는 동글동글 말려 올라가는 회색 연기를 발견했다. 카타리나 비행정 두 대가 앞장서서 그들을 향해 나아갔고, 슈퍼맨 호가 뒤를 따랐다.

추락 지점에 도착하자 대원들은 모두 깜짝 놀랐다. 그 비행기의 대원 다섯 명 전원이 탄 구명정 두 개가 비행기의 잔해 가운데에서 떠다니고 있었다. 몰려든 수백 마리의 상어 때문에 대원들 주변이 출렁거리고 있었다. 그중에는 길이 6미터가 족히 넘어 보이는 상어들도 있었다. 물속에서 불안스럽게 빙글빙글 돌며 공격하고 있는 상어들이 금방이라도 구명정을 뒤집을 태세였다.

다행히 상어들이 구명정을 뒤집기 전에 카타리나 비행정이 현장에 도착했다. 그날 밤, 구조된 대원들은 구조에 참여한 대원들에게 술을 샀다. 이제야 슈퍼맨 호의 대원들은 캔턴 섬에서 상어의 입에 수류탄을 던지던 군인들의 심정을 헤아리게 되었다. 이후 비행 중에 상어 몇 마리가 고래 여섯 마리를 괴롭히는 모습을 보자 그들은 바다로 돌격해 상어를 겨냥해 사격했다. 그래놓고는 지나고 나서 죄책감을 느꼈다. 그 뒤로는 비행하다가 상어를 봐도 가만히 내버려두었다.

~~~~~

태평양에 외로이 떠 있는 작은 섬 나우루는 21제곱킬로미터의 모래 해변이 있고 하와이에서 남서쪽으로 약 4,020킬로미터 지점에 있었다. 풀잎 치마를 입은 원주민들의 발아래 깔려 있는 5만 톤의 인산염이 없었다면, 아무도 관심을 갖지 않을 곳이었다. 비료와 탄약의 주요 재료인 인산염이 1900년에 나우루에서 발견되었고, 이후로 나우루는 유럽의 사업가들과 중국의 광산 노동자들의 터전이 되었다. 전쟁이 시작되자 나우루는 아주 귀중한 상품이 되었다.

1942년 8월에 나우루를 점령한 일본은 미처 도망가지 못한 유럽인들을 그곳에 감금했고, 원주민과 중국인을 강제 동원해 인산염을 깨고 활주로를 건설하게 했다. 일본은 무력으로 그들을 제압했다. 호박 하나를 훔친 것처럼 사소한 위반행위에도 사람들의 목을 베어버렸다. 활주로가 완공되자 일본은 풍부한 인산염 공급원과 공습에 이상적인 기지를 보유하게 되었다.

4월 17일, 훈련 비행에서 돌아오자마자 루이스는 브리핑에 참석하라는 지시를 받았다. 미국이 나우루를 접수하기 위해 슈퍼맨 호를 비롯해 B-24 스물두 대를 보내 인산염 작업장을 공격하기로 한 것이었다. 그날 밤 대대원들은 막사에 들르지도 못하고 곧바로 출정 준비에 들어갔다. 자정 직전에 이륙한 그들은 캔턴 섬에서 연료를 다시 공급받은 뒤 본부로 삼은 푸나푸티로 날아갔다. 작은 환초인 푸나푸티는 급습 기사를 내기 위해 부대에서 동원한 기자들로 북적였다.

대원들은 브리핑을 통해 2,400미터 상공에서 나우루에 접근하라고 지시받았다. 그 말을 듣고 루이스와 대원들은 주저했다. 이미 그 주에 2,400~3,000미터 상공에서 연습 비행을 했는데, 그때 모든 대원이 그 고도에서 대공사격을 받으면 산산조각이 나겠다는 불안감을 느꼈다. 이틀 전 루이스는 '실제 전투에서는 그렇게 낮은 고도에서 포탄에 맞지 않기만을 바랄 뿐이다'라고 일기에 쓰기까지 했다. 필즈버리는 브리핑을 한 장교의 말이 계속 머릿속에 맴돌았다. 열 대에서 열두 대의 제로가 그들을 기다리고 있을 것이라고 했다. 필즈버리는 웨이크 섬에서 제로를 보긴 했지만, 직접 맞붙어본 적은 없었다. 제로가 한 대만 있어도 주눅이 들 판이었다. 그런데 열두 대가 기다리고 있다고 하니 무서워 죽을 지경이었다.

다음 날 동이 트기 전, 대원들은 슈퍼맨 호에 올랐다. 도널드 넬슨 Donald Nelson이라는 중위가 그들과 함께했다. 그는 폭격대대원이 아니었지만 전투를 보고 싶다며 따라가겠다고 부탁했다. 새벽 5시, 슈퍼맨 호는 하늘을 날고 있었다.

공격 목표를 들키지 않기 위해 서쪽으로 돌아가느라 여섯 시간 반이나 걸려 나우루에 도착했다. 아무도 말을 하지 않았다. 선두에 나선 슈퍼맨 호가 서로 날개를 맞대고 비행하는 폭격기 군단을 이끌었다. 해가 떠오르자 비행기들은 청명한 아침 하늘을 가르며 날아갔다. 일본군도 그들을 보았을 것이었다.

11시 20분경, 항법사 미첼이 침묵을 깼다. 15분 뒤 나우루 상공에 도착할 예정이라고 알렸다. 온실에서 대기하며 창밖을 살피던 루이스는 수평선과 나란히 떠 있는 물체를 겨우 알아챘다. 물속으로 검은 그림자가 드리워져 있었다. 폭격기가 격파당해 추락할 경우 생존자들을 건져내려고 대기 중인 미국 잠수함이었다. 슈퍼맨 호가 그 잠수함을 지나 나우루 상공으로 접어들었다. 루이스의 몸이 떨렸다.

으스스한 침묵이 흘렀다. 슈퍼맨 호를 선두로 앞부분의 비행기 아홉 대가 아무런 저항도 받지 않고 섬을 건넜다. 바람 한 점 없었다. 슈퍼맨 호는 흔들림 없이 활공했다. 필립스는 조종을 노든 폭격조준기에 넘겼다. 슈퍼맨 호의 첫 번째 목표물인 활주로 옆 일단의 비행기와 건물들이 시야에 들어왔다. 루이스는 비행기들의 번쩍이는 뒷부분에 가늠쇠를 맞췄다.

순간 갑작스런 충격이 왔다. 하늘의 색과 소리와 움직임이 격렬해졌다. 대공포가 굉음과 함께 희뿌연 연기를 뿜어내며 비행기 위로 날아오르더니 검정색 연기를 내며 터졌다. 금속 파편이 사방에서 날아다녔다. 아래에서 전광석화처럼 올라오고 위에서 비처럼 쏟아졌다. 노든 폭격조준기가 조종을 맡고 있어서 필립스는 아무것도 할 수 없었다.

슈퍼맨 호의 왼쪽 날개 위쪽에 있던 존 제이콥스^{John Jacobs} 중위의 폭격기가 뭔가에 맞았다. 제이콥스의 폭격기가 물에 빠지듯이 밑으로 가라앉았다. 거의 동시에, 슈퍼맨 호의 오른쪽에 있던 폭격기도 명중되었다. 필즈버리는 단 몇십 센티미터 옆에서 그 폭격기가 불안정하게 흔들리다가 추락하더니 슈퍼맨 호의 날개 아래로 사라지는 모습을 지켜보았다. 그 폭격기 안에 있는 대원들이 보였고 순간적으로 필즈버리는 그들이 모두 죽을 것임을 감지했다. 이제 대열 앞에는 슈퍼맨 호만 남았다.

루이스는 계속 아래에 초점을 맞춘 채 세워져 있는 비행기들을 맞히려 했다. 조준을 하고 있을 때 쾅 소리가 들리더니 엄청난 진동이 일었다. 슈퍼맨 호의 오른쪽 방향키에서 식탁 크기 정도 되는 부분이 떨어져나갔다. 루이스는 목표물을 놓치고 말았다. 목표물을 다시 찾으려 하는 중에 폭탄 투하실이 포탄에 맞아 넓은 구멍이 뚫렸고 슈퍼맨 호가 다시 사정없이 흔들렸다.

마침내 루이스는 조준을 하고 첫 번째 폭탄들을 투하했다. 빠르게 회전하며 떨어진 폭탄들은 목표물을 강타했다. 이어서 슈퍼맨 호는 줄지어 선 빨간색 지붕 막사들과 대공포화의 위로 지나갔다. 두 번째와 세 번째 목표물이었다. 그는 조준을 하고 발사한 뒤 건물과 대공포화가 파괴되는 모습을 지켜보았다. 이제 남은 폭탄은 하나였다. 비행장 북쪽에 건물 하나가 보이자 그는 정확히 조준했다. 명중이었다. 그는 "폭탄 투하!"라고 외친 뒤 밸브를 돌려 폭탄 투하실의 문을 닫았다. 조종석에서는 폭탄 투하 라이트가 깜박거렸고 필립스가 다시 조종하기 시작했다. 그러는 중에 슈퍼맨 호의 뒤쪽 아래에서 백색광 파동과 동그란 불길이 보였다. 루이스의 짐작이 용케 맞았다. 그 건물은 연료 저장고였다. 그는

대공사격을 뚫고 비행하는 B-24.

폭탄을 완벽하게 투하해 연료 저장고의 중심에 명중시켰다. 이때 상부 회전포탑에 있던 필즈버리는 포를 뒤쪽으로 돌렸고 무럭무럭 피어오르는 연기를 보았다.

기뻐하고 있을 시간이 없었다. 갑자기 일본군의 전투기 제로가 사방에 대거 나타났다. 루이스가 세어보니 아홉 대였다. 제로 군단은 기관총을 쏘아대며 미군 폭격기를 하나둘 격파했다. 슈퍼맨 호 대원들은 일본군 조종사들의 대담함과 기술에 경악했다. 그들은 폭격기에 정면충돌했고, 기관포를 쏘았고, 단 몇 미터 간격으로 붙어 있는 폭격기들 사이로 돌진했다. 전투기들이 워낙 가까이로 쉭쉭 지나가는지라 루이스는 일본 조종사들의 얼굴까지 볼 수 있었다. 슈퍼맨 호의 포병들은 맹렬히 발포하면서 제로 군단을 격추시키려 했다. 모든 발포가 목표물과 아주 가까운 거리에서 이루어져 사방에 총알이 날아다녔다. 오죽하면 한 폭격기는 아군 폭격기들의 포, 혹은 바로 그 폭격기에서 발사되었을지도 모를 포에 열일곱 발이나 맞을 정도였다.

파손된 폭격기들이 뒤로 처지기 시작하자 제로 군단이 기세 좋게 덤볐다. 한 폭격기는 제로 네 대와 복엽비행기 한 대로부터 끈질기게 공격받았다. 그 폭격기의 포병들이 제로 한 대를 격추시킨 후에 조종사가 숨기 좋은 구름을 발견해 추격하는 전투기들을 따돌렸다. 아래에는 처음에 슈퍼맨 호를 왼쪽에서 호위하다 공격을 받고 하강했던 제이콥스 중위의 폭격기가 아직 떠 있었다. 제이콥스 중위의 폭격기는 오른쪽 방향키를 잃은 채 엔진 세 개로 힘겹게 비행하는 중이었고 제로 군단에 둘러싸여 있었다. 그의 포병들이 제로 한 대를 추락시켰다. B-24 잽 인 더 애스Jab in the Ass 호의 조종사 토르 햄린Thor Hamrin은 고전하고 있는 제이콥스의 폭격기를 보았다. 햄린은 크게 한 바퀴 돌아 속도를 늦추고는, 보유하고 있는 모든 화기로 제로 군단을 향해 발포했다. 제로 군단이 물러나자 제이콥스는 햄린의 비행기에 한쪽 날개를 올린 채 비행했다.

대열의 선두에 섰던 폭격기들은 제로 군단의 추격을 받으며 바다로 향했다. 전투기들이 추격에 나섰고 많은 무기가 파괴된 일본 기지는 무방비 상태였다. 이때 길게 늘어선 B-24 폭격기들이 연기가 자욱한 대기를 가로지르고 날아와 인산염 공장에 비처럼 폭탄을 퍼부었다. 한 기자가 나우루 상공에 남은 마지막 비행기 안에서 쌍안경을 들고 밖을 내다보았다. 그는 '화산 폭발처럼 엄청난 연기와 불길', 불타는 일본 폭격기

한 대, 대공포화의 연속적인 폭발을 보았고 살아 움직이는 사람은 한 명도 보지 못했다.

━━━⟜⟝━━━

필립스와 부조종사 커퍼넬은 슈퍼맨 호를 전속력으로 가동해 기지로 몰았다. 슈퍼맨 호는 심각하게 파손되어 마구잡이로 솟아올라가거나 뒤집히려 했다. 머리 부분이 들린 채 떨어지려 하는데다 방향 전환이 되지 않아 두 사람은 수평을 유지하기 위해 온힘을 다해야 했다. 제로 세 대가 슈퍼맨 호 주위를 돌며 총알과 기관포탄을 퍼부었다. 포병들은 펄펄 끓을 정도로 뜨거운, 다 쓴 탄약통에 에워싸인 채 반격했다. 미첼은 슈퍼맨 호의 코 부분에, 필즈버리는 상부 회전포탑에, 글라스먼은 하부에, 램버트는 꼬리 부분에 자리 잡고 있었다. 브룩스와 더글러스는 중간 부분 측면에서 활짝 열린 넓은 창에 노출된 채 서 있었다. 여전히 온실에 있던 루이스는 제로 전투기들의 동체와 날개에 뜯어진 부분을 보았는데, 그런 상황에서도 끈질기게 접근하며 공격해왔다. 사방에서 날아온 총알들이 슈퍼맨 호를 관통했다. 비행기 곳곳에서 생긴 구멍을 통해 바다와 하늘이 보였다. 매 순간 구멍의 수가 크게 늘어났다.

루이스가 온실에서 나가려고 몸을 돌리는 순간, 제로 한 대가 슈퍼맨 호의 코 부분으로 정면 돌진하고 있었다. 미첼과 제로의 조종사가 동시에 발포했다. 루이스와 미첼은 자신들 주변에서 공기를 가르며 날아오는 탄알들이 생생하게 느껴졌다. 그중 한 발은 미첼의 팔 옆을 지나갔고 다른 한 발은 루이스의 얼굴을 간발의 차이로 비껴갔다. 또다시 쏟아지는 총탄이 회전포탑의 전력선을 맞히는 바람에 그 포탑의 작동이 멈추었다. 바로 그 순간, 루이스는 제로 조종사의 몸이 확 무너지는 모습을 보았다. 미첼이 그 조종사를 맞힌 것이었다. 한순간 제로는 슈퍼맨 호의 코 부분을 향해 빠르게 돌진했다. 그러다가 부상한 조종사의 허리에 조종간이 눌리면서 하강하게 되어 슈퍼맨 호의 아래로 내려갔다. 그 제로는 급강하하다가 해변과 바로 접한 바다로 떨어졌다.

루이스가 정지한 회전포탑을 손으로 돌려 열자 미첼이 기어 나왔다. 포병들은 계속 발포했고 그사이 슈퍼맨 호는 쉬지 않고 흔들렸다. 아직도 제로 두 대가 슈퍼맨 호 주위를 맴돌고 있었다.

~~~

상부 회전포탑에 있는 스탠리 필즈버리는 무시무시한 무기인 50구경 기관총 두 정을 갖추고 있었다. 각 기관총은 1분에 800발을 쏠 수 있고 총알은 2초에 914미터를 날아갔다. 필즈버리의 기관총은 6,400미터 거리에 있는 사람도 쏠 수 있고 기회만 있다면 제로를 격추할 수도 있었다. 그러나 상층에 있는 필즈버리가 낮은 고도를 유지하는 제로 군단을 겨눌 방법이 없었다. 그들이 슈퍼맨 호 바닥 부분을 향해 사격을 해대는 것이 느껴졌다. 필즈버리는 가장 가까운 곳에 있는 제로를 노려보며 생각했다. 저게 올라오기만 하면 격파할 수 있는데.

필즈버리는 기다렸다. 슈퍼맨 호는 요란한 소리를 내며 흔들렸고, 포병들은 발포했고, 제로 군단은 밑에서 슈퍼맨 호를 맹공격해왔다. 필즈버리는 여전히 기다렸다. 그때 루이스는 오른쪽 위에서 급강하하는 제로 한 대를 보았다. 필즈버리는 그 전투기를 보지 못했다. 그는 고막이 찢어질 것 같은 콰쾅! 콰쾅! 콰쾅! 소리, 모든 것이 뒤집어지고 폭발하는 느낌, 참을 수 없는 극심한 통증이 있고서야 그 전투기의 존재를 알아챘다.

그 제로가 슈퍼맨 호 오른쪽 전면에 기관포를 쏜 것이었다. 첫 발포에서 꼬리 부근을 맞은 슈퍼맨 호가 옆으로 심하게 돌았다. 기관포탄 파편이 슈퍼맨 호가 빙글빙글 돌 때 옆으로 매달려 있던 후면 포병 레이 램버트의 엉덩이와 왼쪽 다리에 박혔다. 그는 슈퍼맨 호가 회전했기에 목숨을 건졌다. 기관포탄이 한순간 전까지만 해도 그의 머리가 있던 곳에 정확히 박혔고, 그의 고글을 산산조각 낼 만큼 간발의 차이로 비켜갔기 때문이다. 측면 포병인 브룩스와 더글러스도 파편에 맞았다. 하부 회전 포탑에서는 파편 두 개가 글라스먼의 등을 관통했는데, 그는 너무 흥분한 상태라 아무것도 느끼지 못했다. 또다시 쏟아지는 포탄을 맞은 사람은 넬슨 중위였다. 마침내 포탄이 상부 회전포탑의 벽에 맞아 그 충격으로 산산조각 났고 금속 파편이 필즈버리의 다리를 가격해 무릎부터 발까지 박혔다. 포격하고 있던 모든 포병, 즉 대원들 중 절반이 부상했다. 슈퍼맨 호는 미친 듯이 옆으로 돌았고, 통제 불능 상태로 소용돌이치기 직전이라는 느낌이 잠시 들었다. 필립스와 커퍼넬은 안간힘을 써서 방향을 튼 다음 수평상태로 돌려놓았다.

필즈버리는 다리에 파편이 박힌 후 슈퍼맨 호가 사정없이 회전하는 바람에 의자에서 내팽개쳐졌다. 이때 기관총에 매달린 채로 속에서 절로 나오는 단 한마디를 외쳤다.

"악!"

━━━━━

루이스는 비명 소리를 들었다. 슈퍼맨 호가 정상 위치로 돌아오자 필립스는 루이스에게 피해 상황을 확인해보라고 외쳤다. 루이스는 코 부분의 회전포탑에서 기어 올라갔다. 그가 처음 본 것은 폭탄 투하실 통로에 누워 있는 해리 브룩스였다. 폭탄 투하실의 문이 활짝 열려 있었다. 브룩스는 한 손으로 통로를 부여잡고 한 발이 문밖 공중에서 흔들리는 채로 통로 중간에 간당간당 매달려 있었다. 그의 발아래에는 하늘과 바다밖에 없었다. 그의 눈이 툭 튀어나와 있고 상체는 피범벅이었다. 그는 애처로운 표정을 지으며 한 팔을 루이스 쪽으로 올렸다.

루이스는 브룩스의 손목을 움켜쥐고 주저앉아서 끌어당겼다. 브룩스가 앞으로 푹 쓰러지자 그의 재킷 뒤에 여기저기 나 있는 구멍이 보였다. 머리카락에 피가 묻어 있었다.

루이스는 브룩스를 질질 끌고 조종실로 가 구석으로 잡아당겼다. 브룩스가 의식을 잃었다. 루이스는 쿠션을 하나 찾아 브룩스의 몸 아래에 밀어 넣은 다음 폭탄 투하실로 다시 갔다. 그는 분명히 밸브를 돌려 문을 닫았는데 왜 열려 있는지 알 수가 없었다. 그러다가 보았다. 벽에 날카롭게 그인 자국이 있고 보라색 액체가 사방에 떨어져 있었다. 문을 제어하는 유압관이 끊어져 있었다. 유압관이 끊어지면 필립스가 착륙장치나 플랩(주날개 뒷전에 장착되어 주날개의 형상을 바꿈으로써 높은 양력을 발생시키는 장치-옮긴이)의 유압을 조절할 수 없어서 착륙 때 비행기의 속도를 늦춰야 할 터였다. 그리고 유압 장치가 없으면 브레이크도 없었다.

루이스는 손으로 핸들을 돌려 폭탄 투하실의 문을 닫았다. 비행기 뒷부분으로 가서 살펴보니 더글러스와 램버트와 넬슨이 피를 흘리며 함께 누워 있었다. 더글러스와 램버트는 총을 잡으려고 바닥을 손으로 박박 긁고 있었다. 넬슨은 움직이지 않았다. 그는 배에 포탄을 맞은 상태였다.

루이스는 조종석을 향해 도와달라고 외쳤다. 필립스는 지금 비행기가 거의 통제 불능 상태라 커퍼넬이 조종실에 있어야 한다고 소리쳐 대답했다. 루이스는 엄청난 비상사태라고 말했다. 필립스는 혼자서 조종할 준비를 했고, 커퍼넬이 자리에서 일어나 뒤쪽에 있는 대원들을 보더니 쏜살같이 뛰어갔다. 커퍼넬은 재빨리 모르핀, 설파제(세균성 질환에 효과적인 약-옮긴이), 산소마스크, 붕대 등을 찾은 뒤 대원들 옆에 주저앉아 차례차례 살폈다.

루이스는 아직까지 의식이 없는 브룩스 옆에 꿇어앉았다. 브룩스의 머리를 더듬어보니 두개골 뒤에 구멍이 두 개 나 있었다. 등에는 네 군데에 커다란 상처가 있었다. 루이스는 산소마스크를 브룩스의 얼굴에 씌우고 머리에 붕대를 감았다. 루이스는 붕대를 감으면서 비행기의 상태에 대해 생각했다. 측면·전면·후면 포병이 모두 쓰러졌다. 기체는 엉망진창이 되었다. 필립스 혼자서 조종하며 겨우 비행하고 있는데 제로 전투기들이 여전히 그들을 쫓고 있었다. 그는 한 대만 더 지나가면 우리 모두 추락하고 말 거라고 생각했다.

루이스가 브룩스 위로 몸을 굽히고 있는데 뭔가 어깨에 떨어져 간지러웠다. 고개를 드니 상부 회전포탑에 있는 필즈버리가 보였다. 다리에서 피가 철철 흐르고 있었다. 루이스는 황급히 필즈버리에게 뛰어갔다.

필즈버리는 여전히 포탄을 움켜쥐고 제자리를 지킨 채 옆으로 몸을 돌려 주변 하늘을 샅샅이 훑어보고 있었다. 그는 몹시 화가 나 있었다. 갈기갈기 찢긴 바지 속 다리가 축 처져 흔들리고 있었다. 군화 한 짝은 포탄에 맞아 형체를 알아볼 수 없었다. 그의 바로 옆에는 거의 비치볼 크기인 텍사스 주 모양의 삐쭉삐쭉한 구멍이 기체 바깥쪽으로 나 있었다. 회전포탑에 수많은 구멍이 뚫려 있고, 바닥에는 금속 파편과 포탑

측면 포탑포를 잡고 있는 상부 회전포탑 포병 스탠리 필즈버리. ┃루이스 잠페리니의 허락을 받아 게재

모터가 깔려 있었다.

루이스는 필즈버리의 상처 부위를 치료하기 시작했다. 필즈버리는 루이스가 뭘 하든 신경 쓰지 않고 머리를 앞뒤로 돌리며 주위를 경계했다. 조금 전에 공격한 제로가 그들을 죽이러 곧 돌아올 테니 자신이 먼저 그 전투기를 찾아야 했다. 워낙 긴박한 순간이라 통증을 느낄 겨를조차 없었다.

갑자기, 붉은 원이 그려진 반짝이는 회색 기체가 바로 옆에서 쳐 올라왔다. 필즈버리가 알아들을 수 없는 말을 외쳤다. 루이스가 그의 다리를 놓는 순간, 필즈버리가 포탑포의 고속 회전기에 쿵 부딪혔다. 포탑포가 탈탈거리는 소리를 내며 수명을 다하고 쓰러지면서 필즈버리의 몸이 확 돌아갈 정도로 쳤다.

높이 올라갔던 제로가 저공비행을 하더니 재빠르게 슈퍼맨 호를 향해 달려들었다. 필즈버리는 무서웠다. 이제 미세한 움직임 하나면(조종사가 기관포 방아쇠에 대고 있는 손가락 하나만 까딱하면) 모든 게 끝장이었다. 슈퍼맨 호는 대원 열 명을 태운 채 태평양으로 추락할 것이었다. 자신의 목숨을 앗아갈 조종사, 그 조종사의 얼굴을 환히 비추는 열대의 태양, 그의 목에 감긴 흰색 스카프가 필즈버리의 눈에 고스란히 들어왔다. 필즈버리는 생각했다. 난 이 사람을 꼭 죽여야 해.

필즈버리는 숨을 급히 들이마시고 기관총을 쏘았다. 발사된 예광탄이 날아가 제로의 조종석을 뚫었다. 제로의 바람막이 창이 날아가고 조종사가 앞으로 내동댕이쳐졌다.

슈퍼맨 호는 한 번도 치명타를 맞지 않았다. 제로의 조종사는 슈퍼맨 호의 상부 회전포탑이 박살난데다 측면 창문이 비어 있는 것을 보고 포병들이 모두 죽었을 거라고 짐작한 게 틀림없다. 그러나 너무 오래 기다린 게 그의 실수였다.

제로는 상처를 입어 웅크린 새처럼 우그러졌다. 필즈버리는 제로가 바닥으로 추락하기 전에 조종사가 죽었을 것이라고 확신했다.

마지막 제로가 뒤에서 나타났다가 갑자기 흔들리더니 추락했다. 허벅지와 가슴과 어깨가 찢겨 벌어진 채 측면 포탑에 끝까지 서 있던 클레런스 더글러스가 명중시킨 것이었다.

그들의 뒤로 펼쳐진 바다에 뜬 잠수함 대원들이 바다에 휩쓸리는 제로 전투기들을 지켜보았다. 제로가 한 대씩 차례로 추락했고 미군 폭격기들이 날아왔다. 나중에 잠수함 대원들은 나우루로 복귀한 제로가 한 대도 없다고 보고했다. 이번 급습을 비롯한 공격 덕분에 인산염이 나우루에서 일본으로 수송된 적이 한 번도 없었던 것으로 알려졌다.

필즈버리는 총격전을 벌이는 동안에는 느끼지 못한 통증이 걷잡을 수 없이 밀려들었다. 루이스가 포탑 의자의 해제 버튼을 누르자 필즈버리가 루이스의 품으로 쓰러졌다. 루이스는 조심스럽게 필즈버리를 옮겨 브룩스 옆에 눕혔다. 루이스는 필즈버리의 군화 한 짝을 잡고 최대한 부드럽게 조심조심 벗겼다. 필즈버리가 소리를 질렀다. 당연한 반응이었다. 군화를 벗기자 필즈버리의 왼발 엄지발가락이 절단되어 있었다. 잘려나간 부분은 아직 군화 속에 있었다. 두 번째 발가락은 한쪽 피부만 붙은 채 덜렁거렸다. 나머지 발가락들도 일부분이 떨어져 나가 있었다. 무릎부터 발까지 파편이 너무 많이 박혀 있어서 바늘이 빽빽하게 꽂힌 바늘꽂이 같았다. 그 발을 되살릴 방법이 없을 것 같았다. 루이스는 필즈버리의 다리를 붕대로 감고 모르핀을 주사하고 설파제를 먹인 뒤, 슈퍼맨 호를 구할 수 있는지 알아보러 황급히 뛰어갔다.

슈퍼맨 호는 죽어가고 있었다. 일반적인 방법으로는 좌우로 방향 전환이 되지 않고 기체의 코 부분이 올라가 뒤집히려 했다. 필립스는 당겨지는 힘이 너무 강해서 두 팔만으로 조종간을 잡고 있을 수 없자 두 발을 올려 있는 힘껏 밀었다. 코 부분이 계속해서 너무 높이 올라가는 바람에 실속되기 일보 직전이었다. 슈퍼맨 호는 위아래로 흔들리며 날아갔다.

걸을 수 있는 대원들은 모두 나서서 여기저기를 돌아다니며 상태를 점검했다. 위험한 상황임이 분명했다. 오른쪽 방향키가 명중되어 상당 부분을 잃었고 케이블이 끊겨 있었다. 머리 부분을 상하로 조종하는 승강키의 케이블도 심각하게 파손되어 있었다. 비행기의 자세(공중에서의 방향)를 미세하게 조종해줘 조종사가 조종간을 계속 조작하지 않아도 되게 해주는 트림의 케이블도 마찬가지였다. 연료가 상부 회전포탑 아래 바닥으로 흐르고 있었다. 착륙장치의 상태는 아무도 확인할 수 없었지만, 비행기 전체에 구멍이 났으니 타이어도 포탄에 맞았을 가능성이 있었다. 폭탄 투하실 바닥에서는 유압액이 출렁거리고 있었다.

그 상황에서 필립스는 모든 방법을 동원했다. 한쪽 엔진들의 속도를 낮춤으로써 양쪽 힘이 서로 차이 나게 하여 비행기를 돌리려 했다. 속도를 더 높여 위아래로 흔들리는 현상을 완화했고 머리 부분이 들린 채 떨어질 위험을 줄였다. 필립스가 계속 두 발을 조종간에 올리고 힘차게 밀면 비행기가 뒤집히지는 않을 것이었다. 누군가 필즈버리 근처에 있는 연료 공급 장치를 끄자 누출이 멈추었다. 루이스는 폭격 무기용 철사로 방향키와 승강키의 끊어진 케이블을 이었다. 곧바로 효과가 나타나진 않았지만, 왼쪽 방향키의 케이블이 작동하지 않는다면 도움이 될 것이었다.

푸나푸티에 도착하려면 다섯 시간을 더 가야 했다. 슈퍼맨 호가 그곳까지 무사히 가더라도, 착륙장치나 플랩이나 브레이크의 유압 제어가 되지 않은 상태에서 착륙해야 할 판이었다. 수동 펌프를 이용하면 착륙장치를 내리고 플랩을 펼 수는 있겠지만, 유압 브레이크는 어찌해볼 수가 없었다. 남은 폭탄이 없고 연료가 거의 없는 B-24의 무게는 약 18톤이었다. 브레이크가 없는 B-24, 특히 (표준 착륙 속도인 시속 144~177킬로미터 이상으로) 빠르게 들어오는 B-24는 활주로에서 3킬로미터 이상 굴러가야 멈출 수 있었다. 그런데 푸나푸티의 활주로 길이는 2킬로미터였다. 게다가 활주로 끝에는 바위와 바다가 있었다.

몇 시간이 지났다. 슈퍼맨 호는 계속 흔들리며 힘겹게 날아갔다. 루이스와 커퍼넬은 부상자들에게 돌아갔다. 필즈버리는 바닥에 누워 피가 흐르는 다리를 보고 있었다. 미첼은 자신의 자리인 항법사 테이블에 등을 구부리고 앉아 있었다. 필립스는 기를 쓰며 슈퍼맨 호를 조종했다. 더글러스는 절뚝거리며 돌아다녔는데 정신적으로 엄청난 충격을 받은 듯했고, 필즈버리의 말에 의하면 어깨와 팔이 "발기발기 찢어져" 있었다. 필즈버리 옆에 누운 브룩스는 목구멍에 피가 고여서 숨을 쉴 때마다 꾸르룩 소리가 났다. 필즈버리는 그 소리를 견딜 수가 없었다. 루이스가 앞에 꿇어앉았을 때 브룩스는 한두 번 눈을 뜨고 뭐라고 속삭였다. 루이스는 브룩스의 입술 가까이에 귀를 대보았지만 무슨 말인지 알아들을 수가 없었다. 브룩스는 다시 잠이 들었다. 다들 브룩스가 죽어가고 있는 줄 알면서도 누구 하나 그런 말을 하지 않았다.

대원들이 모두 알고 있듯이, 슈퍼맨 호가 운 좋게 추락하지 않더라도 착륙하다가 추락할 수도 있었다. 그들의 머릿속에서는 이런저런 생각이 오갔지만 입 밖에 내놓지 않고 속으로 삼켰다.

━━━

해가 저물 무렵이 되어서야 푸나푸티의 야자나무들이 수평선 위로 희미하게 보였다. 필립스는 활주로를 향해 고도를 낮추기 시작했다. 슈퍼맨 호는 너무 빠르게 날고 있었다. 한 대원이 통로에 있는 수동 크랭크로 가서 폭탄 투하실의 문을 열자 바람이 들어와 속도가 떨어지기 시작했다. 더글러스는 착륙장치를 내리려고 상부 회전포탑 바로 아래에 있는 수동 펌프 쪽으로 갔다. 작업을 하려면 양손이 필요했지만(한 손은 밸브를 밀고 다른 손은 펌프를 눌러야 했다) 통증이 너무 심해 어느 팔이든 몇 초

184

이상 올리고 있을 수 없었다. 필즈버리는 일어설 수도 없었지만, 최대한 팔을 뻗어 선택 밸브에 손이 닿았다. 두 사람이 힘을 모아 착륙장치를 내리는 동안 루이스는 착륙장치가 잠겨 있음을 보여주는 노란색 탭을 찾으려고 측면 창문을 내다보았다. 탭은 떨어져 나가고 없었다. 미첼과 루이스는 펌프질을 해 플랩을 내렸다.

루이스는 낙하산 줄을 가지고 부상자들에게 가서 허리띠처럼 묶은 다음 비행기의 고정된 부분에 그 줄을 묶었다. 배에 부상을 입은 넬슨은 팔과 겨드랑이에 줄을 묶었다. 루이스는 비행기에 불이 날지도 모른다는 불안감에 줄을 매듭짓지 않았다. 대신 스스로 줄을 쉽게 풀 수 있도록 줄 끝을 부상자들의 손 주변에 뭉쳐놓았다.

슈퍼맨 호를 어떻게 정지할 것인지가 여전히 문제였다. 루이스에게 한 가지 방법이 떠올랐다. 낙하산 두 개를 비행기 뒤에 묶어놓았다가 비행기가 활주로에 닿을 때 측면 창문 밖으로 던지고 낙하산 줄을 잡아당기면 어떨까? 그때까지만 해도 폭격기를 낙하산으로 세운 전례가 없었다. 승산이 없었지만, 그 방법밖에 없었다. 루이스와 더글러스는 양쪽 측면 창문에 낙하산을 하나씩 놓고 포신을 올려놓는 받침틀에 묶었다. 더글러스는 제자리로 돌아갔고, 루이스는 양손에 낙하산 줄을 하나씩 들고 두 측면 창문 사이에 서 있었다.

슈퍼맨 호가 푸나푸티를 향해 하강했다. 육지에서는 기자들과 다른 폭격기 대원들이 파손된 비행기가 날아오는 모습을 지켜보고 있었다. 슈퍼맨 호가 점점 내려갔다. 필즈버리는 슈퍼맨 호가 활주로에 닿기 직전에 비행속도계를 보았다. 시속 177킬로미터였다. 브레이크가 없는 비행기로서는 너무 빠른 속도였다.

잠시 동안은 착륙 과정이 완벽하게 진행되었다. 루이스가 계속 서 있을 정도로 바퀴가 아주 부드럽게 활주로에 닿았다. 그러다가 난폭하게 울퉁불퉁한 구멍을 지나는 것 같은 느낌이 들었다. 두려워했던 일이 벌어졌다. 왼쪽 타이어가 터져 있었던 것이다. 슈퍼맨 호는 덜컥 주저앉았다가 왼쪽으로 홱 틀어 활주로 옆에 세워져 있는 두 대의 폭격기 쪽으로 달려갔다. 커퍼넬은 오른쪽 브레이크를 발로 꽉 눌렀다. 작동될 거라는 생각보다 순전히 습관에서 나온 행동이었다. 딱 그들의 목숨을 구할 만큼의 유압유가 남아 있었다. 슈퍼맨 호는 원을 그리며 돌다가 잠시 휘청거리더니 다른 폭격기들에게서 조금 떨어진 곳에 멈추었다. 루이스는 여전히 뒤편에서 낙하산 줄을 잡고 있었다. 다행히 그는 낙하산 줄을 당기지 않아도 되었다.*

더글러스는 상층 승강구를 열고 지붕으로 질질 기어 나가 부상한 팔을 머리 위로 올리고 다른 손으로 십자가 모양을 만들었다. 안에 부상자가 있다는 신호였다. 루이스는 폭탄 투하실에서 뛰어내려 같은 신호를 보냈다. 비행장 저편에서 사람들이 우르르 몰려왔고 몇 초 지나지 않아 해병대원들이 슈퍼맨 호에 빽빽하게 들어찼다. 루이스는 물러서서 폐허가 된 기체 내부를 쭉 둘러보았다. 나중에 지상근무 대원들은 두 번 세는 실수를 하지 않으려고 슈퍼맨 호에 난 구멍 하나하나에 분필로

---

* 8개월 뒤 조종사 찰리 프랫(Charlie Pratte)은 최초로 B-24를 낙하산으로 세웠다. 프랫의 폭격기인 벨 오브 텍사스 호가 마셜 제도 상공에서 폭격을 당해 브레이크가 망가지자, 프랫은 폭격기용으로 너무 짧은 활주로에 착륙할 수밖에 없었다. 설상가상으로 프랫은 상한 달걀을 먹는 통에 비행 내내 토했다. 시속 225킬로미터로 활주로에 닿은 프랫은 대원들에게 낙하산 세 개를 준비하라고 지시했다. 뒤에 낙하산을 단 폭격기는 활주로 끝을 빠르게 지나 해변을 달리다가 바다에 빠지기 직전에 멈추었다. 프랫과 대원들은 특공훈장을 받았다.

표시를 해야 했다. 구멍은 594개였다. 나 우루 급습에 나섰던 모든 폭격기가 돌아 와 있었는데, 다들 포격을 당했지만 슈퍼 맨 호처럼 심각하진 않았다.

해리 브룩스.

브룩스는 들것에 실려 지프차에 태워진 뒤 기본적인 시설만 갖춘 방 하나짜리 의 무실로 옮겨졌다. 그의 두개골 속에서 출 혈이 일어나고 있었다.

사람들은 필즈버리를 막사로 데려가 치 료받을 차례가 오기를 기다렸다. 필즈버리가 막사에 누운 지 한 시간쯤 지났을 때 의사가 와서 해리 브룩스를 아느냐고 물었다. 필즈버리는 그 렇다고 대답했다.

"운명했습니다." 의사가 말했다.

기술하사관 해럴드 브룩스Harold Brooks는 스물세 번째 생일을 1주일 앞 두고 사망했다. 미시간 주 클라크스빌 웨스턴 가 511 1/2에 살고 있는 해럴드 브룩스의 홀어머니 에드나에게 그 소식이 전해지기까지 1주일 이 넘게 걸렸다. 같은 도시의 할리 로드에 살고 있는 약혼녀 자넷 버처 Jeannette Burtscher에게도 소식이 전해졌다. 해리가 전쟁터로 떠나기 전에 두 사람이 정했던 결혼식 날을 9일 앞두고, 자넷은 그가 숨졌음을 알게 되 었다.

10

역겨운 6인방

푸나푸티에 저녁이 오자 지상근무 대원들은 파손된 폭격기들을 손보았다. 구멍을 때우고 기술적인 문제를 해결하고 연료를 공급한 뒤 각 폭격기에 225킬로그램짜리 폭탄 여섯 개를 실어 다음 날 타라와 섬을 습격할 준비를 갖추었다. 기체가 벌집이 된 채 원을 그리며 돌다가 겨우 멈춘 곳에 아직 그대로 서 있는 슈퍼맨 호는 이번 작전에서 제외되었다. 어쩌면 다시는 날지 못할지도 몰랐다.

급습 임무에 이어 의무실에서 몇 시간 동안 치료를 돕느라 기진맥진한 루이스는 내무반 역할을 하는 막사들이 자리 잡은 코코넛 숲으로 걸어갔다. 루이스는 막사로 들어가 필립스의 간이침대 옆에 있는 자신의 간이침대에 털썩 주저앉았다. 바로 옆 막사에는 기자들이 모여 있었다. 스탠리 필즈버리는 피가 흐르는 다리를 간이침대 밑으로 내린 채 의무실에 누워 있었다. 그 옆에는 부상한 다른 슈퍼맨 호 대원들이 누워 잠을 청하고 있었다. 주위가 완전히 어두워지고 침묵이 깔렸다.

새벽 3시경 루이스는 오르락내리락하는 윙윙 소리에 깨어났다. 작은 비행기가 머리 위에서 왔다 갔다 하는 소리였다. 구름 속에서 길을 잃은 대원들일 거라고 짐작한 루이스는 그들이 꼭 기지로 돌아가기를 바랐다. 마침내 소리가 멀어졌다.

루이스는 다시 잠들기 전에 대형 항공기 엔진이 으르렁거리는 소리를 들었다. 이어서 섬 북쪽 끝머리에서 쿵 소리가 들려왔다. 사이렌이 울리기 시작하고 멀리서 총성이 들렸다. 한 해병대원이 항공병들의 막사 옆을 뛰어가면서 소리쳤다. "공습경보! 공습경보!" 머리 위에서 윙윙거리던 소리는 길을 잃은 미군 비행기에서 난 게 아니었다. 일본군의 폭격기들을 이끄는 정찰기 소리였을 것이다. 푸나푸티가 공격을 받고 있었다.

루이스와 필립스를 비롯한 항공병들과 기자들이 군화에 발을 쑤셔 넣고 황급히 막사 밖으로 나가 멈춰 섰다. 겁에 질려 소리를 지르는 사람도 있고 빙빙 도는 사람도 있었다. 방공호가 보이지 않았다. 섬 아래쪽에서 폭발음이 연속해서 들렸고 점점 더 크고 가까워졌다. 땅이 흔들렸다.

"나는 주변을 두리번거리며 말했어요. '제기랄! 우리 어디로 가야 하지?'" 조종사 조 대시가 그 순간을 회상하며 말했다. 그나마 눈에 띄는 가장 좋은 피신처는 코코넛 묘목 주변에 파여 있는 얕은 구덩이였다. 그는 가까이에 있던 장병들을 대부분 데리고 그 구덩이 안으로 들어갔다. 대시의 무전병인 헤르만 스키어스Herman Scearce는 군수품 트럭 옆 참호로 뛰어들어 같은 부대원 다섯 명과 합류했다. 조종사 제시 스테이는 근처에 있는 다른 구덩이로 뛰어들었다. 세 명은 군수품 트럭 밑으로 기어들어갔고, 다른 한 명은 쓰레기통 속으로 몸을 던졌다. 또 다른 군인은 섬의 가장자리까지 뛰어가, 수영도 할 줄 모르면서 바다로 뛰어들었다. 숨을 곳을 찾지 못한 몇몇 장병은 참호를 만들려고 바닥에 무릎을 꿇은 채 헬멧으로 모래를 팠다. 폭탄 터지는 소리가 점점 가까워지는 가운데 어둠 속에서 모래를 파던 군인이 피신처를 만들어놓지도 않고 섬을 떠난 '개 같은' 장군들을 큰 소리로 욕했다.

원주민 수십 명이 공터에 자리 잡고 있는 커다란 선교회 교회로 몰려갔다. 암흑천지인 섬에서 그 흰색 교회가 한눈에 띌 것임을 알아차린 포니 블랙 래드Fonnie Black Ladd라는 해병대원이 잽싸게 뛰어가며 원주민들에게 교회에서 나오라고 소리쳤다. 원주민들이 움직이려 하지 않자 래드는 그들에게 권총을 겨누었다. 그제야 원주민들이 흩어졌다.

스탠리 필즈버리는 놀랍고 혼란스러운 상태로 의무실에 누워 있었다. 잠을 자는데 갑자기 폭발음과 함께 섬이 흔들리더니 사이렌이 울렸고, 사람들이 그의 옆으로 빠르게 뛰어다니며 환자들을 들것에 실어 날랐다. 어느새 필즈버리 혼자 남았다. 그를 잊어버린 모양이었다. 그는 버둥거리며 몸을 일으켜 앉다가 당황했다. 혼자서는 일어설 수 없었다.

루이스와 필립스는 피신처가 될 만한 곳을 찾아 코코넛 숲을 뛰어다녔다. 한 군인이 표현한 것처럼, 폭탄은 거인의 발소리를 내며 빠르게 다가오고 있었다. 쿵…… 쿵…… 쿵…… 쿵! 루이스와 필립스는 침수된 기둥 위에 지어진 원주민의 오두막을 발견했다. 두 사람이 오두막 밑으로 뛰어들고 보니 그곳에 스무 명 넘게 모여 있었다. 이제는 폭탄이 공중에서 회전하는 소리가 들릴 정도였다. 대시는 그 소리를 윙 하는 소리로, 스키어스는 날카로운 호루라기 소리로 기억했다.

한순간 후, 뜨거운 열기와 함께 주변이 환해졌고 쪼개지는 소음이 들렸다. 땅이 들썩거렸다. 공중에서 쉭쉭 소리가 들리면서 톡 쏘는 냄새가 났다. 나무가 갈라졌다. 1분 전까지만 해도 루이스와 필립스가 자고 있던 막사에 폭탄이 떨어졌다. 도랑에 몸을 숨긴 사람들 옆에서 또 다른 폭발이 일어났고, 뭔가가 떨어져 맨 위에 엎드려 있는 군인의 등에 흩어졌다. 그는 "이거 폭탄인가 봐요, 세상에"라고 말하더니 기절했다. 폭탄이 군수품 트럭에 명중했고 트럭은 산산조각 나서 공중으로 날아올랐다. 트럭과 그 밑에 있던 사람들의 잔해가 제시 스테이의 머리를 스쳐 지나갔다. 한 포병은 트럭의 일부가 자기 옆으로 날아갈 때 노랫소리를 들었다. 항공병 두 명이 남아 있던 막사에 떨어진 물체가 이 트럭이었을 것이다. 또 다른 폭탄이 스키어스의 참호로 떨어져 한 포병의 바로 위로 툭 굴러갔다. 그 폭탄은 터지지 않았지만 쉿쉿 소리를 내고 있었다. 그 포병이 외쳤다. "하나님!" 잠시 뒤에야 그들은 폭탄이라고 생각했던 것이 사실은 소화기였음을 알아차렸다. 그곳에서 몇 미터 떨어져 있던 루이스와 필립스는 몸을 잔뜩 수그리고 있었다. 오두막이 흔들렸지만 아직 무너지지는 않았다.

폭격이 섬 아래쪽으로 옮겨갔다. 폭탄 터지는 소리가 점점 멀어지더니 한순간 들리지 않았다. 몇 명이 피신처에서 기어 나와 부상자를 돕고 불을 껐다. 폭격기가 언제 돌아올지 모르기에 루이스와 다른 장병들은 그 자리에서 움직이지 않았다. 여기저기에서 떨리는 손으로 성냥불을 켜고 담배를 집어 들기 시작했다. 한 군인이 조용히 투덜거렸다. "우리가 폭탄에 맞으면 육즙만 남을 거야." 멀리서 폭격기가 돌아오고 있었다. 폭격이 다시 시작되었다.

의무실 옆을 뛰어가던 사람이 필즈버리를 발견하고 재빠르게 들어간 뒤 그를 들것에 싣고 부상자들을 옮겨놓은 작은 시멘트 건물로 향했다. 건물 안에 사람이 너무 북적거려서 선반 위에 눕혀진 부상자들도 있었다. 한 치 앞도 보이지 않을 만큼 캄캄했다. 의사들은 더듬더듬 돌아다니면서 손전등을 들고 환자를 살폈다. 가까워지는 폭탄 소리를 들으며 두근거리는 가슴을 안고 어둠 속에 누워 있는 필즈버리는 밀실공포증이 느껴졌다. 폭탄이 떨어져 모두 그곳에 매몰되는 모습이 자꾸 떠올랐다. 그는 곳곳에 사람들이 잔뜩 쌓여 있으면서 아무도 입을 열지 않는 분위기가 시체 안치소 같다고 생각했다. 다리가 아팠다. 절로 신음 소리가 났다. 의사가 더듬거리며 그에게 다가와 모르핀 주사를 놔주었다. 꽝소리가 점점 커지다가 멈추더니 다시 엄청나게 큰 폭발음이 들렸다. 천장이 흔들렸고 시멘트 가루가 떨어졌다.

바깥은 지옥이나 다름없었다. 신음과 비명 소리가 가득했다. 엄마를 부르는 군인도 있었다. 한 조종사는 사람들의 목소리가 '동물이 울부짖는 소리' 같다고 생각했다. 장병들의 고막이 터졌다. 한 군인은 심장마비로 죽었다. 다른 군인은 팔이 절단되었다. 흐느껴 울거나 기도를 하거나 토하는 군인도 있다. '전 그냥 무서운 정도가 아니라 완전히 공포에 휩싸였어요.' 한 항공병이 부모님에게 쓴 편지 내용 중 일부분이다. '하늘을 날면서 무섭다고 생각했는데, 그건 무서운 축에도 들지 않았어요. 죽음이 이렇게 가까워질 수 있다는 것을 평생 처음 경험했어요.' 필립스도 마찬가지였다. 그는 나우루 상공에서 싸울 때도 그렇게 큰 공포를 느끼지 않았다. 루이스는 필립스 옆에 쭈그리고 앉았다. 루이스가 코코넛 숲을 뛰어다닐 때만 해도, 아무런 감정 없이 본능과 치솟는 아드레날린에 의해 움직였다. 그런데 이제 주변에서 폭발이 일어나니 두려움에 사로잡혔다.

프랭크 로지넥 하사는 사각팬티만 입고 헬멧을 쓰고 끈을 묶지 않은 신발을 신은 채 산호 참호에 움츠리고 있었다. 나중에 쓴 편지에서, 그는 쏟아지는 폭탄이 '화물열차에 실린 화물처럼 많아 보였다'고 했다. '폭탄이 떨어져 폭발하기 전의 소리가 긴 경사로에서 피아노를 밀어 떨어뜨리는 사람의 소리 같았어. 우리 주변의 커다란 야자나무가 쪼개져 산산조각 났지. 폭탄이 터지면 땅이 솟구쳤고 아주 밝은 빛이 번쩍했어. 그 충격으로 산호 조각이 우리 참호로 날아들었는데, 앞이 보이지 않으니까 우리는 그게 폭탄인 줄 알고 더듬더듬 찾다가 손에 잡히는 즉시 밖으로 던져버렸지. 중간중간 폭격이 멈추는 순간에는 꼭 교회에 있는 것 같았어. 주변에 있는 참호 여기저기에서 함께 주기도문을 반복해 읊조리는 소리가 들렸거든. 폭탄 터지는 소리가 가까워질수록 주기도문을 읊는 소리가 커졌어. 몇몇 군인이 우는 소리도 들었던 것 같아. 비행기에 들킬까봐 겁나서 위를 쳐다보지도 못했어.'

세 번째 폭격에서 군인 두 명이 더 죽었다. 네 번째 폭격에서 일본군은 대박을 터뜨렸다. 폭탄 두 개가 연료와 무기를 가득 싣고 활주로에 세워져 있는 B-24를 명중했던 것이다. 첫 번째 폭탄은 엄청난 폭발을 일으켜 폭격기의 잔해가 섬 곳곳으로 쏟아졌다. 두 번째 폭탄으로 불길이 치솟았다. 화재 때문에 기관총 총알이 점화되어 사방으로 쌩쌩 발사되었고 예광탄이 하늘에 기다란 흔적을 수없이 남겼다. 이어서 각 폭격기에 실려 있는 225킬로그램짜리 폭탄이 터지기 시작했다.

마침내 섬이 조용해졌다. 장병 몇 명이 부들부들 떨며 일어섰다. 그들이 폭발의 잔해 사이로 걸어가는데 또 다른 B-24가 폭발했다. 이 폭발

은 비행기에 실려 있는 8,700리터의 연료, 1,360킬로그램의 폭탄, 50구
경 기관총의 탄약고 때문에 빠른 속도로 번졌다. 한 조종사는 '섬 전체
가 폭발하고 있는 것 같은' 소리가 났다고 썼다. 이 폭발을 끝으로 폭격
이 끝났다.

———

동이 트자 장병들은 숨어 있던 장소에서 조심스레 빠져나왔다. 수영
도 못하면서 바다로 뛰어들었던 군인은 밀물 때 세 시간 동안 바위에 매
달려 있다가 걸어서 해안으로 돌아왔다. 아침 햇살이 밝아오자 헬멧으
로 참호를 파며 장군들을 욕했던 사람은 그 장군들이 바로 자신의 옆
에서 모래를 파고 있었음을 알게 되었다. 루이스와 필립스도 오두막 밑
에서 기어 나왔다. 필립스는 멀쩡했고, 루이스는 팔 한 군데를 베이기만
했다. 곧 두 사람은 기진맥진하고 망연자실해 있는 사람들의 행렬에 합
류했다.

푸나푸티는 만신창이가 되었다. 선교회 교회 지붕에 폭탄이 떨어져
건물이 무너졌지만, 래드 상등병 덕분에 그 안에 아무도 없었다. 루이스
와 필립스의 막사가 있던 곳에는 분화구처럼 커다란 구멍이 뚫려 있었
다. 다른 막사는 쓰러져 있고 한가운데에 폭탄이 있었다. 한 군인이 그
폭탄을 트럭에 묶은 다음 해변으로 끌고 가서 급회전해 바다로 밀어 넣
었다. 로지넥은 활주로를 걷다가 한 줄로 늘어서 있는 일본군의 폭탄 여
섯 개를 발견했다. 폭탄은 떨어질 때의 회전력으로 폭발하는데, 일본군
이 너무 낮게 비행하는 바람에 낙하 거리가 짧았던 것이다. 군인들은
그 폭탄도 바다로 끌고 가 던져버렸다.

B-24가 폭탄에 맞은 곳은 어디나 마찬가지로 사정없이 베인 코코

일본군 공습 다음 날 아침의 푸나푸티.

넛 나무로 둘러싸인 깊은 구멍들이 있었다. 루이스는 그중 하나는 깊이 10미터, 너비 18미터였다고 일기에 기록했다. 폭격기 조각들이 사방에 뿌려져 있었다. 전날 석양이 질 때만 해도 비행기 안에 있던 착륙장치와 의자가 이튿날 해가 뜰 때는 형편없이 망가진 채 멀리 떨어진 곳에 널려 있었다. 폭격기 한 대는 꼬리, 날개 끝 두 개, 프로펠러 두 개만 남아 있었는데 검정 얼룩 범벅인 뼈대로 연결되어 있었다. 프랫 앤 휘트니^{Pratt and Whitney}의 1,200마력짜리 엔진 하나가 덩그러니 활주로에 놓여 있었다. 그 엔진의 주인이었던 폭격기는 온데간데없었다. 한 기자가 눈물을 흘리며 구멍 하나를 뚫어지게 쳐다보고 있었다. 루이스는 구멍 속에 시신이 있을 것 같아서 마음을 단단히 먹고 기자에게 다가갔다. 그곳에 있는 것은 납작해진 타자기였다.

부상자와 사망자가 사방에 있었다. 탁 트인 곳에 있었던 정비공 두 명은 폭발의 충격파로 온몸에 멍이 들었다. 두 사람은 정신적으로 너무 큰 충격을 받아서 말을 못했으며 손으로 의사소통을 했다. 사람들이 의자두 개와 비틀린 금속만 남은 군수품 트럭 주위에 엄숙하게 모여 있었다. 트럭 밑으로 피신했다가 죽은 세 명은 얼굴을 알아볼 수조차 없는 상태였다. 죽은 채 발견된 무전병은 머리에 폭탄 조각이 박혀 있었다. 루이스는 반듯이 누워 있는 원주민의 시신을 발견했다. 그의 머리는 절반만 남아 있었다.

후에 무선통신사는 공습에 동원된 일본군 폭격기가 열네 대였다고말했지만, 한 조에 세 대씩 2개 조가 투입되었다는 점을 들어 누군가 그들에게 '역겨운 6인방'이라는 별명을 붙였다. 모두가 그들이 꼭 다시 오기를 별렀다. 필립스와 루이스는 삽과 헬멧으로 참호를 파고 있는 사람들 틈에 끼여 함께 일했다. 짬이 나자 두 사람은 해변으로 가서 한 시간동안 앉아 생각을 정리했다.

꿈꿈

그날 루이스는 동료들을 도우려고 의무실로 갔다. 필즈버리가 피신했던 건물에서 돌아와 있었다. 부상한 다리가 화끈거리고 따가운 통증이지독했다. 그는 다리를 매달고 누워 있었는데 다리에서 피가 흘러 바닥에 고였다. 커퍼넬은 필즈버리 옆에 앉아 그 제로를 추락시켜줘서 고맙다고 했다.

의사가 필즈버리의 다리에서 출혈이 멎지 않는다고 걱정했다. 수술을해야 하는데 마취제가 없었다. 결국 필즈버리는 마취제 없이 수술을 받

나우루 공습 다음 날 슈퍼맨 호를 살피는 루이스.

아야 했다. 필즈버리가 양손으로 침대를 움켜쥐고 루이스가 그의 두 다리에 엎드려 있는 가운데, 의사가 집게로 필즈버리의 발에서 상한 조직을 뜯어내고 간당간당하게 달려 있던 긴 피부 조각으로 뼈를 덮은 뒤 꿰맸다.

착륙 기어에 기대어 왼편으로 기운 채 간이 활주로 옆에 세워져 있는 슈퍼맨 호에는 조각난 타이어가 일부분 매달려 있었다. 슈퍼맨 호는 전날 공습에서 피해를 입지 않았지만, 겉으로만 보면 공습을 당한 것 같았다. 총알구멍, 파편에 찢긴 자국, 기관포에 맞은 사람 머리만한 상처, 필즈버리의 회전포탑 옆에 크게 벌어진 구멍, 방향키에 난 출입구만한 크기의 구멍 등 기체 곳곳에 594개의 구멍이 나 있었다. 철조망 사이를

기관포에 맞아 뚫린 슈퍼맨 호의 측면 구멍으로 들여다보는 루이스.

날기라도 한 듯 보였다. 최첨단 엔진과 측면의 칠이 긁혀 있었다. 기자들과 항공병들은 슈퍼맨 호를 둘러보며 그토록 많이 손상되고도 다섯 시간 동안이나 공중에 떠 있었다는 사실에 모두 놀라워했다. 다들 필립스를 '기적의 용사'로 부르며 반갑게 맞았고, 그동안 단점이 많다고 여기던 B-24를 재평가하게 되었다. 사진가가 슈퍼맨 호 안으로 들어가 사진을 찍었다. 밝은 낮에 어두운 기내에서 찍힌 사진에서는 구멍을 통해 들어온 빛줄기가 검은 하늘에 빛나는 별처럼 잘 보였다.

슈퍼맨 호처럼 난타를 당한 듯 지쳐 보이는 루이스가 슈퍼맨 호로 다가갔다. 그는 구멍에 머리를 대고 자신이 이어놓은 절단된 오른쪽 방향키 케이블을 보았다. 여전히 그대로였다. 그는 손가락으로 슈퍼맨 호의 피부에 맺힌 눈물을 쓸어냈다. 슈퍼맨 호는 한 명을 제외하고 대원 전부의 목숨을 구했다. 그는 이 비행기를 소중한 친구로 여길 것이었다.

루이스는 다른 비행기를 타고 필립스, 커퍼넬, 미첼, 붕대를 감은 글라스먼과 하와이로 돌아가는 여정에 올랐다. 필즈버리와 램버트, 더글러스는 부상이 너무 심해 그 팀에 다시 합류하지 못했다. 며칠 뒤 그들은 사모아로 이송되었다. 필즈버리의 다리를 살펴본 의사는 "햄버거가 되었다"고 말했다. 램버트는 5개월간 입원했다.* 한 장군은 퍼플하트 훈장을 수여할 때 램버트가 일어날 수 없자 침대 시트에 훈장을 달았다. 더글러스의 전쟁은 끝났다. 브룩스는 푸나푸티 해병대 묘지에 잠들었다.

대원들은 영원히 헤어졌다. 그들은 다시는 슈퍼맨을 보지 못했다.

~~~

푸나푸티를 뒤로하고 날아가는 루이스는 마음이 무거웠다. 그와 나머지 대원들은 캔턴 섬에 잠시 머물다가 팔미라 환초로 향했다. 그곳에서 루이스는 뜨거운 물로 샤워를 하고 기지 내 극장에서 「장렬 제7기병대」를 보았다. 전쟁이 시작되기 전에 그가 단역배우로 출연한 영화였다. 몇 년 전이었지만 지독하게 오래전의 일 같았다.

하와이로 돌아온 루이스는 무기력감에 빠졌다. 짜증을 잘 내고 내성적으로 변했다. 필립스도 정상적인 상태가 아니었다. 술을 너무 많이 마셨고 제정신이 아닌 듯했다. 대원들이 극도로 지쳐 있는데다 비행기도 없으니 그들의 팀에는 임무가 부여되지 않았다. 그러다 보니 모두가 호놀룰루에서 무료한 시간을 보냈다. 한번은 성미가 급한 취객이 싸움을

---

*이후 램버트는 다른 팀으로 군에 복귀했고 최소 95개의 임무를 완수하는 놀라운 기록을 세웠다.

걸어오자 필립스는 냉랭하게 쏘아봤지만 루이스는 오히려 달가워했다. 취객과 루이스는 결판을 내자며 밖으로 나가 몸싸움을 벌였는데 취객이 도중에 몸을 사렸다. 그러고 나서 친구들과 기분 좋게 어울려 맥주를 마실 수가 없었다. 루이스는 자기 방에 틀어박혀 음악을 들었다. 음악을 제외한 유일한 위안거리는 달리기였다. 그는 카후쿠 활주로 주변의 모래밭을 묵묵히 달리면서 1944년 올림픽만 생각하고 해리 브룩스의 애처로운 얼굴은 잊어버리려고 애썼다.

5월 24일, 루이스와 필립스를 비롯해 슈퍼맨 호 대원들은 11폭격전대 42대대로 전출되었다. 42대대는 오아후 섬의 동쪽 끝인 쿠알로아의 아름다운 해변에 주둔했다. 새로운 대원 여섯 명이 전 대원의 자리를 메꿨다. 루이스와 필립스는 잘 알지 못하는 사람들과 비행하는 게 걱정되었다. 루이스는 일기에 '이런 방식이 전혀 마음에 들지 않는다. 팀을 섞어놓으면 분열하게 마련이다'라고 썼다. 슈퍼맨 호의 대원들이 보기에 새로운 대원들에게서 주목할 만한 점은 한 가지뿐이었다. 꼬리 부분 포병인 클리블랜드 출신의 프랜시스 맥나마라Francis McNamara 병장이 단것을 좋아해서 사실상 디저트만 먹는다고 해도 과언이 아니라는 것이었다. 대원들은 그를 맥이라고 불렀다.

당분간 그들의 비행기가 없었다. 11폭격전대에 배정되었던 B-24가 계획이 변경되어 다른 전투 지역으로 이동 중이었고 얼마 전에 도착한 1차분 다섯 대는 관통된 탄흔이 고스란히 남아 있었다. 그중 한 대인 그린 호넷 호는 초라해 보이기 그지없었다. 옆면에는 뭔지 모를 검정색 흔적이 여기저기 나 있고 엔진의 페인트는 벗겨지고 있었다. 포탄 투하실이 비어 있고 엔진 네 개가 모두 작동하는데도 공중에 떠 있기가 버거웠다. 그린 호넷 호는 비행할 때 꼬리 부분이 코 부분보다 내려가는 경향이 있었다. 항공병들은 불안정하게 흔들리는 비행기를 조종할 때 곤죽이 되는 느낌에 빗대어 그린 호넷 호를 '곤죽이'라고 불렀다. 기술병들이 폭격기를 검사했지만 그 원인을 찾지 못했다. 모든 항공병이 그린 호넷 호를 꺼려했다. 그린 호넷 호는 심부름이나 하는 신세로 전락했다. 지상근무 요원들은 이 폭격기의 부품을 분해해 다른 비행기에 사용할 기회를 노리고 있었다. 루이스는 잠깐 이 비행기를 타고 와서 '미치광이 비행기'라고 불렀으며 다시는 타지 않기를 바랐다.

5월 26일, 루이스는 짐을 챙겨 차를 얻어 타고 쿠알로아에서의 새로운 보금자리로 옮겼다. 그곳은 9미터만 가면 바다가 나오는 전용 숙소로 루이스와 필립스, 미첼, 커퍼넬이 독차지하게 되었다. 루이스는 숙소에만 머물며 차고를 자신의 방으로 바꿔놓았다. 필립스는 대대 회의에 갔다가 신참 조종사인 조지 '스미티' 스미스George 'Smitty' Smith를 만났는데, 우연히도 그는 세시와 절친한 친구였다. 회의가 끝난 뒤 필립스는 스미티와 늦게까지 남아 세시에 대해 이야기했다. 루이스는 숙소에서 잠자리에 들었다. 다음 날 루이스와 필립스, 커퍼넬은 다시 피 와이 총 스테이크하우스의 스테이크에 도전해보려고 호놀룰루에 가기로 되어 있었다.

한편 섬 맞은편에 있는 히캄 기지에서는 대원 아홉 명과 승객 한 명이 B-24에 탑승했다. 테네시 출신인 클레런스 코페닝Clarence Corpening이 조종사를 맡고 있는 이 팀은 샌프란시스코에서 막 도착했으며 캔턴 섬에 들렀다가 오스트레일리아로 향할 예정이었다. 지상에서 사람들이 지켜보는 가운데, 비행기가 이륙해 남쪽으로 선회하다가 시야에서 사라졌다.

11

여기에서 아무도 살아남지 못할 거야

1943년 5월 27일 목요일, 루이스는 새벽 5시에 일어났다. 다른 사람들은 자고 있었다. 그는 정신을 차리기 위해 살금살금 밖으로 나가 숙소 뒤편에 있는 산에 올라갔다 내려온 뒤 운동복을 입고 활주로로 달리기를 하러 갔다. 그는 가는 길에서 만난 병장에게 자신이 뛰는 속도에 맞춰 지프차를 몰아달라고 부탁했다. 병장이 승낙하자 그는 지프차 옆에서 뛰었다. 루이스는 1,600미터를 4분 12초에 뛰었다. 모래밭에서 뛰었다는 점을 감안하면 아주 빠른 기록이었다. 지금까지 살면서 체력이 가장 좋은 상태였다.

그는 걸어서 숙소로 돌아와 씻은 뒤 호놀룰루에서 산 열대 느낌의 카키색 바지, 티셔츠, 모슬린 탑 셔츠를 입었다. 아침식사를 하고 새로 생긴 방을 조금 손본 뒤 페이턴 조던에게 편지를 써서 셔츠 주머니에 넣었다. 그러고는 빌린 자동차에 필립스, 커퍼넬과 함께 올라 호놀룰루로 향했다.

기지 출입문을 지날 때였다. 예전에 엔진이 세 개만 작동하는 슈퍼맨 호로 비행하라고 명령했던, 바로 그 경멸스러운 중위가 그들에게 정지 신호를 보냈다. 중위는 긴급한 용무가 있었다. 전날 캔턴 섬을 떠났던 클레런스 코페닝의 B-24가 착륙하지 않았다. 어찌된 일인지 클레런스 코페닝의 비행기가 B-24가 아니라 그보다 훨씬 작은 B-25라고 착각하고 있던 중위는 그 비행기를 찾으러 갈 지원자를 모으고 있었다. 필립스는 자신들에게 비행기가 없다고 말했다. 중위는 그린 호넷 호를 타면 된다고 대답했다. 필립스가 그 비행기로는 안전하게 날 수 없다고 하자 중위는 검사를 통과했다고 말했다. 그가 '지원'이라고 표현했지만 사실은 그것이 명령임을 루이스와 필립스 둘 다 알고 있었다. 필립스는 지원을 했다. 중위는 조종사 조 대시를 깨워 그도 지원하라고 말했다. 대시와 그의 대원들은 대시 매 호를 탈 것이었다.

필립스와 루이스, 커퍼넬은 되돌아가 대원들을 소집했다. 숙소에 차를 세운 루이스는 베를린 올림픽에 참가할 때 산 쌍안경을 챙겼다. 그는 일기장을 펼치고 앞으로 할 일에 대해 급하게 몇 마디를 써내려갔다. '탈 비행기가 그린 호넷 호, 즉 곤죽이밖에 없었다. 우리는 몹시 주저했지만, 결국 필립스는 구조 임무에 참여하겠다고 마지못해 응했다.'

루이스는 출발하기 직전에 휘갈겨 쓴 쪽지를, 술이 가득 든 양념 병을 넣어둔 자신의 사물함용 트렁크 위에 남겨놓았다. '우리가 1주일 안에 돌아오지 않으면 알아서 마시도록 하시오.'

～～～

중위는 그린 호넷 호 앞에서 대원들과 만났다. 그는 지도를 펼쳤다. 그

MAY 27

Stayed at the base – Worked on
our beach home.
    Got a call from operations that
a B-25 had a forced landing 200
miles north of the island of Palmyra
    We were the only crew on the
base & there was only one ship.
"The Green Hornet" a "musher" We
were reluctant, but Phillips finally
gave in for rescue mission

1943년 5월 27일에 루이스가 마지막으로 작성한 일기. ∥ 루이스 잠페리니의 허락을 받아 게재는 코페닝이 팔미라에서 북쪽으로 약 320킬로미터 떨어진 지점까지 갔을 것이라고 확신했다. 그렇게 믿는 이유는 불분명했다. 남쪽 나라들의 공식 보고에 따르면, 코페닝의 비행기가 이륙 후에 보이거나 연락이 닿지 않았기 때문에 어느 방향으로 갔는지 알 수 없는 노릇이었다. 중위가 그렇게 믿는 이유가 무엇이든, 그는 필립스에게 208을 향해 가서 팔미라와 평행한 지점까지 수색하라고 지시했다. 그는 대시에게 거의 같은 설명을 했지만 조금 다른 지역을 수색하라고 지시했다. 그리고 두 팀 모두 하루 종일 수색하고 팔미라에 착륙한 뒤, 필요하다면 이튿날 다시 수색하라고 지시했다.

이륙 준비를 하면서 필립스의 대원들 모두가 그린 호넷 호에 대해 걱정했다. 루이스는 폭탄이나 탄약을 신지 않으면 비행기가 공중에 떠 있는 힘이 생길 거라고 스스로를 안심시키려 했다. 필립스가 그린 호넷 호에 한 번도 타보지 않아서 그 별난 특성을 전혀 모른다는 점이 께림칙했다. 필립스는 지상근무 대원들이 다른 비행기에 사용하려고 그린 호넷 호의 부품들을 떼어가곤 한다는 사실을 알고 있었기에, 부디 중요한 부품만은 남아 있기를 바랐다. 대원들은 충돌할 경우 따라야 할 절차를 복습한 다음, 생존 장비가 갖춰져 있는지 확인하기 위해 특별 점검에 들어갔다. 비행기에는 비상용품 상자가 하나 있었는데, 관리 담당자는 후면 포병이었다. 조종실의 노란 주머니 안에는 여분의 구명정 하나가 들어 있었다. 이 구명정은 루이스의 책임이어서, 그는 실제로 그곳에 구명정이 있는지 확인했다. 루이스를 비롯해 일부 대원들이 구명조끼를 입었다. 필립스는 구명조끼를 입지 않았는데, 아마도 조종하기가 불편해서였을 것이다.

출발하기 직전에 한 사병이 헐레벌떡 뛰어와 팔미라까지 얻어 타고 가도 되겠냐고 물었다. 반대하는 대원은 없었다. 사병은 비행기 뒤편으로 가서 자리를 잡았다. 사병이 한 명 더해져서 탑승 인원은 열한 명이었다.

필립스와 커퍼넬이 비행기를 유도로로 진입시킬 때, 루이스는 문득 페이턴 조던에게 쓴 편지가 생각났다. 그는 주머니에서 편지를 낚아채어 측면 창문으로 몸을 쭉 빼낸 뒤 지상근무 대원을 향해 던졌다. 그 대원은 편지를 대신 부쳐주겠다고 했다.

⁓⁓

대시 매 호와 그린 호넷 호는 거의 동시에 이륙해 나란히 날았다. 그린 호넷 호에 탑승한 사람들 중에서 전 슈퍼맨 호 대원 네 명을 제외한 나머지는 잘 모르는 사이였고 서로 대화할 거리가 마뜩찮았다. 루이스는 조종실에서 필립스, 커퍼넬과 잡담을 하면서 시간을 보냈다.

그린 호넷 호는 소문대로 꼬리 부분이 코 부분보다 아래로 처져서 날았고 대시 매 호와 속도를 맞추지 못했다. 필립스는 약 320킬로미터를 비행했을 때 대시에게 무선통신을 보내 그린 호넷 호를 두고 먼저 가라고 말했다. 두 비행기는 거리가 멀어져 서로가 보이지 않았다.

오후 2시경 그린 호넷 호는 팔미라에서 북쪽으로 약 360킬로미터 떨어진 수색 지역에 도착했다. 구름이 비행기 주위로 짙게 깔려 있어서 바다가 보이지 않았다. 필립스는 구름 아래로 비행기를 하강해 고도 243미터를 유지했다. 루이스는 쌍안경을 들고 온실로 자리를 옮겨 훑어보기 시작했다. 곧 인터폰으로 칙칙 소리가 섞인 필립스의 목소리가 들렸다. 올라와서 쌍안경을 다른 대원들에게 빌려주라는 것이었다. 그러고

난 후 루이스는 조종실에 남아 필립스와 커퍼넬 바로 뒤에 앉아 있었다.

바다를 수색하는 중에, 커퍼넬이 잠시 자리를 바꿔 조종사 역할을 해봐도 되겠냐고 필립스에게 부탁했다. 이는 부조종사가 조종사의 자격에 맞는 경험을 쌓게 해주기 위해 통용되는 관례였다. 필립스는 동의했다. 몸집이 큰 커퍼넬이 필립스를 간신히 지나가 왼쪽 자리에 앉았고 필립스는 오른쪽으로 옮겼다. 커퍼넬이 비행기를 몰기 시작했다.

몇 분 뒤, 한 대원이 한쪽 엔진 두 개가 다른 쪽 엔진들보다 연료를 많이 연소해 기체의 한쪽이 점점 가벼워지고 있음을 알아챘다. 그들은 수평을 유지하기 위해 두 날개 사이로 연료를 옮기기 시작했다

갑자기 비행기가 마구 흔들렸다. 루이스가 회전속도계를 확인해보니 제1엔진(맨 왼쪽에 있는 엔진)의 RPM이 떨어지고 있었다. 창밖을 내다보았다. 그 엔진이 심하게 흔들리고 있었다. 그러다가 작동을 멈추었다. 그런 호넷 호가 왼쪽으로 기울다가 빠르게 바다로 떨어지기 시작했다.

필립스와 커퍼넬이 비행기를 구할 수 있는 시간은 단 몇 초밖에 남지 않았다. 두 사람이 재빠르게 움직였지만, 루이스는 두 사람이 자리를 바꾸는 바람에 혼란에 빠졌다는 느낌이 들었다. 작동을 멈춘 제1엔진에서 생기는 항력을 최소화하기 위해 페더(작동을 멈춘 프로펠러 날의 방향을 바람과 평행하게 돌려 그 프로펠러가 돌아가지 않도록 하는 것)를 해야 했다. 일반적으로 커퍼넬이 해야 하는 일이지만, 지금 그는 조종사 자리에 앉아 있었다. 커퍼넬은 조종석에 와서 그 엔진을 페더하라고 새 기술병에게 외쳤다. 그 작업을 할 엔진을 구체적으로 지정한 사람이 커퍼넬인지 다른 대원인지는 밝혀지지 않았다. 이는 중요한 정보였다. 작동을 멈춘 엔진의 프로펠러가 바람을 받아 계속 돌아간다면, 제대로 작동하는 엔진처럼 보일

수 있기 때문이다.

조작반에는 페더링 버튼이 각 엔진마다 하나씩 모두 네 개가 있고 플라스틱 덮개로 가려져 있었다. 커퍼넬과 필립스 사이에 선 기술병은 덮개를 치우고 버튼 하나를 눌렀다. 순간, 그린 호넷 호가 크게 들썩거리더니 왼쪽으로 휘청했다. 기술병이 1번 버튼이 아니라 2번 버튼을 누른 것이었다. 이제 왼쪽 엔진 둘 다 작동을 멈추었고 제1엔진은 아직 페더가 되지 않은 상태였다.

필립스는 기술병 둘을 밀어내고, 멀쩡한 왼쪽 엔진이 재가동될 때까지만이라도 비행기를 공중에 떠 있게 하려고 기를 썼다. 오른쪽 엔진으로만 비행하다 보니 작동을 멈춘 왼쪽이 질질 끌려 기체가 왼쪽으로 절반 정도 기울면서 나선형으로 돌았다. 왼쪽 엔진은 다시 작동하지 않았다. 비행기가 계속 떨어졌다.

그린 호넷 호는 가망이 없었다. 필립스가 할 수 있는 일은 불시착하도록 수평을 유지하는 것뿐이었다. 그는 인터폰으로 두 단어를 중얼거렸다.

"추락 대비."

조종실을 박차고 나간 루이스는 각자 지정된 추락 대비 위치로 가라고 소리쳤다. 비행기가 빙빙 도는 가운데, 루이스는 여분의 구명정을 챙겨 자신의 추락 대비 위치인 오른쪽 측면 창문 옆으로 기어갔다. 그는 새로운 후면 포병인 맥이 생존용 비상용품 상자를 꽉 움켜쥐고 있는 모습을 보았다. 다른 대원들은 정신없이 구명조끼를 입고 있었다. 루이스는 미첼이 비행기의 코 부분에서 아직 나오지 않았지 싶었다. 미첼의 임무는 비행기의 위치를 무전병에게 알려 조난신호를 보낼 수 있도록 하

마지막 비행을 앞두고 짐을 싣고 있는 그린 호넷 호. ▮루이스 잠페리니의 허락을 받아 게재

고 육분의와 항법 장비를 소지하는 것이었다. 그러나 비행기의 코 부분이 곤두박질친 채 빙빙 돌고 있는데다 탈출 통로가 좁다 보니, 미첼이 그곳에서 빠져나오지 못하고 있는 상황이었다.

조종석 뒤에서 대원들이 비교적 안전한 비행기의 중간 부분과 뒷부분을 향해 달려가고 있는 가운데, 페더링 버튼을 잘못 누른 기술병이 확실해 보이는 대원이 아직 앞에서 자리를 지키고 있었다. 추락 시 구명정이 자동으로 배치되지 않으므로, 조종석 뒤에서 위에 있는 구명정 배출 핸들을 당기는 게 기술병의 임무이기 때문이었다. 생존자들이 수영해서 다가갈 수 있는 거리에 구명정을 떨어뜨리기 위해, 기술병은 충돌 직전까지 기다렸다가 핸들을 당겨야 했다. 결국 기술병은 추락 대비 위치로 갈 가능성이 거의 혹은 전혀 없고, 따라서 생존 가능성도 없다는 뜻이었다.

필립스와 커퍼넬은 온힘을 다해 그린 호넷 호와 씨름했다. 그린 호넷 호는 왼쪽으로 돌았고, 오른쪽 엔진들이 전력으로 가동될수록 회전속 도가 빨라졌다. 조난신호를 보낼 시간이 없었다. 필립스는 불시착하기 에 적당한 장소를 찾으려 했지만, 소용없는 일이었다. 비행기의 수평을 유지할 수 없고, 설령 수평을 유지하더라도 속도가 너무 빨랐다. 아주 심하게 추락할 게 뻔했다. 이상하게도 필립스는 두렵지 않았다. 그는 빙 빙 도는 바다를 보면서 생각했다. 더 이상 내가 할 수 있는 게 없어.

루이스는 격벽을 바라보며 바닥에 앉아 있었다. 근처에 대원 다섯 명 이 있었다. 모두 멍해 보였고 아무도 말을 하지 않았다. 루이스는 오른 쪽 측면 창문을 내다보았다. 보이는 것이라곤 계속 빙글빙글 돌아가는 흐린 하늘뿐이었다. 그는 살아 있다는 게 강렬하게 느껴졌다. 앞에 있는 격벽에 자신의 두개골이 부딪히면 어떻게 될지 생각했다. 바다가 눈앞 으로 다가오고 있음을 감지한 그는 회전하는 하늘을 마지막으로 바라 본 뒤 앞에 있는 구명정을 끌어당겨 머리와 가슴으로 밀었다.

기체가 심하게 돌더니, 다시 돌고, 또다시 돌았다. 비행기가 바다로 추 락하기 직전, 루이스의 마음속에서는 단 하나의 생각이 고동쳤다. 여기 에서 아무도 살아남지 못할 거야.

~~~~~

루이스는 요동과 깊은 침묵만 느껴졌다. 몸이 앞으로 내던져졌다. 비 행기가 터지고 뭔가에 몸이 묶였다. 차가운 물이 때려대면서 온몸을 짓 눌렀다. 그린 호넷 호는 코 부분과 왼쪽 날개가 최고 속도로 바다와 충 돌해 푹 꺼지다가 폭발했다.

비행기가 산산조각 날 때, 루이스는 자신이 물속 깊이 빨려드는 것을 느꼈다. 그러다가 갑자기 멈추더니 위로 튕겨졌다. 비행기가 추락하던 힘이 모두 소진되고 안에 남아 있는 공기 때문에 기체가 순간적으로 떠오른 것이었다. 루이스는 입을 열고 헐떡거렸다. 비행기에서 쉭쉭 소리를 내며 공기가 빠져나왔고 바다가 다시 루이스를 덮쳤다. 비행기가 흔들리더니 밑에서 끌어당기기라도 하는 듯 가라앉기 시작했다.

루이스는 정신을 차리려고 애썼다. 뒤에 있던 비행기의 꼬리도, 앞에 있던 날개도 보이지 않았다. 그의 주위에 있던 대원들도 없었다. 그는 충돌할 때 비행기의 허리 부분으로 밀려가 구명정과 포신을 올려놓는 받침틀 사이에 엎드린 채 끼여 있었다. 받침틀이 목을 눌렀다. 무언가의 수많은 끈이 주변에 얽힌 채 그의 몸을 받침틀과 구명정에 묶어놓고 있었다. 순간 그의 머릿속에 떠오른 생각은 딱 하나였다. 스파게티 같다! 그린 호넷 호의 신경계라고 할 수 있는 전선 뭉치였다. 비행기의 꼬리가 부러질 때 전선들이 끊어져 내리면서 그를 낚아챘다. 그는 몸부림을 쳤지만 빠져나올 수 없었다. 미친 듯이 호흡했지만 숨을 쉴 수 없었다.

그때 조종석 잔해에 갇힌 필립스는 빠져나가려고 기를 쓰고 있었다. 비행기가 충돌할 때 그는 앞으로 튕겨나가면서 어딘가에 머리를 부딪혔다. 파도가 조종석을 세차게 때렸다. 비행기가 가라앉으면서 그를 물속으로 끌고 들어갔다.

어두운 걸 보니 깊은 바닷속이었다. 한순간 한순간 더 깊게 가라앉고 있었다. 필립스는 커다란 몸뚱이를 비행기 밖으로 빼내고 있는 커퍼넬을 분명히 봤다고 생각했다. 사실 그가 본 것은 유리가 사라진 조종석 창틀이었다. 그는 단단한 뭔가에 발을 올리고 창틀 사이로 몸을 빼내어 조종석 밖으로 나왔다. 그는 수면을 향해 헤엄쳤다. 빛이 가까워지고 있었다.

필립스는 사고로 인한 잔해가 둥둥 떠 있는 물 밖으로 떠올랐다. 머리에서 피가 철철 흘렀다. 발목과 손가락 하나가 부러졌다. 그는 0.3제곱미터 정도로 덩어리져 떠다니는 잔해를 발견하고 매달렸다. 덩어리가 가라앉기 시작했다. 구명정 두 개가 멀리 떨어져 있었다. 안에는 아무도 없었다. 커퍼넬은 어디에도 보이지 않았다.

그곳에서 멀고 먼 바닷속, 루이스는 여전히 비행기에 갇힌 채 전선에 묶여 몸부림치고 있었다. 위쪽에서 이리저리 떠다니는 시체 한 구가 보였다. 비행기가 계속 아래로 내려갔고 물 위의 세상은 빠르게 멀어졌다. 귀에서 뻥 소리가 났다. 레돈도 해변의 수영장에 다닐 때 수심 6미터에서 그런 소리가 났던 기억이 희미하게 떠올랐다. 어둠이 그를 에워쌌다. 수압은 갈수록 높아졌다. 그는 헛된 몸부림을 쳤다. 그러면서 생각했다. 희망이 없다.

그는 갑자기 이마에 심한 통증을 느꼈다. 숨을 쉬어야 한다는 절박함에 전선을 잡아 뜯으며 목을 꽉 쥐는데 의식이 점점 흐려졌다. 이제 모두 끝이라는 것을 어렴풋이 깨달았다. 그는 정신을 잃었다.

깨어났을 때는 완전한 암흑 속이었다. 그는 생각했다. 여기가 저승인가. 그러다가 여전히 바닷물이 그를 둘러싼 비행기를 무겁게 누르고 있음을 깨달았다. 이유는 알 수 없지만, 그를 옥죄던 전선도 구명정도 없었다. 그는 대략 500미터 아래의 바다 밑바닥으로 내려가는 동체 안에 떠 있었다. 아무것도 보이지 않았다. 구명조끼에 바람을 넣지 않았지만, 자체 부력으로 그를 비행기 천장 쪽으로 띄워놓고 있었다. 폐에서 공기가 다 빠져나갔고 이제 그는 반사적으로 짠 바닷물을 벌컥벌컥 삼키고 있었다. 피와 휘발유와 기름 맛이 났다. 그는 익사하고 있었다.

루이스는 빠져나갈 길을 찾으려고 양팔을 휘저었다. 오른손이 뭔가에 들어갔고 서던 캘리포니아 대학교의 졸업 반지가 그곳에 걸려버렸다. 꼼짝 못하게 손이 잡혔다. 왼손을 뻗어 만져보니 길고 매끄러운 금속판이었다. 그 느낌으로 자신의 위치를 알게 되었다. 열려진 오른쪽 측면 창문이었다. 그는 창문 쪽으로 헤엄쳐가 두 발을 창틀에 올려놓고 밀어서 오른손을 비틀어 빼내다가 손을 베였다. 창문 꼭대기에 등이 부딪혔고 셔츠 아래 피부는 찰과상을 입었다. 그는 창문을 박차고 나왔다. 비행기가 가라앉았다.

루이스는 구명조끼에서 이산화탄소 통을 빼돌린 사람이 없기를 바라며 구명조끼의 줄을 더듬거리며 찾았다. 행운이 따랐다. 구명조끼가 부풀어 올랐다. 갑자기 몸이 가벼워졌다. 구명조끼가 비행기의 잔해가 길게 이어진 물 위로 그를 서둘러 끌어올렸다.

루이스는 돌연 찬란한 햇빛 속으로 나왔다. 숨이 턱 막히자 그는 바닷속에서 삼켰던 소금물과 연료를 즉시 토했다. 그는 살아남았다.

PART

3

12

추락하다

바다에는 폭격기의 잔해가 뒤섞여 있었다. 비행기의 생명소인 기름과 유압유, 그리고 3,785리터의 연료 중 일부가 수면에서 출렁거렸다. 비행기 조각들 사이에 핏자국이 엉겨 있었다.

루이스는 누군가의 목소리를 들었다. 그쪽으로 고개를 돌리자 6미터쯤 떨어진 곳에, 연료 탱크처럼 보이는 물체에 필립스가 매달려 있었다. 후면 포병인 맥도 함께 있었다. 둘 다 구명조끼는 입고 있지 않았다. 필립스의 머리에서 피가 분수처럼 뿜어져 얼굴로 얇게 흘러내렸다. 멍하고 당혹스러워서 눈만 데굴데굴 굴렀다. 필립스는 비행기 잔해들 건너에서 까닥거리는 머리를 보고 루이스를 알아보았다. 다른 대원들은 보이지 않았다.

루이스는 위아래로 까딱까딱하고 있는 구명정 하나를 보았다. 산산조각 난 비행기에서 튕겨 나왔을 수도 있지만, 그 기술병이 충돌 직전에 구명정 배출 핸들을 당겼을 가능성이 더 높았다. 구명정은 저절로 부풀어서 빠르게 떠내려가고 있었다.

필립스의 출혈을 막아야 했다. 하지만 루이스는 필립스 쪽으로 먼저 가면 지금 떠내려가고 있는 구명정을 놓치게 되어 셋 다 죽고 말 것이라고 생각했다. 그는 구명정을 향해 헤엄쳤다. 옷과 신발 때문에 몸이 자꾸 가라앉았다. 조류와 바람은 그가 헤엄치는 속도보다 빠르게 구명정을 흘려보냈다. 구명정이 도저히 따라갈 수 없는 곳으로 멀리 흘러가자 루이스는 포기할 수밖에 없었다. 그는 필립스와 맥을 뒤돌아보며, 살아남을 수 있는 기회가 사라졌다는 눈빛을 보냈다. 그러던 중에 구명정의 뒤를 구불구불 따라가는 긴 선을 자신의 얼굴에서 60센티미터도 떨어지지 않은 곳에서 보았다. 그는 줄을 와락 붙들고 구명정을 잡아당겨서 위로 올라갔다. 두 번째 구명정은 멀리 떠내려가고 있었다. 루이스는 구명정의 노를 꺼내 있는 힘껏 저어, 간신히 두 번째 구명정의 줄을 잡아 끌어당겼다. 그는 줄 두 개를 구명정의 쇠고리에 끼워 함께 묶었다.

루이스는 필립스와 맥을 향해 노를 저었다. 필립스는 매달리고 있는 삐쭉삐쭉한 덩어리가 두 구명정에 구멍을 낼지도 모른다는 생각에 멀리 밀어냈다. 루이스가 필립스를 구명정 위로 끌어올렸고, 맥은 혼자 힘으로 올라왔다. 루이스와 마찬가지로 두 사람도 연료와 기름으로 뒤범벅되어 있었다. 세 사람이 구명정 하나에 올라타자 비좁았다. 그 구명정의 길이는 1.8미터 정도였고 너비는 0.6미터가 조금 넘었다.

필립스의 왼쪽 이마에는 깊은 자상 두 개가 나 있었다. 머리카락과 맞닿는 부분이었다. 솟구쳐 나온 피가 바닷물과 섞여 구명정 바닥에서 철버덕거렸다. 루이스는 보이스카우트와 호놀룰루에서 들은 응급처치 강의 중에 배운 내용을 떠올리며 맥박이 느껴질 때까지 손가락을 필립스의 경동맥에 댔다. 그는 맥에게 그 지점을 보여주고 누르라고 말했다. 그는 모슬린 탑 셔츠와 티셔츠를 벗고 필립스의 셔츠도 벗겼다. 맥에게도 옷을 벗으라고 했다. 루이스는 탑 셔츠들을 치워놓고 필립스의 티셔츠를 물에 담갔다가 압박붕대 모양으로 접은 뒤 루이스의 상처를 눌렀다. 다른 티셔츠를 필립스의 머리에 둘러 꽉 묶은 뒤 두 번째 구명정으로 넘어갔다.

필립스는 머리가 멍했다. 그는 자신이 추락했고, 누군가 자신을 물에서 끌어냈고, 자신이 구명정에 타고 있고, 루이스가 함께 있다는 것을 알았다. 그는 무서웠지만 공황 상태는 아니었다. 공식적으로는 조종사인 자신이 지휘관이지만, 자신이 결정을 내릴 상태가 아님을 알고 있었다. 그가 보기에 루이스는 졸업 반지를 낀 손가락을 크게 베였지만, 그외에는 다친 데가 없고 의식이 또렷한 듯했다. 그가 지휘를 맡아달라고 부탁하자 루이스는 그러겠다고 했다.

"네가 맡아서 다행이야, 잠프." 필립스가 부드럽게 말했다. 그러고 나서 그는 조용해졌다.

근처에서 작은 소리가 났다. 신음 소리가 꾸르륵 소리로 바뀌었고 말을 하려고 애쓰다가, 목구멍에 물이 가득 찬 듯하더니, 침묵이 흘렀다. 루이스는 노를 하나 잡고 있는 힘껏 빠르게 저어 익사하고 있는 사람이 있는지 주위를 살피며 돌았다. 그 사람이 깊은 바닷속에서 본 뒤로 보이지 않는 커퍼넬일 수도 있었다. 그러나 그 사람이 누구인지 끝내 알 수 없었다. 소리를 낸 사람은 이미 물속으로 가라앉아버렸다. 그리고 다시는 물 위로 올라오지 않았다.

필립스가 비교적 안정을 되찾자 루이스는 구명정으로 관심을 돌렸다. 캔버스 천 두 겹으로 만들어 고무를 입히고 칸막이벽으로 나뉜 공기주머니 두 개가 있는 구명정은 둘 다 양호한 상태였다. 문제는 비상용품이었다. 비행기가 추락할 때 맥이 들고 있던 비상용품 상자가 보이지 않았다. 비행기가 충돌할 때 맥의 손에서 튕겨나갔거나, 맥이 비행기 잔해에서 탈출할 때 잊어버렸을 것이다. 세 사람의 옷 주머니에 있는 것이라곤 지갑과 동전 몇 개뿐이었다. 그들의 손목시계가 아직 손목에 남아 있었지만 비행기가 바다에 부딪힐 때 시곗바늘이 멈추었다. 세시가 준 행운의 팔찌가 필립스의 손목에 달려 있지 않고 세시를 다시 만나면 쓰려고 늘 가지고 다니던 1달러짜리 은화가 주머니에 없는 경우는 필립스가 오아후 섬에 도착한 이후 이번이 처음일 것이었다. 그린 호넷 호를 타기 전에 서둘러 옷을 입느라 팔찌와 은화를 잊어버렸는지, 아니면 비행기가 충돌할 때 잃어버렸는지는 알 수 없는 노릇이었다.

원래 구명정의 주머니에는 생존용 비상용품이 조금 들어 있었다. 무엇이 들어 있는지 몰라도 그것이 그들이 가진 전부였다. 루이스는 주머니 덮개를 열고 안을 들여다보았다. 몇 조각으로 나뉘어 있고 독가스 공격에 대비해 왁스를 입힌 용기에 포장된 두꺼운 초콜릿 바(허쉬 사에서 생산한 군용 휴대식량 D-레이션 바였을 것이다) 몇 개가 들어 있었다. D-레이션은 군인들이 아주 심각한 비상 상황에서만 먹게 하려고 맛없고 쓰게 만들어졌으며 열량이 아주 높고 잘 녹지 않았다. 1인당 섭취량은 아침에 한 조각, 저녁에 한 조각으로 하루에 총 두 조각이며 혀에 올려놓고 30분 이상 녹여 먹으라고 포장지에 적혀 있었다.

루이스는 초콜릿 외에 250밀리리터짜리 물통 몇 개, 놋쇠 거울, 플레어 건(신호탄 발사용 총-옮긴이), 바다용 염료, 낚싯바늘 한 벌, 낚싯줄 한 꾸리, 캔버스 상자에 담긴 공기펌프 두 개를 찾아냈다. 손잡이에 스크루드라이버가 장착된 펜치도 있었다. 구명정에서 스크루드라이버나 펜치가 왜 필요한지 알아내려고 한참 동안 궁리했다. 각 구명정에는 구명정이 샐 때 사용할 수 있는 수리 장비도 있었다. 구명정에 있는 것은 이게 다였다.

비상용품은 극히 불충분했다. 1년 뒤, B-24 구명정에는 한 면은 파란색이고 다른 면은 노란색인 햇빛 가리개용 방수모가 추가되었다. 적군의 해역에서는 위장하기 위해 파란색 면이 보이도록 쓰고, 아군에게 신호를 보낼 때는 노란색 면이 보이도록 흔들게 되어 있었다. 1944년형 표준 구명정에는 물을 퍼내는 양동이, 돛대와 돛, 해묘(바다에 투하하여 배의 표류를 막는 닻-옮긴이), 햇볕 화상용 연고, 구급상자, 구멍을 막는 마개, 손전등, 낚시 도구, 잭나이프, 가위, 호루라기, 나침반, 종교 소책자도 갖춰졌다. 그린 호넷 호의 구명정에는 이들 중에 무엇도, 심지어 칼조차 없었다. 320킬로미터까지 신호를 보낼 수 있는 무선송신기인 일명 '깁슨 걸'도 없었다. 신형 비행기에는 거의 1년 전에 이들 장비가 장착되었고 두 달 뒤에는 모든 비행기에 장착되었지만, 그린 호넷 호에는 하나도 갖춰져 있지 않았다. 항법 장비조차 없었다. 항법 장비를 끈으로 묶어 몸에 소지하고 다니는 것은 미첼의 임무였다. 그 임무를 잘 수행했더라도 항법 장비는 미첼과 함께 이미 바다 밑바닥으로 가라앉아버렸다.

가장 큰 걱정은 물이었다. 250밀리리터짜리 물통 몇 개로는 오래 버티지 못할 터였다. 그들의 주변은 물 천지이지만 먹을 수 없는 물이었다.

바닷물의 염도는 너무 높아 독으로 간주된다. 사람이 바닷물을 마시면 신장이 염분을 배출하기 위해 소변을 생성해야 한다. 그러자면 세포에서 물을 밀어내기 위해 바닷물 자체에 포함된 물보다 많은 물이 필요하다. 물이 없으면 세포의 기능이 상실되기 시작한다. 역설적이지만 바닷물을 마시면 치명적인 탈수증이 올 수 있다.

적도 부근에서 물이 거의 없고 비바람을 막아줄 것도 없는 상태로 표류하다 보면 필립스와 루이스, 맥은 곧 심각한 지경에 이를 것이었다. 구명정에는 염분을 여과하거나 바닷물을 증류하는 장치가 없었다. 비를 받는 통도 없었다. 다섯 달 전, 햅 아널드^{Hap Arnold} 장군은 적은 양의 식수를 무한정 만들어낼 수 있는 장치인 델러노 선스틸을 모든 구명정에 배치하라고 명령했다. 그러나 실행은 연기되었다.

〰〰

맥은 물 밖으로 나온 순간부터 한마디도 하지 않았다. 그는 비행기 추락 때 용케도 부상하지 않고 탈출했다. 그는 루이스가 시키는 대로 다 했지만, 얼굴에서 멍하고 놀란 표정은 지워지지 않았다.

루이스가 구명정 위로 몸을 굽히려는데, 갑자기 맥이 울부짖기 시작했다. "우리 모두 죽을 거예요!" 루이스는 대대원들이 곧 구하러 올 거고 밤 또는 아무리 늦어도 내일은 발견될 거라고 맥을 설득했다. 맥은 계속 소리를 질러댔다. 몹시 화가 난 루이스는 돌아가면 맥의 행동을 보고하겠다고 경고했다. 협박은 아무런 효과도 없었다. 루이스는 어찌해볼 도리가 없어서 손등으로 맥의 뺨을 후려쳤다. 맥이 쿵 주저앉더니 조용해졌다.

루이스는 기본 원칙을 내놓았다. 모두가 아침과 저녁에 초콜릿을 한 조각씩 먹자고 했다. 물을 한 병씩 나누고 하루에 두세 모금씩 마시자고 했다. 그렇게 먹고 마시면 며칠 동안은 버틸 수 있을 터였다.

물품을 챙기고 규칙을 정하고 나니 기다리는 일밖에 남지 않았다. 루이스는 죽은 대원들을 생각하지 않으려고, 물속에서 꾸르륵거리던 소리를 머릿속에서 몰아내려고 애썼다. 그는 비행기 추락 사고에서 세 명이나 살아남았다는 게 놀라웠다. 셋 다 비행기의 오른쪽에 있었다. 비행기가 왼쪽으로 충돌했기 때문에 목숨을 건질 수 있었던 것이다. 그는 바닷속의 비행기 잔해에서 어떻게 탈출했는지 알 수가 없었다. 수압 때문에 기절했고 이후로 비행기가 계속 가라앉으면서 수압이 더 높아졌을 텐데 어떻게 깨어난 것일까? 의식을 잃은 상태에서 어떻게 몸에 묶인 전선을 풀고 빠져나온 것일까?

세 사람은 하늘을 바라보았다. 루이스는 계속 필립스의 머리를 손으로 눌러 지혈했다. 그린 호넷 호의 마지막 흔적, 즉 추락 이후 구명정 주위에 둥둥 떠 있던 가스와 유압액과 기름이 점점 사라졌다. 그 대신 수중에서 검푸른 형체들이 둥그렇고 유연한 대형을 지은 채 다가오고 있었다. 반짝거리는 납작하고 날카로운 형체 하나가 수면을 가르고 쓱 나타나더니 구명정 주위를 빙글빙글 돌기 시작했다. 또 다른 상어가 합류했다. 상어들이 그들을 발견한 것이다. 흰색과 검은색 띠가 있는 동갈방어(상어를 먹이가 있는 곳으로 인도한다고 한다-옮긴이)가 상어들 옆에 딱 붙어 파닥거리고 있었다.

루이스가 보기에 청상아리로 짐작되는 상어들이 손을 뻗으면 닿을 정도로 가까워졌다. 가장 작은 상어의 길이가 1.8미터 정도였다. 작은 상어의 두 배, 그러니까 구명정 길이의 두 배나 되는 상어들도 보였다.

상어들이 구명정 쪽으로 몸을 구부리며 표면을 탐색하고 지느러미로 훑었지만, 구명정 위에 있는 사람들에게 덤벼들지는 않았다. 상어들은 사람들이 먼저 다가오기를 기다리는 것 같았다.

해가 지자 급격히 추워졌다. 세 사람은 바닷물을 손으로 퍼서 몇십 센티미터 정도로 찰 때까지 구명정에 부었다. 그들의 체온으로 물이 미지근해지자 추위가 덜 느껴졌다. 그들은 기진맥진한 상태였지만 혹시라도 함정이나 잠수함이 그들을 발견하지 못하고 지나갈까 걱정되어 밀려오는 졸음과 싸웠다. 필립스는 물속에 있는 하체는 따뜻했지만 상체는 너무 추워서 벌벌 떨었다.

바다에 짙은 어둠이 깔렸다. 필립스가 덜덜 떨며 이를 부딪는 소리를 제외하면 쥐 죽은 듯이 고요했다. 바람이 없고 물결은 잔잔했다. 삐걱거리는 소리와 함께 거친 진동이 그들 사이로 퍼졌다. 상어들이 구명정 바닥에 등을 문지르고 있었다.

루이스는 아직도 필립스가 탄 구명정으로 한 팔을 쭉 뻗어 손으로 필립스의 이마를 누르고 있었다. 상어가 등을 쭉 긁고 내려가는 느낌에 촉각을 곤두세우던 필립스는 루이스의 손 아래에서 서서히 잠들었다. 바로 옆 구명정에서 루이스도 곧 잠이 들었다.

두려움에 얼이 빠진 맥만 깨어 있었다. 잘못된 결심이 그의 마음을 흔들기 시작했다.

13

바다에서 실종되다

대시 매 호는 그날 오후 늦게 팔미라에 착륙했다. 대시 매 호의 대원들은 하루 종일 코페닝의 비행기를 찾아다녔지만 흔적도 발견하지 못했다. 대시는 저녁식사를 한 뒤 기지 내 극장으로 갔다. 그가 영화를 보고 있을 때 누군가 즉시 기지 사령관에게 보고하라고 말했다. 그는 사령관실에 도착해 그린 호넷 호가 돌아오지 않았다는 말을 들었다. "이런!" 그의 입에서 탄식이 나왔다. 그는 두 가지 가능성이 있음을 알았다. 필립스의 대원들이 하와이로 돌아갔을 가능성과, 그의 말을 그대로 옮기자면 "물속에" 있을 가능성이었다. 한 장병이 하와이 기지로 확인하러 갔다. 대시는 실제로 그린 호넷 호가 추락했더라도 어차피 아침까지 기다려야 하기에 잠을 자러 갔다.

자정 무렵 한 해군병이 대시의 무전병인 헤르만 스키어스를 깨워 필립스의 비행기 위치가 확인되지 않는다고 말했다. 해군은 그린 호넷 호와 마지막으로 연락한 때가 언제인지 확인하려고 스키어스의 무전 기록을 보고 싶어 했다. 스키어스는 해군병에게 대시를 깨워달라고 부탁했다. 얼마 뒤 그와 대시, 해군 장교들이 기지 사무실에서 무전 기록을 살폈다. 별다른 사항은 없었다.

새벽 4시 30분, 그린 호넷 호가 실종되었다고 발표되었다. 비행기 두 대(코페닝의 비행기와 필립스의 비행기)와 대원 21명이 실종된 상태였다.

해군이 구조 활동을 지휘했다. 해가 뜨면 대시 매 호를 최소한 해군 비행정 두 대, AAF 소속 비행기 한 대와 함께 보내기로 했다. 대시 매 호와 그린 호넷 호가 전날 비행 초반에 나란히 날았기 때문에, 수색원들은 그린 호넷 호가 320킬로미터 지점까지는 추락하지 않았음을 알고 있었다. 대시 매 호가 그린 호넷 호를 두고 앞서 간 지점부터 팔미라 환초 사이인 1,287킬로미터 지역에 추락한 게 분명했다. 문제는 생존자들이 어느 방향으로 표류하고 있는지 파악하는 것이었다. 팔미라 환초 주변의 바다는 서쪽으로 흐르는 적도 해류와 동쪽으로 흐르는 적도 반류가 만나는 소용돌이 지역이었다. 위도에서 몇 킬로미터만 차이가 나도 물이 흐르는 방향이 백팔십도 달라졌는데, 설상가상으로 그린 호넷 호가 추락한 지점을 아무도 몰랐다. 수색 지역이 너무 넓었다.

각 팀은 수색 좌표를 받았다. 대시 매 호는 팔미라 환초에서 출발해 북쪽으로, 다른 비행기들은 오아후 섬에서 출발해 남쪽으로 날기로 했다. 동이 트고 얼마 지나지 않아 수색에 나선 비행기들이 이륙했다. 다들 실종된 대원들을 찾을 가능성이 희박한 줄 알고 있었지만, 스키어스의 말대로 "계속 바라고, 바라고, 또 바라는……" 마음뿐이었다.

해가 뜨자 루이스가 잠에서 깨어났다. 그의 옆에는 맥이 누워 있었다. 옆 구명정에는 필립스가 여전히 벌렁거리는 마음으로 누워 있었다. 루이스는 몸을 일으켜 앉은 다음 하늘과 바다를 두리번거렸다. 상어들만 움직이고 있었다.

루이스는 아침식사로 초콜릿을 한 조각씩 나눠주기로 했다. 구명정 주머니를 풀고 안을 들여다보았다. 그런데 초콜릿이 없었다. 구명정을 둘러보았다. 초콜릿도, 포장지도 보이지 않았다. 그의 시선이 맥에게서 멈추었다. 그 병장은 휘둥글게 뜬, 죄책감 가득한 눈으로 루이스를 돌아보았다.

맥이 초콜릿을 몽땅 먹어치웠다는 깨달음이 루이스를 강타했다. 루이스가 후면 포병인 맥을 알게 된 것은 얼마 되지 않았다. 맥이 조금 흥청거리고 건방지다 싶을 정도로 자신감이 넘치기는 했지만 점잖고 상냥한 녀석이었다. 비행기 추락이 맥을 망쳐놓았다. 루이스는 음식이 없으면 오래 버티지 못할 것임을 알고 있었지만 애써 그 생각을 억눌렀다. 분명히 구조 수색이 진행되고 있을 것이다. 세 사람은 오늘 느지막이, 아니 어쩌면 내일이면 팔미라에 있게 될 테니 초콜릿이 없어도 문제되지 않을 것이다. 루이스는 짜증을 내리누른 뒤, 맥에게 실망했다고 말했다. 맥이 공포에 휩싸여 저지른 짓이었음을 이해한 루이스는 자신들이 곧 구조될 거라며 맥을 안심시켰다. 맥은 아무 말도 하지 않았다.

밤의 추위가 낮의 숨 막히는 더위로 바뀌었다. 루이스는 하늘을 바라보았다. 피를 많이 흘려 쇠약해진 필립스는 자고 있었다. 빨강 머리에 피부가 하얀 맥은 햇빛에 화상을 입은 상태였다. 맥은 계속 멍하니 딴 세상에 가 있었다. 셋 다 배가 고팠지만, 어찌할 도리가 없었다. 낚싯바늘과 낚싯줄은 쓸모가 없었다. 어차피 미끼가 없었다.

세 사람이 침묵 속에 누워 있는데, 부르릉 소리가 그들의 생각을 부드럽게 파고들었다. 돌연 세 사람은 비행기 소리를 들었다. 하늘을 훑어보니 멀리 동쪽의 높은 하늘에 B-25 한 대가 떠 있었다. 수색용 비행기보다 훨씬 높이 비행하는 모습을 보니 팔미라로 향하는 폭격기인 듯했다.

루이스는 다급히 구명정 주머니에 손을 뻗어 플레어 건을 빼낸 다음 신호탄을 장전했다. 부드러운 구명정 바닥이 출렁여 똑바로 설 수가 없었다. 무릎을 세우고 앉아 총을 들었다. 방아쇠를 당기자 총이 마구 요동치더니 타는 듯한 새빨간 불꽃이 긴 자국을 남기며 하늘로 올라갔다. 신호탄이 발사되자 루이스는 염료 통을 끄집어내 서둘러 흩뿌렸고, 곧이어 선명한 녹황색이 바다를 물들였다.

불꽃이 원을 그리며 머리 위로 올라가는 가운데 루이스와 필립스, 맥은 그 폭격기의 대원들이 봐주기를 간절히 바라면서 지켜보았다. 불꽃이 펑펑 소리를 내며 서서히 사그라졌다. 폭격기는 가던 길로 계속 날아가다 시야에서 사라졌다. 구명정 주변으로 둥그렇게 퍼지던 녹황색이 희미해졌다.

폭격기를 보고 나서 세 명의 조난자는 중요한 정보를 얻게 되었다. 이미 그들은 표류하고 있는 줄 알고 있지만, 참고할 만한 기준이 없으니 어느 방향으로 얼마나 빨리 흘러가고 있는지 몰랐다. 하와이에서 출발해 북쪽과 남쪽 경로로 향하는 비행기들은 그린 호넷 호가 추락한 지역에서 가까운 비행로를 따라 비행했다. B-25가 멀리 동쪽에서 나타났다는 말은 구명정이 아군 비행기들의 시야에서 벗어나 서쪽으로 흘러가고 있는 게 거의 확실하다는 뜻이었다. 그들이 구조될 가능성은 이미 희박혔다.

그날 저녁, 수색에 참여했던 비행기들이 기지로 돌아갔다. 무엇인가를 발견한 비행기는 한 대도 없었다. 그들은 동이 트자마자 다시 수색에 나설 예정이었다.

구명정 위로 해가 졌다. 세 사람은 물을 몇 모금 마시고 바닷물을 자신들의 주위로 퍼 나른 뒤 누웠다. 상어들이 다시 구명정으로 다가와 바닥에 등을 문질러댔다.

―――⁂―――

다음 날 필립스는 거의 하루 종일 잤다. 루이스는 물을 홀짝이며 음식에 대해 생각했다. 맥은 여전히 거의 말을 하지 않고 쪼그려 앉아 있었다. 구조대가 오지 않은 날이 또 하루 지나갔다.

다음 날인 5월 30일 이른 시각, 루이스와 맥, 필립스는 B-24의 엔진이 묵직하게 우르릉거리는 소리를 들었다. 이윽고 구름을 가르며 남동쪽으로 저공비행을 하는 비행기의 뭉툭한 머리 부분이 바로 위에 나타났다가 사라지더니 다시 나타났다. 수색용 비행기였다. 루이스가 폭격기 꼬리에 그려진 42대대의 휘장을 알아볼 수 있을 정도로 가까웠다.

루이스는 플레어 건을 움켜쥐고 잽싸게 장전해 발사했다. 신호탄이 폭격기를 향해 똑바로 날아올랐다. 잠시 세 사람은 저러다가 신호탄이 비행기에 맞는 게 아닌가 싶었다. 신호탄은 명중되지 않았다. 구명정에서 보기에 거대한 분수처럼 붉은 연기를 뿜으며 비행기 옆을 지나갔다. 루이스는 총알을 장전해 다시 발사했다. 비행기가 오른쪽으로 급커브를 틀었다. 루이스가 더 발사한 신호탄 두 발이 비행기의 꼬리를 지나갔다.

그 비행기는 대시 매 호였다. 대시 매 호의 대원들은 쌍안경 하나를

229

돌려가며 눈이 빠져라 바다를 훑어보고 있었다. 그날은 구름이 드문드문 짙게 깔려 있었다. 바다를 잠깐 동안밖에 볼 수 없어서 수색하기가 힘들었다. 특히 대시 매 호의 대원들은 마음이 다급했다. 실종된 대원들은 같은 대대원이자 친구였다. "보통은 수색 임무를 나가면 그저 무엇인가를 찾으려 하는데, 그날은 우리 모두 두 눈으로 열심히 훑어보았다." 스키어스가 그날을 회상하며 한 말이다.

신호탄의 흔적이 사라졌고 대시 매 호는 날아가버렸다. 대시 매 호의 대원들은 아무것도 보지 못했다. 대시 매 호가 급커브를 튼 것은 방향 전환일 뿐이었다. 루이스와 필립스, 맥은 쌍둥이 꼬리가 점점 멀어지며 작아지다가 사라지는 대시 매 호를 멀뚱히 지켜보았다.

잠시 동안 루이스는 그렇게 가까이 와놓고도 자신들을 발견하지 못하고 지나가버린 대원들에게 몹시 화가 났다. 분노는 곧 가라앉았다. 그에게도 실종된 비행기들을 수색하던 시절이 있었다. 하늘에서 구명정을 발견하기가 얼마나 어려운지 잘 알고 있었다. 특히 구름 사이에서는 말할 것도 없었다. 그 역시 구명정에 의지해 표류하는 사람들을 보지 못한 적이 있었을 것이다.

그렇지만 구조될 수 있는 최고의 기회가 사라져버렸다. 매시간 서쪽으로 떠내려가는 그들은 아군의 비행로에서 점점 멀어지고 있었다. 그들이 발견되지 않는다면, 살아남을 수 있는 유일한 방법은 육지에 닿는 것이었다. 그들이 알기로는 서쪽으로 3,200킬로미터 지역 내에 섬 하나 없었다.* 기적이 일어나 그들이 3,200킬로미터를 떠내려가고도 살아 있

---

* 곧장 서쪽으로 가면, 당시 그들이 있던 지점과 마셜 제도 사이의 중간쯤에 수심이 1.5미터인 지점이 있었다. 거의 섬에 가까웠지만 섬이라고 할 수는 없었다.

다면, 마셜 제도에 도착할 것이었다. 조금 남쪽으로 방향이 바뀌어 떠내려간다면, 길버트 제도에 도착할 것이었다. 그런 섬들을 지나치거나 탁 트인 태평양으로 향하지 않고 운이 좋아 그런 섬들로 흘러가더라도 문제였다. 마셜 제도와 길버트 제도 둘 다 일본군이 점령하고 있었다. 멀어지는 대시 매 호를 바라보며 루이스는 가슴이 쿵 내려앉았다.

―――

세 명의 조난자가 자신들을 구조해줄 뻔했던 대원들이 수평선 너머로 사라지는 모습을 지켜보고 있을 때였다. 비행기 추락이 일어나기 전날 밤 필립스와 세시에 대해 이야기를 나누었던 조지 '스미티' 스미스가 실종된 대원들의 흔적을 찾아 B-24를 조종하고 있었다. 세 명의 조난자와 멀지 않은 바다 상공에서. 오아후 섬에 있는 기지 바버스 포인트까지 약 80킬로미터 못 미친 지점에서 스미티의 대원들이 뭔가를 발견했다. 가까이에서 보려고 나선형으로 비행한 그는 바다 위에서 이리저리 떠밀려 다니는 노란색 직사각형 상자들을 보았다. 커다란 물고기들이 그 주위를 돌고 있었다.

그 상자들은 그린 호넷 호에서 나온 게 아니었다. 특히 조류가 그 방향으로 흐르지 않는지라, 그렇게 멀리 이동했다고 하기엔 오아후 섬에 너무 가까웠다. 그러나 코페닝의 비행기가 북쪽과 남쪽 비행로의 어딘가에서 추락했을 테고, 스미티가 수색하고 있는 경로가 바로 그 비행로였다. 상자들은 코페닝의 비행기와 대원들의 마지막 잔해일 가능성이 있었다.

그날 스미티가 그 상자들만 발견한 것은 아니었다. 그는 상자들을 발견한 곳과 같은 구역이자 그린 호넷 호가 추락한 지역에서 위아래로 까딱거리고 있는 노란색 물체를 발견했다. 그는 그 물체를 향해 폭격기를 하강했다. B-24에 배치되는 비상용품 상자 같았지만 확실치는 않았다. 스미티는 15분간 크게 원을 그리며 상자 주변을 날았다. 상자 근처에는 아무것도 없었다. 비행기 잔해도, 구명정도, 사람도 보이지 않았다. 그 상자가 필립스의 비행기에서 나왔을 거라고 스미티가 생각했다면, 그 생각이 맞을 것이다. 스미티는 친구인 세시가 약혼자가 실종되었다는 소식을 듣고 느낄 고통을 생각하며 오아후 섬으로 돌아갔다.

오아후 섬에 있는 42대대원들은 희망을 잃어가고 있었다. '커퍼넬, 필립스, 잠페리니(올림픽 1,600미터 선수), 미첼이 팔미라로 가는 길에 실종되었다.' 한 지상근무 대원이 일기에 쓴 내용이다. '나는 이런 일에 익숙해지기가 너무 힘들다. 바로 얼마 전에 그들과 함께 차를 타고 카후쿠에 가서 돌아다녔는데. 서로 농담을 하며 놀았는데. 이제 그들이 죽었을지도 모른다니! 다른 조종사들은 아무 일도 없었던 것처럼 행동하고 다른 전우들의 옷을 고향집에 보내는 것을 예사로운 일처럼 말한다. 그렇게 취급하는 게 정석이다. 실제로 죽음은 이곳에서 흔히 일어나는 예사로운 일이기 때문이다.'

━━━

조난자들의 몸이 쇠약해지고 있었다. 맥이 초콜릿 바를 몽땅 먹어치운 것을 제외하면, 셋 다 마지막 비행 전인 이른 아침에 식사한 이후로 아무것도 먹지 못했다. 극심하게 목이 말랐고 배가 고팠다. 그들은 대시매 호를 본 뒤에 아주 추운 밤을 한 번 더 보냈고, 이어서 기나긴 4일째 날이 밝았다. 비행기도, 함선도, 잠수함도 보이지 않았다. 세 사람은 각자의 물병에 남은 마지막 몇 방울을 마셨다.

5일째 되는 날, 맥이 다짜고짜 폭발했다. 며칠 동안 거의 말도 하지 않던 맥이 돌연 자신들이 다 죽을 거라고 비명을 지르기 시작했다. 분노가 이글거리는 눈으로 마구 날뛰며 고함을 질러댔다. 루이스가 맥의 얼굴을 때렸다. 맥이 갑자기 조용해졌다. 그는 자기 앞에 있는 사람이 환영일지 모른다는 생각을 루이스가 제어해줘 안심이 되었을 것이다.

맥이 믿음을 잃을 법도 했다. 식수가 떨어졌다. 대시 매 호가 지나간 뒤로 비행기가 한 대도 보이지 않았다. 그들은 아군기가 자주 다니는 비행로에서 점점 멀리 떠내려가고 있었다. 그들은 설령 아직까지 수색이 계속되고 있다 하더라도 어차피 곧 중단될 것임을 알고 있었다.

그날 밤 루이스는 잠을 청하기 전에 기도를 했다. 지금까지 그가 기도를 한 것은 단 한 번뿐이었다. 어린 시절 어머니가 아플 때 세상을 떠날지도 모른다는 두려움이 밀려와 기도를 한 게 전부였다. 그런데 그날 밤 구명정에서, 루이스는 입 밖으로 말하지는 않았지만 도와달라고 마음속으로 애원했다.

⁓

실종된 세 사람이 구조의 손길을 내밀 수 없는 곳으로 떠내려가고 있을 때, 그들의 마지막 편지가 아직 실종 소식을 듣지 못한 가족과 친구에게 도착했다. 군대에서는 최초 수색이 마무리된 후 실종 소식을 알리게 되어 있었다.

비행기가 추락한 다음 날, 필립스가 아버지에게 보낸 마지막 편지가 버지니아에 도착했다. 필립스 목사(아들을 가운데 이름인 '앨런'이라고 불렀다)는 군에 합류해 캠프 피켓에서 종군목사로 활동하고 있었다. 앨런의 최근 소식은 슈퍼맨 호가 나우루 급습에서 펼친 영웅적인 활동을 소개한 신문 기사로, 몇 주 전에 도착했다. 필립스 목사가 나우루 급습에 대한 신문 기사들을 오려 지역신문사를 찾아갔고, 앨런의 영웅적인 활동이 기사화되었다. 필립스 목사는 아들이 무척 대견했지만 혹시나 무슨 일이 생길까 두렵기도 했다. 그는 딸에게 보낸 편지에서 '그런 위기의 순간이 앨런에게 더 이상 생기지 않기를 바란단다'라고 썼다.

이런 두려움 때문에 필립스 목사는 아들의 수색팀이 발견했던, 상어들에게 포위된 채 구명정에 묶여 있던 대원들의 생사 여부를 묻는 편지를 그해 봄에 보냈을 것이다. 앨런은 마지막 편지에서 그 대원들은 모두 안전하다고 아버지를 안심시켰다. 자신에 대해서는 '저는 아직 같은 곳에 있어요. …… 곧 다시 편지 쓸게요. 안녕히 계세요. 앨런'이라고 썼다.

비행기가 추락하고 그 주의 주말에 피트와 버지니아, 루이즈는 롱비치에 있는 커퍼넬의 부모님 집에 갑자기 들렀다. 즐거운 만남이었다. 그들은 서로의 아들에 대해 이야기했다. 피트는 그곳에 다녀온 뒤 커퍼넬의 부모님이 아주 잘 지내고 있다는 말을 전해달라고 루이스에게 편지를 썼다. 피트는 봉투를 붙이기 전에 활짝 웃고 있는 자신의 사진 한 장을 넣었다. 뒷면에 '사람들이 네 날개를 부러뜨리게 두지 마라'고 휘갈긴 사진이었다.

캘리포니아 주 사라냅에서는 페이턴 조던이 루이스가 마지막 이륙을 위해 활주로를 천천히 달리는 중에 그린 호넷 호의 창문으로 던졌던 편지를 열었다. 편지에는 '페이턴과 마지에게. 나는 아직 살아서 잘 돌아다니고 있어. 그 이유는 나도 모르겠다'고 쓰여 있었다.

조던은 '그 멍청한 녀석이 더 몸조심을 해야 할 텐데'라고 생각했다.

필립스가 세시에게 마지막으로 보낸 편지는 그녀가 고등학교 교사로 처음 발령받아 첫해를 마무리하고 있을 즈음 인디애나 주 프린스턴에 도착했다. 편지에서 필립스는 하와이에 뜬 달에 대해 이야기했고, 그 달을 보면 둘이 함께한 마지막 순간이 떠오른다고 썼다. '그곳에서 당신과 보낸 시간을 영원히 잊지 못할 거야. 당신과 함께한 시간 중에는 내가 절대 잊지 못할 것이 참 많아. 예전에 그랬던 것처럼 다시 우리가 함께하게 될 날만 손꼽아 기다리고 있어.' 필립스는 다른 편지들과 똑같이 마무리했다. '사랑해, 사랑해, 사랑해.'

실종된 대원들에게서는 이제 다시 편지를 받지 못할 터였다. 피트가 루이스에게 보낸 편지는 11폭격전대의 우편물이 분류되는 샌프란시스코 우체국장의 손에 들어갔다. 누군가 그 편지의 봉투에 '바다에서 실종'이라고 쓴 다음 피트에게 돌려보냈다.

～～～

그린 호넷 호가 사라지고 1주일이 흘렀다. 강도 높은 수색 작업을 벌였지만 별다른 소득이 없었다. 필립스의 대원들 모두가 실종자로 공식 발표되었고 워싱턴에서는 가족에게 알리는 작업이 시작되었다. 대시 매호의 대원들은 팔미라 환초에서 오아후 섬으로 복귀하라는 지시를 받았다. 이미 수색이 중단된 상황이었다. 대원들은 낙담했지만 계속 수색하기를 바랐다. 오하우 섬으로 돌아가면서 그들은 실종된 대원들에 대해 이야기했다.

쿠알로아에서는 잭 크레이^{Jack Krey}라는 소위가 실종자들의 물품 목록을 작성한 뒤 가족들에게 보내기 위해 그들이 생활한 숙소로 들어갔다. 루이스의 방은 그가 목요일 아침에 나갈 때와 거의 같은 모습이었다. 옷, 사물함용 트렁크, 구조 임무에 대해 쓴 몇 마디로 끝나는 일기, 벽에 붙어 있는 여배우 에스더 윌리엄스Esther Williams의 사진. 루이스가 사물함용 트렁크 위에 남겨둔 쪽지와 술은 보이지 않았다. 크레이는 루이스의 물건 중에서 비행기 안에서 찍은 사진들을 발견했다. 그중에는 노든 폭격 조준기를 촬영한, 규칙에 위반되는 사진도 몇 장 포함되어 있었다. 크레이는 그 사진만 압수하고 루이스의 소지품을 사물함용 트렁크에 싸서 토런스로 보낼 준비를 했다.

~~~

1943년 6월 4일 금요일 저녁, 필립스의 어머니 켈시는 인디애나 주 프린스턴에 있었다. 남편과 아들이 전쟁터에 나가 있어서 켈시는 테러호트의 집을 팔고 딸인 마사의 집과 장래 며느리이자 다정한 친구가 된 세시의 집에서 가까운 프린스턴으로 이사했다. 그날 저녁, 케시가 마사의 집에 있는데, 누군가 전보를 가지고 왔다.

> 태평양 지역 사령관이 귀하의 아들—러셀 앨런 필립스—이 5월 27일
> 이후로 실종되었다고 보고했다는 소식을 전하게 되어 유감입니다.
> 향후 그에 대한 자세한 소식이나 정보가 들어오면 지체 없이 알려드
> 리겠습니다.

같은 날 저녁, 잠페리니 가족에게도 전보가 도착했다. 루이즈가 얼마 전 소방관 하비 플래머와 결혼해 근처 교외에서 사는 딸 실비아에게 전화를 했다. 오빠의 실종 소식을 듣고 충격을 받은 실비아가 너무 크게 흐느껴 우는 바람에 이웃사람이 놀라서 뛰어왔다. 이웃사람이 무슨 일이냐고 물었지만 실비아는 너무 애절하게 우느라 말을 할 수가 없었다.

마침내 그녀는 정신을 가다듬고 소방서에 있는 하비에게 전화를 걸었다. 그녀는 머릿속이 혼란스러워 뭘 해야 할지 몰랐다. 하비는 어머니에게 가라고 말했다. 그녀는 수화기를 내려놓고 바로 집 밖으로 뛰어갔다.

실비아는 운전을 하고 가는 45분 내내 흐느껴 울었다. 그녀는 나우루 급습 직후인 몇 주 전에 조간신문을 집어 들다가 1면에서 슈퍼맨 호 측면에 크게 갈라진 구멍을 귀신에 홀린 듯 빤히 들여다보고 있는 루이스의 사진을 보았다. 당시 그녀는 잔뜩 겁에 질렸다. 루이스의 실종 소식을 듣고 나니 그 사진 속 모습이 자꾸 떠올랐다. 부모님의 집 앞에 차를 세운 그녀는 안으로 들어가기 전에 한참 동안 마음을 가라앉혀야 했다.

아버지는 침착했지만 아무 말도 하지 않았다. 어머니는 깊은 슬픔에 사로잡혀 있었다. 가족들과 마찬가지로 실비아는 루이스가 바다에 빠졌을 거라고 짐작했지만 어머니에게 걱정하지 말라고 말했다. "거기엔 섬이 많잖아요. 오빠는 지금 누군가에게 훌라춤을 가르치고 있을 거예요." 피트가 샌디에이고에서 왔다. "루이스는 칫솔과 주머니칼을 가지고 있고 육지에 닿기만 한다면 살아 돌아올 거예요." 피트가 어머니에게 말했다.

그날 혹은 아마 훗날, 루이즈는 아들이 떠나던 날 오후에 현관 앞 계단에서 그가 한 팔로 그녀의 허리를 감싸고 옆에 서서 찍은 작은 스냅 사진을 찾아냈다. 루이즈는 사진 뒤에 '루이스가 실종되었다고 보고됨. 1943년 5월 27일'이라고 썼다.

—⁓⁓—

6월 5일, 루이스가 사라졌다는 뉴스가 캘리포니아의 여러 신문에 머리기사로 실렸고 라디오 뉴스에 나왔다. 〈로스앤젤레스 이브닝 헤럴드 앤 익스프레스〉는 '잠프의 인생'에 대한 기사를 냈는데 사망 기사처럼 아주 길었다. 이제 해군 장교가 된 페이턴 조던은 기지로 차를 몰고 가다가 라디오에서 그 소식을 들었다. 순간 숨이 턱 막혔다. 그는 멍한 기분으로 기지에 들어섰고 한동안 꼼짝도 하지 않았다. 그러고 나서 동료 장교들에게 이야기하기 시작했다. 조던의 임무는 간부 후보생들에게 생존 기술을 가르치는 것이었다. 그와 장교들은 루이스의 생존 가능성을 점쳐보았다. 모든 장교가 루이스가 올바른 훈련을 받았다면 살아남을지도 모른다고 입을 모았다.

피트가 조던에게 전화했고, 두 사람은 루이스에 대해 이야기했다. 피트가 루이스는 꼭 발견될 거라고 말할 때, 조던은 그의 목소리가 떨리는 것을 느꼈다. 조던은 루이스의 부모님에게 전화를 할까 생각했지만 그러지는 못했다. 무슨 말을 해야 할지 알 수 없었다. 그날 저녁, 그는 집에 돌아와 서던 캘리포니아 대학교 시절부터 오랫동안 루이스와 알고 지낸 아내 마지에게 말했다. 두 사람은 조용한 혼란 속에서 일과를 마무리한 뒤, 침묵하며 잠자리에 들었지만 밤새 깨어 있었다.

토런스에서는 안토니 잠페리니가 여전히 차분한 자세를 고수하고 있었다. 루이즈는 계속 울면서 기도했다. 스트레스로 양손 여기저기에 아물지 않은 상처가 생겼다. 실비아는 어머니의 손이 익지 않은 햄버거 같다고 생각했다.

그렇게 루이즈가 괴로운 나날을 보내던 중에 갑자기 강한 믿음이 생겼다. 그녀는 아들이 살아 있다고 확신했다.

※

스탠리 필즈버리와 클레런스 더글러스는 사모아의 병원에 입원해 나우루 상공에서 입은 부상 치료에 힘쓰고 있었다. 더글러스의 어깨가 완치되려면 아직 한참이나 걸릴 듯했다. 필즈버리가 보기에 더글러스는 감정적으로 큰 타격을 받았다. 필즈버리는 통증에 시달렸다. 의사들이 그의 다리에서 파편을 완전히 제거하지 못했는데 파편 하나하나가 타는 듯한 고통을 주었다. 그는 걸을 수 있는 상태가 아니었다. 그리고 밤마다 전투기들이 자신에게 끊임없이 돌진하는 꿈을 꾸었다.

필즈버리가 침대에 누워 있는데 더글러스가 충격을 받은 얼굴로 병실에 들어왔다.

"대원들이 추락했대." 더글러스가 말했다.

필즈버리는 말을 할 수가 없었다. 주체할 수 없는 죄책감이 밀려들었다. 나중에 필즈버리는 "내가 거기 있었다면 대원들을 구했을 텐데"라고 말했다.

더글러스와 필즈버리는 서로 거의 말을 하지 않았다. 두 사람은 깊은 슬픔에 빠져 허우적거리며 헤어졌다. 얼마 뒤 더글러스는 미국으로 전출되었다. 필즈버리는 언젠가 다시 걷게 되기를 바라며 사모아의 병원에 더 머물렀다.*

오아후 섬에서는 루이스의 친구들이 막사에 모였다. 그들은 한 방의 구석에 잠프를 추모하는 작은 깃발을 달았다. 그 시각, 루이스와 필립

---

* 필즈버리는 걷게 되자마자 사망한 측면 포병을 대신해 새로운 팀에 배정되었다. 그 팀의 대원들은 새로운 대원이 들어오면 불길하다는 미신 때문에 그를 냉랭하게 대했다. 어느 임무에서 일본군의 제로 전투기 한 대가 그들이 탄 비행기를 들이받으려 하며 쏜 포탄 중 한 발이 동체 안에서 폭발했다. 기술병이 눈 바로 위에 금속 덩어리가 박혀 흰자에 피가 자욱하게 고인 채 바닥에 쓰러져 있는 필즈버리를 발견했다. 비행기가 다급하게 착륙했고, 사람들은 필즈버리에게 붕대를 감아주고 그의 포격 위치로 돌려보내 계속 임무를 수행하게 했다. 용케도 필즈버리는 전쟁터에서 살아남았고, 한 움큼의 메달과 그가 견뎌냈던 역경을 증명하는 절뚝거리는 다리가 남았다. "끔찍했고, 끔찍했고, 정말 끔찍했습니다." 60년 후 그는 눈물을 흘리며 말했다. "조금만 건드려도 기억이 고스란히 되살아납니다. 전쟁이라는 게 그런 겁니다."

스, 맥은 서쪽으로 떠내려가고 있었다. 11폭격전대 42대대를 포함한 연합군은 태평양을 건너 일본의 심장부로 진군하고 있었다.

14

갈증

필립스는 몸이 불에 타는 듯했다. 세 사람의 머리 위에 뜬 적도의 태양이 피부를 뜨겁게 달궜다. 그들의 윗입술은 화상을 입었고 쩍쩍 갈라졌으며 너무 심하게 부어 콧구멍을 막을 정도였다. 아랫입술은 불룩해져 턱을 짓눌렀다. 그들은 태양과 염분과 바람과 연료 잔여물의 맹렬한 공격으로 여기저기 찢겨져 만신창이였다. 흰 파도가 찢어진 부위를 철썩 칠 때마다 루이스는 알코올을 상처에 콸콸 들이붓는 것 같았다. 강한 햇살이 바닷물에 반사되면서 흰 빛줄기가 세 사람의 동공을 자극해 머리가 지끈거렸다. 발은 염분 때문에 생긴 염증으로 4분의 1 이상이 고름 물집으로 덮여 있었다. 구명정은 세 사람과 함께 햇볕에 뜨겁게 달궈져 고약한 냄새를 풍겼다.

물통은 비어 있었다. 세 사람은 지독하게 목이 마르고 더워서 바닷물을 몸에 끼얹는 것 말고는 손을 꼼짝할 수조차 없었다. 시원해 보이는 바다가 유혹했지만 주위를 빙빙 도는 상어들 때문에 들어갈 수는 없었다. 몸길이가 1.8~2.4미터는 되어 보이는 상어 한 마리가 밤낮을 가리지 않고 다른 상어들을 몰고 구명정으로 슬그머니 다가왔다. 세 사람은 특히 그 상어를 경계하게 되었고 녀석이 너무 가까이 접근하면 셋 중 한 명이 노로 찔러 밀어냈다.

식수가 떨어진 지 3일째 되는 날, 얼룩 하나가 수평선에 나타났다. 그것이 점점 커지고 어두워지더니 구명정 위로 부풀어 올라 태양을 가렸다. 비가 내렸다. 세 사람은 고개를 젖히고 몸을 뒤로 기댄 채 양팔을 쭉 펴고 입을 열었다. 빗방울이 그들의 가슴과 입술과 얼굴과 혀로 떨어졌다. 빗물이 피부의 통증을 가라앉히고 모공에 쌓인 소금기와 땀과 연료를 씻어주었다. 목구멍을 적시고 몸을 편안하게 해주었다. 감각이 폭발하는 것 같았다.

이 비가 계속 오지는 않을 것이었다. 빗물을 받아둘 방법을 찾아야 했다. 주둥이가 좁은 물통을 폭우 아래로 들이댔지만 빗물을 전혀 받을 수 없었다. 루이스는 머리를 젖히고 입을 연 채로 다른 통을 찾아 구명정을 더듬거렸다. 그는 구명정 주머니를 뒤지다가 공기펌프 하나를 빼냈다. 공기펌프는 한쪽에 바느질이 된 약 35센티미터 길이의 캔버스 천으로 싸여 있었다. 그는 솔기를 찢어 캔버스 천을 깔때기 모양으로 만들어 놓고 안으로 떨어지는 빗방울을 행복하게 지켜보았다.

루이스가 1리터 정도의 빗물을 모았을 때였다. 갑자기 흰 파도가 높이 치솟아 구명정을 덮치더니 캔버스 천으로 넘실대는 빗물을 망쳐놓았다. 폭풍우 속에서 가장 생산적이었던 결과물이 헛일이 되어버렸다. 뿐만 아니라 다시 물을 모으기 전에 캔버스 천을 빗물에 헹궈야 했다.

설령 그렇게 하더라도 흰 파도가 또 언제 덮칠지 모를 일이었다. 피할 도리가 없었다.

루이스는 새로운 방법을 써보았다. 캔버스 천에 물이 가득 찰 때까지 기다리지 않고, 모이는 족족 마시거나 물통에 부었다. 갖고 있는 물통들이 차자 이번에는 물을 받아 30초 정도의 간격으로 돌아가면서 두 사람에게 한 모금씩 먹였다. 그들은 두 번째 공기펌프의 천을 뜯어 빗물받이를 하나 더 만들었다. 태양이 다시 모습을 드러내자 캔버스 천이 모자로 쓰기에도 안성맞춤이라는 사실을 알게 되었다. 그들은 둘씩 돌아가면서 캔버스 천으로 햇빛을 가리기 시작했다.

～～～

세 사람은 배가 너무 고팠다. 그저 걱정스럽기만 했던 맥의 초콜릿 습격이 이제 와서 보니 재앙이었다. 루이스는 맥을 원망했다. 맥도 아는 듯했다. 그 일에 대해 그가 한마디도 하지 않았지만 루이스는 맥이 죄책감에 사로잡혀 있음을 감지했다.

먹을 것을 달라고 몸속에서 아우성치는 와중에, 그들은 전형적인 증상을 경험했다. 음식 생각을 한시도 떨쳐버릴 수 없었던 것이다. 그들은 먹을 수 있는 생물이 넘실대는 바다를 빤히 쳐다보았지만, 미끼가 없어서 피라미 한 마리도 잡을 수 없었다. 가끔씩 새가 지나갔지만 늘 너무 멀어서 잡을 수 없었다. 그들은 신발을 찬찬히 살펴보면서 가죽을 먹어도 되는지 진지하게 고민했다. 결국 그들은 안 된다는 결론을 내렸다.

여러 날이 지났다. 저녁마다 살이 타는 듯한 열기가 매서운 추위로 바뀌었다. 잠을 자기가 힘들었다. 루이스와 맥이 구명정 하나를 쓰고 필립스는 다른 구명정에 혼자 있었다. 그러다 보니 필립스는 자신의 주위에 있는 물을 데울 사람의 온기가 없었다. 그는 너무 추워서 제대로 잠을 자지 못하고 밤새 떨었다. 낮이 되면 탈진과 더위에 흔들리는 구명정까지 더해져 다들 나른해졌다. 그들은 하루하루를 거의 잠을 자며 보냈다. 나머지 시간에는 누워서 사라져가고 있는 소중한 에너지를 아꼈다.

필립스는 꼼짝하지 않고 캔버스 천을 뒤집어쓰고 있는 자신들이 하늘을 나는 새의 눈에는 생명 없는 쓰레기처럼 보일 거라는 생각이 들었다. 그가 옳았다. 8일째인가 9일째 표류하던 어느 날이었다. 루이스가 두건처럼 캔버스 천을 쓰고 있는데 뭔가가 내려앉은 느낌이 들었다. 바로 앞에 그림자가 드리워졌다. 앨버트로스였다. 루이스의 머리가 천에 가려 보이지 않았는지, 그 새는 사람 위에 내렸다는 사실을 알아채지 못했다.

루이스는 천천히, 천천히 새를 향해 한 손을 올렸다. 그의 움직임이 워낙 느려서 시계 분침이 돌아가는 것을 알아보는 것보다 힘들 정도였다. 새는 고요히 쉬고 있었다. 루이스는 손이 새의 옆까지 올라가자마자 손가락을 폈다. 루이스는 단박에 새의 두 다리를 꽉 움켜잡았다. 새가 루이스의 손가락 관절을 필사적으로 쪼아대며 상처를 냈다. 루이스는 새의 머리를 거머쥐고 목을 부러뜨렸다.

루이스는 펜치로 새의 몸을 갈랐다. 악취가 훅 올라오자 세 사람 모두 움찔했다. 루이스는 고기 조각을 필립스와 맥에게 떼어주고 자신도 한 점 들었다. 앞에서 올라오는 악취에 토할 듯 메스꺼웠다. 그들은 구역질이 나서 도저히 그 살점을 입에 넣을 수 없었다. 결국 그들은 포기하고 말았다.

새를 먹지는 못했지만 마침내 미끼가 생겼다. 루이스는 낚시 도구를 빼내어 낚싯줄에 작은 낚싯바늘을 매단 뒤 미끼를 끼워 바다로 던졌다. 삽시간에 상어 한 마리가 옆으로 쓱 지나가면서 낚싯바늘을 물어 당겨 낚싯줄을 끊어버리고는 미끼와 낚싯바늘과 30~60센티미터의 낚싯줄을 가져가버렸다. 루이스가 낚싯바늘을 하나 더 던졌지만 또다시 상어가 나타나 뜯어가버렸다. 세 번째 시도에서도 별반 다르지 않았다. 계속 시도하자 결국 상어들은 드리워진 낚싯바늘을 건드리지 않고 내버려두었다. 루이스는 줄이 당겨지는 느낌을 받고 줄을 세게 잡아당겼다. 줄 끝에 25센티미터쯤 되는 날렵한 동갈방어 한 마리가 매달려 있었다. 루이스가 물고기를 잡아 뜯자 다들 걱정스러워했다. 그들은 생선을 날로 먹어본 적이 한 번도 없었다. 그들은 작은 조각을 입에 넣어보았다. 아무런 맛도 느껴지지 않았다. 그들은 뼈까지 먹어치웠다.

1주일이 넘는 동안 처음 입으로 넘긴 음식이었다. 세 남자가 작은 물고기 한 마리로 양이 찰 리 없었지만, 단백질을 섭취해서인지 조금이나마 에너지가 생겼다. 루이스는 끈기 있게 시도하면서 기지를 발휘하면 음식을 구할 수 있음을 보여주었다. 필립스는 물론이고 루이스 스스로도 자극을 받았다. 맥만 여전히 변화가 없었다.

필립스는 죽은 앨버트로스가 마음에 걸렸다. 어린 시절 필립스는 또래 아이들과 마찬가지로, 새뮤얼 테일러 콜리지Samuel Taylor Coleridge의 「늙은 뱃사람의 노래Rime of the Ancient Mariner」를 읽었다. 이 시에서 뱃사람은 바람을 일으키는 착한 앨버트로스를 죽인다. 결국 그 뱃사람과 동료들은 바람 한 점 없는 지긋지긋한 바다에 꼼짝 못하고 갇힌 채 갈증과 괴물 같은 생명체들로 인해 고통을 받는다. 지옥 같은 상황에서 동료들은 모두 죽고 그 뱃사람만 남는데, 앨버트로스가 목 주위를 계속 맴도는 가운데 그는 죽은 동료들의 비난하는 듯한 눈초리가 두려워 눈을 뜨지도 못한다.

루이스는 미신을 믿지 않았지만, 작년 크리스마스 때 미드웨이 섬 활주로에 내려앉으려다가 자꾸 바닥에 부딪히는 모습을 구경하면서 앨버트로스가 좋아졌다. 그는 죽은 앨버트로스가 불쌍했다. 필립스는 앨버트로스를 죽이면 불운이 닥친다는 말이 있다고 일깨웠다. 루이스는 비행기 추락보다 더한 불운이 뭐가 있겠냐고 대답했다.

━━◦◦◦◦◦━━

며칠이 더 지났다. 루이스는 물고기를 한 마리도 잡지 못했고 낚시 도구들은 줄어들었다. 구명정에 내려앉는 새가 더 이상 없었다. 주기적으로 비가 내려 다시 물통에 빗물을 받았지만 가득 채워지지는 않았다.

세 사람은 감각의 진공상태에서 표류했다. 날씨가 고요하면 바다가 침묵에 휩싸였다. 물과 피부와 머리카락과 캔버스 말고는 만질 게 없었다. 구명정의 탄내 말고는 아무런 냄새가 나지 않았다. 하늘과 바다 말고는 아무것도 보이지 않았다. 루이스는 귓속으로 손가락을 집어넣었다. 귀지가 만져졌다. 이어 손가락 냄새를 맡아보았다. 오랜만에 접하는 새로운 냄새이다 보니 신기하게도 귀지 냄새가 신선했다. 이후로 그는 귀에 손가락을 넣고 돌린 다음 킁킁 냄새를 맡는 버릇이 생겼다. 필립스도 그렇게 하기 시작했다.

루이스는 잠이 들면 육지에 있는 꿈을 꿨는데 정작 자려고 하면 안전하게 몸을 눕힐 곳이 없었다. 바위와, 몸을 빨아들이는 진흙과, 선인장 무더기뿐이었다. 꿈속에서 그는 위험한 절벽이나 불안정한 바위 위에 있었고 발만 디뎌도 땅이 흔들리고 움직였다.

시간이 지나면서 필립스는 작년 겨울에 〈라이프〉지에서 읽은 제 1차 세계대전의 영웅인 최고 조종사 에디 리켄배커Eddie Rickenbacker가 쓴 기사에 대해 생각하기 시작했다. 작년 10월, 리켄배커와 대원들이 탄 B-17이 태평양 상공을 지나다가 길을 잃었고 연료도 떨어졌다. 리켄배커는 불시착했고 비행기가 물 위에 떠 있는 동안 그들은 여러 구명정으로 옮겨 탔다. 그들은 몇 주 동안 표류했고 구명정에 비축되어 있던 물품과 빗물과 물고기와 새고기를 먹으며 연명했다. 한 대원이 죽었다. 나머지 대원들은 환각에 빠져, 있지도 않는 친구들에게 알 수 없는 이야기를 지껄였고 기이한 노래를 불렀으며 있지도 않은 자동차를 주차할 장소를 놓고 말다툼을 벌였다. 한 중위는 바다 밑바닥으로 들어오라고 손짓하는 유령을 보기도 했다. 마침내 구명정들이 흩어졌고 그중 하나가 섬에 도착했다. 원주민들이 푸나푸티에 무전을 보내 그들은 구조되었다.

리켄배커의 대원들은 인간의 생존 능력을 한계까지 끌어올렸던 것 같았다. 리켄배커는 21일간 표류했다고 썼고(실제로는 24일간 표류했다) 필립스와 루이스, 맥은 이것이 최장기 표류 기록이라고 생각했다. 사실 구명정을 타고 표류한 최장 기록은 1942년에 세워졌다. 해군 비행기 세 대가 추락해 34일간 태평양을 표류하다가 한 섬에 도착해 원주민들에게 구조되었던 것이다.*

처음에 필립스는 날짜를 셀 생각도 못했다. 하지만 표류 기간이 길어지자 얼마나 오랫동안 바다에 있었는지 관심을 갖기 시작했다. 날짜를

---

* 1942년 푼 림(Poon Lim)이 독일 잠수함의 공격을 받아 배가 침몰하자 구명정을 타고 혼자서 133일간 표류했다. 이는 최장 기록이었지만, 그가 탄 것은 물 37리터와 상당량의 음식, 손전등 등을 비롯해 여러 물품이 갖춰진 나무와 금속으로 된 칼리 구명정이었다.

세기는 수월했다. 비행기가 추락하고 구명정에 머문 시간이 얼마 되지 않았기에 필립스와 루이스는 그다음 날을 1일째로 삼았다. 날이 바뀔 때마다 필립스는 자신들이 리켄배커의 표류 기록을 넘어서기 전에 구조될 거라고 스스로를 북돋았다. 그 날짜를 지나도록 표류하면 어떻게 될지 생각해보았는데 답이 없었다.

루이스도 알고 있는 리켄배커의 이야기가 중요한 이유는 또 있었다. 노출과 탈수와 스트레스와 굶주림은 리벤배커의 대원들 중 많은 이들을 미치게 만들었다. 오도 가도 못하고 구명정에 의지해 표류하는 사람들에게는 흔한 운명이었다. 루이스는 생존 여부보다 정신을 온전히 유지할 수 있을지가 더 염려되었다. 대학 때 들은 심리학 강의를 계속 떠올렸다. 강사는 정신이 사용하지 않으면 위축되는 근육이라고 생각하도록 가르쳤다. 루이스는 자신들의 몸에 어떤 일이 생겨도 정신은 온전해야 한다고 다짐했다.

비행기 추락 후 며칠이 지나지 않아, 루이스는 상상할 수 있는 모든 주제에 대해 필립스와 맥에게 질문을 퍼붓기 시작했다. 필립스는 도전에 응했고, 곧 두 사람은 구명정을 멈추지 않는 퀴즈쇼 현장으로 바꿔놓았다. 두 사람은 어린 시절 최초의 기억을 필두로 지금까지 살아온 이야기를 아주 자세하게 풀어놓았다. 루이스는 서던 캘리포니아 대학교에 다니던 시절을 이야기했고, 필립스는 고향인 인디애나의 추억을 이야기했다. 그들은 최고의 데이트를 회상했다. 서로에게 쳤던 짓궂은 장난들을 이야기하고 또 이야기했다. 대답을 하면 바로 질문이 이어졌다. 필립스는 찬송가를 불렀고, 루이스는 「화이트 크리스마스」의 가사를 두 사람에게 가르쳤다. 그들은 이 크리스마스용 노래를 6월의 바다 한 가운데에서 불렀고, 청중은 주위를 빙빙 도는 상어들뿐이었다.

모든 대화는 돌고 돌아 결국 음식 이야기로 넘어갔다. 예전에 루이스는 필립스에게 어머니의 요리를 자주 자랑했는데, 표류 후 어느 날 필립스는 루이스 어머니의 요리법을 자세히 설명해달라고 했다. 루이스가 그중 하나에 대해 말하다 보니 세 사람 모두 만족감을 느끼게 되었고, 그때부터 루이스는 음식 하나하나에 대해 최대한 세밀하게 이야기했다. 얼마 지나지 않아 어머니 루이즈의 부엌이 그들과 함께 바다를 떠다니는 듯했다. 소스가 뭉근히 끓고 향신료가 뿌려지고 버터가 혀에서 녹았다.

이렇게 해서 구명정에서 하루에 세 번씩 음식 이야기를 하는 의식이 벌어졌다. 가장 인기 있는 주제는 호박파이와 스파게티였다. 두 사람은 루이즈의 요리법에 도통해서 루이스가 한 단계를 빼먹거나 재료 하나를 잊어버리고 말할라치면, 필립스가 그리고 때로는 맥마저 재빨리 지적하고 처음부터 다시 시작하게 했다. 세 사람은 상상의 음식이 준비되면 부스러기까지 놓치지 않고 집어삼키면서 한 입 한 입 먹을 때마다 감상을 늘어놓았다. 그들이 식사 장면을 얼마나 생생하고 상세하게 떠올렸는지, 아주 잠시 동안이지만 실제로 배가 부른 느낌이 들었다.

음식을 다 먹었고 과거의 이야기도 동이 나면, 미래의 이야기로 주제를 바꿨다. 루이스는 토런스 기차역을 사서 식당으로 개조하겠다는 계획을 늘어놓았다. 필립스는 인디애나로 돌아가는 공상에 잠겼고 어쩌면 교편을 잡게 될지도 모른다고 생각했다. 그는 인디 500을 다시 구경하고 싶어서 좀이 쑤셨다. 이 자동차 경주는 전쟁 때문에 취소되었지만, 필립스는 마음속으로 경주 장면을 생생하게 재연했다. 경주장 안 잔디

위에 담요를 깔고 음식을 잔뜩 쌓아놓은 뒤 편안하게 앉아 쏜살같이 지나가는 자동차들을 구경하는 것이다. 세시에 대해서도 생각했다. 비행기가 추락한 날, 숙소를 나설 때 미처 세시의 사진을 지갑에 넣을 생각을 못했지만 사진이 없어도 그녀는 늘 그의 마음속에 자리하고 있었다.

루이스와 필립스에게 이런 대화는 고통에서 끄집어내주고 미래를 구체적으로 그려주는 치유의 과정이었다. 세상으로 다시 돌아간 자신들의 모습을 상상하면서, 현재의 시련이 행복한 결말로 끝나기를 바랐고 기대치로 삼았다. 이런 이야기들 덕에 그들은 살아야 할 이유가 생겼다.

그들은 주제를 가리지 않고 갖은 이야기를 하면서도 추락 이야기는 한 번도 꺼내지 않았다. 루이스는 그 이야기를 하고 싶었지만 필립스의 뭔가가 루이스를 주저하게 했다. 필립스가 뒤숭숭한 생각에 빠져 있을 때가 있었는데, 그럴 때면 루이스는 필립스가 추락 당시를 되새기고 있으며 대원들의 죽음에 책임감을 느끼고 있나 보다고 짐작했다. 루이스는 필립스에게 아무런 잘못이 없다고 안심시키고 싶었지만, 그 이야기를 꺼내면 필립스의 집착이 더 깊어질 뿐이라고 결론을 내렸다. 그래서 루이스는 아무런 말도 하지 않았다.

━━◦◦◦━━

루이스와 필립스가 서로 질문을 퍼부을 때, 대개 맥은 잠잠히 앉아 있었다. 가끔 루이스에게 요리법을 이야기해달라고 했고 불쑥 끼어들기도 했지만, 맥이 대화에 열심히 참여하도록 끌어들이기가 힘들었다. 맥은 자신의 추억을 몇 가지 털어놓았다. 루이스와 필립스가 있어서 용기가 난다고 생각하기도 했지만, 앞날을 상상할 수 없었다. 맥이 보기에 세상으로 돌아가는 것은 이미 물 건너간 이야기였다.

구명정에 의지해 표류하는 사람들의 암울한 기록을 감안하면, 맥의 절망감은 타당했다. 놀라운 점은, 루이스와 필립스도 같은 역경을 겪었지만 맥과 달리 절망하지 않았다는 것이다. 필립스는 얼마나 표류하게 될지 늘 궁금해했다. 아직까지 죽을 것이라고 생각해보지는 않았다. 루이스도 마찬가지였다. 루이스와 필립스는 자신들의 상황이 아주 심각하다고 여겼지만, 둘 다 두려운 생각을 떨쳐버리고 살아남을 방법에 초점을 맞추며 모든 일이 다 잘될 거라고 스스로를 안심시켰다.

같은 훈련을 받고 같은 추락 사고를 당한 세 명의 젊은 군인이 왜 그리도 역경을 다르게 받아들이는지는 여전히 수수께끼다. 어쩌면 그들의 인식 차이가 선천적인 요인 때문일 수도 있었다. 낙천적인 성향을 타고난 사람이 있는가 하면, 회의적인 성향을 타고난 사람도 있는 것이다. 루이스는 걸음마를 배우던 무렵 기차에서 뛰어내렸는데 부모가 탄 기차가 떠나자 자신의 안전을 걱정하기는커녕 여전히 쾌활했다. 이는 루이스가 타고난 낙천주의자임을 암시한다. 혹은 그들이 살아오면서 역경을 극복하는 자신의 능력에 대해 상반되는 믿음을 갖게 되었기 때문일 수도 있다. 필립스와 루이스는 푸나푸티에서 살아남았고 나우루 상공에서 임무를 아주 잘 수행했으며 서로 상대방을 믿었다. "먹을 게 단하나만 남았다면 루이스는 그걸 나한테 줬을 거예요." 언젠가 필립스가 루이스에 대해 했던 말이다. 맥은 전투를 직접 본 적이 없었다. 장교인 필립스와 루이스를 잘 알지 못하는데다 자신의 역량을 시험할 기회도 거의 없었다. 맥이 표류라는 위기를 극복할 수 있는 자신의 능력에 대해 아는 정보라곤 첫째 날 밤에 공포에 사로잡혀 유일한 식량을 혼자 먹어치웠다는 것뿐이었다. 시간이 지나면서 당장 굶어 죽을지도 모르는 상황이 되자 첫째 날 밤에 저질렀던 자신의 행동이 무엇을 의미하는지 갈수록 명확해졌고, 이는 자신이 무용지물이라는 느낌을 부채질했을 것이다.

필립스는 강인한 정신력을 유지할 수 있는 또 다른 뿌리가 있었다. 루이스조차 몰랐던 점이다. 필립스 가족에 따르면, 그는 겉으로 드러내지 않았지만 신앙심이 깊었다. 부모가 심어주고 길러준 믿음을 항상 가지고 있었다. '나는 해결 방법을 알면 항상 최선을 다하라고 예전에 앨런에게 몇 번 말했다.' 필립스의 아버지가 쓴 글이다. '그리고 자신의 기술과 능력으로 극복할 수 없는 상황이면 하나님에게 도움을 청하라고 말했다.' 필립스는 자신의 신앙에 대해 말한 적이 없었지만 바다에서 찬송가를 불렀다. 자신을 보호해주는 하나님을 떠올리며 구조의 손길이 가까워지고 절망이 멀어지는 듯 느꼈을 것이다.

루이스는 아주 어릴 때부터 자신에게 닥친 모든 극한상황을 재치와 임기응변과 투지를 발휘할 도전으로 여겼다. 그 결과 반항적인 어린 시절을 보냈다. 부모님과 고향 마을 전체가 루이스 때문에 늘 골치를 썩고 화낼 정도로 장난질과 못된 짓이 악명을 떨쳤다. 그는 이런 자잘한 성공을 통해 어떤 한계도 넘어설 수 있다는 믿음을 갖게 되었다. 이제 극한상황에 내던져진 루이스에게 반항의 대상은 절망과 죽음이었다. 루이스가 토런스의 공포라는 말을 들은 어린 시절과 똑같은 속성이 이제 인생 최고의 역경에 처한 그를 살아남도록 하고 있었다.

셋 다 같은 어려움에 처해 있었지만, 어떻게 인식하느냐가 서로 다른 운명을 결정짓는 듯했다. 루이스와 필립스가 품은 희망은 공포심을 쫓아버렸고 살아남기 위해 온힘을 다하도록 북돋았다. 그로 인한 성과가 있을 때마다 몸과 마음에 새로운 힘이 솟았다. 맥의 체념은 자신을 무력하게 만들었다. 살아남으려는 루이스와 필립스의 노력에 동참하지 않을수록 그의 무력감이 더욱 심해졌다. 시간이 지나면서 맥은 드물게 동참했는데, 그러면서도 정신적으로나 신체적으로 가장 쇠약해진 사람은 바로 맥이었다. 루이스와 필립스는 낙천적인 생각을 버리지 않았고 맥은 절망했다. 그들의 앞날은 각자의 태도대로 다가오고 있었다.

~~~

표류한 지 2주가 지났다. 세 사람의 피부는 화상을 입었고 부어올랐으며 갈라졌다. 손톱과 발톱에 하얀 선이 생겼고 염분 때문에 생긴 염증이 다리와 엉덩이와 등으로 퍼지고 있었다. 구명정이 햇볕과 소금물 때문에 부패되었고 그러면서 배어나온 노란색 염료가 그들의 옷과 피부에 묻었다. 모든 것이 끈적끈적해졌다.

그들의 몸이 서서히 말라가고 있었다. 루이스는 자신과 동료들의 몸무게가 하루 사이에 달라지는 것을 날마다 느꼈다. 전날보다 바지가 헐렁해지고 얼굴이 홀쭉해졌다. 4일째가 지나면서 얼굴이 괴기스러워지기 시작했다. 살이 증발했다. 이제 수염으로 뒤덮인 뺨이 쏙 들어갔다. 그들의 몸이 스스로를 갉아먹으며 버티고 있었다.

그들은 다른 조난자들에게 섬뜩한 전환점이었던 단계에 다가서고 있었다. 1820년, 포경선 에식스 호가 화가 난 고래 때문에 바다에 가라앉은 뒤 구명정에 의지해 표류하던 생존자들은 금방이라도 굶어 죽을 상황이 되자 서로를 잡아먹으며 당장의 고통에서 벗어났다. 그로부터 60여 년 후, 미뇨네트 호라는 요트가 침몰한 뒤 19일간 표류한 생존자들은 10대 선원 한 명을 죽여서 먹었다. 조난자들 사이에서 식인 행위는 비일비재했다. 영국은 피해자를 고르는 방식에 '바다의 관습'이라는 이름을 붙일 정도였다. 육지에서 잘 먹고 사는 사람들은 사람 고기를 먹는다는 발상 자체가 혐오스럽게 마련이다. 반면 죽음의 문턱에 선 뱃사람들은 극도의 고통과 굶주림으로 환각에 빠져 식인 행위가 거리낌 없이, 심지어 피할 수 없는 해결책으로 여기기도 한다.

루이스에게 식인 행위는 역겹고 상상할 수 없는 발상이었다. 설령 그 대상이 자연사한 사람일지라도 혐오스럽다고 여겼다. 세 사람 모두 같은 소신을 가지고 있었다. 당시에도, 나중에도 식인 행위는 고려할 사항이 아니었다.

표류 2주째 되는 날은 루이스에게 식인 행위와 전혀 다른 종류의 전환점이었다. 그는 소리 내어 기도하기 시작했다. 하나님에게 어떻게 말해야 할지 알 수 없어서 영화 속 인물들의 기도 소리를 붙여서 죽 나열했다. 루이스가 기도하자 필립스는 머리를 숙였고 기도가 끝나면 "아멘"이라고 말했다. 맥은 듣기만 했다.

구명정이 조류를 따라 흘러갔다. 구명정의 줄이 구불거리며 따라왔다. 아직도 서쪽으로 떠내려가고 있는 것 같았다. 참고할 만한 기준이 없으니 확신할 수는 없었다. 적어도 그들은 어딘가로 가고 있었다.

~~~~~

14일째 되는 날 즈음 앨버트로스가 날아와 루이스의 머리 위에서 날개를 파닥거렸다. 이번에도 루이스는 서서히 한 손을 올려 앨버트로스를 덥석 붙잡아 죽였다. 필립스와 맥은 가만히 앉아 그 모습을 지켜보면서 첫 번째 앨버트로스에서 나던 악취를 떠올렸다. 루이스가 새의 몸통을 가르자 반갑고 놀랍게도 냄새가 그리 나쁘지 않았다. 그렇지만 아무도 먹고 싶어 하지 않았다. 루이스는 새고기를 분배한 뒤 모두가 먹어야 한다고 고집을 부렸다. 세 사람은 억지로 고기를 삼켰다. 음식이 가장 필요한 사람은 맥인 듯했다. 루이스와 필립스는 피를 모두 맥에게 주었다.

그들은 새의 위장 속에서 작은 물고기를 몇 마리 발견하자 미끼로 쓰기로 했다. 루이스는 물고기를 한 마리 더 잡았다. 그는 미끼로 쓰려고 새고기 조각을 남겨두었고 낚싯바늘로 쓸모 있기를 바라며 뼈를 발라내어 말렸다.

~~~

시간이 한없이 느리게 흘렀다. 루이스는 물고기를 몇 마리 잡았고, 흰 파도에 휩쓸려 구명정에 떨어진 작은 물고기 한 마리를 기절시켜 미끼로 썼다가 아주 통통한 동갈방어 한 마리를 잡기도 했다. 비가 오다 말다 했다. 비가 내릴 때면 그들은 빗물받이에 떨어진 빗물을 마지막 한 방울까지 빨아마셨다. 루이스와 필립스는 매일 밤 돌아가면서 기도를 이끌었다. 맥은 여전히 자신만의 세상에 빠져 있었다.

세 사람은 여위어갔다. 필립스는 뇌진탕으로 탈진했던 처음 상태에서 점차 회복되고 있었다. 맥의 몸은 갈수록 약해졌고 정신력도 무너지고 있었다. 그러는 중에 비가 오지 않았고 물통이 바닥을 드러냈다. 이제 표류한 지 21일째가 되었다. 그들은 물고기 한 마리를 잡아 리켄배커의 기록이라고 생각했던 21일째를 맞은 기념으로 소박한 축하연을 열었다.

얼마 전부터 루이스는 자신들의 머리 위에서 이리저리 오가는 속이 뒤집힐 정도의 악취를 맡았다. 필립스의 머리에서 나는 냄새였다. 붕대 삼아 묶은 티셔츠에 밴 피가 썩고, 피딱지가 구명정으로 떨어지고 있었다. 필립스는 냄새를 맡지 못했지만 루이스는 견디기가 힘들었다. 루이스는 티셔츠를 묶은 매듭을 풀고 조심스럽게 벗겨냈다. 말라붙은 두꺼운 피딱지 아래에 벌어졌던 상처들이 잘 아물어 있었다. 피가 다시 흐르지 않았다. 티셔츠를 버려야 했다.

며칠 뒤, 루이스는 기이한 것을 보았다. 수평선과 맞닿은 바다의 가장자리가 위로 벌어지고 있었다. 거대한 검정색 테두리가 생기더니 위로 치솟았고 그들을 향해 빠르게 다가오기 시작했다. 루이스는 경고의 소리를 외쳤고, 필립스와 맥은 그쪽을 향해 몸을 획 돌렸다. 그들은 주저앉아, 구명정이 뒤집어지지 않도록 최대한 아래로 체중을 실었다. 파도가 밀려들자 그들은 몸에 단단히 힘을 주었다.

파도가 바로 앞까지 다가오고 보니, 파도가 아니었다. 놀라운 속도로 헤엄치고 있는 커다란 돌고래 떼였다. 돌고래들은 구명정으로 빠르게 다가오더니 그들 주변을 빙 돌며 사방에서 힘차게 헤엄쳐 다니기 시작했다. 필립스가 물속을 들여다보니 수천 마리의 작은 물고기가 있었는데, 어찌나 많은지 바다를 꽉 채우고 있는 듯했다. 돌고래들이 그 물고기 떼를 쫓고 있었던 것이다. 세 사람은 물속에 손을 넣어 잡으려 했지만 물고기는 손가락 사이로 빠져나갔다. 그물이 있다면 획 건져내기만 해도 구명정을 그득 채울 것 같았다. 손가락만으로는 한 마리도 잡을 수 없었다.

루이스는 미끼가 떨어진 참이었다. 상어를 제외하면, 구명정 근처까지 온 물고기는 상어가 빙빙 돌 때 양옆에 꼭 붙어 있는 동갈방어뿐이었다. 동갈방어는 늘 쉽게 손이 닿을 만한 거리에 있었다. 루이스가 잡으려고 하면 그제야 물을 찍 뿌리고 도망갔다. 상어들이 동갈방어의 입이 걸릴 만한 작은 낚싯바늘을 모두 훔쳐가버렸기에, 루이스는 앨버트로스 뼈로 낚아보려 했지만 동갈방어들은 그 뼈를 뱉어내버렸다.

루이스는 남겨둔 낚싯줄을 보다가 좋은 생각이 떠올랐다. 그는 줄을 짧게 여러 개로 잘라 커다란 낚싯바늘에 묶은 다음, 줄을 묶은 낚싯바늘 세 개를 약지와 중지와 엄지에 각각 하나씩 묶어 갈고리처럼 방향을 잡았다. 그는 손을 바다 위에 내밀고 기다렸다.

동갈방어 한 마리를 데리고 상어 한 마리가 구명정 옆을 헤엄쳐갔다. 루이스는 상어의 머리가 지나가자 물속으로 손을 집어넣었다. 그는 아무런 낌새를 채지 못한 동갈방어가 손 아래로 지나갈 때 손가락을 재빨리 움직여 동갈방어의 등을 쳤다. 낚싯바늘이 들어갔다. 그는 기쁨에 차 물고기를 홱 잡아당겼다.

그 주의 어느 날, 작은 제비갈매기가 구명정에 내려앉았다. 세 사람의 중간쯤이었는데 필립스에게 더 가까웠다. 그들은 아무 말 없이 손가락으로 서로를 가리키며 상대방에게 잡으라고 했다. 필립스가 손바닥을 딱 쳐서 제비갈매기를 잡았다. 크기가 작아서 고기도 적었다. 그로부터 얼마 뒤 제비갈매기 한 마리가 또 구명정 위에 앉았다. 이번에는 맥이 잡았다. 루이스는 너무 배가 고파서 이를 들이밀고 깃털을 잡아 뜯어 뱉었다. 거의 동시에 뺨에 뭔가 기어가는 느낌이 들었다. 알고 보니 그 제비갈매기는 이가 득시글했는데, 그 이가 루이스의 얼굴에서 뛰어다녔다.

이 때문에 생긴 간지러움은 루이스가 이제까지 경험한 무엇보다도 당황스러웠다. 루이스는 얼굴을 긁고 문질렀지만 이를 떼어낼 수가 없었다. 이는 그의 수염을 파고 들어가 머리로 올라간 뒤 머리카락 속으로 사라졌다. 그는 상체를 물속에 푹 내던졌다. 루이스가 첨벙거리며 이를 물에 빠뜨리려고 기를 쓰는 사이에, 필립스와 맥은 저러다가 루이스의 머리가 뜯겨나가겠다 싶어서 급하게 노를 잡고 상어를 쫓아냈다. 루이스가 물속에 머리를 대여섯 번을 집어넣은 뒤에야 이가 사라졌다.

이후로 며칠 동안 그들은 세 마리 아니면 네 마리의 새를 더 잡았다. 그중 한 마리는 구명정 상공에서 낮게 내려왔다 솟구치기를 반복했다. 맥이 갑자기 손을 쭉 뻗어 공중에서 새의 다리를 확 낚아채더니, 그 민첩함에 깜짝 놀란 루이스에게 몸부림치는 새를 내밀었다. 그 새는 물론이고 그들이 잡은 다른 새들을 깃털과 뼈만 남기고 모조리 먹어치웠다.

━━━━━━

루이스는 또 다른 동갈방어를 잡으려고 손가락에 낚싯바늘을 묶은 채 구명정 가장자리에 며칠 동안이나 붙어 있었다. 물고기가 한 마리도 잡히지 않았다. 식수가 또 바닥났고, 갈증이 고통스러울 정도였다. 비가 오지 않는 하루하루가 지나갔다. 멀리서 부는 돌풍을 향해 노를 저었지만, 그들이 도착할 때면 비가 그쳐버렸다. 모두가 지치고 사기가 떨어졌다. 다음에 돌풍이 수평선을 따라 서서히 지나갈 때는 아무도 쫓아갈 힘이 남아 있지 않았다.

극심한 갈증과 무더위는 필립스가 자살 행위나 다름없는 행동을 하게 만들었다. 필립스는 상어가 조금 멀리 돌아다니는 때를 기다렸다가 물속으로 뛰어들었다. 루이스와 맥이 무릎을 꿇고 노로 상어들을 찌르는 사이에 필립스는 구명정에 매달려 시원한 물을 음미하고 바닷물을 크게 한 모금 머금었다. 힘이 쭉 빠진 그는 겨우 기어서 구명정으로 올라갔다.

필립스가 물에 뛰어들고도 별일이 없었기에, 루이스와 맥도 한번 해볼 만하겠다고 생각하고 교대로 물에 들어갔다. 세 사람 모두 몸을 담그는 동안 용케도 그들은 상어가 가까이 오지 못하게 했다.

식수 없이 지낸 지 6일째, 그들은 이제 얼마 버티지 못할 것임을 예감했다. 특히 맥이 빠르게 무너졌다.

루이스가 기도를 시작하자 모두 함께 머리를 숙였다. 루이스는 하나님이 갈증을 풀어준다면 평생을 바치겠다고 맹세했다.

이튿날, 신의 중재 때문인지 아니면 열대지방의 변덕스런 날씨 때문인지 모르지만 하늘이 열리고 비가 쏟아졌다. 이후로 식수가 두 번 더 떨어졌고, 두 번 더 기도를 했고, 두 번 더 비가 왔다. 두 차례의 소나기는 적은 양의 식수만 남겼지만 그들은 아끼고 아껴서 오랫동안 마셨다. 비행기 한 대만 와주면 좋을 텐데…….

15

상어와 총알

표류 27일째 되는 날 아침, 비행기 한 대가 왔다.

먼저 우르릉거리는 비행기 엔진 소리가 들리더니 이윽고 하늘에 점 하나가 나타났다. 빠르게 서쪽으로 향하는 쌍발 폭격기였다. 비행기가 너무 멀리 있어서 신호탄과 염료의 효과가 있을지 미심쩍었다. 세 사람은 상의를 하고 투표를 했다. 일단 시도해보기로 의견을 모았다.

루이스는 신호탄을 발사하고 재장전한 다음 두 번째 신호탄을 발사했다. 신호탄은 길고 선명한 자국을 여러 개 남기며 하늘로 올라갔다. 그는 염료 통을 열고 바다에 뿌린 뒤, 거울을 끄집어내 폭격기 쪽으로 네모난 모양의 빛을 반사시켰다.

그들은 희망을 가지고 기다렸다. 비행기가 점점 작아지더니 사라졌다.

세 조난자가 구명정에 털썩 주저앉아 또다시 잃어버린 기회를 아쉬워하는 사이, 멀리 서쪽 수평선 위로 희미하게 깜빡이는 빛이 넓게 곡선을 그리며 구명정을 향해 비스듬히 날아왔다. 폭격기가 돌아오고 있었다. 루이스와 필립스, 맥은 기쁨에 젖어 눈물을 흘리며 셔츠를 머리 위로 올려 앞뒤로 흔들면서 소리를 질렀다. 폭격기가 하강해 물 위를 스치듯 날았다. 루이스는 눈을 가늘게 뜨고 조종석을 바라보았다. 조종사와 부조종사의 윤곽이 어렴풋이 보였다. 그는 팔미라와 음식과 발을 디딜 단단한 땅을 떠올렸다.

그러던 중 돌연 바다가 폭발했다. 귀청이 터질 듯한 소음이 들렸고, 구명정 바닥이 마구 출렁이면서 흔들렸다. 포병들이 그들을 향해 발포하고 있었다.

루이스와 필립스, 맥은 구명정 벽 쪽으로 기어가 물속으로 뛰어들었다. 그들은 구명정 아래로 헤엄쳐가 몸을 확 움츠렸다. 총알이 구명정을 관통해 찢어놓고 그들 주변의 물에 밝은 구멍을 뚫었다. 그러다가 발포가 멈추었다.

그들은 물 밖으로 나왔다. 폭격기가 총알을 모두 쏴버리고 동쪽으로 멀어져갔다. 상어 두 마리가 천천히 주위를 돌고 있었다. 즉시 물 밖으로 나가야 했다.

필립스는 녹초가 된 채 루이스와 맥의 구명정에 매달려 있었다. 물에 뛰어들 때 남아 있던 힘을 모두 써버렸다. 그는 버둥거리며 몸부림쳤지만 구명정 벽에 올라탈 수 없었다. 루이스가 그의 뒤로 헤엄쳐와 밀어 올리자 필립스는 물이 출렁거리는 구명정 바닥으로 올라갔다. 맥도 구명정으로 기어 올라가려면 루이스의 도움이 필요했다. 그러고 나서야 루이스는 몸을 질질 끌고 올라갔다. 세 사람은 멍하니 앉아 있었다. 부상을 입은 사람은 없었다. 그들은 아군 항공병들이 일본군으로 착각하고 무기도 없는 조난자들에게 폭격했다는 게 믿기지 않았다. 구명정이 물렁물렁해졌다. 바람이 새고 있었다.

멀리서 폭격기가 선회해 다시 구명정을 향해 날아왔다. 루이스는 대원들이 실수를 깨닫고 도와주러 오는 것이기를 바랐다. 폭격기가 약 60미터 상공에서 구명정과 거의 평행하게 날아온지라 이제는 기체의 옆면이 보였다. 세 사람이 동시에 보았다. 날개 뒤 허리 부분에 그려진 것은 붉은 원이었다. 일본군 폭격기였다.

루이스는 포병들이 무기를 잡고 있는 모습을 보고 다시 물속으로 들어가야 한다는 것을 알았다. 필립스와 맥은 움직이지 않았다. 둘 다 너무 지쳐 있었다. 그들이 물속에 들어가면 힘이 없어서 다시 구명정으로 올라오지 못한 채 상어에게 잡힐 터였다. 계속 구명정에 있으면 포병들이 그들을 맞힐 터였다.

폭격기가 가까워지자 그들은 반듯이 누웠다. 필립스는 무릎을 가슴으로 끌어당기고 머리를 손으로 감쌌다. 맥은 필립스의 옆에서 몸을 동그랗게 말았다. 루이스는 그들을 마지막으로 바라보고는 물속으로 들어가 구명정 아래로 헤엄쳐 들어갔다.

총알이 바다에 억수같이 빗발쳤다. 구명정의 그림자에 몸을 가리고 강렬하게 빛나는 열대의 햇살을 받아 번쩍이는 총알들이 캔버스 천을 관통했다. 총알은 몇 미터만 지나면 추진력을 잃고 쑥 가라앉았다. 루이스는 두 팔을 머리 위로 뻗어 구명정 바닥을 밀어 올리면서 총알의 살상 반경 밖으로 벗어나려 했다. 구명정 위로 맥과 필립스가 웅크리고 있는 암울한 모습이 보였다. 둘 다 미동도 없었다.

총알이 머리 위에서 쏟아지자 루이스는 구명정 아래에 머물러 있으려고 기를 썼다. 그의 몸이 해류에 휩쓸려 수평으로 회전하다가 끌려갔다. 벗어나려고 힘껏 발을 찼지만 아무 소용이 없었다. 그는 해류에 빨려들고 있었는데, 이렇게 계속 구명정과 멀어지면 해류를 거슬러 헤엄쳐 돌아올 수가 없을 것이었다. 물살이 조금 약해져 몸이 빠져나오다가 구명정 줄을 보았다. 그는 줄을 꼭 움켜쥐고 허리에 빙 둘러 묶었다.

그는 해류 때문에 상체 쪽으로 다리가 올라온 자세로 물에 누워 있다가 발을 보게 되었다. 왼쪽 양말은 정강이까지 올라와 있는데 오른쪽 양말은 어디에선가 벗겨져 있었다. 바닷물에 쓸려가고 있는 양말 한 짝이 보였다. 그때였다. 양말 위에서 커다랗게 입을 벌린 거대한 상어가 어둠을 뚫고 나타나 그의 다리를 향해 직진했다.

루이스는 흠칫 놀라 다리를 끌어당겼다. 해류가 너무 강해서 다리를 밑으로 내리기가 힘들었지만 상어의 입에서 멀리 옆으로 돌릴 수는 있었다. 이번에는 상어가 루이스의 머리 쪽으로 다가왔다. 순간 호놀룰루에서 만난 노인의 충고가 떠올랐다. 위협적인 표정을 짓고 상어를 밀어내라. 상어가 머리 쪽으로 달려들자 루이스는 이를 드러내고 눈을 크게 뜨면서 손바닥을 상어의 코끝에 밀어 넣었다. 상어가 움찔하더니 원을 그리며 움직이다가 두 번째 기회를 노리며 물러났다. 루이스는 상어가 몇 센티미터 앞으로 올 때까지 기다렸다가 손바닥으로 코를 다시 쳤다. 이번에도 상어는 뒤로 떨어져나갔다.

위에서 퍼붓던 총알 세례는 멈춘 상태였다. 루이스는 최대한 빨리 줄을 당겨 구명정에 닿았다. 그는 구명정 벽을 움켜잡고 몸을 올려 상어의 시야에서 멀어졌다.

맥과 필립스는 옆으로 쪼그리고 누워 있었다. 두 사람은 전혀 움직이지 않았고 그들 주변에 총알구멍들이 또렷했다. 맥을 흔들자 소리를 냈다. 루이스가 맞았냐고 물었다. 맥은 아니라고 대답했다. 이어 필립스에게 묻자 괜찮다고 말했다.

폭격기가 또다시 발포하려고 빙 둘러 선회하며 돌아왔다. 필립스와 맥은 죽은 척했고 루이스는 물속으로 들어갔다. 총알이 루이스 주변의 물을 가르며 쏟아질 때 상어가 다가왔고, 이번에도 그는 상어의 코를 쿵 쳐서 쫓아냈다. 그러고 나니 두 번째 상어가 그를 향해 돌격했다. 상어들이 덤벼들자 루이스는 그 자리에서 빙빙 돌며 두 팔과 다리를 마구 흔들었다. 그때 총알이 다시 쏟아졌다. 폭격기가 사정거리에서 멀어지자 그는 구명정으로 다시 기어 올라갔다. 이번에도 필립스와 맥은 총에 맞지 않았다.

일본군은 네 번 더 저공비행을 하면서 발포했고, 그때마다 루이스는 물속으로 들어가 폭격기가 지나갈 때까지 상어들을 발로 차고 손으로 때렸다. 그는 탈진할 지경이 될 때까지 상어들과 싸웠지만 한 번도 물리지 않았다. 그는 물 밖으로 나갈 때마다 필립스와 맥이 죽었을 것이라고 확신했다. 가능할까 싶었지만, 그들 주변에 사방으로 총알구멍이 나 있는데도 둘 다 한 방도 맞지 않았다.

일본군 폭격기 대원들은 끝까지 가학성을 드러냈다. 폭격기가 선회해 돌아왔고, 루이스도 다시 물속으로 몸을 숨겼다. 폭격기의 폭탄 투하실 문이 열렸고 폭뢰(물속에서 일정한 깊이에 이르면 터지도록 만든 수중폭탄으로 잠수함 공격용이다-옮긴이)가 투하되어 구명정에서 15미터쯤 떨어진 지점으로 첨벙 들어갔다. 그들은 폭발에 대비해 마음을 다져먹었지만 터지지 않았다. 작동하지 않는 폭뢰를 장전했거나, 폭격수가 폭파 준비를 잊어버린 모양이었다. 필립스는 '일본군이 이렇게 서툴다면 이번 전쟁에서 미국이 이기겠어'라고 생각했다.

루이스는 구명정으로 돌아와 털썩 쓰러졌다. 폭격기가 되돌아왔지만 루이스는 너무 지쳐서 물에 뛰어들 수 없었다. 폭격기가 마지막으로 지나갔을 때 루이스와 맥, 필립스는 꼼짝하지 않고 누워 있었다. 포병들은 발포하지 않았다. 폭격기가 서쪽으로 날아가다가 시야에서 사라졌다.

～～～

필립스의 구명정이 찢어져 두 동강이 났다. 총알이 공기주머니에 맞고 구명정의 바닥으로 똑바로 튕겨나가 한쪽 끝에서 다른 쪽 끝까지 길게 잘라놓았다. 그 구명정에 있던 모든 물건이 물속으로 사라졌다. 고무를 입힌 캔버스 천으로 만들어진 구명정이 가라앉지는 않았지만 한눈에 봐도 수리할 수 있는 상황이 아니었다. 쪼그라들어 형체가 없어진 구명정은 물결을 따라 출렁거렸다.

그들은 세 사람이 타기에 너무 작은 맥과 루이스의 구명정에 남은 물건까지 넣어놓고 그나마 멀쩡한 부분에 다닥다닥 붙어 앉았다. 캔버스천에 작은 총알구멍이 얼룩덜룩 나 있었다. 구명정에 있는 두 개의 공기주머니 모두 구멍이 나 있었다. 그들이 움직일 때마다 소리를 내며 공기가 빠졌고 캔버스 천에 주름이 늘어났다. 구명정은 점점 물속으로 가라앉았다. 총알, 요동치는 바다, 물속에서 나는 사람 냄새, 가라앉는 구명정에 흥분한 상어들이 주변에서 세차게 움직였다.

세 사람이 탈진하고 충격에 휩싸여 앉아 있을 때, 상어 한 마리가 입을 떡 벌리고 구명정 벽 위로 달려들어 한 사람을 물속으로 끌고 들어가려 했다. 누군가 노를 잡고 때리자 상어가 미끄러지듯 내려갔다. 그러고 나니 연이어 상어들이 뛰어올랐다. 그들은 노를 움켜쥐고 휙휙 돌리며 상어를 향해 정신없이 흔들어댔다. 그들이 몸을 움직이고 흔들고 상어가 뛰어 올라 짓누르는 사이에 총알구멍으로 공기가 빠지면서 구명정이 더 깊게 가라앉았다. 얼마 지나지 않아 구명정의 일부가 물속으로 잠겼다.

당장 구명정에 바람을 넣지 않으면 상어들이 그들을 잡아먹을 판이었다. 폭격기에서 기관총을 쏘는 동안 공기펌프 하나를 잊어버렸고, 이제 남은 것은 맥과 루이스의 구명정에 있는 하나뿐이었다. 그들은 한쪽 밸브를 열고 돌아가면서 있는 힘껏 펌프질을 했다. 공기가 공기주머니로 들어갔다가 총알구멍으로 빠졌지만, 아주 빠르게 펌프질을 하면 구명정이 물 위에 뜰 정도로만 부풀었다. 상어들이 계속 몰려왔고 그들은 계속 때려 쫓아냈다.

필립스와 맥이 펌프질을 하고 상어들을 때리는 동안 루이스는 비상용품 주머니 속을 더듬거려 구명정이 샐 때 사용하는 수리 장비를 찾아냈다. 보수용 재료, 접착제 한 통, 접착제가 잘 붙도록 구명정의 표면을 거칠게 가는 사포가 들어 있었다. 첫 번째 문제가 곧바로 드러났다. 사포가 방수 재질이 아니었다. 루이스가 사포를 빼서 보니 그저 종이일 뿐이었다. 종이에 붙어 있던 모래가루가 이미 물에 씻겨나간 뒤였다. 루이스는 구명정에 비상용품을 채워놓은 사람에게 몇 번째인지 모를 욕을 퍼부었다. 그는 접착제가 잘 붙도록 보수할 부분을 갈아낼 방법을 생각해내야 했다. 그는 곰곰이 생각하다가 폭격기를 부를 때 쓴 놋쇠 거울을 집어 들었다. 그는 거울 가장자리에서 유리 세 조각을 펜치로 잘랐다. 필립스와 맥은 여전히 상어들과 싸우고 있었다.

루이스는 구명정의 윗부분에 난 구멍부터 때우기 시작했다. 먼저 총알에 관통된 부분을 들어 물기를 닦아내고 파도로부터 먼 방향으로 잡은 뒤 햇볕에 말렸다. 그러고는 구멍마다 거울의 가장자리를 이용해 엑스자로 잘랐다. 구명정은 캔버스 천 두 장과 고무로 만들어져 있었다. 그는 고무 층이 나오도록 캔버스 천을 벗겨내고 거울로 고무를 긁은 다음 접착제를 짜내어 보수용 고무 조각을 붙였다. 그리고 나서 햇볕에 접착제가 마를 때까지 기다렸다. 흰 파도가 덮쳐 고무 조각을 흠뻑 적셔놓기도 했는데, 그럴 때마다 처음부터 다시 시작해야 했다.

루이스가 보수 작업을 하며 고무 조각에서 눈을 떼지 않고 있는 사이에, 상어들이 자꾸 덤벼들었다. 상어들은 갈수록 영리해졌다. 막무가내로 몸을 던지는 전략을 접고, 몰래 다가와 노가 보이지 않거나 그들이 등을 돌리는 순간을 기다렸다가 대범하게 뛰어올랐다. 상어들은 루이스의 시야가 미치지 않는 뒤쪽에서 계속 달려들었다. 맥과 필립스가 상어들을 때려 쫓아 보냈다.

그들은 매시간 역할을 바꿔가며 지쳐서 서툴러진 손길로 오랫동안 작업을 했다. 몸이 약해진 사람들에게 펌프질은 가혹한 일이었다. 그들은 펌프를 세워놓고 손으로 누르는 것보다 펌프 핸들을 가슴에 대고 누르는 게 수월하다는 것을 알게 되었다. 세 명 다 없어서는 안 되는 존재였다. 두 사람만 있다면 펌프질을 하고 땜질을 하고 상어들을 쫓아내는 일을 동시에 할 수 없을 터였다. 맥은 구명정에서 지낸 이후 처음으로 도움이 되었다. 그는 펌프 핸들을 연속적으로 몇 번 당기는 것을 겨우 할 정도로 약해져 있었지만, 노를 들면 상어들을 잘 몰아냈다.

밤이 되었다. 어둠 속에서 보수 작업은 불가능했지만 펌프질을 멈출

수는 없었다. 그들은 밤새 펌프를 눌렀고, 진이 빠져 팔에 감각이 없었다.

아침이 되자 보수 작업을 다시 시작했다. 공기 손실이 서서히 줄어들었고, 이제야 조금 오랫동안 쉴 수 있었다. 마침내 돌아가면서 삼깐씩 눈을 붙여도 될 만큼 공기가 주입되었다.

구명정의 윗부분을 모두 때우고 나자 바닥을 때우는 문제가 남았다. 세 명 모두 구명정을 한 쪽씩 잡고 공기 튜브 하나로 균형을 잡았다. 밸브를 열고 그들이 앉아 있지 않은 쪽의 공기를 빼낸 뒤 물이 닿지 않게 바닥이 하늘을 향하도록 방향을 바꿔 물기를 닦아내고 높이 들어 말렸다. 이어서 루이스가 보수 작업을 시작했다. 바닥의 절반을 때우고 나서 공기를 채워 다시 부풀리고, 이미 보수가 끝난 쪽으로 기어가 다른 쪽의 공기를 빼내는 과정을 반복했다. 이번에도 흰 파도가 끊임없이 구명정을 덮쳐서 붙여놓은 조각을 망쳐놓는 바람에 처음부터 다시 작업해야 했다.

마침내 구멍이 보이지 않았다. 그런데 구명정 측면 주변으로 거품이 계속 올라오고 있었다. 분명히 손이 닿지 않는 곳에 구멍이 더 있는 게 분명했다. 그런 구멍들은 그대로 놔두고 지낼 수밖에 없었다. 구멍을 때워놓으니 공기 손실이 대대적으로 줄어들었다. 흰 파도가 덮쳐와 젖어도 때운 조각이 떨어지지 않았다. 낮에만 15분에 한 번씩 펌프질을 하고 밤에는 그냥 지내도 될 듯했다. 이제 구명정이 비교적 탄탄하게 부풀어 있어서 상어들도 공격을 중단했다.

―――――――

필립스의 구명정을 잃어버리는 바람에 타격이 컸다. 그 안에 있던 물건이 모두 사라진데다 세 명이 2인용 구명정에 다닥다닥 붙어 있어서 움직이기도 힘들었다. 다들 서로서로에게 옆으로 조금만 가달라고 부탁해야 했다. 공간이 너무 좁아 돌아가면서 발을 펴야 했다. 밤에는 머리부터 발까지 서로 포개어 자야 했다.

그런데 일본군 폭격기의 기관총 공격을 받아 좋은 점은 두 가지였다. 루이스는 파손된 구명정을 보며 새로운 용도를 생각해냈다. 그는 펜치로 겹쳐진 캔버스 천을 분리하여 커다란 밝은 색 시트를 만들었다. 마침내 그들은 낮에는 햇볕을, 밤에는 추위를 막아줄 덮개가 생겼다.

일본군 폭격기의 기관총 공격에서 두 번째로 얻은 것은 정보였다. 잠시 숨을 돌릴 짬이 났을 때, 루이스와 필립스는 일본군 폭격기에 대해 이야기를 나누었다. 그들은 그 폭격기가 마셜 제도나 길버트 제도에서 왔을 것이라고 생각했다. 서쪽으로 곧장 떠내려가고 있다는 그들의 생각이 맞다면 그들의 위치에서 마셜 제도나 길버트 제도까지는 대략 같은 거리였다. 그들은 일본군 폭격기가 바다를 수색 중이었을 것이라고 짐작했고, 일본군의 수색 방법이 미군의 수색 방법과 같다면 일본군 폭격기가 세 사람이 있는 위치에 도착하기 몇 시간 전인 아침 7시경에 수색을 시작할 터였다. 그들은 일본군 폭격기의 비행 속도와 범위를 예측하여 폭격기가 세 사람의 위치에서 떠난 뒤 몇 시간 동안 공중에 머물 수 있는지, 그리고 일본군의 기지와 얼마나 떨어져 있는지를 대략 계산해보았다. 그들은 현 위치가 일본군 폭격 기지에서 1,367킬로미터쯤 떨어져 있다고 추측했다. 그렇다면 그들이 마셜 제도와 길버트 제도의 동쪽으로 약 3,200킬로미터 지점에서 추락했음을 감안할 때 그들이 이미 마셜 제도와 길버트 제도까지의 거리 중 절반 이상을 이동했고 하루에 64킬로미터 이상 떠내려가고 있었다. 필립스는 이런 수치들을 곰곰이 생각해보고 놀랐다. 그들은 이렇게 먼 서쪽까지 와 있는 줄 전혀 몰랐다.

그들은 이런 수치를 바탕으로 섬에 닿을 시기를 경험에 근거하여 추측했다. 필립스는 그 시기를 표류 46일째 되는 날로, 루이스는 표류 47일째 되는 날로 추측했다. 그들의 수치가 옳다면 리켄배커보다 두 배 이상 표류해야 한다는 계산이 나왔다. 구명정에서 거의 3주 더 살아남아야 한다는 뜻이었다.

섬에서 그들을 기다리고 있을 일을 상상만 해도 무서웠다. 폭격기의 사격은 일본군에 대해 들었던 이야기가 사실임을 확인시켜주었다. 그러나 대략이나마 그들의 위치가 서쪽 끝임을 파악했고 어딘가에 있는 섬을 향해 흘러가고 있음을 알자 마음이 놓였다. 일본군 폭격기는 희망을 가질 이유를 주었다.

맥은 예측을 하고 있는 두 사람의 대화에 끼어들지 않았다. 그는 자신만의 생각에 빠져 있었다.

16

구름 속에서 노래하다

루이스는 잠들지 않고 앉아서 바다를 바라보고 있었다. 필립스는 자고 있었고 맥은 의식이 흐려지고 있는 상태였다.

길이가 2.4미터쯤 되는 상어 두 마리가 구명정 주위를 조용히 돌고 있다. 한 마리씩 옆을 지나갈 때마다 루이스는 상어를 유심히 관찰했다. 그동안 상어들의 코는 여러 번 때려봤지만 흔히 사포 느낌이라고 하는 가죽은 아직 제대로 만져보지 못했다. 호기심이 생긴 그는 상어 한 마리가 밑을 지나갈 때 한 손을 물속에 넣어 몸통에 살짝 얹고 등과 등지느러미를 만져보았다. 사람들이 말한 것처럼 거친 느낌이 났다. 상어가 홱 움직였다. 두 번째 상어가 지나가자 루이스는 다시 상어의 몸통을 따라갔다. 그러면서 '아름다워'라고 생각했다.

루이스는 이내 이상한 점을 발견했다. 조금 전까지 있던 상어 두 마리가 사라졌다. 4주 동안 구명정 주위에서 상어가 보이지 않은 적은 없었다. 그는 무릎을 꿇고 물 쪽으로 몸을 기울여 최대한 멀리 살펴보다가 어리둥절해했다. 상어가 한 마리도 없었다.

루이스가 무릎을 꿇고 구명정의 가장자리에 앉아 있을 때 아까 만졌던 상어들 중 한 마리가 입을 크게 벌리고 무서운 속도로 물에서 튀어올라와 그의 머리를 향해 달려들었다. 그는 양손을 얼굴 앞으로 쭉 내밀었다. 상어가 그의 머리에 정면으로 부딪히고 나서 입으로 상체를 물려고 했다. 루이스가 상어의 주둥이를 양손으로 잡고 온힘을 다해 밀어내자 상어가 물속으로 첨벙 들어갔다. 순식간에 두 번째 상어가 뛰어올랐다. 루이스가 노를 잡고 상어의 코를 치자 뒤로 휙 움직이더니 슬쩍 물속으로 들어갔다. 이어서 첫 번째 상어가 다시 덤벼들었다. 그가 놀라 움찔하는데 노가 옆으로 휙 지나가더니 상어가 바다로 돌아갔다. 놀랍게도 그를 구한 사람은 필립스가 아니라 맥이었다.

루이스가 맥에게 고맙다고 말할 틈도 없었다. 상어 한 마리가 또다시 뛰어올랐고 다른 한 마리가 뒤를 따랐다. 루이스와 맥은 나란히 앉아 돌진하는 상어를 각자 한 마리씩 때렸다. 맥은 완전히 딴사람 같았다. 한순간 전만 해도 그는 혼수상태 같았는데, 지금은 몹시 흥분하여 미친 듯이 움직였다.

몇 분 동안 상어 두 마리가 돌아가면서 입을 떡 벌린 채 구명정으로 올라오려 했고 같은 위치에서 계속 뛰어올랐다. 마침내 상어들이 공격을 멈추었다. 루이스와 맥은 무너져 내렸다. 깜짝 놀라서 잠에서 깨어났지만 노가 두 개밖에 없어서 도와주지 못한 필립스가 혼미하고 혼란스러운 눈빛으로 그들을 쳐다보았다.

"무슨 일이야?" 필립스가 물었다.

루이스는 기쁘고 놀라운 표정으로 맥을 보며 정말 대단했고 대견하다고 말했다. 맥은 구명정 바닥에 쓰러진 채 미소를 지었다. 무리하게 힘을 써서 탈진했지만 겁에 질린 아이 같던 표정은 사라져 있었다. 맥이 제정신을 차렸다.

<center>~~~~~</center>

루이스는 상어들에게 몹시 화가 났다. 그는 상어와 그들 사이에 조용한 약속이 성립되었다고 생각했다. 그들은 상어의 영역인 바다에 접근하지 않고 상어는 그들의 영역인 구명정을 건드리지 않기로 이해했다고 여긴 것이었다. 그가 바다로 뛰어들었을 때와, 구명정이 일본군의 발포 후 거의 물속으로 잠겨 들어갔을 때 상어들이 그를 공격한 것은 이해할 만했다. 그러나 다시 공기를 채워 물 위에 떠 있는 구명정 안 사람들의 영역을 침범하려 한 상어들의 행동은 치사해 보였다. 그는 밤새 생각하고 이튿날 하루 종일 불쾌한 눈빛으로 상어들을 노려본 뒤 마침내 결정했다. 상어가 그를 잡아먹으려 한다면 그 역시 상어들을 잡아먹을 작정이었다.

루이스는 구명정 벽에 무릎을 대고 상어들을 지켜보며 만만한 상대가 있는지 살폈다. 길이가 1.5미터 정도인 상어가 지나갔다. 루이스는 그 상어를 잡을 수 있겠다고 생각했다. 루이스와 필립스는 계획을 세웠다.

구명정에 남은 미끼라곤 마지막에 잡았던 새를 먹고 남은 조각뿐이었다. 필립스는 낚싯바늘에 미끼를 끼우고 구명정의 한쪽 끝에 앉아 물속에 드리웠다. 다른 쪽 끝에서는 루이스가 무릎을 꿇고 물속을 들여다보고 있었다. 미끼 냄새를 맡은 상어가 필립스를 향해 헤엄쳐왔고 꼬리가 루이스의 아래로 지나갔다. 루이스는 균형을 잃지 않으려고 애쓰면서 최대한 배 밖으로 몸을 내밀었다. 그러고는 양손을 물속으로 푹 집어넣어 상어의 꼬리를 잡고 구명정 밑에서 휙 빼냈다가 물에 패대기를 쳤다. 그 와중에 코로 많은 물이 들어갔다. 상어가 꼬리를 격렬하게 움직여 루이스를 휙 내동댕이쳤다. 루이스는 번개같이 구명정으로 후퇴했는데, 어떻게 그렇게나 재빨리 움직였는지 나중에도 기억이 나지 않을 정도였다.

루이스는 물에 흠뻑 젖었고 부끄러웠다. 자신의 계획에 대해 다시 생각해보았다. 첫 번째 실수는 잘못된 판단이었다. 상어들은 겉으로 보기보다 강했다. 두 번째 실수는 몸을 제대로 버티지 못한 것이었다. 세 번째 실수는 상어의 꼬리를 물속에 두는 바람에 상어가 물을 밀어낼 기회를 준 것이었다. 그는 자리를 잡고 더 작은 상어를 기다렸다.

이윽고 조금 전의 상어보다 조금 작은 길이 1.2미터 정도의 상어가 나타났다. 루이스는 구명정의 끝에서 무릎을 꿇었다. 밀리지 않으려고 체중을 뒤로 싣고 무릎을 벌렸다. 필립스는 미끼를 단 낚싯바늘을 물속에서 흔들었다. 그 작은 상어가 미끼 쪽으로 헤엄쳐왔다. 루이스는 양손을 탁 맞부딪쳐 꼬리를 잡고 물 밖으로 들어올렸다. 상어가 몸부림쳤지만 벗어날 수 없었고 루이스를 물로 끌어당길 수도 없었다. 루이스는 상어를 구명정 위로 끌어올렸다. 상어가 몸을 휙휙 비틀며 물려고 했다. 필립스는 신호탄 탄약통을 움켜쥐고 상어의 입에 쑤셔 넣었다. 꼼짝 못하게 상어를 잡은 루이스는 펜치를 들고 손잡이에 장착된 스크루드라이버의 끝으로 상어의 눈을 푹 찔렀다. 그 즉시 상어가 죽었다.

호놀룰루에서 생존 강좌를 들을 때 루이스는 상어의 몸에서 먹을 수 있는 부위는 간밖에 없다는 말을 들었다. 그런데 간을 빼내는 게 보통 일이 아니었다. 칼이 있더라도 상어 가죽을 자르는 것은 쇠사슬 갑옷을 자르는 것만큼이나 힘들다. 도구라곤 거울 모서리밖에 없는 판이니 진이 다 빠지는 일이었다. 루이스는 한참 동안 톱질을 한 끝에 용케 상어 가죽을 벌렸다. 가죽 아래에 있는 살에서 암모니아 냄새가 확 풍겼다. 루이스가 간을 잘라내고 보니 상당한 크기였다. 세 사람은 열심히 간을 먹었고 맥에게 가장 많은 양을 주었다. 그들은 5월 27일에 아침식사를 한 이후 처음으로 배가 불렀다. 상어의 나머지 부분에서 지독한 악취가 풍겨서 물속에 던져버렸다. 이후에 그들은 똑같은 기술로 두 번째 상어를 잡아 간을 다시 먹었다.

소문이 상어들 사이에 퍼진 모양이었다. 이제 작은 상어는 가까이 오지 않았다. 길이가 3.6미터쯤 되는 상어들이 구명정 옆에서 느릿느릿 움직였는데, 루이스는 차라리 그렇게 큰 상어를 잡는 편이 낫다고 생각했다. 그들의 배는 금방 다시 비었다.

맥은 빠르게 추락하는 상태였다. 거의 움직이지도 않았다. 모두가 충격적일 만큼 살이 빠졌는데, 그중에서도 맥이 가장 많이 쪼그라들었다. 폭 꺼진 그의 눈에는 생기가 하나도 없었다.

━━◦◦◦━━

표류 30일째쯤 되는 날, 해가 질 무렵이었다. 세 사람은 하루 일과를 마무리하고 있었다. 손으로 바닷물을 떠서 구명정에 붓고 온기를 유지하기 위해 서로 달라붙었다. 하늘에는 별이 총총하고 달빛이 수면 위로 빛나고 있는 가운데 그들은 잠이 들었다.

한순간 엄청난 충돌과 찌르는 듯한 통증과 무중력상태라는 느낌이

들면서 루이스는 잠에서 깨어났다. 눈을 번쩍 뜬 그는 자신과 맥, 필립스가 공중에 떠 있음을 깨달았다. 곧 구명정으로 털썩 떨어진 그들은 어리둥절한 채 고개를 휘휘 돌려 주변을 살폈다. 뭔가가 어마어마한 힘으로 구명정 바닥을 친 것이었다. 동갈방어를 데리고 다니는 보통 종류의 상어들은 그렇게 강한 힘으로 칠 만큼 크지 않았고, 이런 식으로 행동한 적이 한 번도 없었다.

그들은 구명정 한쪽 너머를 살피다가 보았다. 물 아래에서 부풀어 오르는 거대한 괴물…… 커다란 흰색 주둥이, 수면을 가르는 넓은 등, 긴 등지느러미가 달빛 아래 섬뜩했다. 몸길이가 구명정 길이의 세 배 이상인 6미터는 됨직했다. 루이스가 생존 강좌를 들을 때 보았던 모습이었다. 대백상어였다.

세 명의 조난자가 무서워서 아무 말 없이 바라보는 가운데, 대백상어가 구명정의 한 면을 따라 움직이더니 몸을 구부려 쓱 돌아 다른 면으로 헤엄치며 구명정을 탐색했다. 수면에 멈춘 대백상어가 꼬리를 휙 들어올렸다가 구명정 쪽으로 철썩 내리쳤다. 그러자 구명정이 옆으로 미끄러졌고 세 사람 위로 파도가 밀려들었다. 루이스와 맥, 필립스는 구명정의 한가운데로 가서 무릎을 꿇고 서로 꼭 붙들었다. 대백상어가 몸을 돌려 구명정의 다른 면으로 헤엄쳤다. 루이스가 속삭였다. "아무 소리 내지 마!" 대백상어가 다시 꼬리를 강하게 휘두르자 치솟은 물이 소나기처럼 쏟아지면서 구명정과 세 사람에게 강한 충격이 전해졌다.

대백상어는 계속 주위를 맴돌았다. 한 번 돌 때마다 꼬리를 휘둘러 구명정에 억수로 물을 퍼부었다. 꼭 구명정을 가지고 노는 듯했다. 그들은 대백상어가 꼬리를 휘두를 때마다 움찔하며 배가 뒤집히기를 기다렸다. 마침내 대백상어가 물 밑으로 쏙 내려갔고 수면이 잔잔해졌다. 대백상어는 다시 올라오지 않았다.

루이스와 필립스, 맥은 다시 누웠다. 몸 주변의 물이 다시 차가워져 있었고 아무도 잠들지 못했다.

〰〰〰

다음 날 아침, 맥은 이제 앉아 있지도 못했다. 그는 주름진 미라와 다를 바 없는 모습으로 구명정 바닥에 누워 있었고 시선은 먼 곳에 고정되어 있었다.

앨버트로스 한 마리가 다시 내려앉았다. 루이스는 앨버트로스를 잡아 머리를 확 비튼 다음 필립스에게 건넸다. 필립스는 맥 위에서 앨버트로스의 머리가 아래로 향하도록 돌려 피가 맥의 입으로 흐르게 했다. 루이스와 필립스는 맛을 내려고 고기 조각을 바닷물에 살짝 담가 먹었고, 맥에게도 먹였지만 여전히 기운을 차리지 못했다.

이후로 며칠 동안 맥은 아주 작은 소리로 겨우 말했다. 맥의 물통이 바닥났다. 필립스가 자신의 물통을 열고 거의 남지 않은 물을 조금씩 마시고 있을 때, 맥이 필립스의 물을 마셔도 되겠냐고 물었다. 필립스에게 갈증은 가장 잔인한 시련이었다. 그는 물통에 조금 남은 물이 자신이 생존하는 데 반드시 필요하며 물을 주더라도 맥을 살릴 수 없음을 알았다. 필립스는 나눠줄 물이 없다고 조심스럽게 말했다. 루이스는 필립스의 마음에 공감했지만 맥의 부탁을 거절할 자신이 없었다. 루이스는 맥에게 물을 조금 먹여주었다.

그날 저녁, 필립스는 작은 목소리를 들었다. 자신이 죽는 거냐고 루이스에게 물어보는 맥의 목소리였다. 루이스는 자신을 보고 있는 맥을 살

프랜시스 맥나마라. |루이스 잠페리니의 허락을 받아 게재

피며, 세상을 떠나기 전에 하고 싶은 말이나 행동이 있을지 모르는 맥에
게 거짓말을 하는 것은 예의가 아니라고 생각했다. 루이스는 오늘 밤을
넘기기 힘들 것 같다고 대답해주었다. 맥은 아무런 반응이 없었다. 필립
스와 루이스는 자리에 누워 맥을 안은 채 잠들었다. 그날 밤, 루이스는
숨이 새는 소리에 깨어났다. 헐떡이며 무겁게 숨을 내쉬는 소리가 들리
더니, 서서히 잦아들다가, 멈추었다. 루이스는 무슨 일이 일어나는지 알
고 있었다.

프랜시스 맥나마라 병장은 생의 마지막 여정을 공포에 질려 구명정의 귀중한 식량을 모두 먹어버리는 행동으로 시작했고, 그 결과로 자신과 동료들을 최악의 위험에 빠뜨렸다. 그러나 최후의 며칠 동안 공기가 빠지는 구명정과 덤벼드는 상어를 상대로 악전고투를 벌이면서 남은 힘을 모두 쏟아부었다. 이 싸움이 그를 구할 수는 없었고, 오히려 그의 죽음을 재촉했을 테지만 생사의 갈림길에 서 있는 필립스와 루이스에게 영향을 주었다. 비행기 추락 때 맥이 살아남지 못했다면, 루이스와 필립스는 표류 33일째가 되기 훨씬 전에 죽었을 것이다. 맥은 죽어가는 날들 동안 처음의 실수를 만회했다.

아침이 밝자 필립스는 파손된 구명정의 일부로 보이는 것으로 맥의 시신을 쌌다. 필립스와 루이스는 시신 옆에 무릎을 꿇고 맥의 좋은 점을 모두 큰 소리로 말했으며, 그가 부대 내 식당의 파이를 아주 좋아했다는 이야기를 할 때는 조금 웃기도 했다. 루이스는 종교적인 추모사를 읊고 싶었지만 그 방법을 몰랐다. 여러 영화에서 들은 내용을 일관성은 없지만 기억나는 대로 쭉 연결하여 말했고 시신을 물속에 넣어 장사를 지내겠다는 말로 끝을 맺었다. 그리고 자신과 필립스를 위해 기도하면서, 하나님이 자신들을 구해주면 영원히 천국을 섬기겠다고 맹세했다.

기도를 마치자 루이스는 맥의 시신을 양팔로 안았다. 그 무게가 18킬로그램 정도밖에 되지 않는 것 같았다. 루이스는 구명정의 한 면에 몸을 굽히고 맥을 조심스럽게 물속으로 내려놓았다. 맥이 가라앉았다. 상어들은 맥을 건드리지 않았다.

다음 날 밤, 루이스와 필립스가 구명정을 타고 표류한 지 꼬박 35일째가 되었다. 두 사람은 몰랐지만, 공기가 빠진 구명정에서 생존한 채 표류한 최장 기록을 넘긴 터였다. 더 긴 기록이 없으니, 설령 그들보다 오래 살아남은 사람들이 있었더라도 그 사실을 알릴 때까지 살지 못했다는 뜻이다.

~~~

구명정이 까닥거리며 서쪽으로 흘러갔다. 심술 맞은 폭풍이 가끔 찾아와 식수 공급을 안정되게 유지할 만큼의 비를 뿌렸다. 물을 삼등분이 아닌 이등분으로 배분하기 때문에, 각자가 마실 물이 늘어났다. 루이스는 자신의 중위 배지로 낚싯바늘을 만들어 물고기를 한 마리 잡았고, 이후에 그 낚싯바늘은 부러져버렸다.

필립스와 루이스의 눈에 피부 아래 넙다리뼈의 굴곡, 새 다리처럼 앙상한 다리의 중간에 불룩 튀어나온 무릎, 안으로 푹 꺼진 배, 고스란히 드러난 갈비뼈가 다 보였다. 둘 다 수염이 잡초처럼 자라 있었다. 구명정이 부패하면서 배어나오는 염료 때문에 피부는 누렇게 번들거렸고, 염분 때문에 생긴 염증으로 온몸이 울긋불긋했다. 햇볕에 화상을 입은 눈을 수평선에 고정시키고 육지를 찾았지만 아무것도 보이지 않았다. 어느 순간부터 배고픔이 수그러들었다. 불길한 징조였다. 굶주림의 마지막 단계에 이른 것이었다.

어느 날 아침, 기이한 정적에 잠에서 깨어났다. 그동안 오르내리던 구명정이 꼼짝도 하지 않았다. 바람이 불지 않았다. 사방이 파도 한 점 없이 고요히 반짝였다. 바다에 비친 하늘은 수정처럼 청명했다. 콜리지의 시에 등장하는 고대의 뱃사람처럼 루이스와 필립스는 적도 무풍대, 즉 계속 바람과 파도가 일지 않는 적도 부근의 괴상한 지역에 도착한 것이었다. 콜리지가 썼듯이, 그들은 '그려놓은 바다 위에 그려놓은 배처럼 가만히' 있었다.

세상을 초월한 듯한 경험이었다. 필립스는 하늘을 보며 진주 같다고 소곤거렸다. 바다가 너무 단단해 보여서 그 위를 걸을 수 있을 것 같았다. 멀리서 물고기가 수면 위로 올라오면 그 소리가 그들이 있는 곳까지 또렷하게 들렸다. 물고기가 지나간 자리 주위로 물살이 고리처럼 퍼지다가 서서히 가라앉아 고요해지는 모습도 한눈에 보였다.

그들은 한동안 이야기를 나누며 경이로운 기분을 공유했다. 그러다가 경건한 침묵에 빠졌다. 고통이 잠시 중단되었다. 배가 고프지도, 목이 마르지도 않았다. 그들은 죽음이 다가오고 있는 것을 알지 못했다.

루이스는 아름답고 고요한 세상을 바라보며, 전에 했던 생각을 떠올렸다. 그는 먹이를 잡는 바닷새를 보며 빛 굴절의 영향을 피하려고 급강하하는 적응력에 놀랐을 때 그 생각을 했다. 상어들의 보기 좋은 신체 구조와, 피부색의 농담과, 바다를 미끄러지듯이 유영하는 움직임에 관심을 가질 때도 그 생각을 했다. 심지어 차우칠라 인디언보호구역의 오두막 지붕에 누워 제인 그레이의 소설을 읽고 밤의 장막이 땅에 내려앉는 광경을 보던 어린 시절에도 그 생각을 했다는 게 기억났다. 그런 아름다움이 우연히 일어나기에는 너무나 완벽하다는 생각이었다. 루이스에게 태평양 한가운데에서의 그날은 누군가 자신과 필립스를 위해 동정하는 마음으로 만든 선물이었다.

서서히 죽어가고 있는 가운데 두 사람은 기쁘고 감사하는 마음으로 석양이 질 때까지 목욕을 했고, 적도 무풍대에서의 시간은 끝이 났다.

～～～

두 사람의 몸이 얼마나 쇠약해지고 있는지를 감안하면, 그들의 정신도 쇠약해지는 게 당연했다. 그럼에도 루이스와 필립스는 5주가 넘도록 시련을 겪으면서 놀랍도록 명료한 정신을 유지했고 자신들이 날이 갈수록 영리해지고 있다고 믿었다. 여전히 그들은 서로에게 많은 질문을 하고 상대방의 이야기를 아주 사소한 부분까지 기억했다. 서로에게 노래의 음과 가사를 알려주고 상상의 음식을 만들었다.

루이스는 구명정이 지적인 피난처 같다고 느꼈다. 예전에는 문명 세계가 얼마나 시끄러운지 인식하지 못했다. 이곳에서는 구명정의 고무 타는 냄새 말고는 아무런 냄새가 나지 않고, 혀로 느껴지는 아무런 맛이 없고, 느리게 행진하는 상어의 등지느러미들 외에는 아무것도 움직이지 않고, 물과 하늘을 제외하면 아무런 경치가 없고, 시간을 쪼개 써야 하거나 방해하는 것도 없었다. 이런 바다에서 거의 완벽한 고요에 휩싸여 표류하다 보니, 문명 세계가 짓눌렀던 부담에서 벗어나 마음이 자유로웠다. 머릿속에서 어디라도 돌아다닐 수 있었다. 머리가 빠르게 돌아가고 맑았으며 어디에도 구속받지 않고 상상의 날개를 펼칠 수 있었다. 한 가지 생각을 몇 시간이라도 붙잡고 이리저리 돌려볼 수 있었다.

루이스는 항상 잘 기억했는데, 구명정에서는 기억력이 무한히 늘어나 아주 오래전의 일은 물론이고 한때 잊고 있던 상세한 부분까지 생각났다. 어느 날, 기억나는 가장 최초의 시절을 되짚어보다가 2층짜리 건물이 떠올랐다. 그 안에 있는 계단은 여섯 칸씩 두 부분으로 나뉘고 가운데 계단참이 있었다. 그 영상 속에 계단을 아장아장 걷고 있는 아주 작은 아이, 즉 어린 시절의 자신이 있었다. 아이가 계단을 기어 올라가 계단참의 가장자리로 다가갈 때 커다란 노란색 개가 앞으로 뛰어들어 아이가 굴러 떨어지지 않게 막아섰다. 그 개는 루이스가 아주 어린 시절

올린에 살 때 부모님이 키우던 에스킴이었다. 예전에는 한 번도 그 당시가 기억난 적이 없었다.*

～～～

표류 40일째 되는 날, 루이스는 덮개 아래에서 필립스 옆에 누워 있다가 갑자기 벌떡 일어나 앉았다. 노랫소리였다. 그 소리는 계속 이어졌다. 합창단 소리 같았다. 루이스는 필립스를 쿡 찌르며 무슨 소리가 들리지 않느냐고 물었다. 필립스는 들리지 않는다고 대답했다. 루이스는 덮개를 젖히고 눈을 가늘게 뜨며 햇빛을 바라보았다. 바다는 아무런 기색 없이 잔잔했다. 그는 고개를 들었다.

루이스는 바로 위 하늘을 배경으로 환한 구름 위에 떠 있는 사람들의 윤곽을 보았다. 세어보니 스물한 명이었다. 그들은 지금껏 루이스가 들어본 중에 가장 감미로운 노래를 부르고 있었다.

루이스는 깜짝 놀라 빤히 올려다보며 그 노랫소리를 들었다. 그가 보고 듣는 모습과 소리는 현실적으로 불가능했다. 하지만 그는 자신이 멀쩡하다고 느꼈다. 환각도 상상도 아니라고 확신했다. 루이스는 그 모습이 사라질 때까지 합창단 아래에 앉아 그들의 목소리를 듣고 음을 외웠다.

필립스는 아무것도 듣거나 보지 못했다. 루이스는 그것이 무엇이었든 자신에게만 해당하는 것이라고 결론을 내렸다.

～～～

두 사람은 계속 표류했다. 식량과 식수가 떨어진 채로 며칠이 지났다.

---

* 에스킴은 도벽으로 악명이 높았다. 잠페리니 가족은 식료품점 위층에 살았는데, 에스킴은 정기적으로 물건을 훔치러 아래층으로 내려가 식품을 잡아챈 뒤 달아났다. 그 개의 이름은 재치 있는 농담거리였다. 개의 이름을 물은 사람들은 대답을 듣고 예외 없이 어리둥절해했다. 발음이 'Ask him(개한테 물어보세요)'처럼 들렸기 때문이다.

구명정은 젤리처럼 흐물흐물하고 엉망이었다. 총알구멍을 때워놓은 고무 조각이 겨우 붙어 있고, 부글부글 녹는 부분도 있었다. 터지기 일보 직전이었다. 두 사람의 체중을 그리 오래 견디지 못할 듯했다.

필립스는 하늘에서 평소와 다른 점을 알아챘다. 새가 더 많아졌다. 이어서 비행기 소리가 들리기 시작했다. 때로는 작은 반점 하나가 보였다. 두 개 이상이 한꺼번에 보이기도 하고, 멀리서 우르릉거리는 소리가 들렸다. 늘 신호를 보내기엔 너무 멀리 있었고 자신들이 서쪽 끝으로 표류 했을 테니 일본군 비행기임이 확실해 보였다. 며칠이 지나면서 반점의 수가 늘어났고 나타나는 시간도 빨라졌다.

루이스는 일출과, 일출이 동반하는 온기를 아주 좋아하게 되었다. 매일 아침 수평선을 바라보며 누워 해가 뜨기를 기다렸다. 필립스가 육지에 도착할 날이라고 예상했던 표류 46일째인 7월 12일 아침, 태양이 뜨지 않았다. 음울한 하늘에 점차 어두워지는 빛이 서려 있을 뿐이었다.

필립스와 루이스는 걱정스럽게 위를 바라보았다. 바람이 매섭게 후려쳤다. 바다가 물결치면서 구명정이 튀어 올라 두 사람이 어지러울 정도의 높이로 튕겨나갔다. 루이스는 마구 휘돌아가는 물결을 내다보며 아주 근사하다고 생각했다. 필립스는 폭풍을 동반한 크고 사나운 물결 위에서 오르락내리락하는 게 마음에 들었고, 높은 파도를 타고 미끄러져 내려오다가 고개를 돌려 다음 파도의 꼭대기를 보고 짜릿했다. 하지만 이것은 불길한 징조였다.

서쪽에 뭔가 나타났다. 너무 멀리 있어서 커다란 물결의 꼭대기에서만 어렴풋이 보였다. 그것은 수평선에서 상하로 움직이는 회청색의 형체였다. 나중에 필립스와 루이스는 누가 먼저 그것을 봤는지를 놓고 서로 다르게 말했지만, 바다가 그들을 들었다 놓았다 하고 수평선이 서쪽으로 휘감기고 그들의 눈이 그것을 확실히 본 순간, 무엇인지 알았다.

섬이었다.

17

태풍

　루이스와 필립스는 어둡고 요동치는 하늘 아래에서 하루 종일 커다란 물결에 흔들리면서 서쪽을 눈이 빠지게 쳐다보았는데, 수평선에서 돌출부가 슬쩍 보이자 지쳐 있으면서도 설렜다. 해류가 그들을 천천히 그쪽으로 흘려보내자 섬이 더 또렷해졌다. 파도가 해변인지 암초인지 확실치 않은 것에 부딪히는 지점에 밝은 흰색 선이 보였다. 오후에는 하나이던 섬이 두 개로, 이어서 10여 개로 늘어났고 궤도차처럼 줄지어 서 있었다. 예전에 그들은 혹시라도 육지를 보게 되면 흥분해서 날뛸 것이라고 예상했다. 그러나 그들은 상황을 있는 그대로 의논했다. 또 다른 어려움을 겪기엔 그들의 몸과 마음이 너무 쇠약했고 무시할 수 없는 걱정거리들이 있었다. 머리 위로 엄청난 폭풍이 모여들고 있었다.
　루이스와 필립스는 훈련을 받을 때 태평양 중부의 지리를 외웠다. 그들은 앞에 있는 섬들이 적국의 영토인 길버트 제도나 마셜 제도의 일부임을 알았다. 길버트 제도나 마셜 제도 사이에 수십 개의 환초와 섬이 있기 때문에, 일본이 점령하지 않은 곳이 있을 가능성이 있었다. 루이스와 필립스는 무인도로 보이는 섬이나 원주민만 사는 섬을 찾을 때까지 연안에 떠 있기로 했다. 그들은 밤이 될 때까지 기다렸다가 연안으로 내려올 수 있도록, 거친 바다를 저어 섬들과 평행하게 방향을 돌렸다.

돌연 하늘이 열렸다. 갑자기 비가 맹렬하게 쏟아졌고 섬들이 시야에서 사라졌다. 바다가 요동치기 시작했다. 바람이 휘몰아쳐 구명정이 이리저리 밀리다가 12미터쯤 커다란 물결 위에서 빙빙 돈 뒤에 협곡처럼 깊은 바닥으로 푹 꺼졌다. 필립스와 루이스는 거의 태풍이 확실한 영역 속으로 흘러온 것이었다.

파도가 몰려와 구명정을 세차게 때렸다. 좌우 면이 기울고 위아래가 치솟아 금방이라도 뒤집힐 것 같았다. 루이스와 필립스는 구명정이 뒤집히지 않게 하려고, 바닷물을 퍼서 바닥을 무겁게 했고 양끝에 한 명씩 앉아 균형을 맞췄으며 중력을 낮추도록 상체를 한껏 뒤로 젖히고 누웠다. 구명정에서 튕겨나가면 다시는 돌아올 수 없기에, 루이스는 구명정의 줄을 끌어당겨 구명정 가운데에 달린 등받이에 감고 쇠고리에 끼운 다음 자신과 필립스의 허리에 빙 두르고 팽팽하게 당겼다. 그들은 발을 등받이 밑에 밀어 넣고 상체를 젖힌 채 버텼다.

밤이 되었고 폭풍은 맹공을 퍼부었다. 구명정은 수백 개의 산맥과 같은 물결을 빠르게 오르내리며 휘둘렸다. 가끔 어둠 속에서 구명정이 높다란 파도의 꼭대기에서 공중으로 휩쓸릴 때 그들은 하늘을 나는 것 같은 기이한 가벼움을 느꼈다. 루이스는 그린 호넷 호가 추락할 때보다 훨씬 무서웠다. 그의 건너편에는 필립스가 우울한 침묵 속에 누워 있었다.

둘 다 더 이상 볼 수 없을 바로 지척의 육지에 대해 생각했다. 그들은 언제 암초에 부딪힐지 몰라 두려웠다.

한밤중의 어느 순간에 폭풍이 가라앉더니 잠잠해지다가 이동했다.* 큰 물결은 여전했지만 서서히 낮아졌다. 루이스와 필립스는 몸에 묶어놓은 구명정의 줄을 풀고 해가 뜨기를 기다렸다.

어둠 속에서 흙냄새와 초록 식물의 냄새와 생물을 씻어 내리는 비 냄새가 느껴졌다. 육지의 냄새였다. 그 냄새는 밤새 그들을 유혹했고 시간이 갈수록 강해졌다. 동틀 무렵이 되자 암초에 철썩철썩 부딪히는 파도 소리가 들렸다. 탈진한 두 사람은 교대로 육지를 망보면서 잠깐씩 자기로 했다. 그러던 중에 둘 다 잠들어버렸다.

～～～

잠에서 깨어난 그들은 새로운 세상에 와 있었다. 그들은 잠든 사이에 두 개의 작은 섬 사이로 떠내려왔다. 한 섬에는 오두막과 과일이 주렁주렁 달린 나무가 있었지만 사람이 없었다. 예전에 그들은 일본이 원주민을 노예로 삼아 집단으로 강제 이주시켰다는 이야기를 들은 적이 있었고, 이 섬의 주민들이 그런 운명을 맞았을 거라고 짐작했다. 그들은 염증으로 구멍이 난 발에 신발을 끼우고 해안을 향해 노를 저었다. 머리 위에서 웅웅거리는 엔진 소리가 났다. 고개를 드니 전투 훈련 비행을 하는 제로가 몇 대 보였지만 너무 높이 있어서 조종사들이 아래의 구명정을 알아볼 수는 없었다. 그들은 계속 노를 저었다.

예전에 루이스는 47일째에 육지를 발견하게 될 거라고 예상했다. 필

---

* 며칠 뒤, 그들이 만났던 폭풍과 동일한 게 거의 확실한 대형 폭풍이 중국 연안에 닥쳐 수많은 가옥이 무너졌고 전봇대가 뽑혔고 대규모의 홍수가 일어났다.

립스는 그보다 하루 빠른 날을 선택했다. 그들이 육지를 발견한 날은 필립스가 예상한 46일째였고, 이제 곧 육지에 닿을 날은 루이스가 예상한 47일째였다. 그들은 둘 다 맞혔다고 하기로 했다.

이제 섬이 더 많이 보였다. 루이스는 왼쪽에 아주 작은 섬이 눈에 띄자 나무 하나가 있는 섬이 있다며 손으로 가리켰다. 그때 이상한 일이 벌어졌다. 하나이던 나무가 둘이 되었다. 잠시 혼란스러웠던 그들은 갑자기 깨달았다. 섬이 아니었고 나무도 아니었다. 그것은 보트였다. 아까는 보트가 그들과 수직선상에 있어서 돛대 하나만 보였던 것인데, 보트가 방향을 바꾸자 뒤쪽 돛대도 보였다.

루이스와 필립스는 몸을 휙 수그렸다. 승무원들에게 발견되기 전에 해안에 닿으려고 최대한 빨리 노를 저었다. 그러나 이미 늦었다. 보트가 급회전을 해서 그들을 향해 빠르게 다가왔다. 쇠약해진 두 사람은 도망칠 수 있을 만큼 빠르게 노를 저을 수 없었다. 그들은 포기하고 손을 멈추었다.

보트가 구명정 옆으로 오자 루이스와 필립스는 위를 올려다보았다. 뱃머리에 기관총 한 정이 장착되어 있었다. 갑판에 남자들이 한 줄로 서 있었다. 모두 일본인이었다. 다들 무기를 겨누고 있었다.

한 사람이 셔츠를 열더니 가슴을 가리켰다. 똑같이 따라하라는 말인 듯했다. 루이스는 셔츠를 열었고, 총에 맞을 거라 생각하며 마음의 준비를 했지만 총성이 들리지 않았다. 그 사람은 루이스와 필립스가 무장을 했는지 확인하려는 것이었다.

한 해군병이 구명정을 향해 줄을 던졌고 루이스가 잡았다. 루이스와 필립스는 보트로 올라가려 했지만, 다리에 힘이 없었다. 해군병들이 줄

사다리를 가져와 그들의 몸에 묶은 다음 잡아당겼고, 이어서 구명정을 보트로 끌어올렸다. 갑판에 닿은 루이스와 필립스는 일어서려 했지만 자꾸 힘이 풀렸다. 일본인들이 어서 갑판 저편으로 가라고 안달하자 두 사람은 손과 발로 기어갔다. 돛대에 이르자 일본인들은 그들을 일으켜 세워 돛대에 단단히 묶었다. 양손도 등 뒤로 묶였다. 한 해군병이 일본어로 말하기 시작했다. 여러 가지를 묻는 듯했다. 루이스와 필립스는 그 사람이 무엇을 알고 싶어 하는지 추측하려고 애쓰며 대답을 했다.

한 군인이 루이스의 얼굴 앞에서 총검을 흔들며 수염을 자르려 했다. 다른 군인은 권총으로 필립스의 턱을 때리더니 루이스의 턱도 때렸다. 루이스는 얼굴을 때리기를 바라며 머리를 앞으로 숙였다. 그 사람이 주먹을 휘두르자 루이스는 머리를 확 뒤로 젖혔다. 주먹은 빗나갔지만 루이스는 머리를 돛대에 탕 부딪혔다.

보트의 함장이 다가와 해군병들을 꾸짖었다. 분위기가 바뀌었다. 루이스와 필립스의 손이 풀렸다. 누군가 담배를 건네주었지만, 담배 끝이 수염에 닿아 자꾸 불이 붙었다. 누군가 물 한 잔씩과 비스킷을 하나씩 가져다주었다. 루이스는 비스킷을 한 입 베어 물고 입 안에 둔 채 부드럽게 쓸어본 뒤 맛을 느꼈다. 그는 부스러기 하나까지 음미하며 천천히 먹었다. 8일 만에 처음 먹는 음식이었다.

~~~

두 번째 보트가 첫 번째 보트 옆에 섰다. 루이스와 필립스는 도움을 받아 두 번째 보트로 올라갔고 곧 출발했다. 보트가 항해하는 도중에 해군병들이 비스킷과 코코넛을 조금 주었다. 그다음에는 젊은 해군병이 『일영사전』을 들고 와 질문을 했다. 필립스와 루이스는 자신들의 여정을 간단하게 설명했다.

이윽고 보트가 커다란 섬에 도착했다. 한 해군병이 눈가리개를 가져와 루이스와 필립스의 머리에 빙 둘러 묶었다. 양쪽에 선 사람들이 그들의 팔을 잡은 채 반은 끌고 반은 들어서 보트에서 내렸다. 몇 분 뒤, 루이스는 부드러운 뭔가에 눕혀지는 느낌이 들었다. 눈가리개가 풀렸다.

루이스는 의무실 철제 침대 위의 매트리스에 누워 있었다. 필립스는 옆 침대에 있었다. 근처에 있는 작은 창문을 통해 일본 군인들이 인체 모형에 총검을 찌르고 있는 모습이 보였다. 한 장교가 그들 주변에 있는 일본인들에게 일본어로 말한 다음 영어로 말했다. 루이스와 필립스가 이해할 수 있도록 자신이 일본어로 한 말을 영어로 다시 하는 모양이었다.

"이 사람들은 미국인 비행사들이다. 친절하게 대하도록 해라."

의사가 온화하게 웃으면서 들어와 영어로 말하며 필립스와 루이스를 진찰했다. 그는 염분으로 생긴 염증과 햇볕에 덴 입술에 연고를 부드럽게 발랐고, 복부를 촉진했으며, 체온과 맥박을 잰 뒤 별다른 이상은 없다고 말했다. 루이스와 필립스는 도움을 받아 일어난 뒤 체중계로 옮겨졌다. 그들은 한 명씩 체중계에 올라갔고, 다리에서 힘이 풀리면 잡아주려고 한 사람이 옆에 대기하고 있었다.

그린 호넷 호에 탑승했을 때 필립스의 몸무게는 약 68킬로그램이었다. 루이스가 하와이에 도착한 직후부터 쓰기 시작한 전쟁 일기에는 그가 70킬로그램이라고 적혀 있었다. 그는 비행기 추락 즈음에는 근력 훈련 때문에 2.2킬로그램쯤 늘어났을 거라고 생각했다. 이제 필립스의 몸무게는 약 36킬로그램이었다. 여러 기록에 따르면, 루이스의 키는 177.8센티미터에 몸무게는 30.3킬로그램 혹은 36킬로그램 혹은 39.4킬로그램이었다. 어떤 기록이 정확하든 간에 아무튼 둘 다 이전 몸무게의 절반 정도가 줄어들어 있었다.

의사의 지시에 따라 러시아 코냑 한 병과 잔 두 개가 들어왔다. 루이스와 필립스는 순식간에 잔을 비웠다. 그러고 나서 달걀과 햄과 우유와 신선한 빵과 과일 샐러드와 담배가 담긴 접시가 들어왔다. 그들은 허겁지겁 먹기 시작했다. 다 먹고 나자 그들은 도움을 받아 다른 방으로 옮겨졌다. 앞에 앉아 있는, 샛노랗고 쪼그라든 그들을 보고 일본군 장교들은 헉 소리를 냈다. 그중 한 명이 영어로 어떻게 여기 오게 되었느냐고 물었다. 루이스가 이야기를 하자 일본인들은 아무 소리 없이 푹 빠져서 들으며 지도에서 여정을 하나하나 짚어갔다.

루이스와 필립스는 어디서 여정이 시작되었는지는 알고 있지만 끝난 곳이 어딘지는 아직 모르고 있었다. 장교들이 말해주었다. 그들이 있는 곳은 마셜 제도의 어느 환초였다. 그들은 약 3,200킬로미터를 표류했던 것이다.

일본 군인들이 몰려와 구명정을 펴놓고 총알구멍을 셌다. 총알구멍은 46개였다. 호기심 많은 군인들이 바짝 다가왔지만, 장교들이 뒤로 물러서 있게 했다. 한 장교가 총알구멍이 어디에서 생겼는지 물었다. 루이스는 일본군 비행기가 기관총을 쐈다고 대답했다. 그 장교는 그럴 리 없다며 일본군의 명예에 어긋나는 행위라고 했다. 루이스는 폭격기와 당시 상황에 대해 설명해주었다. 장교들은 서로를 쳐다보며 아무 말도 하지 않았다.

침대 두 개가 준비되었다. 루이스와 필립스는 원하는 만큼 쉬어도 좋다는 말을 들었다. 그들은 배가 부르고 통증이 가라앉은 상태에서 시원하고 깨끗한 시트 사이로 들어가며 이런 동정심을 베풀어준 이들에게 진심으로 감사했다. 필립스는 안심하며 생각했다. 그 사람들은 우리 친구야.

루이스와 필립스는 의무실에서 이틀 동안 머물렀다. 그동안 진심으로 걱정하며 편안하고 건강해지도록 돌봐준 일본인들이 그들을 챙겼다. 셋째 날, 부사령관이 찾아왔다. 그는 소고기와 초콜릿과 코코넛(사령관이 준 선물)뿐만 아니라 새로운 뉴스를 가지고 왔다. 화물선이 그들을 다른 환초로 이송하려고 오고 있었다. 그가 말한 이름을 듣고 루이스의 몸에 전율이 흘렀다. 콰절런 환초. '처형 섬'으로 알려진 곳이었다.

루이스는 그 장교의 말을 오랫동안 기억했다. "우리는 당신들이 이곳을 떠난 후 당신들의 목숨을 보장할 수 없습니다."

～～～

7월 15일, 화물선이 도착했다. 루이스와 필립스는 짐칸으로 따라가 따로따로 갇혔다. 선장이 많은 음식을 보내주었다. 이제 포로가 된 그들은 먹을 수 있는 만큼 양껏 먹었다.

굶주림의 가장 잔인한 점은 배고픔으로 죽어가던 몸이 처음 들어온 음식을 거부하는 것이었다. 환초에서 먹은 음식은 몸이 잘 받아들였지만, 화물선에서 먹은 음식은 그렇지 않았다. 루이스는 화물선에 탄 날 대부분을 배 난간을 잡고 바다에 토하면서 보냈다. 그사이 경비병이 그의 몸을 붙들고 있었다. 필립스가 먹은 음식도 입에 들어가자마자 몸에서 빠져나왔지만 루이스와 다른 방향이었다. 그날 저녁, 필립스는 적어도 여섯 번이나 화장실로 날라져야 했다.

7월 16일, 화물선이 콰절런 환초와 가까워지자 일본인들이 냉혹해졌다. 루이스와 필립스는 눈가리개를 하고 바지선인 듯한 곳으로 끌려갔다. 바지선이 멈추자 남자들이 그들을 끌어올려 어깨에 메고 옮겼다. 루이스는 공중에서 흔들리다가 단단한 바닥에 내팽개쳐지는 것을 느꼈다. 필립스는 그의 옆에 떨어졌다. 루이스가 필립스에게 뭐라고 말하자 누군가 곧바로 군화를 차며 "안 돼!"라고 소리쳤다.

엔진 시동 소리가 들리더니 그들이 움직이기 시작했다. 그들은 트럭의 트레일러에 있었던 것이다. 몇 분이 지나자 트럭이 멈추었고, 누군가 루이스를 세게 잡아당겨 다시 어깨에 들쳐 멨다. 어느 정도 걷다가, 계단 두 개를, 올라갔고, 어두워졌고, 필립스가 근처에 없음이 느껴졌고, 뒤로 내동댕이쳐져 방향감각을 잃어버렸다. 루이스는 등을 벽에 부딪히고 바닥에 떨어졌다. 누군가 눈가리개를 홱 잡아당겼다. 문이 닫혔고, 자물쇠가 돌아갔다.

처음에는 앞이 거의 보이지 않았다. 끊임없이 사방으로 돌아가는 눈을 제어할 수 없었다. 마음이 널을 뛰었고 이 생각에서 저 생각으로 일관성 없게 왔다 갔다 했다. 몇 주 동안 끝없이 펼쳐진 바다에 있었던 뒤라, 주변이 꽉 막힌 공간에 있으려니 혼란스러웠다. 모든 신경과 근육 하나하나가 불안감에 빠진 듯했다.

서서히 생각이 차분해지고 눈이 안정을 찾았다. 그는 길이가 사람 키 정도이고 너비가 자신의 어깨보다 조금 넓은 나무 수용실 안에 있었다. 머리 위에 약 2.1미터 높이의 초가지붕이 있었다. 유일한 창문은 문에 뚫린 0.09제곱미터 정도의 구멍이었다. 바닥에는 자갈과 흙과 꿈틀대는 구더기가 널려 있었다. 윙윙거리며 날아다니는 파리와 모기가 벌써부터 떼를 지어 그에게 덤벼들었다. 바닥에 구멍이 있고 그 아래에 변소용 양

동이가 있었다. 바람 한 점 없고 무더웠으며 인간의 분비물 냄새로 숨이
막힐 지경이었다.

루이스는 위를 올려다보았다. 희미한 불빛 아래 벽에 새겨진 글자가
보였다.

1942년 8월 18일, 해병대원 아홉 명이 마킨 환초에 버려졌다.

그 아래에 이름이 있었다.

로버트 앨러드Robert Allard, 댈러스 쿡Dallas Cook, 리처드 데이비스Richard
Davis, 조지프 기포드Joseph Gifford, 존 컨스John Kerns, 앨든 매티슨Alden
Mattison, 리처드 올버트Richard Olbert, 윌리엄 팔레슨William Pallesen, 도널드
로버튼Donald Roberton.

1942년 8월, 미군이 마셜 제도의 마킨 환초에 있는 일본 기지를 습격
했다가 실패한 뒤 실수로 해병대원 아홉 명을 남겨두고 철수했다. 일본
군에게 잡힌 그들은 사라졌다. 루이스는 그들이 콰절런 환초로 잡혀왔
다는 사실을 알게 된 첫 번째 미국인이 자신일 것이라고 거의 확신했다.
그런데 지금 이곳에는 필립스와 루이스 외에는 포로가 없었다. 루이스
는 불길한 예감에 사로잡혔다.

루이스가 필립스를 불렀다. 왼쪽 멀리 어딘가에서 필립스의 대답 소
리가 자그맣게 들렸다. 필립스는 복도 끝, 루이스의 구덩이처럼 지저분
한 구덩이에 갇혀 있었다. 두 사람은 서로의 안부를 물었다. 둘 다 이번

이 마지막으로 이야기를 나누는 것일지도 모른다는 것을 알고 있었지만, 작별인사를 하고 싶었다고 한들 그럴 기회가 없었다. 복도에서 경비병이 순찰을 도는 소리가 들렸다. 루이스와 필립스는 아무 말도 하지 않았다.

루이스는 자신의 몸을 내려다보았다. 언젠가 아침에 쿠알로아의 반짝이는 모래밭에서 1,600미터를 4분 12초에 달렸던 다리가 이제는 쓸모없게 되어버렸다. 그토록 조심스럽게 단련한, 활기차고 건강했던 몸이 뼈밖에 남지 않을 정도로 쪼그라들어 기생충들이 기어 다니는 누런 피부에 덮여 있었다.

그는 '영락없이 숨 쉬는 시체 같다'고 생각했다.

루이스는 고통스럽고 처절하게 눈물을 흘렸다. 그가 소리 죽여 흐느꼈기 때문에 경비병은 아무런 소리도 듣지 못했다.

〈2권에 계속〉

■ 노트

따로 표시하는 경우를 제외하면, 모든 일기 및 루이스 잠페리니가 주고받거나 가족이 주고받은 모든 편지는 루이스 잠페리니가 보관하고 있던 자료에서 제공받았다. 퀠시 필립스의 출간되지 않은 회고록 「인생 이야기ᴬ ᴸⁱᶠᵉ ˢᵗᵒʳʸ」 및 필립스 가족 구성원 간의 모든 편지는 캐런 루미스가 보관하고 있던 자료에서 제공받았다.

따로 표시하는 경우를 제외하면, 모든 인터뷰를 작가가 실시했다. 루이스 잠페리니와의 인터뷰가 약 75차례에 달하므로, 그와의 인터뷰에서 나온 인용문은 날짜를 표기하지 않는다.

약어

AAFLA 로스앤젤레스 아마추어 선수 재단
AFHRA 공군 역사 연구 에이전시
BGEA 빌리 그레이엄 전도 협회
HIA 후버 협회 기록 보관소
NACP 국가기록보관소, 메릴랜드 칼리지 파크
NHC 해군 역사 센터(Naval Historical Center)
NPN 출판물 제목 없음
NYT 〈뉴욕 타임스〉
RAOOH 연합군 운영 점령 본부(Allied Operational and Occupation Headquarters)의 기록
RG 레코드 그룹(Record Group)
SCAP 연합군 최고사령부(Supreme Commander of Allied Powers)

서문

15 구명정 : 「42폭격대대 : 대대 역사 부록(42nd Bombardment Squadron: Addendum to Squadron History)」, 1945년 9월 11일, AFHRA, 맥스웰 AFB, Ala. 루이스 잠페리니, 전화 인터뷰. 로버트 트럼불, 「올림픽 1,600미터 선수 잠페리니, 오랜 시련 겪고 무사히 귀환(Zamperini, Olympic Miler, Is Safe After Epic Ordeal)」, 〈NYT〉, 1945년 9월 9일.

16 1,600미터를 4분 안에 완주 : 찰리 패덕, 「스포토리얼스(Sportorials)」, 잠페리니의 스크랩북에서 나온 1938년 4월의 신문 기사, NPN. 조지 데이비스(George Davis), 「스포츠를 위하여(For Sake of Sport)」, 〈로스앤젤레스 이브닝 헤럴드 앤 익스프레스〉, 잠페리니의 스크랩북에서 나온 1938년 기사. 조지 데이비스, 「커닝엄, 잠페리니를 차기 1,600미터 챔피언으로 예상(Cunningham Predicts Zamperini Next Mile Champ)」, 잠페리니의 스크랩북에서 나온 기사, NPN. 폴 셰펠스(Paul Scheffels), 「1,600미터 4분 완주 가능성 높아지다(4 Minute Mile Run Is Closer)」, 〈모데스토 비(Modesto Bee)〉(캘리포니아), 1940년 2월 14일.

PART 1

1. 한 소년의 반란

26 그라프 체펠린 : 더글러스 보팅(Douglas Botting), 『에케너 박사의 꿈의 기계: 위대한 체펠린과 항공 여행의 여명(Dr. Eckener's Dream Machine: The Great Zeppelin and the Dawn of Air Travel)』(뉴욕 : 헨리 홀트, 2001), pp. 146-188. 「체펠린, 기록을 깨다(Zeppelin Shatters Record)」, 〈솔트레이크 트리뷴(Salt Lake Tribune)〉, 1929년 8월 11일. 「체펠린 LA. 도착(Zeppelin at LA.)」, 〈모데스토 뉴스-헤럴드(Modesto News-Herald)〉, 1929년 8월 26일. 「쳅, 오늘 밤 뉴욕으로 비행(Zep to Sail Tonight for NY.)」 〈샌메테오 타임스(San Mateo Times)〉, 1929년 8월 26일. 「그라프 체펠린, 작별하고 본국으로 귀항(Graf Zeppelin Bids Adieu and Soars Homeward)」, 〈칠리코시 컨스티튜션-트리뷴(Chillicothe Constitution-Tribune)〉, 1929년 8월 8일. 루이스 잠페리니, 전화 인터뷰. 피트 잠페리니, 전화 인터뷰, 2006년 3월 2일. 릭 지타로사, 해군 레이크허스트 역사 협회, 이메일 인터

뷰, 2006년 4월 25일. 라일 C. 윌슨(Lyle C. Wilson), 「에케너, 본국 귀항에서 린드버그의 뒤를 따르다(Eckener Follows Lindbergh Trail on Homeward Trip)」, 〈데일리 노스웨스턴(Daily Northwestern)〉(위스콘신 오휴코시), 1929년 8월 8일. W. W. 채플린(W. W. Chaplin), 「세계 장정에 오른 그라프 체펠린(Graf Zeppelin on Long Trail around World)」, 〈제퍼슨시티 포스트-트리뷴(Jefferson City Post-Tribune)〉, 1929년 8월 8일. 「독일의 대형 비행선 쳅, 세계 여행 시작(Big German Zep Starts World Tour)」, 〈모벌리 모니터-인덱스(Moberly Monitor-Index)〉(미주리), 1929년 8월 8일. 「쳅의 바다 비행 주중에 시작(Zep's Ocean Hop Starts in Midweek)」, 〈솔트레이크 트리뷴〉, 1929년 8월 20일. 칼 H. 폰 위건드(Karl H. Von Wiegand), 「그라프 체펠린, 항구까지 태풍 항로 타다(Rides Typhoon Trail to Port)」, 〈솔트레이크 트리뷴〉, 1929년 8월 20일. 마일스 H. 본(Miles H. Vaughn), 「그라프 체펠린, 동양에서 인기 폭발(Graf Zeppelin Scores Great Hit with Orient)」, 〈빌링스 가제트(Billings Gazette)〉, 1929년 8월 28일. 「오늘 뉴스의 스포트라이트(In the Spotlight of Today's News)」, 〈워털루 이브닝 커리어(Waterloo Evening Courier)〉(아이오와), 1929년 8월 26일. 「체펠린, 오늘 밤에도 비행 예정(Zeppelin Will Continue Flight Tonight)」, 〈워털루 이브닝 커리어〉(아이오와), 1929년 8월 26일. 「일본의 미카도, '그라프' 여행자들 차 접대(Mikado of Japan to Receive 'Graf' Voyagers at Tea)」, 〈워털루 이브닝 커리어〉(아이오와), 1929년 8월 20일. 「체펠린과 숨바꼭질하는 별들(Stars Playing Hide and Seek with Zeppelin)」, 〈솔트레이크 트리뷴〉, 1929년 8월 25일.

26 히틀러의 연설 : 데이비드 웰치(David Welch), 『히틀러 : 독재자의 프로필(Hitler: Profile of a Dictator)』(런던 : 루틀리지, 1998), p. 80.

27 '거대한 상어처럼' : 보팅의 책, p. 180.

27 괴물처럼 생긴 : 위의 책, p. 181.

27 '겁이 날 정도로 아름다운' : 루이스 잠페리니, 전화 인터뷰.

28 가족사 : 피트 잠페리니, 전화 인터뷰, 2004년 10월 19·22일.

29 어린 시절 이야기 : 아트 로젠바움(Art Rosenbaum), 「잠페리니, 죽음을 아홉 번 면하다(Zamperini Cheated Death Nine Times)」, 〈샌프란시스코 크로니클(San Francisco Chronicle)〉 스포츠 신인, 1940년 3월 3일. 맥스웰 스타일스(Maxwell Stiles), 「잠페리니의 경력, 어릴 때 화재로 위험할 뻔(Fire Threatened Career of Zamperini as Child)」, 〈로스앤젤레스 이그재미너〉, 1938년. 피트 잠페리니, 전

화 인터뷰, 2004년 10월 22일. 루이스 잠페리니, 전화 인터뷰. 실비아 플래
머, 전화 인터뷰, 2004년 10월 25·27일. 루이스 잠페리니, 조지 호닥(George
Hodak)의 인터뷰, 캘리포니아 주 할리우드, 1988년 6월, AAFLA.

34 "피트 오빠는 절대 잡히지 않았죠" : 실비아 플래머, 전화 인터뷰, 2004년
10월 25일.

35 이탈리아인을 싫어했다 : 피트 잠페리니, 전화 인터뷰, 2004년 10월 15일.

35 "오빠는 죽을 정도로 맞아도" : 실비아 플래머, 전화 인터뷰, 2004년 10월
25일.

36 "루이스는 참지 못했어요" : 피트 잠페리니, 전화 인터뷰, 2004년 10월 17일.

37 루이스의 부모 : 피트 잠페리니, 전화 인터뷰, 2004년 10월 15일. 루이스 잠
페리니, 전화 인터뷰. 실비아 플래머, 전화 인터뷰, 2004년 10월 25·27일.

37 "네가 달라는 건" : 피트 잠페리니, 전화 인터뷰, 2004년 10월 22일.

38 "정말 사활이 걸린" : 실비아 플래머, 전화 인터뷰, 2004년 10월 25일.

38 루이스의 말썽 : 피트 잠페리니, 전화 인터뷰, 2004년 10월 15·17·19·22일.
루이스 잠페리니, 전화 인터뷰. 실비아 플래머, 전화 인터뷰, 2004년 10월
25·27일과 2006년 3월 2일.

39 뭐든지 그때그때 손에 들어온 재료로 : 피트 잠페리니, 전화 인터뷰, 2004년
10월 22일.

39 실직률이 거의 25퍼센트 : 미국 인구조사국, 미국 상무부, http://www.
census.gov/rochi/www/fun1.html#1900(2009년 9월 7일 접속).

39 우생학 : 폴 롬바르도, 「우생 불임 법률(Eugenic Sterilization Laws)」, 돌런 DNA
학습센터(Dolan DNA Learning Center), 콜드 스프링 하버 연구소(Cold Spring
Harbor Laboratory), http://www.eugenicsarchive.org(2006년 4월 13일 접속). 폴
롬바르도, 이메일 인터뷰, 2006년 4월 13일. 에드윈 블랙(Edwin Black), 「우생
학과 나치-캘리포니아 연관성(Eugenics and the Nazis-the California connection)」,
〈샌프란시스코 크로니클〉, 2003년 11월 9일. 앤서니 플랫(Anthony Platt) 명예
교수, 캘리포니아 주립대학교, 이메일 인터뷰, 2006년 4월 13일. 앤서니 플
랫, 「미국 우생학 운동의 섬뜩한 의제(The Frightening Agenda of the American
Eugenics Movement)」(캘리포니아 상원 법사위원회에서 발언, 2003년 6월 24일).

40 환자들에게 결핵 감염시킴 : 에드윈 블랙, 「우생학과 나치-캘리포니아 연관
성」, 〈샌프란시스코 크로니클〉, 2003년 11월 9일.

40 불임수술의 위협을 받은 토런스의 남자아이 : 루이스 잠페리니, 전화 인터 뷰.

41 루이스가 "통이 컸다" : 피트 잠페리니, 전화 인터뷰, 2004년 10월 17일.

41 기차 소리 듣기 : 루이스 잠페리니, 전화 인터뷰.

2. 미친 듯이 뛰어라

43 피트가 루이스의 체육 활동 참여 금지를 해제 : 피트 잠페리니, 전화 인터뷰, 2004년 10월 15일. 루이스 잠페리니, 전화 인터뷰.

43 피트의 운동 경력 : 「육상 스타들, 졸업하다」, 잠페리니의 스크랩북에서 나온 1934년의 신문 기사, NPN. 「피트 잠페리니, 기록 세우다」, 잠페리니의 스크랩북에서 나온 1934년의 신문 기사, NPN. 「피트 잠페리니, USC 입학」, 잠페리니의 스크랩북에서 나온 1934년의 신문 기사, NPN.

44 첫 번째 경기 : 피트 잠페리니, 전화 인터뷰, 2004년 10월 17일. 루이스 잠페리니, 전화 인터뷰. 루이스 잠페리니, 조지 호닥의 인터뷰, 캘리포니아 주 할리우드, 1988년 6월, AAFLA.

44 피트가 루이스를 회초리로 때림 : 루이스 잠페리니, 전화 인터뷰. 맥스웰 스타일스, 「회초리가 트로이 스타의 훈련에 도움을 주었다(Switch Helped Troy Star Learn to Run)」, 잠페리니의 문서에서 나온 1937년 최신 신문 기사, NPN.

46 가출, 차우칠라 : 루이스 잠페리니, 전화 인터뷰.

48 훈련 : 루이스 잠페리니, 전화 인터뷰. 피트 잠페리니, 전화 인터뷰, 2004년 10월 17일. 루이스 잠페리니, 조지 호닥의 인터뷰, 캘리포니아 주 할리우드, 1988년 6월, AAFLA. 버지니아 바우어삭스 바이츨, 전화 인터뷰, 2005년 2월 19일.

49 커닝엄 : 마크 D. 허시(Mark D. Hersey), 「커니엄, 경력이라 부르다(Cunningham Calls It a Career)」, KU 커넥션, 2002년 4월 8일, http://www.kuconnection. org/4월2002/people_Glenn.asp(2006년 6월 7일 접속). 폴 J. 키엘(Paul J. Kiell), 『아메리칸 마일러 : 글렌 커닝엄의 삶과 시대(American Miler: The Life and Times of Glenn Cunningham)』(뉴욕 헬코츠빌 : 브레이크웨이북스, 2006), pp. 21-149.

50 1932년 가을 훈련 : 피트 잠페리니, 전화 인터뷰, 2004년 10월 19일. 루이스 잠페리니, 전화 인터뷰.

50 루이스의 달리기 폭 : 피트 잠페리니, 전화 인터뷰, 2004년 10월 17일.

50 "유-우-연한데" : 버지니아 바우어삭스 바이즐, 전화 인터뷰, 2005년 2월
    19일.

50 소시지 판매 행사 : 버지니아 바우어삭스 바이즐, 전화 인터뷰, 2005년 2월
    19일.

51 루이스의 기록 향상 : 「루이스 '철인' 잠페리니」, 피트 잠페리니의 문서에서
    나온 1934년 최신 신문 기사, NPN.

51 '우와, 대단하다!' : 「스포츠 윙크(Sport Winks)」, 잠페리니의 스크랩북에서 나
    온 기사, 1933년 3월 10일, NPN.

51 3,200미터 경기 : 「토런스의 1,600미터 선수가 장거리 경기에 나가다」, 잠페
    리니의 스크랩북에서 나온 기사, 1933년 10월 28일, NPN.

51 UCLA 경기 : 「철인 잠페리니」, 〈토런스 헤럴드〉, 1933년 12월 16일. 피트 잠
    페리니, 전화 인터뷰, 2004년 10월 15일. 루이스 잠페리니, 전화 인터뷰.

3. 토런스의 토네이도

53 '안타깝게도 기가 죽고' : 잠페리니의 스크랩북에서 나온 1934년 기사,
    NPN.

54 '무한한 가능성의 소유자라고 불리던 소년' : 위와 동일.

54 서던 캘리포니아 트랙 및 필드 선수권 대회 : 「잠페리니, 1,600미터 4분
    21.3초에 완주(Zamperini Runs Mile in 4m 21 3/5)」, 〈로스앤젤레스 타임스〉,
    1934년 5월 24일. 피트 잠페리니, 전화 인터뷰, 2004년 10월 15일. 루이스 잠
    페리니, 전화 인터뷰.

54 전국 고등부 기록 : 존 헨더샷 부편집장, 〈육상 경기 뉴스〉, 이메일 인터
    뷰, 2009년 5월 6일. 「잠페리니, 1,600미터 4분 21.3초에 완주(Zamperini
    Runs Mile in 4m 21 3/5)」, 〈로스앤젤레스 타임스〉, 1934년 5월 24일. 「머서스
    버그의 위대한 삼인조(Mercersburg's Great Trio)」, 〈포트 웨인 데일리 뉴스
    (Fort Wayne Daily News)〉, 1916년 6월 3일. 버트 댈그런(Bert Dahlgren), 「리들
    리의 밥 시먼이 1,600미터 미국 기록 4:21로 앞당겨(Reedley's Bob Seaman Is
    Pushed to National Mile Record of 4:21)」, 〈프레즈노 비-리퍼블리컨(Fresno Bee-
    Republican)〉, 1953년 5월 30일. 「돕스 1,600미터 세계기록 노려(Dobbs Seeks
    World Mile Record)」, 〈오클랜드 트리뷴〉, 1929년 5월 3일.

55 '토런스의 폭풍' : 「토런스의 루이스 잠페리니」, 〈로스앤젤레스 타임스〉,

302

1934년 12월 31일.

55 〈토런스 헤럴드〉 다리 보험 가입 : 피트 잠페리니, 전화 인터뷰, 2006년 7월
    10일. 루이스 잠페리니, 전화 인터뷰.

55 당대에 가장 뛰어난 선수들은 20대 중반 이후에 최고 기량 : 찰리 패덕, 「스
    파이크(Spikes)」, 잠페리니의 스크랩북에서 나온 1938년 기사, NPN.

55 커닝엄이 세운 기록, 미국 고등부 1,600미터 역사상 가장 빠른 선수 :
    「1,600미터 경기 기록사」, 인포플리즈, www.infoplease.com(2004년 7월 9일
    접속). 키엘의 책, pp. 99-126, 266-267.

57 컴프턴 오픈 대비 : 피트 잠페리니, 전화 인터뷰, 2004년 10월 15일. 루이스
    잠페리니, 전화 인터뷰. 루이스 잠페리니, 조지 호닥의 인터뷰, 캘리포니아
    주 할리우드, 1988년 6월, AAFLA.

57 "네가 노먼 브라이트의" : 피트 잠페리니, 전화 인터뷰, 2004년 10월 15일.

57 "고문실에서의 15분" : 루이스 잠페리니, 루이즈 잠페리니에게 보낸 편지,
    1936년 7월 14일.

58 컴프턴 오픈 : 잠페리니의 스크랩북에서 나온 기사, NPN. 피트 잠페리니, 전
    화 인터뷰, 2004년 10월 19일. 루이스 잠페리니, 전화 인터뷰. 루이스 잠페리
    니, 조지 호닥의 인터뷰, 캘리포니아 주 할리우드, 1988년 6월, AAFLA.

58 마지막 예선전 : 「샌프란시스코 클럽의 브라이트(Bright of San Francisco Club)」,
    잠페리니의 스크랩북에서 나온 기사, NPN.

59 올림픽 국가대표 선발전 배웅 : 루이스 잠페리니, 전화 인터뷰.

60 더위 : 재닛 피셔, 북동 지역 기후센터, 코넬 대학교, 이메일 인터뷰, 2006년
    7월 7일. 키스 하이돈 박사, 「기온이 어디까지 올라갈 수 있을까? 1936년의
    혹서(How Hot Can It Get? The Great Heat Wave of 1936)」, 기상 닥터, http://www.
    islandnet.com/weather/almanac/arc2006/alm06jul.htm(2006년 5월 1일
    접속). 재닛 월, 국립기후정보센터, 이메일 인터뷰, 2006년 7월 7일. 루이스
    잠페리니, 전화 인터뷰. 「동부, 시원한 날씨 또다시 늦어져(Cooler Weather in
    the East Is Delayed Again)」, 〈데일리 메신저(Daily Messenger)〉(캐넌다이과, 뉴욕),
    1936년 7월 13일. 윌리엄 F. 맥이라스(William F. McIrath), 「폭염으로 3,000명
    사망(Heat Wave Deaths Pass 3,000 Mark)」, 〈던커크 이브닝 옵저버〉(뉴욕), 1936년
    7월 15일. 제임스 루발레(James Lu Valle) 박사, 조지 호닥의 인터뷰, 캘리포니
    아 주 팔로알토, 1988년 6월, AAFLA. 맬컴 W. 멧칼프, 조지 호닥의 인터뷰,

캘리포니아 주 클레어몬트, 1988년 2월, AAFLA. 아치 F. 윌리엄스(Archie F. Williams), 조지 호닥의 인터뷰, 캘리포니아 주 산타로사, 1988년 6월, AAFLA. 케니스 그리핀(Kenneth Griffin), 조지 호닥의 인터뷰, 캘리포니아 주 클레어몬트, 1988년 8월, AAFLA.

60 경기 대비 : 루이스 잠페리니, 피트 잠페리니에게 보낸 편지, 1936년 7월 10일.

61 경기를 예고하는 신문 보도, '내가 이 폭염을 견디고' : 루이스 잠페리니, 피트 잠페리니에게 보낸 편지, 1936년 7월.

61 래시를 무적의 선수라고 : 앨런 굴드(Alan Gould), 「인디애나의 래시, 신기록 두 개 달성(Two New Records Fall Before Indiana's Lash)」, 〈벌링턴 데일리 타임스-뉴스(Burlington Daily Times-News)〉(노스캐롤라이나), 1936년 7월 4일. 앨런 굴드, 「미국 장거리 스타 래시, 첫 번째 올림픽 장정에 올라(Lash Tops US. Distance Stars on Trail of First Olympic Title)」, 〈킹스턴 데일리 프리먼(Kingston Daily Freeman)〉(뉴욕), 1936년 6월 27일.

61 "나를 망쳐놓으려고 작정한" : 「육상 선수의 말」, 〈토런스 헤럴드〉, 1936년 9월 3일.

61 올림픽 국가대표 선발전 : 「지역 청년, 접전 벌여」, 〈로스앤젤레스 타임스〉, 1936년 7월 12일. 밥 르엘린(Bob Lwellyn), 제목 없는 기사, 〈토런스 헤럴드〉, 1936년 7월. 「캘리포니아인 20명(Twenty Californians)」, 잠페리니의 스크랩북에서 나온 기사, NPN. 루이스 잠페리니, 조지 호닥의 인터뷰, 캘리포니아 주 할리우드, 1988년 6월, AAFLA. 「스타 선수들 출전했지만 경기에서는 흑인 대표단이 빛나다(Stars Fall in Games but Negro Contingent Shines)」, 〈헬레나 데일리 인디펜던트(Helena Daily Independent)〉, 1936년 7월 13일. 조지 커크시(George Kirksey), 「기록 하락, 챔피언들 격렬한 미국 대표팀 선발전에서 패배(Records Fall, Champions Beaten in Bitter Finals for American Games Team)」, 〈올리언 타임스-헤럴드(Olean Times-Herald)〉(뉴욕), 1936년 7월 13일. 헨리 맥레모어(Henry McLemore), 「미국, 최강의 선수 팀 올림픽에 출전시키다(America Sends Strongest Team to the Olympics)」, 〈던커크 이브닝 옵저버〉(뉴욕), 1936년 7월 15일. 조지 T. 데이비스(George T. Davis), 「잠페리니, 능력에 자신감 가졌다(Zamperini Had Confidence in Ability)」, 〈로스앤젤레스 이브닝 헤럴드 앤 익스프레스〉, 1936년 7월 11일. 「토런스 토네이도 동시에 결승선 통과(Torrance

304

Tornado in Dead Heat)」, 〈토런스 헤럴드〉, 1936년 7월 16일. 피트 잠페리니, 루이스 잠페리니에게 보낸 편지, 1936년 7월 19일.

63   "우리 사이에 머리카락 한 올도": 루이스 잠페리니, 전화 인터뷰, 2006년 7월 10일.

64   '선인장을 먹는 당나귀': J. O. 비숍(J. O. Bishop) 부부가 루이스 잠페리니에게 보낸 전보, 1936년 7월 14일.

65   브라이트의 부상한 발:「루이스, 그가 해냈다고 말하다(Louie Says He Won)」, 〈토런스 헤럴드〉, 1936년 7월 16일. 루이스 잠페리니, 전화 인터뷰.

65   노먼 브라이트의 달리기: 조지 브라이트 쿤켈,「내 오빠는 장거리 선수였다(My Brother Was a Long Distance Runner)」, 〈웨스트 시애틀 헤럴드(West Seattle Herald)〉, 2008년 8월 21일.

65   전보: 루이스 잠페리니, 루이즈 잠페리니에게 보낸 편지, 1936년 7월 14일. 잠페리니의 스크랩북. 〈토런스 헤럴드〉, 잠페리니의 스크랩북에서 나온 기사, NPN.

66   '이렇게 행복한 적이': 피트 잠페리니, 루이스 잠페리니에게 보낸 편지, 1936년 7월 19일.

66   최연소 장거리 선수: 밥 르엘린, 제목 없는 기사, 〈토런스 헤럴드〉, 1936년 7월.

4. 독일 강탈

67   물건 훔치기: 루이스 잠페리니, 조지 호닥의 인터뷰, 캘리포니아 주 할리우드, 1988년 6월, AAFLA.

67   콧수염: 루이스 잠페리니, 올림픽 일기, 1936년 7월 22일 작성.

67   "날 따를 자가": 루이스 잠페리니, 전화 인터뷰.

68   배에서 훈련하기: 아이리스 커밍스 크리첼, 전화 인터뷰, 2005년 9월 29일. 아이리스 커밍스 크리첼, 조지 호닥의 인터뷰, 캘리포니아 주 클레어몬트, 1988년 5월, AAFLA. 벨마 던 플로에셀, 전화 인터뷰, 2005년 6월 16일. 루이스 잠페리니, 올림픽 일기. 벨마 던 플로에셀, 조지 호닥의 인터뷰, 캘리포니아 주 다우니, 1988년 7월, AAFLA. 허버트 H. 와일드먼(Herbert H. Wildman), 조지 호닥의 인터뷰, 캘리포니아 주 마리나 딜 레이, 1987년 10월, AAFLA. 아서 O. 몰너(Arthur O. Mollner), 조지 호닥의 인터뷰, 캘리포니아 주

웨스트레이크 빌리지, 1988년 5월, AAFLA.

68 평생 식당이라곤 딱 두 번밖에 가본 적이 없는 : 루이스 잠페리니, 올림픽 일
    기. 루이스 잠페리니, 전화 인터뷰.

69 맨해튼 호의 음식 : 루이스 잠페리니, 조지 호닥의 인터뷰, 캘리포니아 주 할
    리우드, 1988년 6월, AAFLA. 아치 F. 윌리엄스, 조지 호닥의 인터뷰, 캘리포
    니아 주 산타로사, 1988년 6월, AAFLA.

70 "물론, 그게 다 루 잠페리니", 잭 토런스 옆에 앉은 루이스 : 제임스 루발레 박
    사, 조지 호닥의 인터뷰, 캘리포니아 주 팔로알토, 1988년 6월, AAFLA.

70 저녁식사 목록 : 잭 콜먼(Jack Coleman), 루이스 잠페리니에게 보낸 편지, 편지
    지 뒷장에 적힌 목록과 평.

71 몸무게 증가 : 케네스 그리핀(Kenneth Griffin), 조지 호닥의 인터뷰, 캘리포니
    아 주 클레어몬트, 1988년 8월, AAFLA. 루이스 잠페리니, 올림픽 일기. 「최
    초의 살빼기 운동(First Light Workouts)」, 잠페리니의 스크랩북에서 나온 기사,
    1936년 7월 23일, NPN. 맬컴 W. 멧칼프, 조지 호닥의 인터뷰, 캘리포니아 주
    클레어몬트, 1988년 2월, AAFLA.

71 포도주 잔 상당수를 슬쩍한 선수들 : 조애나 드 터스컨 하딩(Joanna de Tuscan
    Harding), 조지 호닥의 인터뷰, 캘리포니아 주 할리우드 힐스, 1988년 4월,
    AAFLA.

71 "제시 어디 있어요?" : 제임스 루발레 박사, 조지 호닥의 인터뷰, 캘리포니아
    주 팔로알토, 1988년 6월, AAFLA.

71 올림픽 선수촌 : 아르보 버카머(Arvo Vercamer) · 제이슨 파이프스(Jason Pipes),
    「1936년 독일 올림픽(The 1936 Olympic Games in Germany)」, www.feldgrau.
    com(2006년 7월 19일 접속). 리처드 맨델(Richard Mandell), 『나치 올림픽(The Nazi
    Olympics)』(어배너 : 일리노이 대학교 출판국, 1987), pp. 88~92, 138. 루이스 잠페리
    니, 조지 호닥의 인터뷰, 캘리포니아 주 할리우드, 1988년 6월, AAFLA.

72 사슴에게 먹이를 주는 일본 선수들 : 「스포츠 퍼레이드(Sports Parade)」, 〈로스
    앤젤레스 이그재미너〉, 1936년 7월 30일.

72 황새 : 아르보 버카머 · 제이슨 파이프스, 「1936년 독일 올림픽」, www.
    feldgrau.com(2006년 7월 19일 접속).

72 팬들에게 쫓기는 오언스 : 제임스 루발레 박사, 조지 호닥의 인터뷰, 캘리포
    니아 주 팔로알토, 1988년 6월, AAFLA.

72 버스 타고 베를린 가로지르기 : 맨덜의 책, pp. 139-143. 허버트 H. 와일드먼, 조지 호닥의 인터뷰, 캘리포니아 주 마리나 딜 레이, 1987년 10월, AAFLA.

72 글라이더 : 아이리스 커밍스 크리첼, 전화 인터뷰, 2005년 9월 29일.

73 집시 : 「환대의 허울(The Facade of Hospitality)」, 미국 홀로코스트 박물관(US. Holocaust Museum), www.ushm.org/museum/exhibit/online/olympics/zcd062.htm(2005년 6월 16일 접속).

73 비둘기 : 루이스 잠페리니, 전화 인터뷰. 아이리스 커밍스 크리첼, 전화 인터뷰, 2005년 9월 29일. 맨덜의 책, p. 145.

74 눈이 툭 튀어나왔다, 루이스 대 핀란드 선수들 : 「스포츠 단신(Sport Shorts)」, 잠페리니 스크랩북에서 나온 기사, NPN.

74 독일의 민족주의 : 아이리스 커밍스 크리첼, 전화 인터뷰, 2005년 9월 29일. 아이리스 커밍스 크리첼, 조지 호닥의 인터뷰, 캘리포니아 주 클레어몬트, 1988년 5월, AAFLA.

74 "저 사람들 눈에 안 띄게 가려줘요!" : 아이리스 커밍스 크리첼, 전화 인터뷰, 2005년 9월 29일.

74 예선전 : 「오언스 신기록 수립(Owens in New Record)」, 〈로스앤젤레스 이브닝 헤럴드 앤 익스프레스〉, 1936년 8월 4일. 「잠페리니 본선 출전(Zamperini Is In)」, 〈토런스 헤럴드〉, 1936년 8월 6일.

75 '지독하게 지쳤다' : 루이스 잠페리니, 올림픽 일기, 1936년 8월 4일 작성.

75 올림픽 결승전 : 루이스 잠페리니, 전화 인터뷰. 「핀란드 스타 5,000미터 우승(Finn Star Wins 5,000 Meter Title)」, 〈워털루 데일리 커리어(Waterloo Daily Courier)〉, 1936년 8월 7일. 「아치 윌리엄스 400미터 우승(Wins 400 Meter Title)」, 〈갤버스턴 데일리 뉴스(Galveston Daily News)〉, 1936년 8월 8일. 「단거리 경기 휩쓸다(Sweep in Sprints)」, 〈엠포리아 가제트(Emporia Gazette)〉, 1936년 8월 7일. 「최초의 미국인(First American)」, 잠페리니의 스크랩북에서 나온 기사, NPN. 「미국 선수 세 명(Three Americans)」, 잠페리니의 스크랩북에서 나온 기사, NPN. 「갈색 하늘(Brown Skies)」, 〈로스앤젤레스 타임스〉, 1936년 8월 8일. 「스포츠 퍼레이드」, 〈로스앤젤레스 타임스〉, 1936년 8월 14일. 스튜어트 캐머런(Stuart Cameron), 「핀란드 5,000미터 결승전 승리하며 장거리 경기 휩쓸다(Finland Wins Clean Sweep in Distance Running by Taking 5000-Meter

Finals)」, 〈던커크 이브닝 옵저버〉(뉴욕), 1936년 8월 7일. 「올림픽 결과(Olympic Games Results)」, 〈르노 이브닝 가제트(Reno Evening Gazette)〉, 1936년 8월 7일. 「아치 윌리엄스 400미터 결승전 승리(Archie Williams Wins 400 Meter Final)」, 〈체스터 타임스(Chester Times)〉(펜실베이니아), 1936년 8월 7일. 「윌리엄스 승리로 미국 올림픽 메달 행진 가속(Williams Victory Gives U.S. Olympic Dash Sweep)」, 〈시러큐스 헤럴드(Syracuse Herald)〉(뉴욕), 1936년 8월 7일. 「아치 : 미국 선수들 올림픽 10종 경기에서 1·2·3등 차지(Dusky Archie: United States Athletes Take One, Two, Three Lead in Olympics Decathlon)」, 〈샌안토니오 익스프레스(San Antonio Express)〉, 1936년 8월 8일.

78 감정을 억제하고 있던 히틀러 : 「커닝엄(Cunningham)」, 〈로스앤젤레스 타임스〉, 1936년 8월 8일.

78 장거리 경기에서 마지막 바퀴 : 빌 헨리(Bill Henry), 「빌 헨리가 말하다(Bill Henry Says)」, 〈로스앤젤레스 타임스〉 기사. 맨덜의 책, p. 40.

79 히틀러와의 만남 : 루이스 잠페리니, 전화 인터뷰. 루이스 잠페리니, 조지 호닥의 인터뷰, 캘리포니아 주 할리우드, 1988년 6월, AAFLA.

80 깃발 : 「잠페리니, 히틀러의 궁전에 잠입했다가 살아 나왔다!(Zamperini Stormed Hitler's Palace-Lived!)」, 잠페리니의 문서에서 나온 최신 기사, NPN. 「폭격수 잠페리니 독일 여행 바라다(Bombardier Zamperini Seeks Return Trip to Germany)」, 잠페리니의 문서에서 나온 최신 기사, 1942년 8월 13일, NPN. 「잠프는 다시 시도할 것이다(Zamp Will Try Again)」, 잠페리니의 문서에서 나온 최신 기사, 1942년 8월 13일, NPN. 루이스 잠페리니, 전화 인터뷰. 루이스 잠페리니, 조지 호닥의 인터뷰, 캘리포니아 주 할리우드, 1988년 6월, AAFLA.

82 루빈의 반유대주의 목격 : 프랭크 J. 루빈, 조지 호닥의 인터뷰, 캘리포니아 주 글렌데일, 1988년 5월, AAFLA.

82 반유대주의 표지판, 유대인 금지 : 「환대의 허울」, 미국 홀로코스트 박물관, www.ushm.org/museum/exhibit/online/olympics/detail.php? content-facade_hospitality_more&lang=en(2010년 4월 29일 접속).

83 퍼스트너의 자살 : 맨덜의 책, p. 92.

83 작센하우젠 : 「환대의 허울」, 미국 홀로코스트 박물관, www.ushm.org/museum/exhibit/online/olympics/detail.php? content= facade_

hospitality_more&lang=en(2010년 4월 29일 접속).

83 귀향 : 「잠페리니, 집에 오다(Zamperini Home)」, 〈토런스 헤럴드〉, 1936년 9월
　　3일. 「약한 여성(Invalid Woman)」, 〈토런스 헤럴드〉, 잠페리니의 스크랩북에서
　　나온 기사. 「올림픽 영웅(Olympic Games Hero)」, 〈토런스 헤럴드〉, 1936년 9월
　　3일. 「육상 선수가 말하다(Runner Tells)」, 〈토런스 헤럴드〉, 1936년 9월 3일.
　　「환호하는 군중(Cheering Mass)」, 〈토런스 헤럴드〉, 1936년 9월 4일. 루이스 잠
　　페리니, 전화 인터뷰. 루이스 잠페리니, 조지 호닥의 인터뷰, 캘리포니아 주
　　할리우드, 1988년 6월, AAFLA.

83 "너무 느리게 출발한 게" : 「환호하는 군중」, 〈토런스 헤럴드〉, 1936년 9월
　　4일.

83 1940년 계획 : 「육상 선수가 말하다」, 〈토런스 헤럴드〉, 1936년 9월 3일.
　　루이스 잠페리니, 전화 인터뷰. 피트 잠페리니, 전화 인터뷰, 2004년 10월
　　15·17·19·22일.

83 올림픽 개최지가 일본의 도쿄로 발표 : 「도쿄의 준비(Tokyo Prepares)」, 잠페
　　리니의 스크랩북에서 나온 기사, 1936년 8월 1일, NPN.

5. 참전

84 페이턴 조던 : 페이턴 조던, 전화 인터뷰, 2004년 8월 13·16일.

84 침대에서 잠들어 있는 높이뛰기 선수 : 실비아 플래머, 전화 인터뷰, 2004년
　　10월 25·27일.

84 장난질 : 루이스 잠페리니, 전화 인터뷰.

85 사사키 : 루이스 잠페리니, 전화 인터뷰. 페이턴 조던, 전화 인터뷰, 2004년
　　8월 13·16일. 브루스 갬블(Bruce Gamble), 『검은 양 한 마리 : 조지 '패피' 보
　　잉턴의 삶(Black Sheep One: The Life of Gregory 'Pappy' Boyington)』(캘리포니아 노
　　바토 : 프레시디오, 2000), p. 323. 구니치 사사키와 제임스 구니치 사사키의 기
　　록, RG 331, RAOOH, WWII, 1907~1966년, SCAP, 법률부, 행정 분과
　　및 기소 분과, NACP : 구니치 사사키, 이사무 사토(Isamu Sato), 가즈오 아
　　카네(Kazuo Akane), 1945~1948년, 수사 및 심문 보고서. 나카키치 아소마
　　(Nakakichi Asoma) 외, 재판·증거물·항소·감형 파일. 나카키치 아소마 외,
　　1945~1952년, POW 201 파일, 1945~1952년, 기소 및 내역, 1945~1948년.

86 사사키의 진짜 대학 기록 : 하버드 대학교, 예일 대학교나 프린스턴 대학교,

서던 캘리포니아 대학교 교무과 기록 보관소. 디그리체크닷컴(Degreecheck. com) 조사, 2007년 4월.

87 루이스의 우승 : 조지 데이비스, 「프레즈노 릴레이가 다음(Fresno Relays Are Next)」, 잠페리니의 스크랩북에서 나온 기사, NPN. 「잠페리니, 수억이 되다 (Zamperini Stars)」, 〈로스앤젤레스 이그재미너〉, 1938년 5월 8일. 「잠페리니, 기록 단축하다(Zamperini, Day Smash Meet Marks)」, 잠페리니의 스크랩북에서 나온 1938년 기사, NPN.

87 코치의 세계기록 예측 : 리 바스타지안(Lee Bastajian), 「트로이 선수들, 스 탠퍼드에서 만나다(Trojans Meet Stanford)」, 잠페리니의 스크랩북에서 나온 1938년 봄 기사, NPN.

87 루이스를 이길 수 있는 주자는 시비스킷뿐 : 루이스 잠페리니, 전화 인터뷰.

87 커닝엄의 예상 : 조지 데이비스, 「커닝엄, 잠페리니를 차기 1,600미터 챔피언 으로 예상」, 잠페리니의 스크랩북에서 나온 1938년 기사, NPN.

87 1,600미터를 달릴 때 가장 빠른 속도는 4분 1.6초 : 브루트스 해밀턴, 〈아마 추어 애슬리트〉, 1935년 2월.

88 계단에서 훈련하는 루이스 : 루이스 잠페리니, 전화 인터뷰. 루이스 잠페리 니, 조지 호닥의 인터뷰, 캘리포니아 주 할리우드, 1988년 6월, AAFLA.

88 1,600미터를 4분에 달리는 최초의 선수 : 찰리 패덕, 「스포토리얼스」, 잠페 리니의 스크랩북에서 나온 1938년 4월 기사, NPN. 조지 데이비스, 「스포츠 를 위하여」, 〈로스앤젤레스 이브닝 헤럴드 앤 익스프레스〉, 잠페리니의 스 크랩북에서 나온 1938년 기사. 조지 데이비스, 「커닝엄, 잠페리니를 차기 1,600미터 챔피언으로 예상」, 잠페리니의 스크랩북에서 나온 기사, NPN. 「1,600미터 경기 기록사」, 인포플리즈, www.infoplease.com(2004년 7월 9일 접속). 폴 셰펠스, 「1,600미터 4분 완주 가능성 높아지다」, 〈모데스토 비〉(캘리 포니아), 1940년 2월 14일.

88 경기 전 경고 : 루이스 잠페리니, 전화 인터뷰. 페이턴 조던, 전화 인터뷰, 2004년 8월 13·16일. 루이스 잠페리니, 조지 호닥의 인터뷰, 캘리포니아 주 할리우드, 1988년 6월, AAFLA.

88 1938년 NCAA 선수권 대회 : 루이스 잠페리니, 전화 인터뷰. 페이턴 조던, 전화 인터뷰, 2004년 8월 13·16일. 「잠페리니의 1,600미터 기록, 펜스크 를 따라잡다(Zamperini's Record Mile Beats Fenskc)」, 〈미네소타 서널(Minnesota

Journal)〉, 1938년 6월 18일. 찰스 존슨(Charles Johnson), 「잠페리니, 기록 세우다(Zamperini Sets Mark)」, 〈스타 나이트호크(Star Nighthawk)〉, 1938년 6월 18일. 「대학 대항전에서 1,600미터 기록 탄생(Mile Record Smashed at Collegiate Meet)」, 〈미니애폴리스 트리뷴(Minneapolis Tribune)〉, 1938년 6월 18일. 루이스 잠페리니, 조지 호닥의 인터뷰, 캘리포니아 주 할리우드, 1988년 6월, AAFLA.

90 관중들이 놀라서 헉 하는 소리, "우와!" : 페이턴 조던, 전화 인터뷰, 2004년 8월 13·16일.

90 일본의 올림픽 개최권 포기, 핀란드로 변경 : 렐만 모린(Relman Morin), 「일본 올림픽 계획 포기하다(Japan Abandons Olympics Plans)」, 〈애플턴 포스트-크레센트(Appleton Post-Crescent)〉(위스콘신), 1938년 7월 14일. 「핀란드, 올림픽 개최 수락하다(Finland Okays Olympic Games)」, 〈로웰 선(Lowell Sun)(매사추세츠)〉, 1938년 7월 19일.

91 루이스의 실내경기 : 「펜스크, 2.7미터 차이로 잠페리니보다 빨리 달리다(Fenske Outruns Zamperini by Three Yards)」, 〈프레스노 비(Fresno Bee)〉, 1940년 2월 18일. 「펜스크, 미국 1,600미터 선수들 다시 이기다(Fenske Again Beats Best US. Milers)」, 〈오클랜드 트리뷴〉, 1940년 2월 18일. 「펜스크, 승리해 '1,600미터의 제왕'으로 등극하다(Fenske's Brilliant Millrose Victory Stamps Him 'King of Milers')」, 〈네브래스카 주 저널(Nebraska State Journal)〉(링컨), 1940년 2월 5일. 폴 셰펠스, 「1,600미터 4분 완주 가능성 높아지다」, 〈모데스토 비〉(캘리포니아), 1940년 2월 14일.

91 실내경기 대 실외경기 기록 : 존 헨더샷 부편집장, 〈육상 경기 뉴스〉, 이메일 인터뷰, 2009년 5월 6일. 윌리 도노번(Wally Donovan), 『실내 육상 경기 역사(A History of Indoor Track and Field)』(캘리포니아 주 엘 카혼 : 에드워드 줄스, 1976년), p. 294. 「1,600미터 경기 기록사(History of the Record for the Mile Run)」, 인포플리즈, www.infoplease.com(2004년 7월 9일 접속).

91 일본의 경제적 곤경, 야욕, 준비 : 데이비드 제임스(David James), 『일본 제국의 흥망성쇠(The Rise and Fall of the Japanese Empire)』(런던 : 조지 앨런 앤 언윈, 1951), pp. 6-17, 119-127, 168·173. 아이리스 창(Iris Chang), 『난징의 강간 : 잊힌 제2차 세계대전의 홀로코스트(The Rape of Nanking: The Forgotten Holocaust of World War II)』(런던 : 펭귄북스, 1998), pp. 25-38.

91 "세상에는 우월한 종족과" : 존 W. 다워(John W. Dower), 『자비 없는 전쟁 : 태평양전쟁에서 종족과 권력(War Without Mercy: Race and Power in the Pacific War』(뉴욕 : 판테온북스, 1993), p. 217.

92 '혈통을 심어주기로' : 위의 책, p. 277.

92 군대가 운영하는 학교, 군사 훈련 : 창의 책, pp. 29-32, 57. 제임스 브래들리(James Bradley), 『플라이보이스(Flyboys)』(뉴욕 : 리틀 브라운, 2003), pp. 34-36.

92 '폭력에 신성한 의미를' : 창의 책, p. 218.

93 일부분이 무너진 올림픽 경기장 : 론 존스(Lon Jones), 「전쟁이 트로이인들을 우롱하다 : 사라진 올림픽 출전 기회(War Cheats Trojans: Olympic Chances Lost)」, 〈로스앤젤레스 이그재미너〉, 1940년 2월 28일.

93 레티넌이 금메달을 주다 : 「라우리 레티넌」, 올 엑스퍼츠(All Experts), http://en.allexperts.com/e/l/la/lauri_lehtinen.htm(2009년 9월 11일 접속).

94 브라이트, 커닝엄 입대 : 키엘의 책, pp. 320-321. 조지 브라이트 쿤켈, 「내 오빠는 장거리 선수였다」, 〈웨스트 시애틀 헤럴드〉, 2008년 8월 21일.

94 비행기 멀미로 마음이 조마조마 : 루이스 잠페리니, 버지니아 잠페리니에게 보낸 편지, 1941년 4월 10일. 루이스 잠페리니, 전화 인터뷰.

95 초코바 : 루이스 잠페리니, 전화 인터뷰.

96 정보 보고 : 에드거 후버와 셔먼 마일스 준장 사이의 편지 교류, 1941년 10~11월, FBI, 육군성 미국 육군 정보 보안 사령부(United States Army Intelligence and Security Command) 정보/개인 정보 공개 사무국(Freedom of Information/Privacy Office)에서 입수, 메릴랜드 포트 조지 G. 미드.

96 경찰서장의 메모 : 잠페리니의 1956년 자서전에서 사사키에 대한 부분에 들어간 토런스 경찰관 어니 애슈턴(Ernie Ashton) 경감의 메모, 「내 발치의 악마(Devil at My Heels)」, 루이스 잠페리니의 문서.

96 워싱턴에서의 사사키 : 구니치 사사키와 제임스 구니치 사사키의 기록, RG 331, RAOOH, WWII, 1907~1966년, SCAP, 법률부, 행정 분과 및 기소 분과, NACP : 구니치 사사키, 이사무 사토, 가즈오 아카네, 1945~1948년, 수사 및 심문 보고서. 나카키치 아소마 외, 재판·증거물·항소·감형 파일. 나카키치 아소마 외, 1945~1952년, POW 201 파일, 1945~1952년, 기소 및 내역, 1945~1948년.

97 후버의 수사 지시 : 에드거 후버와 셔먼 마일스 준장 사이의 편지 교류,

1941년 10~11월, FBI, 육군성 미국 육군 정보 보안 사령부 정보/개인 정보 공개 사무국에서 입수, 메릴랜드 포트 조지 G. 미드.

97 하와이 상공의 조종사 : 미츠오 후치다 · 마사타케 오쿠미야(Masatake Okumiya), 『미드웨이 제도 : 일본을 파멸시킨 전투(Midway: The Battle That Doomed Japan)』(블루잭북스, 2001).

97 오아후 섬에서의 활동 : 윌리엄 클리블랜드(William Cleveland) 외, 『회색 거위들의 외침(Grey Geese Calling)』(아스코브 : 아메리칸 퍼블리싱, 1981), p. 203. 스테슨 콘(Stetson Conn) · 로즈 엥겔만(Rose Engelman) · 브라이언 페어차일드(Byron Fairchild), 『제2차 세계대전에서의 미국 육군 : 미국과 전초기지 방어(United States Army in World War II: Guarding the United States and Its Outposts)』(워싱턴 DC : 육군 역사 센터, 미국 육군, 1964), p. 191. 클리브 하워드(Clive Howard) · 조 휘틀리(Joe Whitley), 『이 우라질 섬들을 하나씩 : 제7의 대하소설(One Damned Island After Another: The Saga of the Seventh)』(채플 힐 : 노스캐롤라이나 대학교 출판국, 1946), p. 25. 로버트 크레스맨(Robert Cressman) · J. 마이클 웽거(J. Michael Wenger), 「악명 높은 날(Infamous Day)」, 제2차 세계대전 참전 해병대 기념 시리즈, http://www.nps.gov/archive/wapa/indepth/extContent/usmc/pcn-190-003116-00/sec3.htm(2009년 9월 10일 접속).

98 비행기 두 대 실종 : 「진주만 공격 시각표」, 진주만 추모, http://my.execpc.com/~dschaaf/mainmenu.html(2010년 4월 29일 접속).

98 베개 싸움 중에 죽은 군인, 일본 폭격기의 추락을 본 군인 : 클리블랜드의 책, p. 203.

98 진주만 공격에 대해 알게 되는 루이스와 피트 : 루이스 잠페리니, 전화 인터뷰. 피트 잠페리니, 전화 인터뷰, 2004년 10월 19일.

PART 2

6. 하늘을 나는 관

103 팬케이크 : 켄 마빈, 전화 인터뷰, 2005년 1월 31일.

104 "침착하세요!" : 윌리엄 맨체스터(William Manchester), 『영광과 꿈 : 미국의 역사 서술, 1932~1972(The Glory and the Dream: A Narrative History of America,

313

1932~1972)」(뉴욕 : 반탐북스, 1974), p. 258.

104 안나에게 편지를 쓰는 엘리너 루스벨트 : 도리스 컨스 고드윈(Doris Kearns Goodwin), 『비상시국 : 프랭클린과 엘리너 루스벨트-제2차 세계대전 시 후방 (No Ordinary Time: Franklin and Eleanor Roosevelt-the Home Front in World War II)』(뉴욕 : 사이먼앤슈스터, 1994), p. 289.

104 대통령의 말을 우연히 들은 집사 : 위의 책, p. 290.

104 서류를 태우는 일본 대사관 직원들 : 「일본 대사관 공문 태우다(Japanese Embassy Burns Official Papers)」, 〈위스콘신 주 저널(Wisconsin State Journal)〉(매디슨), 1941년 12월 8일. 맨체스터의 책, p. 258.

104 12월 7일 이후 며칠간 : 칼 놀트(Carl Nolte), 「1941년에 진주만은 아슬아슬한 상황이었다(Pearl Harbor Was a Close Thing for the City in 1941)」, 〈샌프란시스코 크로니클〉, 2006년 12월 7일. 스탠리 필즈버리, 전화 인터뷰, 2004년 8월 25일. 「전 도시가 전시 편성으로 전환(Entire City Put on War Footing)」, 〈NYT〉, 1941년 12월 8일. 「미국 도시들, 행동력을 입증하다(US. Cities Prove They Can Swing into Action)」, 〈위스콘신 주 저널〉(매디슨), 1941년 12월 8일. 애덤 프젤(Adam Fjell), 「'오명으로 남을 날' : 버펄로 카운티와 진주만 공격('A Day That Will Live in Infamy': Buffalo County and the Attack on Pearl Harbor)」, 〈버펄로 테일스(Buffalo Tales)〉, 2002년 11~12월, vol. 25, no. 6. 고드윈의 책, pp. 295-296.

105 웨이크 섬의 방어 : R. D. 하인리(R. D. Heinl, Jr.) 중령, USMC, 「웨이크 섬의 방어(The Defense of Wake)」, 제2차 세계대전에서 해병대 : 역사 논문(미국 해병대 공공 정보 본부 역사과, 1947).

106 웨이크 섬에서 노래하는 사람들 : 켄 마빈, 전화 인터뷰, 2005년 1월 31일.

106 루이스의 훈련 성적 : 능숙도 증명서, 육군 항공단 비행 전 학교(폭격수, 항법사), 엘링턴 기지, 루이스 잠페리니의 문서.

106 노든 폭격조준기 : 윌리엄 대런, 육군 항공단 역사 협회, 오라델 NJ, 인터뷰 및 폭격조준기 시연, 로버트 그렌츠의 허가, 2004년. 루이스 잠페리니, 전화 인터뷰. 「폭격수 정보 파일」, 전쟁부, 육군 항공단, 1945년 3월.

106 미국 집값의 두 배 : 「1942년(The Year 1942)」, 인간사(The People History), http://www.thepeoplehistory.com/1942.html(2009년 9월 11일 접속). 「노든 M-1 폭격조준기(The Norden M-1 Bomb Sight)」, 플레인 크레이지(Plane Crazy), http://www. plane-crazy.net/links/nord.htm(2009년 9월 11일 접속).

109 에프라타 : 샘 브리트(Sam Britt, Jr.), 『롱 레인저스, 307폭격전대의 일기(The Long Rangers, A Diary of the 307th Bombardment Group)』(배턴루지 : 리프린트 컴퍼니, 1990), pp. 4-5.

110 필립스 : 캐런 루미스, 전화 인터뷰, 2004년 11월 17일. 먼로 보만, 전화 인터뷰, 2005년 6월 7일. 포브 보만, 전화 인터뷰, 2005년 6월 7일. 루이스 잠페리니, 전화 인터뷰. 제시 스테이, 전화 인터뷰, 2004년 7월 23일, 2005년 3월 16일. 켈시 필립스, 「인생 이야기」, 미출판 회고록.

110 '모래 분사기' : 제시 스테이, 전화 인터뷰, 2004년 7월 23일, 2005년 3월 16일.

112 세시 페리 : 캐런 루미스, 전화 인터뷰, 2004년 11월 17일. 먼로 보만, 전화 인터뷰, 2005년 6월 7일. 포브 보만, 전화 인터뷰, 2005년 6월 7일. 러셀 필립스가 세시 페리에게 보낸 편지, 1941~1943년.

113 세시의 반지 : 러셀 앨런 필립스, 세시 페리에게 보낸 편지, 1942년 3월 11·21일.

113 '피닉스에서 결혼했다면' : 러셀 앨런 필립스, 세시 페리에게 보낸 편지, 1942년 여름.

113 필립스의 폭격기 대원들 : 스탠리 필즈버리, 전화 인터뷰, 2004년 8월 25일, 2005년 3월 9일, 2006년 8월 18일. 찰스 맥머트리(Charles McMurtry), 「리버레이터, 594회 격추, 무사히 귀환(Liberator, Hit 594 Times, Wings Home Safely)」, 〈리치몬드 뉴스 리더(Richmond News Leader)〉, 1943년 5월 14일.

115 해리 브룩스의 약혼녀 : 「태평양에서 복무하는 H. V. 브룩스 병장(Sergt. H. V. Brooks Served in Pacific)」, 필립스의 스크랩북에서 나온 기사, NPN.

115 B-24 : 찰리 틸먼, B-24 조종사, 공군 기념회, 전화 인터뷰, 2007년 2월 14일. 콘솔리데이티드 항공기, 『비행 설명서 : B-24D 비행기(1942년), B-24 리버레이터 비행 설명서(Flight Manual: B-24D Airplane(1942), Flight Manual for B-24 Liberator)』, 항공기 설명서 시리즈(위스콘신 주 애플턴 : 항공출판사, 1977). 마틴 보먼(Martin Bowman), 『전투의 전설 : B-24 리버레이터(Combat Legend: B-24 Liberator)』(영국 슈루즈베리 : 에어라이프, 2003). 프레더릭 A. 존슨(Frederick A. Johnsen), 『B-24 리버레이터, 거칠지만 정확한(B-24 Liberator, Rugged but Right)』(뉴욕 : 맥글로힐, 1999). 피스크 핸리 II, 전화 인터뷰, 2004년 7월 30일. 바이런 키니, 이메일 인터뷰, 2007년 4월 26일.

116 '베란다에 앉아 집을 비행하는' : 바이런 키니, 이메일 인터뷰, 2007년 4월 26일.

116 더 강한 왼팔 : 스티븐 E. 앰브로즈(Stephen E. Ambrose), 『와일드 블루 : 독일 상공에서 B-24를 비행한 성인들과 청년들(The Wild Blue: The Men and Boys Who Flew the B-24s over Germany)』(뉴욕 : 사이먼앤슈스터, 2001), p. 77.

117 꼬리 부분이 떨어지는 : 존슨의 책, p. 28.

117 "하늘을 나는 관이잖아" : 루이스 잠페리니, 전화 인터뷰.

117 훈련 : 스탠리 필즈버리, 전화 인터뷰, 2004년 8월 25일, 2005년 3월 9일, 2006년 8월 18일.

119 '그날 밤 나는 조금 더' : 러셀 앨런 필립스, 세시 페리에게 보낸 편지, 1942년 8월 혹은 9월.

119 '너도 지난주에 여기에서' : E. C. 윌리엄스(E. C. Williams), 루이스 잠페리니에게 보낸 편지, 1941년 7월 1일.

120 미국 본토 추락 통계 : 『육군 항공단 통계 요약판, 제2차 세계대전(Army Air Forces Statistical Digest, World War II)』, 통계관리실, 1945년 12월, 표 213·214.

120 친구들의 죽음 : 러셀 앨런 필립스, 세시 페리에게 보낸 편지, 1942년 10월.

120 가족에게 편지를 쓰려고 회의 도중 뛰어나간 필립스 : 러셀 앨런 필립스, 세시 페리에게 보낸 편지, 1942년 10월 7일.

121 추락 대비 훈련 : 루이스 잠페리니, 전화 인터뷰. 콘솔리데이티드 벌티 항공사(Consolidated Vultee Aircraft Corporation), 『서비스부, 비상 시 절차 : B-24 항공기(Emergency Procedure: B-24 Airplane)』(샌디에이고 : 콘솔리데이티드 벌티 항공사, 1944), pp. 21-25.

121 '어처구니없다' : 러셀 앨런 필립스, 텔레비전 인터뷰, CBS, 인디애나 주 라포트, 1997년 1월.

121 "엄청나게 멋진 조종사" : 「피켓 목사의 조종사 아들 웨이크 섬 상공에서 폭격(Son of Pickett 'Sky Pilot' Pilots Bomber Over Wake I)」, 필립스의 스크랩북에서 나온 기사, NPN.

122 필립스의 B-24 : 스탠리 필즈버리, 전화 인터뷰, 2004년 8월 25일, 2005년 3월 9일, 2006년 8월 18일. 루이스 잠페리니, 전화 인터뷰. 러셀 앨런 필립스, 텔레비전 인터뷰, CBS, 인디애나 주 라포트, 1997년 1월.

123 세시가 필립스를 차버리는 꿈 : 러셀 앨런 필립스, 세시 페리에게 보낸 편지,

1942년 8월 15일

123 3일 차이로 세시를 만나지 못함 : 러셀 앨런 필립스, 세시 페리에게 보낸 편지, 1942년 11월 2일.

123 B-24의 이름 : 「출정 분장 사진첩(Warpaint Photo Album)」, 군대에 관한 모든 것, http://www.jcs-group.com/military/war1941aaf/warpaint1.html(2009년 9월 26일 접속).

124 모즈넷이 비행기 이름을 지음 : 러셀 앨런 필립스, 켈시 필립스에게 보낸 편지, 1943년 2월 13일.

124 비행기가 남자라고 말하는 필립스 : 러셀 앨런 필립스, 세시 페리에게 보낸 편지, 1943년 3월 25일.

125 일본 제국 : 『제2차 세계대전의 웨스트포인트 지도책(West Point Atlas for the Second World War, Asia and the Pacific)』, 지도 22.

7. 이제 시작이다, 제군들

127 1942년의 오아후 섬 : 스탠리 필즈버리, 전화 인터뷰, 2004년 8월 25일, 2005년 3월 9일, 2006년 8월 18일. 클리블랜드의 책, p. 158.

127 '눈에 보이는 것이라곤 실제 존재하는' : 클리블랜드의 책, p. 158.

128 막사 : 제시 스테이, 「태평양에서 보낸 29개월(Twenty-nine Months in the Pacific)」, 미출판 회고록.

128 '모기 한 마리를 죽이면' : 러셀 앨런 필립스, 켈시 필립스에게 보낸 편지, 1942년 12월 8일.

128 '더러운 미주리 돼지' : 러셀 앨런 필립스, 세시 페리에게 보낸 편지, 1943년 4월 2일.

128 물싸움 : 러셀 앨런 필립스, 세시 페리에게 보낸 편지, 1943년 5월 12일.

128 맥주 싸움 : 루이스 잠페리니, 전화 인터뷰.

128 포르노 사진 : 러셀 앨런 필립스, 세시 페리에게 보낸 편지, 1942년 12월 29일.

130 온실의 창문이 얼어붙음 : 클리블랜드의 책, p. 103.

130 전봇대에 들이받은 필립스 : 러셀 앨런 필립스, 세시 페리에게 보낸 편지, 1943년 3월 27일.

130 포병, 폭격 점수 : 루이스 잠페리니, 전쟁 일기, 1943년 1월 20·30일, 2월

2일, 3월 21일 작성.

131 해양 수색 : 스탠리 필즈버리, 전화 인터뷰, 2004년 8월 27일. 루이스 잠페리니, 전쟁 일기, 1943년 3월 14일 작성. 루이스 잠페리니, 전화 인터뷰.

131 잠수함을 향해 하강 : 루이스 잠페리니, 일기, 1943년 3월 14일.

131 짓궂은 장난 : 루이스 잠페리니, 전화 인터뷰.

133 "좀 대담한" : 러셀 앨런 필립스, 텔레비전 인터뷰, CBS, 인디애나 주 라포트, 1997년 1월.

133 여가 시간 활동 : 루이스 잠페리니, 전화 인터뷰. 루이스 잠페리니, 전쟁 일기, 1942년 11월~1943년 5월 작성.

137 웨이크 섬 급습 : 루이스 잠페리니, 전쟁 일기, 1942년 12월 22~25일 작성. 스탠리 필즈버리, 전화 인터뷰, 2004년 8월 25·27일, 2005년 3월 9일, 2006년 8월 18일. 루이스 잠페리니, 전화 인터뷰. 제시 스테이, 전화 인터뷰, 2004년 7월 23일, 2005년 3월 16일. 「피켓 목사의 조종사 아들, 웨이크 섬 상공에서 폭격」, 필립스의 스크랩북에서 나온 기사, NPN. 월터 클라우젠(Walter Clausen), 필립스의 스크랩북에서 나온 기사, NPN. 「델포이 조종사, 태평양 폭격으로 훈장 받아(Delphi Flyer Is Given Medal for Pacific Bombing)」, 필립스의 스크랩북에서 나온 기사, NPN. 「라포트 출신 청년, 웨이크 섬 폭격을 돕다(Former La Porte Youth Helps to Bomb Wake Isle)」, 필립스의 스크랩북에서 나온 기사, NPN. 「신참들의 웨이크 섬 급습, 전망이 밝다(Fledglings' Raid on Wake Token of Things to Come)」, 〈버크셔 이브닝 이글(Berkshire Evening Eagle)〉, 1943년 1월 2일. 〈세인트루이스 글로브(St. Louis Globe)〉, 필립스의 스크랩북에서 나온 기사, NPN. 「웨이크 섬 급습은 올해의 최대 사건(Their Raid on Wake Biggest of Year)」, 〈맨스필드 뉴스-저널(Mansfield News-Journal)〉, 1943년 1월 2일. 「웨이크 섬 급습에 대한 이야기(Tells of Raid on Wake Island)」, 〈맨스필드 뉴스-저널〉, 1943년 1월 2일. 「웨이크 섬 급습에서 아무도 두려워하지 않았다(Nobody Scared in Raid on Wake Island, Ace Says)」, 〈에이더 이브닝 뉴스(Ada Evening News)〉, 1943년 1월 2일. 월터 클라우젠, 「하와이 비행사들, 웨이크 급습에서 일본 비행기 격추하다(Hawaii Fliers Get Jap Planes in Wake Raid)」, 필립스의 스크랩북에서 나온 기사, NPN. 브리트의 책, p. 12. 제시 스테이, 「태평양에서 보낸 29개월」, 미출판 회고록.

143 새해 : 루이스 잠페리니, 전쟁 일기, 1943년 1월 1일 작성.

143 '일본놈들의 양말을 가득 채운 강철' : 필립스의 스크랩북에서 나온 기사, NPN.

144 '겁을 먹었다' : 「웨이크 섬 급습에 대한 이야기」, 〈맨스필드 뉴스-저널〉, 1943년 1월 2일.

144 일본이 그해 안에 끝장날 것 : 「해슬리는 미국이 일본을 돌봐줄 것으로 생각한다(US. Can Take Care of Japan, Halsey Thinks)」, 〈에이더 이브닝 뉴스〉, 1943년 1월 2일.

144 '그런 생각은 시기상조인 것 같아요' : 러셀 앨런 필립스, 켈시 필립스에게 보낸 편지, 1942년 12월 31일.

8. 세탁기 속 빨래만 우리가 얼마나 무서웠는지 알 것이다

145 콕스웰의 추락 : 루이스 잠페리니, 일기, 1943년 1월 8~10일. 실종 항공대원 보고서 No. 16218, 공군 역사 연구실(Air Force Historical Studies Office), 볼링 AFB, 워싱턴 DC. 러셀 앨런 필립스, 켈시 필립스에게 보낸 편지, 1943년 2월 13일.

147 호놀룰루의 묘지에 묻힘 : 미국 전쟁 기념비 위원회(American Battle Monuments Commission).

147 지난 두 달 동안의 추락 : 『육군 항공단 통계 요약판, 제2차 세계대전』, 표 64. 루이스 잠페리니, 일기, 1942년 12월 27일, 1943년 1월 9일. 브리트의 책, pp. 10 · 13.

147 추락, 손실 통계 : 『육군 항공단 통계 요약판, 제2차 세계대전』, 표 100 · 161.

147 AAF 소속 비행기 3만 5,933대 실종 : 『제2차 세계대전에서 육군 전투 사상자 및 비전투 사상자 : 최종 보고서, 1941년 12월 7일~1946년 12월 31일(Army Battle Casualties and Nonbattle Deaths in World War II: Final Report, 7 December 1941-31 December 1946)』, 육군성, 통계 및 회계 분과, 부관실, p. 7.

148 1만 5,779명이 질병으로 사망 : 『제2차 세계대전에서 예방의학(Preventive Medicine in World War II), vol. IV : 전염병』, 외상진료실, 육군성, 워싱턴 DC, 1958년, 표 1.

148 제15항공단에서, 70퍼센트가 적군의 공격이 아니라 : 매 밀 링크(Mae Mill Link) · 허버트 A. 콜먼(Hubert A. Coleman), 「제2차 세계대전에서 육군 항공단의 의료 지원(Medical Support of Army Air Forces in World War II)」, 외상진료실,

USAF, 워싱턴 DC, 1955년, p. 516.

149 폭풍 속에서 비행하는 슈퍼맨 호 : 루이스 잠페리니, 일기, 1943년 1월. 스탠리 필즈버리, 전화 인터뷰, 2006년 8월 18일.

151 동시에 착륙하는 비행기들, 불도저 : 프랭크 로지넥, 이메일 인터뷰, 2005년 6월 15일.

151 '이륙이 흥미진진하다는' : 프랭크 로지넥, 「아무나 항공병이 되지는 못한다」, 미출판 회고록.

152 세 번째 엔진의 점화 스위치 위에 군화를 : 스탠리 필즈버리, 전화 인터뷰, 2006년 8월 18일.

152 산에 충돌한 비행기 : 루이스 잠페리니, 전화 인터뷰.

152 실수로 구명정 배출 : 브리트의 책, p. 13.

152 항법술의 어려움 : 존 웰러, 이메일 인터뷰, 2006년 9월 21일. 존 웰러, 「역사와 비행 기록, 제터 대원들」, 미출판 회고록.

153 "우리는 그 비행기가 오아후 섬을" : 마틴 콘, 전화 인터뷰, 2005년 8월 10일.

154 제로의 기체 절반을 날개에 매달고 돌아온 B-24 : 클리블랜드의 책, p. 103.

154 일본군의 거리측정기 : 루이스 잠페리니, 일기, 1943년 3월 1일.

154 아군에게 지뢰를 투하한 B-24 : 제시 스테이, 전화 인터뷰, 2004년 7월 23일, 2005년 3월 16일. 클리블랜드의 책, pp. 130·137, 181-182.

155 AAF 소속 전투 사망자 : 『제2차 세계대전에서 육군 전투 사상자 및 비전투 사상자』, p. 7.

155 사망 확률 : 제시 스테이, 전화 인터뷰, 2004년 7월 23일, 2005년 3월 16일.

156 불시착 : W. F. 크레이븐(W. F. Craven)·J. L. 케이트(J. L. Cate) 외, 『제2차 세계대전에서의 육군 항공단(The Army Air Forces in World War II), vol. XII : 세계 복무(Services Around the World)』(시카고 : 시카고 대학교, 1966), p. 482.

156 불시착 통계 : 존슨의 책, p. 29.

157 아몬드의 죽음 : 존 헨리(John Henry), 「비행사 상어와의 열여덟 시간 사투에서 이겨(Flier Wins 18-Hour Fight with Sharks)」, 샌안토니오 라이트(San Antonio Light), 1943년 7월 13일.

159 구조 통계 : 「항공기 해양 구조 1941~1952년(Air Sea Rescue 1941~1952)」, USAF 역사 분과, 공군 대학교, 1954년 8월, pp. 66-99. 공군 역사 연구실, 볼링 AFB, 워싱턴 DC.

160 카타리나 비행정들 중 절반이 추락 : 크레이븐·케이트의 책, p. 493.

160 1942년 9월 추락 : 클리블랜드의 책, p. 237.

161 크리스마스 섬 근처에서 뗏목 발견 : 카타리나 체이스(Katharina Chase), 「제2차 세계대전의 풀리지 않은 수수께끼(Unraveling a WWII Mystery)」, 〈디펜스(Defence)〉, 2006년 11~12월.

162 '난징의 강간' : 창의 책, pp. 4-104. 유키 다나카, 『감춰진 공포 : 제2차 세계대전에서의 일본의 전쟁범죄(Hidden Horrors: Japanese War Crimes in World War II)』(볼더 : 웨스트뷰, 1996), p. 80.

162 일본이 콰절런 환초에서 전쟁 포로들을 살해했다는 소문 : 루이스 잠페리니, 전화 인터뷰.

162 한 명을 제외한 나머지 대원들은 추락해 죽는 쪽을 선택 : 존 피츠제럴드, 전쟁 포로 일기, 존 A. 피츠제럴드의 문서, 운영 기록 보관 분과(Operational Archives Branch), NHC, 워싱턴 DC.

162 두려워한 항공병 : 존 조지프 대시, 전화 인터뷰, 2005년 4월 4일.

163 루이스의 불안감 극복 : 루이스 잠페리니, 전화 인터뷰. 루이스 잠페리니, 일기, 1943년 초 작성. 러셀 앨런 필립스, 세시 페리에게 보낸 편지, 1943년 봄.

164 팔찌, 은화 : 러셀 앨런 필립스, 세시 페리에게 보낸 편지, 1942년 8월 20일, 1943년 3월 25일.

164 '내가 정말로 집에' : 러셀 앨런 필립스, 세시 페리에게 보낸 편지, 1943년 3월 10일.

165 실종된 대원들의 술을 마시는 전통 : 루이스 잠페리니, 전화 인터뷰.

9. 594개의 구멍

166 수가 늘어나는 상어 떼 : 루이스 잠페리니, 전화 인터뷰.

166 마킨 섬과 타라와 섬 임무 : 루이스 잠페리니, 전화 인터뷰. 루이스 잠페리니, 일기, 1943년 2월 17·20일. 스탠리 필즈버리, 전화 인터뷰, 2004년 8월 25·27일, 2005년 3월 9일, 2006년 8월 18일, 2007년 1월 23일·4월 21일.

169 주변을 도는 상어들 : 스탠리 필즈버리, 전화 인터뷰, 2004년 8월 25·27일, 2005년 3월 9일, 2006년 8월 18일, 2007년 1월 23일·4월 21일. 루이스 잠페리니, 전화 인터뷰. 루이스 잠페리니, 일기, 1943년 3월 5일. 러셀 앨런 필립스, 켈시 필립스에게 보낸 편지, 1943년 3월 5일.

169　상어에게 사격 : 루이스 잠페리니, 일기, 1943년 4월 3일.

169　나우루 : 잭 D. 헤이든(Jack D. Haden), 「나우루 : 제2차 세계대전에서의 절충지(Nauru: A Middle Ground During World War II)」, 태평양 97 보고서, 태평양 제도 개발 프로그/태평양 연구 동서 센터/마노아 하와이 대학교, http://166.122.164.43/archive/2000/4월/04-03-19.htm(2009년 9월 13일 접속). 제인 레스처(Jane Resture), 「나우루 : 짧은 역사(Nauru: A Short History)」, http://www.janeresture.com/nauru_history/index.htm(2009년 9월 13일 접속). 브리트의 책, p. 34.

170　나우루 급습 준비 : 스탠리 필즈버리, 전화 인터뷰, 2004년 8월 25·27일, 2005년 3월 9일, 2006년 8월 18일, 2007년 1월 23일·4월 21일. 루이스 잠페리니, 전화 인터뷰. 루이스 잠페리니, 일기, 1943년 4월 17·19일.

170　'실제 전투에서는 그렇게 낮은 고도에서' : 루이스 잠페리니, 일기, 1943년 4월 15일.

171　나우루 급습 : 스탠리 필즈버리, 전화 인터뷰, 2004년 8월 25·27일, 2005년 3월 9일, 2006년 8월 18일, 2007년 1월 23일·4월 21일. 루이스 잠페리니, 전화 인터뷰. 루이스 잠페리니, 일기, 1943년 4월 20~22일, 메모. 찰스 맥머트리, 「리버레이터, 594회 격추, 무사히 귀환」, 〈리치몬드 뉴스 리더〉, 1943년 5월 14일. 「케이턴즈빌 항공 포병 95회 급습 참여(Catonsville Air Gunner Has 95 Raids to Credit)」, 필립스의 스크랩북에서 나온 기사, NPN. 러셀 앨런 필립스, 세시 페리에게 보낸 편지, 1943년 5월 1일. 「샤프리 청년, 부상한 채 제로 격추시켜(Shapleigh Youth, Injured, Credited with Downing Zero)」, 스탠리 필즈버리의 문서에서 나온 기사, NPN. 클리블랜드의 책, pp. 257, 349-350. 하워드·휘틀리의 책, pp. 137-138. 찰스 P. 아놋(Charles P. Arnot), 「폭격수 잠페리니, 폭격 받은 비행기에서 여러 목숨 구하다(Bombardier Zamperini Saves Lives in Shell-Riddled Plane)」, 〈오클랜드 트리뷴〉, 1943년 5월 4일. 찰스 P. 아놋, 「일본 인산염 비행기들 폭발(Japanese Phosphate Plants Are Blown Up)」, 〈호놀룰루 어드버타이저〉, 1943년 5월 1일. 「랜던 폭격 사령관, 나우루 공격에 대해 이야기하다(Gen. Landon, Bomber Commander, Tells the Story of Nauru Attack)」, 루이스 잠페리니의 문서에서 나옴, 1943년 5월 5일, NPN. 「남부 출신 장교 두 명, 남태평양 불시착에서 영웅으로 등극(Two Southland Officers Classified as Heroes in South Pacific Dispatches)」, 〈롱비치 프레스-텔레그램(Long Beach Press-

Telegram)〉, 1943년 5월 4일. 찰스 P. 아놋, 「필립스 중위, 또다시 대담한 임무에 투입(Lt. Phillips on Another 'Thriller')」, 1943년 5월 4일, 필립스의 스크랩북에서 나옴, NPN. 「피켓 목사의 용감한 비행사 아들, 사고를 면하다(Brave Flying Son of Pickett Chaplain Bears Charmed Life)」, 1943년 5월, 필립스의 스크랩북에서 나온 기사, NPN. 「미국 조종사, 피켓 목사의 아들, 대원들을 구하다(Yank Pilot, Son of Pickett Chaplain, Saves Crewmen)」, 필립스의 스크랩북에서 나온 기사, NPN. 찰스 P. 아놋, 「필립스 중위, 태평양 급습에서 죽음 면하다(Lieut. Phillips Escapes Death on Pacific Raid)」, 필립스의 스크랩북에서 나온 기사, NPN. 「가장 힘들었던 전투 : 전 육상 스타 루 잠페리니, 다섯 대원 부상한 채 귀환(His Toughest Fight: Lou Zamperini, Former Track Star, Aids Five Wounded as Plane Limps Home)」, 필립스의 스크랩북에서 나온 기사, NPN. 찰스 P. 아놋, 「육상 스타, 영웅의 역할 하다(Track Star in Heroic Role)」, 필립스의 스크랩북에서 나온 기사, NPN. 찰스 P. 아놋, 「목격자들이 말하는 나우루 급습의 자세한 내용(Raid on Nauru Told in Detail by Eyewitness)」, 필립스의 스크랩북에서 나온 기사, NPN. 「루 잠페리니가 폭격 임무에서 훌륭한 역할 수행(Lou Zamperini Plays Great Role on Bombing Trip)」, 필립스의 스크랩북에서 나온 기사, NPN. 루이스 잠페리니, 조지 호닥의 인터뷰, 캘리포니아 주 할리우드, 1988년 6월, AAFLA. 찰스 P. 아놋, 「육상 스타 잠페리니 S.C., 장대한 항공 모험 경험(Zamperini, S.C. Track Star, in Epic Air Adventure)」, 〈로스앤젤레스 헤럴드 익스프레스(Los Angeles Herald Express)〉, 1943년 5월 4일. 찰스 P. 아놋, 「육상 스타 잠페리니, 일본군과의 공중전에서 영웅적 활동(Track Star Zamperini Hero in Jap Air Fight)」, 〈로스앤젤레스 헤럴드 익스프레스〉, 1943년 5월 4일.

174 '화산 폭발처럼 엄청난 연기와 불길' : 찰스 P. 아놋, 「목격자들이 말하는 나우루 급습의 자세한 내용」, 필립스의 스크랩북에서 나온 기사, NPN.

176 1분에 800발 : 「전투기에 장착된 총(Pistol Packin' Warplanes)」, 〈파퓰러 메카닉스(Popular Mechanics)〉, 1944년 4월, p. 2.

176 저게 올라오기만 하면 : 스탠리 필즈버리, 전화 인터뷰, 2004년 8월 26일.

177 "악!" : 위와 동일.

180 한 대만 더 지나가면 : 루이스 잠페리니, 일기, 1943년 4월, 메모.

181 난 이 사람을 꼭 죽여야 해 : 스탠리 필즈버리, 전화 인터뷰, 2004년 8월 26일.

181 인산염이 나우루에서 일본으로 수송된 적이 한 번도 없었다 : 제인 레스처, 「나우루 : 짧은 역사」, http://www.janeresture.com/nauru_history/index.htm(2009년 9월 13일 접속).

182 필즈버리의 부상 : 스탠리 필즈버리, 전화 인터뷰, 2004년 8월 26일. 루이스 잠페리니, 전화 인터뷰. 루이스 잠페리니, 일기, 1943년 4월 20~22일, 메모.

182 두 발을 올려 밀기, 기어 : 『비행 설명서 : B-24D 비행기』, pp. 71-75.

183 표준 착륙 속도 : 찰리 틸먼, B-24 조종사, 공군 기념회, 전화 인터뷰, 2007년 2월 14일. 『B-24 리버레이터 조종사 훈련 설명서』.

183 브레이크가 없는 B-24는 3킬로미터 이상 가야 함 : 찰리 틸먼, B-24 조종사, 공군 기념회, 전화 인터뷰, 2007년 2월 14일.

184 "발기발기 찢어져" 스탠리 필즈버리, 전화 인터뷰, 2004년 8월 26일.

185 낙하산 착륙 아이디어 : 스탠리 필즈버리, 전화 인터뷰, 2004년 8월 26일. 루이스 잠페리니, 전화 인터뷰. 루이스 잠페리니, 일기, 1943년 4월, 메모.

186 벨 오브 텍사스 호 : 클리블랜드의 책, pp. 183·464. 11폭격전대(H), 『회색 거위들(The Gray Geese)』(켄터키 주 파두카 : 터너 퍼블리싱, 1996), p. 73.

187 구멍 594개 : 찰스 맥머트리, 「리버레이터, 594회 격추, 무사히 귀환」, 〈리치몬드 뉴스 리더〉, 1943년 5월 14일.

187 "운명했습니다" : 스탠리 필즈버리, 전화 인터뷰, 2005년 3월 9일.

187 사망 소식을 들은 브룩스의 가족 : 「태평양에서 복무한 H. V. 브룩스 병장(Sergt. H. V. Brooks Served in Pacific)」, 필립스의 스크랩북에서 나온 기사, NPN.

10. 역겨운 6인방

189 푸나푸티 폭격 : 스탠리 필즈버리, 전화 인터뷰, 2004년 8월 25·27일, 2005년 3월 9일, 2006년 8월 18일, 2007년 1월 23일·4월 21일. 루이스 잠페리니, 전화 인터뷰. 루이스 잠페리니, 일기, 1943년 4월 21~23일. 존 조지프 대시, 전화 인터뷰, 2005년 4월 4일. 레스터 허먼 스케어스, 전화 인터뷰, 2005년 3월 11일. 제시 스테이, 전화 인터뷰, 2004년 7월 23일, 2005년 3월 16일. 프랭크 로지넥, 「아무나 항공병이 되지는 못한다」, 미출판 회고록. 프랭크 로지넥, 이메일 인터뷰, 2005년 6월 15일. 러셀 앨런 필립스, 세시에게 보낸 편지, 1943년 5월 1일. 클리블랜드의 책, p. 346. 브리트의 책, pp. 36-37. 하워드·휘틀리의 책, pp. 138-144. 제시 스테이, 「태평양에서 보낸 29개

월」, 미출판 회고록. 루이스 잠페리니, 조지 호닥의 인터뷰, 캘리포니아 주 할
리우드, 1988년 6월, AAFLA.

189 "나는 주변을 두리번거리며": 존 조지프 대시, 전화 인터뷰, 2005년 4월
4일.

190 바다로 뛰어든 군인 : 하워드·휘틀리의 책, p. 140.

190 원주민들을 구한 래드 : 하워드·휘틀리의 책, p. 139. 스케어스, 이메일 인터
뷰, 2008년 7월 11일.

191 "이거 폭탄인가 봐요": 하워드·휘틀리의 책, p. 140.

192 '동물이 울부짖는 소리' : 위의 책, p. 143.

192 '전 그냥 무서운 정도가 아니라' : 클리블랜드의 책, p. 258.

192 필립스의 공포 : 러셀 앨런 필립스, 러셀 필립스 목사에게 보낸 편지, 1943년
5월 2일.

193 '화물열차에 실린 화물처럼' : 프랭크 로지넥, 「아무나 항공병이 되지는 못
한다」, 미출판 회고록.

194 '섬 전체가 폭발하고 있는 것 같은' : 클리블랜드의 책, p. 346.

196 일본군 폭격기가 열네 대 : 브리트의 책, pp. 36-37.

196 '역겨운 6인방' : 프랭크 로지넥, 이메일 인터뷰, 2005년 6월 15일.

196 필즈버리를 치료하는 의사 : 스탠리 필즈버리, 전화 인터뷰, 2004년 8월
25·27일, 2005년 3월 9일, 2006년 8월 18일, 2007년 1월 23일·4월 21일.

199 "햄버거가 되었다": 스탠리 필즈버리, 전화 인터뷰, 2004년 8월 25·27일,
2005년 3월 9일, 2006년 8월 18일, 2007년 1월 23일·4월 21일.

199 램버트, 95개의 임무 완수 : 「케이턴즈빌 항공 포병 95회 급습 참여」, 필립스
의 스크랩북에서 나온 기사, NPN.

199 팔미라 환초, 우울증, 쿠알로아 : 루이스 잠페리니, 일기, 1943년 4~5월.

200 프랜시스 맥나마라 : 루이스 잠페리니, 전화 인터뷰. 러셀 앨런 필립스, 텔레
비전 인터뷰, CBS, 인디애나 주 라포트, 1997년 1월.

200 그린 호넷 호 : 클리블랜드의 책, p. 159. 루이스 잠페리니, 전화 인터뷰. 러셀
앨런 필립스, 텔레비전 인터뷰, CBS, 인디애나 주 라포트, 1997년 1월.

201 스미스를 만난 필립스 : 조지 스미스, 세시 페리에게 보낸 편지, 1943년 6월
19일.

201 코페닝의 비행기 : 실종 항공대원 보고서 4945, 1943년 5월 26일(국가기록보

관소 마이크로피시 출판물 M1380I, Fiche 1767), 육군 항공대의 실종 항공대원 보고
서, 1942~1947년. 병참관실(Office of the Quartermaster General) 기록, RG 92
NACP.

11. 여기에서 아무도 살아남지 못할 거야

202 1943년 5월 27일의 루이스 : 루이스 잠페리니, 전화 인터뷰.

203 '탈 비행기가' : 루이스 잠페리니, 일기, 1943년 5월 27일.

203 '우리가 1주일 안에 돌아오지 않으면' : 루이스 잠페리니, 전화 인터뷰.

203 수색 준비 : 존 조지프 대시, 전화 인터뷰, 2005년 4월 4일. 루이스 잠페리
니 전화 인터뷰. 실종 항공기 기록 4945, 육군 항공대의 실종 항공대원 보고
서, 1942~1947년. 병참관실 기록, RG 92 NACP. 「42폭격대대 : 대대 역사 부
록」, 1945년 9월 11일, AFHRA, 맥스웰 AFB, Ala.

205 이륙 준비 : 루이스 잠페리니, 전화 인터뷰. 러셀 앨런 필립스, 텔레비전 인터
뷰, CBS, 인디애나 주 라포트, 1997년 1월.

206 나란히 날았다 : 레스터 허먼 스케어스, 전화 인터뷰, 2005년 3월 11일.

206 먼저 가라고 말하는 필립스 : 켈시 필립스, 「인생 이야기」, 미출판 회고록.

206 수색 : 루이스 잠페리니, 전화 인터뷰. 러셀 앨런 필립스, 텔레비전 인터뷰,
CBS, 인디애나 주 라포트, 1997년 1월.

207 필립스와 커퍼넬의 자리 바꾸기 : 켈시 필립스, 「인생 이야기」, 미출판 회고
록. 루이스 잠페리니, 전화 인터뷰.

207 엔진 작동 중지, 페더 번호 잘못 누름 : 루이스 잠페리니, 전화 인터뷰.

208 "추락 대비" : 루이스 잠페리니, 전화 인터뷰. 러셀 앨런 필립스, 텔레비전 인
터뷰, CBS, 인디애나 주 라포트, 1997년 1월.

210 비행기 추락 : 위와 동일.

210 여기에서 아무도 살아남지 못할 거야 : 루이스 잠페리니, 전화 인터뷰.

210 추락 시 루이스와 필립스의 경험 : 루이스 잠페리니, 전화 인터뷰. 러셀 앨런
필립스, 텔레비전 인터뷰, CBS, 인디애나 주 라포트, 1997년 1월. 「42폭격
대대 : 대대 역사 부록」, 1945년 9월 11일, AFHRA, 맥스웰 AFB, Ala. 로버
트 트럼불, 「잠페리니, 올림픽 1,600미터 선수, 오랜 시련 겪고 무사히 귀환」,
〈NYT〉, 1945년 9월 9일. 켈시 필립스, 「인생 이야기」, 미출판 회고록. 루이
스 잠페리니, 조지 호닥의 인터뷰, 캘리포니아 주 할리우드, 1988년 6월,

AAFLA. 샌드라 프로밴(Sandra Provan), 「중위의 올림픽 이야기(LP Man's Part of Olympics)」, 〈라포트 헤럴드-아거스(La Porte Herald-Argus)〉, 1988년 2월 18일.

PART 3

12. 추락하다

217 추락의 여파 : 루이스 잠페리니, 전화 인터뷰. 러셀 앨런 필립스, 텔레비전 인터뷰, CBS, 인디애나 주 라포트, 1997년 1월 「42폭격대대 : 대대 역사 부록」, 1945년 9월 11일, AFHRA, 맥스웰 AFB, Ala. 로버트 트럼불, 「잠페리니, 올림픽 1,600미터 선수, 오랜 시련 겪고 무사히 귀환」, 〈NYT〉, 1945년 9월 9일. 켈시 필립스, 「인생 이야기」, 미출판 회고록. 루이스 잠페리니, 조지 호닥의 인터뷰, 캘리포니아 주 할리우드, 1988년 6월, AAFLA. 샌드라 프로밴, 「중위의 올림픽 이야기」, 〈라포트 헤럴드-아거스〉, 1988년 2월 18일.

219 "네가 맡아서 다행이야, 잠프" : 루이스 잠페리니, 전화 인터뷰.

220 팔찌와 은화를 가지고 있지 않은 필립스 : 위와 동일.

220 구명정에 있는 비상용품 : 위와 동일.

221 1944년형 표준 구명정에 비치된 비상용품 : 『비상조치 : B-24(Emergency Procedure: B-24)』, pp. 26-27.

221 '깁슨 걸', 델러노 선스틸 : 루이스 모일스티(Louis Meulstee), 「깁슨 걸」, 전사들의 무전기, http://home.hccnet.nl/l.meulstee/gibsongirl/gibsongirl.html(2005년 8월 8일 접속). 크레이븐·케이트의 책, pp. 486·491.

222 "우리 모두 죽을 거예요!" : 루이스 잠페리니, 전화 인터뷰.

222 추락한 지 몇 시간 후 : 루이스 잠페리니, 전화 인터뷰. 「42폭격대대 : 대대 역사 부록」, 1945년 9월 11일, AFHRA, 맥스웰 AFB, Ala. 「CBS에 필립스 씨 출연, 우리의 영웅, 필립스 씨(Mr. Phillips on CBS, Our Hero, Mr. Phillips)」, 캐런 루미스의 문서에서 나온 최신 기사, NPN. 진 스토(Gene Stowe), 「그는 올림픽 선수와 구명정에 같이 있었다(He Shared Raft with Olympian)」, 〈사우스 벤드 헤럴드 트리뷴(South Bend Herald Tribune)〉, 1998년 3월 2일.

224 덜덜 떠는 필립스, 구명정에 몸을 비비는 상어들 : 러셀 앨런 필립스, 텔레비전 인터뷰, CBS, 인디애나 주 라포트, 1997년 1월.

13. 바다에서 실종되다

225 팔미라에서 일어난 일들 : 존 조지프 대시, 전화 인터뷰, 2005년 4월 4일. 레스터 허먼 스케어스, 전화 인터뷰, 2005년 3월 11일.

226 수색 : 존 조지프 대시, 전화 인터뷰, 2005년 4월 4일. 레스터 허먼 스케어스, 전화 인터뷰, 2005년 3월 11일 「42폭격대대 : 대대 역사 부록」, AFHRA, 맥스웰 AFB, Ala.

226 "계속 바라고, 바라고, 또 바라는": 레스터 허먼 스케어스, 전화 인터뷰, 2005년 3월 11일.

227 초콜릿 사건 : 루이스 잠페리니, 전화 인터뷰. 루이스는 맥과 그의 가족들을 배려해서 초콜릿 사건을 몇 년 동안 말하지 않았다. 대신에 초콜릿을 여행 표류 초반에 다 먹었다고 말하거나 바다에 빠졌다고 말했다. 필립스도 초콜릿이 바다에 빠졌다고 말하며 맥을 보호했다.

228 B-25가 날아오다 : 루이스 잠페리니, 전화 인터뷰. 러셀 앨런 필립스, 텔레비전 인터뷰, CBS, 인디애나 주 라포트, 1997년 1월. 「42폭격대대 : 대대 역사 부록」, 1945년 9월 11일, AFHRA, 맥스웰 AFB, Ala. 로버트 트럼불, 「잠페리니, 올림픽 1,600미터 선수, 오랜 시련 겪고 무사히 귀환」, 〈NYT〉, 1945년 9월 9일. 루이스 잠페리니, 전쟁 포로 일기(1943년 10월 이후 루이스가 일기를 쓰기 시작할 때 작성). 루이스는 나중에 B-24가 B-25보다 먼저 왔다고 이야기했다. 그러나 본국으로 송환된 후 대대에 한 보고와 전쟁 포로 때 쓴 일기를 비롯해 그가 초기에 한 모든 말에서 B-25가 먼저 날아왔다고 이야기했다. 2008년에 그는 한 인터뷰에서 초기에 한 말이 옳다고 확실히 이야기했다.

229 B-24가 날아오다 : B-25가 날아온 순서에 대해 위에 적은 내용 참고. 루이스 잠페리니, 전화 인터뷰. 러셀 앨런 필립스, 텔레비전 인터뷰, CBS, 인디애나 주 라포트. 1997년 1월. 존 조지프 대시, 전화 인터뷰, 2005년 4월 4일. 레스터 허먼 스케어스, 전화 인터뷰, 2005년 3월 11일. 「42폭격대대 : 대대 역사 부록」, 1945년 9월 11일, AFHRA, 맥스웰 AFB, Ala. 로버트 트럼불, 「잠페리니, 올림픽 1,600미터 선수, 오랜 시련 겪고 무사히 귀환」, 〈NYT〉, 1945년 9월 9일. 루이스 잠페리니, 전쟁 포로 일기, 1943년 5월 30일 작성(1943년 10월 이후 루이스가 일기를 쓰기 시작할 때 작성).

230 "보통은 수색 임무를 나가면": 레스터 허먼 스케어스, 전화 인터뷰, 2005년 3월 11일.

231 스미스가 발견한 물체 : 42폭격대대 활동 기록, 1943년 5월 30일, AFHRA, 맥스웰 AFB, Ala.

232 '커퍼넬, 필립스, 잠페리니' : 클리블랜드의 책, p. 159.

233 맥의 폭발 : 루이스 잠페리니, 전화 인터뷰.

233 기도하는 루이스 : 위와 동일.

233 집에 도착한 편지들, 커퍼넬의 가족을 만나러 간 잠페리니 가족 : 러셀 앨런 필립스, 러셀 필립스 목사에게 보낸 편지, 1943년 5월 15일. 러셀 앨런 필립스, 세시 페리에게 보낸 편지, 1943년 5월 15일. 피트 잠페리니, 루이스 잠페리니에게 보낸 편지, 1943년 6월 3일. 페이턴 조던, 전화 인터뷰, 2004년 8월 13·16일. 루이스 잠페리니, 페이턴 조던에게 보낸 편지, 1943년 5월 27일.

234 '그런 위기의 순간이' : 러셀 필립스 목사, 마사 호이스티스(Martha Heustis)에게 보낸 편지, 1943년 5월 6일.

235 수색 종결 : 레스터 허먼 스케어스, 전화 인터뷰, 2005년 3월 11일.

235 실종자들의 물품 목록을 작성하러 오두막에 간 크레이 : 잭 크레이, 전화 인터뷰, 2005년 8월 18일.

236 켈시 필립스에게 온 전보 : 부관 참모가 켈시 필립스에게 보낸 전보, 1943년 6월 4일.

236 잠페리니 가족의 반응 : 실비아 플래머, 전화 인터뷰, 2004년 10월 25·27일. 피트 잠페리니, 전화 인터뷰, 2004년 10월 15·17·19·22일.

238 '잠프의 인생' : 조지 T. 데이비스(George T. Davis), 「잠프의 위대한 경력, 잠프의 인생(Zamperini Career Brilliant, Life of Zamp)」, 〈로스앤젤레스 이브닝 헤럴드 앤 익스프레스〉, 1943년 6월 5일.

238 소식을 들은 조던 : 페이턴 조던, 전화 인터뷰, 2004년 8월 13·16일.

238 루이즈의 손 염증 : 실비아 플래머, 전화 인터뷰, 2004년 10월 25·27일.

239 필즈버리와 더글러스 : 스탠리 필즈버리, 전화 인터뷰, 2004년 8월 25일, 2005년 3월 9일, 2006년 8월 18일.

239 전쟁터에 남은 필즈버리 : 위와 동일.

239 달아놓은 깃발 : 잭 커디(Jack Cuddy), 「잠페리니를 추모하며 깃발 달다(Flag Hangs in Memory of Zamperini)」, 〈시러큐스 헤럴드-저널〉(뉴욕), 1943년 6월 24일.

14. 갈증

241 더위 : 루이스 잠페리니, 전화 인터뷰. 로버트 트럼불, 「잠페리니, 올림픽 1,600미터 선수, 오랜 시련 겪고 무사히 귀환」, 〈NYT〉, 1945년 9월 9일.

242 비가 내림, 물을 받음 : 루이스 잠페리니, 전화 인터뷰. 러셀 앨런 필립스, 텔레비전 인터뷰, CBS, 인디애나 주 라포트, 1997년 1월.

244 밤에 추위로 고통받는 필립스 : 러셀 앨런 필립스, 텔레비전 인터뷰, CBS, 인디애나 주 라포트, 1997년 1월.

244 필립스는 꼼짝하지 않고 캔버스 천을 : 러셀 앨런 필립스, 텔레비전 인터뷰, CBS, 인디애나 주 라포트, 1997년 1월.

244 앨버트로스 잡기 : 루이스 잠페리니, 전화 인터뷰.

244 낚시 : 「42폭격대대 : 대대 역사 부록」, 1945년 9월 11일, AFHRA, 맥스웰 AFB, Ala. 루이스 잠페리니, 전화 인터뷰.

246 비행기 추락보다 더한 불운이 : 루이스 잠페리니, 전화 인터뷰.

246 귀지 냄새 맡기 : 위와 동일.

247 리켄배커를 생각하는 필립스 : 러셀 앨런 필립스, 텔레비전 인터뷰, CBS, 인디애나 주 라포트, 1997년 1월. 러셀 앨런 필립스, 켈시 필립스에게 보낸 편지, 1943년 3월 10일.

247 리켄배커의 시련 : 에드워드 리켄배커(Edward Rickenbacker), 「태평양 임무 1부 (Pacific Mission, Part I)」, 〈라이프〉, 1943년 1월 25일, pp. 20-26, 90-100. 에드워드 리켄배커, 「태평양 임무 3부」, 〈라이프〉, 1943년 2월 8일, pp. 94-106. 에드워드 리켄배커, 『일곱 명의 표류 이야기(Seven Came Through)』(가든 시티 : 더블데이, 1951).

247 1942년 구명정을 타고 표류하다 구조된 해군 대원들 : 로버트 트럼불, 『구명정(The Raft)』(뉴욕 : 홀트 라인하트 앤 윈스턴, 1942).

247 푼 림 : 「구명정에서 보낸 132일을 말하다(Tells of 132 Days on Raft)」, 〈NYT〉, 1943년 5월 25일(제목에 표류 기간이 잘못 나왔다). 「푼 림」, 팩트 아카이브(Fact Archive), http://www.fact-archive.com/encyclopedia/Poon_Lim(2009년 9월 15일 접속).

247 표류한 기간을 생각하는 필립스 : 러셀 필립스, 텔레비전 인터뷰, CBS, 인디애나 주 라포트, 1997년 1월.

248 퀴즈 내기 : 루이스 잠페리니, 전화 인터뷰. 러셀 필립스, 텔레비전 인터뷰,

CBS, 인디애나 주 라포트, 1997년 1월.

250 절망한 맥 : 루이스 잠페리니, 전화 인터뷰.

251 "먹을 게 단 하나만 남았다면" : 러셀 필립스, 텔레비전 인터뷰, CBS, 인디애 나 주 라포트, 1997년 1월.

252 필립스의 신앙 : 캐런 루미스, 전화 인터뷰, 2004년 11월 17일.

252 '나는 해결 방법을 알면' : 러셀 필립스 목사, 마사 호이스티스에게 보낸 편 지, 1943년 5월 6일.

253 쇠약해지는 몸 : 루이스 잠페리니, 전화 인터뷰.

253 식인 행위 : 닐 핸슨(Neil Hanson), 『바다의 관례 : 난파된 배, 살인, 마지막 금기에 대한 충격적인 사실(The Custom of the Sea: A Shocking True Tale of Ship-wreck, Murder, and the Last Taboo)』(뉴욕 : 존 윌리 앤 선스, 1999). 너대니얼 필브릭 (Nathaniel Philbrick), 『바다 한가운데에서(In the Heart of the Sea)』(뉴욕 : 바이킹, 2000).

254 식인 행위는 고려할 사항이 아니었다 : 루이스 잠페리니, 전화 인터뷰.

254 기도, 두 번째 앨버트로스, 물고기 낚음, 부패한 붕대 : 위와 동일.

256 돌고래들 : 루이스 잠페리니, 전화 인터뷰. 러셀 앨런 필립스, 텔레비전 인터 뷰, CBS, 인디애나 주 라포트, 1997년 1월.

257 손가락에 묶은 낚싯바늘 : 루이스 잠페리니, 전화 인터뷰.

257 새 잡기 : 루이스 잠페리니, 전화 인터뷰. 러셀 앨런 필립스, 텔레비전 인터뷰, CBS, 인디애나 주 라포트, 1997년 1월.

257 이, 비 기다리기 : 루이스 잠페리니, 전화 인터뷰.

258 물에 뛰어든 필립스 : 러셀 앨런 필립스, 텔레비전 인터뷰, CBS, 인디애나 주 라포트, 1997년 1월.

259 기도 후 내린 비 : 루이스 잠페리니, 전화 인터뷰. 루이스 잠페리니, 조지 호 닥의 인터뷰, 캘리포니아 주 할리우드, 1988년 6월, AAFLA.

15. 상어와 총알

261 일본 폭격기의 기관총 발사 : 루이스 잠페리니, 전화 인터뷰. 러셀 앨런 필립 스, 텔레비전 인터뷰, CBS, 인디애나 주 라포트, 1997년 1월. 「42폭격대대 : 대대 역사 부록」, 1945년 9월 11일, AFHRA, 맥스웰 AFB, Ala. 「CBS에 필 립스 씨 출연, 우리의 영웅, 필립스 씨」, 캐런 루미스의 문서에서 나온 최신

331

기사, NPN. 로버트 트럼불,「잠페리니, 올림픽 1,600미터 선수, 오랜 시련 겪고 무사히 귀환」,〈NYT〉, 1945년 9월 9일. 루이스 잠페리니, 조지 호닥의 인터뷰, 캘리포니아 주 할리우드, 1988년 6월, AAFLA. 앨버타 H. 존스(Alberta H. Jones),「라포트 전쟁 영웅 잠페리니 쇼에 참가(La Porte War Hero Takes Part in Zamperini Show)」, 필립스의 스크랩북에서 나온 기사, NPN. 루이스 잠페리니, 전쟁 포로 일기, 1943년 6월 23일 작성.

16. 구름 속에서 노래하다

280 적도 무풍대 : 루이스 잠페리니, 전화 인터뷰.

282 영리해지는 머리 : 위와 동일.

283 노랫소리를 듣는 루이스 : 위와 동일.

284 새가 늘어남 : 러셀 앨런 필립스, 텔레비전 인터뷰, CBS, 인디애나 주 라포트, 1997년 1월.

284 비행기가 늘어남 : 「42폭격대대 : 대대 역사 부록」, 1945년 9월 11일, AFHRA, 맥스웰 AFB, Ala. 루이스 잠페리니, 전화 인터뷰. 로버트 트럼불, 「잠페리니, 올림픽 1,600미터 선수, 오랜 시련 겪고 무사히 귀환」, 〈NYT〉, 1945년 9월 9일.

284 폭풍이 옴 : 루이스 잠페리니, 전화 인터뷰.

284 파도타기를 즐기는 필립스 : 러셀 앨런 필립스, 텔레비전 인터뷰, CBS, 인디애나 주 라포트, 1997년 1월.

285 섬이 보임 : 루이스 잠페리니, 전화 인터뷰. 러셀 앨런 필립스, 텔레비전 인터뷰, CBS, 인디애나 주 라포트, 1997년 1월. 루이스 잠페리니, 전쟁 포로 일기, 1943년 7월 12일 작성.

17. 태풍

286 섬이 나타남 : 「42폭격대대 : 대대 역사 부록」, 1945년 9월 11일, AFHRA, 맥스웰 AFB, Ala. 로버트 트럼불, 「잠페리니, 올림픽 1,600미터 선수, 오랜 시련 겪고 무사히 귀환」, 〈NYT〉, 1945년 9월 9일.

286 상황을 있는 그대로 의논 : 러셀 앨런 필립스, 텔레비전 인터뷰, CBS, 인디애나 주 라포트, 1997년 1월. 로버트 트럼불, 「잠페리니, 올림픽 1,600미터 선수, 오랜 시련 겪고 무사히 귀환」, 〈NYT〉, 1945년 9월 9일.

287 섬들과 평행하게 노를 저음 : 「42폭격대대 : 대대 역사 부록」, 1945년 9월 11일, AFHRA, 맥스웰 AFB, Ala.

287 폭풍 강타 : 「42폭격대대 : 대대 역사 부록」, 1945년 9월 11일, AFHRA, 맥스웰 AFB, Ala. 루이스 잠페리니, 전화 인터뷰.

288 대형 폭풍 : 키스 하이돈 박사, 이메일 인터뷰, 2008년 3월 24일. 「푸저우 태풍으로 침수(Foochow Flooded After Typhoon)」, 〈네바다 주 저널(Nevada State Journal)〉(르노), 1943년 7월 24일.

288 흙냄새, 들려오는 파도 소리 : 루이스 잠페리니, 전화 인터뷰.

288 내륙에서 깨어남 : 「42폭격대대 : 대대 역사 부록」, 1945년 9월 11일, AFHRA, 맥스웰 AFB, Ala.

288 비행기들이 보임 : 위와 동일.

289 잡힘 : 루이스 잠페리니, 전화 인터뷰. 러셀 앨런 필립스, 텔레비전 인터뷰, CBS, 인디애나 주 라포트, 1997년 1월. 「42폭격대대 : 대대 역사 부록」, 1945년 9월 11일, AFHRA, 맥스웰 AFB, Ala. 로버트 트럼불, 「잠페리니, 올림픽 1,600미터 선수, 오랜 시련 겪고 무사히 귀환」, 〈NYT〉, 1945년 9월 9일. 루이스 잠페리니, 조지 호닥의 인터뷰, 캘리포니아 주 할리우드, 1988년 6월, AAFLA. 루이스 잠페리니, 전쟁 포로 일기, 1943년 7월 13일 작성.

290 총검으로 수염을 자르려 함, 담배 끝이 수염에 닿아 불이 붙음 : 「42폭격대대 : 대대 역사 부록」, 1945년 9월 11일, AFHRA, 맥스웰 AFB, Ala.

290 질문을 받음, 구금됨 : 러셀 앨런 필립스, 텔레비전 인터뷰, CBS, 인디애나 주 라포트, 1997년 1월. 「42폭격대대 : 대대 역사 부록」, 1945년 9월 11일, AFHRA, 맥스웰 AFB, Ala.

291 "이 사람들은 미국인 비행사들이다" : 로버트 트럼불, 「페리니, 올림픽 1,600미터 선수, 오랜 시련 겪고 무사히 귀환」, 〈NYT〉, 1945년 9월 9일.

291 몸무게 : 러셀 앨런 필립스, 진술서, 존 D. 머피 컬렉션, HIA, 캘리포니아 주 스탠퍼드. 러셀 앨런 필립스, 텔레비전 인터뷰, CBS, 인디애나 주 라포트, 1997년 1월. 「42폭격대대 : 대대 역사 부록」, 1945년 9월 11일, AFHRA, 맥스웰 AFB, Ala. 루이스 잠페리니, 전화 인터뷰. 루이스 잠페리니, 진술서, 1945년 11월 1일, 존 D. 머피 컬렉션, HIA, 캘리포니아 주 스탠퍼드. 참고 사항-1946년 루이스는 붙잡혔을 때의 몸무게가 30.3킬로그램이었다고 말했는데, 이후 한 인터뷰에서 30킬로그램으로 들었다고 말했다. 본국 송환 직후에 실시된 최소한 세 번의 인터뷰에서 39.4킬로그램이었다고 말한 것으로 인용되어 있으며, 종전 직후 서명한 진술서에서는 36.2킬로그램이라고 말했던 것으로 기록되어 있다. 종전 직후에 실시된 한 인터뷰에서는 35.8킬로그램이라고 말했다. 필립스의 종전 후 진술서에는 추락 때 그의 몸무게가 약 68킬로그램이었고 붙잡혔을 때는 36.2킬로그램이었다고 되어 있다. CBS와의 인터뷰에서 필립스는 붙잡혔을 때 자신과 루이스의 몸무게가 36.2킬로그램 정도로 동일했다고 말했다.

292 첫 식사 : 「42폭격대대 : 대대 역사 부록」, 1945년 9월 11일, AFHRA, 맥스웰 AFB, Ala.

292 표류 여정에 대해 질문을 받음 : 루이스 잠페리니, 전화 인터뷰.

292 그들의 위치가 마셜 제도라고 들음 : 러셀 앨런 필립스, 텔레비전 인터뷰, CBS, 인디애나 주 라포트, 1997년 1월. 루이스 잠페리니, 전쟁 포로 일기. 켈시 필립스, 「인생 이야기」, 미출판 회고록. 루이스 잠페리니, 전화 인터뷰. 그들이 있었던 환초의 이름이 무엇이었는지는 불확실하다. 루이스는 1945년 인터뷰와 1946년 진술서, 1988년 인터뷰에서 말로엘라프 환초로 들었다고 말했다. 다른 인터뷰들과 붙잡힌 직후부터 쓰기 시작한 전쟁 포로 일기에서는 워트제 환초로 들었다고 말했다. 필립스도 그곳이 워트제 환초였다고 말했다.

292 총알구멍은 46개 : 루이스 잠페리니, 전화 인터뷰.

293 그 사람들은 우리 친구야 : 러셀 앨런 필립스, 텔레비전 인터뷰, CBS, 인디애나 주 라포트, 1997년 1월.

293 "우리는 당신들이 이곳을 떠난 후" : 루이스 잠페리니, 전화 인터뷰.

293 화물선에서 뱃멀미 : 루이스 잠페리니, 전화 인터뷰. 러셀 앨런 필립스, 텔레비전 인터뷰, CBS, 인디애나 주 라포트, 1997년 1월.

294 콰절런 환초의 상황 : 루이스 잠페리니, 전화 인터뷰. 러셀 앨런 필립스, 텔레비전 인터뷰, CBS, 인디애나 주 라포트, 1997년 1월. 루이스 잠페리니와 러셀 앨런 필립스, 진술서, 존 D. 머피 컬렉션, HIA, 캘리포니아 주 스탠퍼드. 루이스 잠페리니, 억류 경험에 대한 1946년의 메모. 로버트 트럼불, 「잠페리니, 올림픽 1,600미터 선수, 오랜 시련 겪고 무사히 귀환」, 〈NYT〉, 1945년 9월 9일.

295 해병대원 아홉 명 : 트립 와일스(Tripp Wiles), 『1942년의 잊힌 공습 대원들 : 마킨 환초에 남겨진 해병대원들의 운명(Forgotten Raiders of '42: The Fate of the Marines Left Behind on Makin)』(워싱턴 DC : 포토맥북스, 2007년), 사진 설명.

296 '영락없이 숨 쉬는' : 루이스 잠페리니, 전화 인터뷰.

KI신서 5792

언브로큰 1

1판 1쇄 인쇄 2014년 12월 24일
1판 1쇄 발행 2014년 12월 29일

지은이 로라 힐렌브랜드 **옮긴이** 신승미
펴낸이 김영곤 **펴낸곳** (주)북이십일 21세기북스
부사장 임병주 **이사** 이유남
해외콘텐츠개발팀 김상수 이현정 **디자인** 김수아
영업본부장 안형태 **영업** 권장규 정병철
마케팅본부장 이희정 **마케팅** 김한성 최소라
출판등록 2000년 5월 6일 제10-1965호
주소 (413-120) 경기도 파주시 회동길 201(문발동)
대표전화 031-955-2100 **팩스** 031-955-2151 **이메일** book21@book21.co.kr
홈페이지 book21.com **트위터** @21cbook **블로그** b.book21.com

ISBN 978-89-509-5681-3 (04840)
       978-89-509-5683-7 (전2권)
책값은 뒤표지에 있습니다.